Priska M. Thomas Braun

Sarah Penrose – Auf fremden Wegen

Priska M. Thomas Braun

Sarah Penrose
Auf fremden Wegen

Roman

Impressum

© 2020 Münster Verlag GmbH, Basel

Alle Rechte vorbehalten.
Kein Teil dieses Buches darf ohne schriftliche Genehmigung des Verlags reproduziert werden, insbesondere nicht als Nachdruck in Zeitschriften oder Zeitungen, im öffentlichen Vortrag, für Verfilmungen oder Dramatisierungen, als Übertragung durch Rundfunk oder Fernsehen oder in anderen elektronischen Formaten. Dies gilt auch für einzelne Bilder oder Textteile.

Umschlag und Satz:	Stephan Cuber, diaphan gestaltung, Liebefeld
Umschlagsbild:	Aquarell von Cornelia Ziegler, Basel
Druck und Einband:	CPI books GmbH, Ulm
Verwendete Schriften:	Adobe Garamond Pro, Actium
Papier:	Umschlag, 135g/m^2, Bilderdruck matt, holzfrei; Inhalt, 90g/m^2, Werkdruck bläulichweiss, 1,75-fach, holzfrei

ISBN 978-3-907146-73-6
Printed in Germany

www.muensterverlag.ch

Für Hartmut

Die Handlung des Romans ist frei erfunden.

Ähnlichkeiten mit lebenden oder verstorbenen Personen wären rein zufällig.

Inhalt

Prolog 9

Schwarzwald 13
Basel 73
Kenia 143
Cornwall 205
Basel 247

Epilog 307
Dank 309

Prolog

«Welche Pracht!», rief Sarah und stieg vom Fahrrad. Sie ging auf einen Baum zu, dessen Blütenfülle ihn von den restlichen Kirschbäumen der Hochebene abhob. Während sie den knorrigen Stamm umarmte, knipste Hannes sie mit seinem Smartphone. Dann nahm er sie in den Arm und küsste sie aufs Haar. «Lass uns weiterfahren», sagte er. «Am liebsten durch den Wald.»

Nach einem oder zwei Kilometern entdeckten sie eine Gedenkstätte, die an 108 Menschen erinnerte, die umkamen, als am 10. April 1973 die Maschine 435 aus Bristol im Anflug auf Basel-Mulhouse abstürzte.

Sarah Penrose war knapp 20 Jahre nach dem Unglück in Cornwall geboren. Doch so zufällig, wie sie jetzt an diesem Unglücksort bei Hochwald stand, hatte sie drei Jahre zuvor eine Überlebende der Katastrophe getroffen.

«Die Frau stammte aus Taunton», sagte sie jetzt zu Hannes. «Sie hat mir beschrieben, wie weiss und weich die Landschaft am Unglückstag dagelegen, und wie es Schneeflocken, so gross wie Bettlaken durch die Luft gewirbelt habe. Die Wolken hingen tief und schwer, der Nebel klebte an den Bäumen.»

«Im April! Unvorstellbar!», überspielte Hannes seine Betroffenheit.

«Es ist genau 40 Jahre her», nickte Sarah.

«Wie hat die Frau geheissen?»

«Ich weiss es nicht mehr. Ich habe ihren Namen vergessen.»

«Ist auch nicht wichtig. Komm. Ich will weg von hier. Irgendwo in der Nähe gibt es eine Bauernwirtschaft», sagte Hannes und radelte Sarah voraus.

Später, als sie sich auf der von der Sonne erwärmten Terrasse des Gasthauses stärkten, sprach Hannes mit einem alten Mann am Nebentisch, der in kleinen Schlucken seinen Wein trank. Sarah erriet mehr als sie verstand, dass er Hannes in behäbigem Schweizerdeutsch vom Flugzeugabsturz erzählte.

«Er hat den Opfern damals erste Hilfe geleistet. Er war einer der ersten an der Absturzstelle», berichtete Hannes, nachdem der Mann von der Terrasse ins Haus geschlurft war. «Es sind fast nur Frauen umgekommen. Sie wollten für einen Tag in die Schweiz und kehrten am Abend nicht zurück.»

«Ich weiss. Viele waren Mütter aus dem Süden Englands», ergänzte Sarah. «Es war grässlich. Ich habe selbst Ähnliches erlebt. Mein Vater ging nach dem Frühstück zur Arbeit und am Feierabend segeln. Ein Sturm zog auf. Er kam nicht zurück. Nie mehr, nicht einmal sein Körper wurde gefunden.»

Hannes wusste, dass Sarah ohne Vater aufgewachsen war und ihren Onkel Finlay als Ersatzvater betrachtete. Er hatte sie im vergangenen November während eines Urlaubs in Kenia kennengelernt. Ende Jahr schliesslich war er nach London geflogen, wo sie im Haus von Sarahs Onkel den Jahreswechsel feierten.

Am Neujahrstag hatte Finlay einen ruhigen Moment abgepasst, Sarah zur Seite genommen, und ihr, obwohl sie kaum Alkohol trank, in der Küche einen Glenfiddich eingeschenkt.

«Ohne Studium haben junge Leute heute sehr schlechte Karten auf dem Arbeitsmarkt», hatte er zu einem Gespräch angesetzt. «Es ist nicht mehr wie früher, als man per Zufall in einem guten Job landen und sich mit Fleiss bewähren, weiterbilden und vorwärts kommen konnte.»

Sarah nippte an ihrem Getränk und fragte sich, warum alte Männer Whisky mögen. Und die Vorstellung, viel Geld zu verdienen. Die Möglichkeit, in Luxus zu leben. Sie hatte sich gefreut, dass ihr Onkel sie und Hannes zu sich eingeladen hatte. Doch nun, sozusagen als Neujahrsvorsatz, versuchte Finlay, sie zu einem Studium zu überreden. So sehr sie auch überlegte, sie konnte sich kein Fach vorstellen, über das sie Dutzende von Studien und Büchern hätte lesen, in das sie für mehrere Jahre hätte eintauchen wollen. Finlay fand, der Appetit komme mit dem Essen. Sarah zweifelte. «Viel lieber als Vorlesungen zu besuchen, möchte ich die Welt entdecken, dabei etwas Geld verdienen und erneut nach Afrika reisen», versuchte sie zu argumentieren und etwas versöhnlicher: «Später bleibt mir noch genügend Zeit für ein Studium.»

Als sie an jenem Abend nicht einschlafen konnte, fragte sie Hannes: «Was soll ich bloss tun? Seinen Vorstellungen entsprechen?»

«Er würde dich bestimmt unterstützen. Du könntest aber auch mit mir ziehen. Mir wird schon etwas einfallen. Ich liebe dich. Dir stehen viele Wege offen», hatte Hannes sie beruhigt.

Am nächsten Morgen, nach dem Frühstück, unterbreitete ihr Hannes den Vorschlag, sie solle erst einmal Deutsch lernen. Er könne ihr dabei helfen. Er kenne die Inhaber eines bekannten Nobelhotels in seinem Heimatort im nördlichen Schwarzwald. Sie suchten ein Au-Pair für ihre vier kleinen Kinder.

Sarah mochte Kinder, sie lernte leicht Sprachen. Die Idee schien ihr ein Weg aus der Sackgasse. Hannes rief Rudi Rothfuss, den Inhaber und Direktor des Hotel Tannwald in Fleckenbronn an und vereinbarte alles Notwendige. Ein Vorstellungsgespräch vor Ort erübrigte sich. Rudi vertraute Hannes' Empfehlung. Nach einem längeren Telefongespräch, das Sarah von London aus mit der Mutter der Kinder führte, erhielt sie die Zusage für den Job.

«Es geht also doch», triumphierte sie, als sie Finlay ihren Entschluss mitteilte. «Mit guten Beziehungen findet man auch heute noch einen Job. Hannes hat mich vermittelt. Izzy Rothfuss ist Amerikanerin. Sie freut sich, in mir so schnell ein Englisch sprechendes Kindermädchen gefunden zu haben.»

Finlay hatte sie bloss schräg angeschaut, und zwar nicht unfreundlich, aber doch unmissverständlich ‘Kindermädchen’ gemurmelt.

Seit Mitte Januar betreute Sarah nun in Hannes' Heimatort Fleckenbronn, diesem kulinarischen Sterne-Mekka, vier Kinder und lernte dabei Deutsch. Mit Hannes traf sie sich nur an den Wochenenden. Er lebte in der Schweiz und arbeitete in der Nähe von Basel als Textilingenieur, sodass die beiden ihre freien Tage mit Fahrradtouren abwechselnd bei ihm oder bei ihr verbrachten.

An jenem Apriltag, als Sarah keuchend die steile Strasse von Dornach nach Hochwald geradelt war, immer bemüht, Hannes' Tempo mitzuhalten, hatte sie sich zum x-ten Mal gefragt, warum sie stets bestrebt war, es anderen Leuten recht zu machen. Zugegeben, Hannes' guter Ruf und das Ansehen seiner Eltern öffneten ihr in Fleckenbronn viele Türen. Doch dafür hatte sie es sich nun mit Finlay verscherzt. Bis jetzt hatte er ihr jedenfalls keinen Brief und auch keine einzige, noch so kurze, E-Mail geschrieben.

‘Beleidigte Leberwurst’, dachte Sarah und wunderte sich über diesen Ausdruck, den sie kürzlich in ihrem Edelhotel aufgeschnappt hatte.

Schwarzwald

Sarah warf einen Blick auf die Uhr. Schon Viertel nach sieben. Sie sass in der kleinen, modern eingerichteten Küche, deren Induktionsherd und Backofen mit Dampfgarer nie gebraucht wurden. Im Kühlschrank standen nur Milch und Fruchtsäfte. Izzy Rothfuss trank hier morgens einen eiligen Kaffee aus der Kapselmaschine, und Rudi Rothfuss köpfte spätabends eine Flasche Wein aus dem Klimaschrank. Zu viel mehr wurde die Küche nicht benutzt.

Nun wartete Sarah noch auf die Brötchen, den Käse und die Salami aus der Hotelküche. Die Kinder blödelten. Jens, der Jüngste blies in seine Schokomilch. «Ich habe solchen Hunger», zwängelte er, während seine ältere Schwester Jessica mit ihren nackten Beinen baumelte und ihn mit den Zehenspitzen unermüdlich anstiess. Um acht begann die Schule.

Ich werde Mäxle und Mo mit ins Auto packen, erst Jessica in die Schule fahren und die Zwillinge danach im Kindergarten abliefern, beschloss Sarah. An den Rechtsverkehr hatte sie sich problemlos gewöhnt und steuerte ihren nicht ganz neuen SUV aus dem stattlichen Fahrzeugpark des Hotels recht flott durch den Ort. Aber mit den Kindern im Auto fuhr sie vorsichtiger. Die beiden mittleren Buben hiessen natürlich weder Mäxle noch Mo, sondern Max und Maurice. Doch Sarah und die Eltern riefen die aufgeweckten Zwillinge, ausser wenn es Schelte gab, liebevoll bei ihren Spitznamen.

Sarah hörte das Summen des Aufzugs. Endlich kam Karin, die Bedienung vom Restaurant mit den bestellten Sachen.

«Sorry, Sarah. Heute war die Hölle los am Frühstücksbuffet und Hanna ist krank. Ich habe es nicht früher geschafft.»

Sie murmelte: «*Thanks*. Is kain Problem», und Mäxle und Mo

griffen mit ihren Fingern nach den Wurst- und Käsescheiben, anstatt wie Jessica die Gabel zu benützen. Sie wies die Kleinen kategorisch zurecht, da ausgerechnet jetzt die Mutter der Kinder auftauchte. Trotz der frühen Stunde war Izzy topp angezogen, das Haar hatte sie gekonnt zerzaust und das Augen-Make-Up vermittelte ihr einen Bambi-Look. Nur die Lippen waren blass.

Ungeschminkter Mund, damit sie ihre Sprösslinge, bevor wir das Haus verlassen, küssen kann, ohne Spuren zu hinterlassen, dachte Sarah. Sie selber machte sich bloss für den Ausgang zurecht. Jetzt lächelte sie ihrer attraktiven Chefin freundlich zu und ermahnte die Kinder, nicht zu trödeln.

Izzy Rothfuss-Jacobs war die Tochter des Inhabers einer grossen Hamburgerkette in den USA. Sie hatte den Hotelier Rudi Rothfuss knappe zehn Jahre zuvor an einer Tagung in New York kennengelernt, danach Urlaub im Schwarzwald gemacht, geheiratet und vier Kinder geboren. Wenn Sarah ehrlich war, beneidete sie Izzy ein bisschen, denn deren Leben schien ihr perfekt, hatte sie doch alles, was man sich wünschen konnte: Geld, Ansehen, eine grosse Familie und genug Personal, das ihr ein sorgenfreies Leben erlaubte. Auf die Idee, dass sich Izzy an die fremden örtlichen Gegebenheiten erst hatte gewöhnen und sich mit den allfälligen Macken ihres Mannes hatte arrangieren müssen, wäre Sarah in ihrer jugendlichen Naivität nie gekommen.

Sie freute sich wie an jedem Morgen, an dem das Wetter mitmachte, darauf, den Vormittag mit Jens auf dem Waldspielplatz zu verbringen und, sobald das Kind nicht mehr spielen wollte, zusammen Bäume zu umarmen und das blühende Dickicht des Waldbodens zu erkunden und nach Hasen, Rehen und Auerhähnen zu spähen. Ursprünglich habe der Schwarzwald aus Buchen und Tannen bestanden, die über die Jahre durch Fichten und Kiefern verdrängt wurden, hatte sie nachgelesen. Sie dachte an ihre Zugfahrt vom Flughafen Frankfurt nach Karlsruhe, an ihre Hoffnung, dass sie sich gut mit ihren Arbeitgebern verstehen würde und dass die Kinder gut erzogen waren. An ihr Herzklopfen, als sie später im überhitzten Abteil des Regionalzugs für eine Weile eingenickt war und plötzlich aufschreckte und meinte, den Bahnhof verpasst zu haben. Doch als sie auf die Uhr geblickt und realisiert hatte, dass sie erst in einer halben Stunde in Fleckenbronn ankommen würde, hatte sie fasziniert aus dem Fenster geschaut. Die märchenhafte Winterlandschaft, die sie erblickte, bestärkte ihre Vorahnung, dass sie sich hier, trotz der Vorbehalte ihres Onkels, wohl fühlen würde. Hoch und schlank, wie junge Bräute im Hochzeitskleid, hatten die Bäume die Bahnlinie gesäumt und sich später, als sie in ihrem Zimmer im Personalhaus die Koffer auspackte, in der tintenblauen Dämmerung vor ihrem Fenster, als gezackte Silhouetten vom orangen Westhimmel abgehoben. Sarah war vom ersten Moment an von der Schönheit der Natur überwältigt gewesen. Sie erinnerte sich noch genau, wie ihre Chefin Izzy sie ein paar Tage später zu einer Pferdeschlittenfahrt eingeladen hatte.

«Es ist zwar *absolutely freezing*. Das Thermometer hat in der Früh minus 18 Grad angezeigt», hatte Izzy, die gerne zeitig aufstand, an Sarahs erstem Sonntag im Schwarzwald gesagt. «Dazu kommt der *Wind chill factor*. Doch da die Sonne scheint, gehen wir trotz der Kälte raus. Die frische Luft wird uns und den Kindern gut tun. Rudi kommt nicht mit. Er muss heute im Restaurant nach dem Rechten sehen, denn unser Geschäftsleiter hat seinen freien Sonntag.»

Nach dem Mittagessen hatten Sarah und Izzy mit den in Daunenjacken verpackten Kindern unter Schichten von Wolldecken gesessen, die dicken Stiefel vergraben im Stroh, das der Kutscher in mehreren Schichten auf den hölzernen Boden gestreut hatte. Genau wie die Pferde, zwei Schwarzwälder Braune, so hauchten auch die Menschen weisse Dampfwolken aus. Sarah war froh um ihren Montgomery Dufflecoat und ihre Wollmütze, die sie sich über die Ohren ziehen konnte. Trotzdem reichte ihr Izzy, die einen karamellfarbenen Lammfellmantel trug, ein Halstuch aus feinster Kaschmirwolle und gebot ihr, sich dieses gleich mehrmals um den Kopf zu schlingen. «Keine Sorge, ich habe ein zweites mit, damit keine von uns beiden frieren muss.»

Tatsächlich hatte Sarah einen unvergesslichen Tag erlebt und – nach rasanter Fahrt durch tief verschneite Wälder und über eine gefrorene Hochebene – bei Kaffee und Schnaps, und heisser Schokolade und Kuchen für die Kinder, erstmals die Grosszügigkeit ihrer Arbeitgeberin erfahren.

Sarah hatte sich überglücklich gefühlt, diesen tollen Job mit einer ebenso tollen Chefin ergattert zu haben.

Jetzt, Mitte Juni, war purer Sonnenschein prognostiziert, mit Gewittern, die sich, wenn überhaupt, erst gegen Abend entladen würden. Sarah konnte sich die bittere Januarkälte im Schwarzwald kaum mehr vorstellen. Längst sassen keine Schneebäuschchen mehr auf den Tannen und Gartenzäunen. Im Sommer sorgten weisse Pelargonien für helle Tupfer in den Blumenkästen am Balkongeländer und auf der Brüstung der Sonnenterasse des Tannwald, das sich dadurch von den Hausfassaden im Dorf abhob. Gewöhnlich sah man im Schwarzwald rote und rosarote Geranien, doch Izzy liebte weisse Blumen.

Heute wollte Sarah mit Jens Waldkräuter sammeln, diese später für Jessicas Album pressen und deren Namen, Verwendungszwecke und Heilkräfte gelegentlich in ihrem botanischen Lehrbuch nachschlagen. Obwohl sie Nässe und Wind von Cornwall her gewohnt war und dies auch bei schlechtem Wetter getan hätte, musste sie sich dann für Jens etwas anderes einfallen lassen. Er schrie wie am Spiess, wenn sie versuchte, ihm seine Windjacke und Gummistiefelchen anzuziehen. Sobald die ersten Tropfen fielen, wollte er lieber im Zwergenhort, dem für den Nachwuchs der Hotelgäste eingerichteten Baumhaus, spielen. Sie gab dem Zwängen des Kleinen für gewöhnlich nach und lieferte ihn bei der Kindergärtnerin ab. In der dadurch gewonnenen Freizeit studierte sie die deutsche Grammatik oder las ein deutsches Buch.

Überhaupt war der Hotelbetrieb mit seinen vielen Angestellten ein Glück, das sie erst seitdem sie den Job inne hatte, richtig einzuordnen vermochte. Sie und die Kinder assen mittags am Stammtisch in der alten Gaststube, wo sich die Kleinen für gewöhnlich vorbildlich benahmen. Gäste gab es dort zu dieser Zeit nur wenige. Das Frühstück und Abendessen der Kinder wurden in die Wohnung hochgebracht, die auf der obersten Etage im Hauptgebäude lag und von der Putzequipe des Hotels aufgeräumt und sauber gehalten wurde. Mit einem Online-Lehrgang und dank ihrer Schützlinge, die einzig mit ihrer Mutter Englisch sprachen, lernte sie schnell Deutsch. Schon nach wenigen Wochen las sie den Kleinen Grimms Märchen und Legenden aus dem Schwarzwald vor und überwachte Jessicas Hausaufgaben. Nach dem abendlichen Baderitual folgten Gutenachtgeschichten, ein kurzes Gebet, und dann war Schlafenszeit und Sarah konnte tun und lassen, was sie wollte. Meist las sie oder schrieb begeisterte Mails nach Cornwall.

«Mmmhhh», machte Hannes, der mit Sarah auf der Terrasse des Café Frey sass und plötzlich Izzy und die Kinder erblickte. Es war ein heisser Samstagnachmittag im Juli und der auffallend leicht gekleideten Mutter war der Rocksaum hochgerutscht, als sie aus ihrem SUV stieg.

«Schön, dass sie sich heute um die Kleinen kümmert», stichelte Sarah. «Ich habe nicht den Dunst einer Idee, was sie sonst mit ihrer vielen Zeit anstellt.»

«Mmmhhh, was wohlhabende Frauen halt so tun. Sie spielt regelmässig Golf. Sie hat ein respektables Handicap, habe ich gehört …»

«Stimmt, und sie fährt zum Friseur und zum Shoppen nach Baden-Baden», unterbrach Sarah und provozierte Hannes schon wieder: «Du musst nicht 'mmmhhhen'. Vielleicht weisst du ja, wen sie ausser ihren Freundinnen dort noch so trifft. Du scheinst gut informiert zu sein.»

«Och, komm schon. Möchtest du noch etwas trinken?»

«Danke, ich habe noch. Jetzt lenke mal nicht vom Thema ab. Die Heinzelmännchen vom Hotel, auf die sie sich blind verlassen kann, meinen, die liebe Izzy dürfte sich öfter um ihre Familie kümmern. Einige munkeln: Nicht bloss um die Kinder. Auch um ihren Ehemann.»

«Aber das tut sie doch! Rudi beklagt sich jedenfalls nicht.»

«Nun. Er turtelt ganz flott mit seiner Assistentin, legt ihr den Arm um die Schultern, wenn er sich unbeobachtet fühlt. Ich habe die beiden auch nach Dienstschluss öfter die Köpfe zusammenstecken sehen.»

«Er turtelt mit Susanne? Dieser Bohnenstange im Dirndl?»

«Ja, genau mit ihr», präzisierte Sarah und fühlte sich gemein dabei. Rudi war stets freundlich. Sie hatte keinen Grund, schlecht über ihn zu reden.

«Eigentlich geht es uns ja nichts an», lenkte sie ein.

«Richtig. Mein Vater lässt fragen, ob wir ihm morgen bei der Vorbereitung des Frühstücksbuffets helfen könnten. Ich habe zugesagt, für mich jedenfalls. Machst du mit?»

Sarah nickte. Hannes Eltern, Gustav und Emma Frey, führten eine Bäckerei mit einem florierenden kleinen Café, wo sich Sarah gerne mit Hannes traf. Anders als in ihrem Edelhotel begegnete sie im Café Frey neben Touristen auch Einheimischen.

«Übernachtest du hier?», fragte er. «Morgen sollten wir um sechs aus den Federn.»

«Warum nicht? Wenn das Frühaufstehen nicht der einzige Grund ist», witzelte sie.

«Ist es nicht», sagte Hannes und fragte, ob sie am Nachmittag Zeit und Lust habe, mit ihm auf den Kniebis zu radeln.

«Machen wir. Ich habe immer Lust», feixte sie und freute sich auf das freie Wochenende, das sonnig und trocken vor ihnen lag.

Sarah und Hannes hatten ihre Räder an einen Baum gelehnt und ruhten sich an einem der grossartigsten Aussichtspunkte aus. Sie dachte über Izzy und Rudi Rothfuss nach.

«Weisst du, wie eine perfekte Ehe funktioniert?», fragte sie, als Hannes und sie auf den verlandenden Ellbachsee hinunter und über die endlosen Tannenwälder blickten. «Ich habe nämlich keine Ahnung. Nach dem Unglück meines Vaters, damals, als er von einem Tag auf den anderen aus unserem Leben verschwand, hat Mum niemanden mehr kennengelernt. Sie und meine Schwester, und natürlich auch Onkel Finlay und Tante Claire, waren meine Familie», sagte sie, und da Hannes sich nicht dazu äusserte, doppelte sie nach: «Ich spüre, dass in der Beziehung von Izzy und Rudi etwas nicht stimmt. Die beiden sind mir ein Rätsel. Ich frage mich, ob sie zusammen schlafen. Obwohl. Sie haben vier Kinder.»

«Sie sieht jedenfalls sehr sexy aus», schwärmte Hannes. «Um fit zu bleiben, rennt sie in enger pinker oder mintfarbener Jogginghose, und bei Regen mit farblich passender Badekappe, durch den Wald.»

«Woher weisst du das?», fragte Sarah, bevor Hannes noch mehr Details aufzählen konnte. Er zog seine Schultern hoch. «Ach, ich hab' es halt so gehört. Rudi sei vergleichsweise träge und bieder, sagt man.»

«Im Gegensatz zu Izzy gehe ich im Schlabberlook joggen», sagte sie.

«Jetzt schnapp nicht gleich ein. Es geht nichts über den Kontrast deiner dunklen Löckchen zu deinen hellen, wachen Augen», antwortete Hannes. Besänftigend verstrubbelte er ihr vom Radeln verschwitztes kurzes Haar und drückte ihr einen Kuss auf die feuchte Stirn. Er war einen guten Kopf grösser als sie und vermittelte Sarah stets ein Gefühl von Geborgenheit.

«Danke. Doch im Moment mache ich mir Gedanken über meine Chefin», sagte Sarah. Sie fragte sich, warum Izzy nicht nur nach Baden-Baden, sondern oft auch nach Frankfurt fuhr. Einmal, als Sarah gelauscht hatte, wie Izzy mit ihrer Oma telefonierte, erkundigte sie sich, nachdem Izzy das Gespräch mit einem tiefen Seufzer beendet hatte, vorsichtig nach dem Befinden der alten Frau.

«Wie viele alte Menschen lebt sie in der Vergangenheit», antworte Izzy. «Doch für meine Oma ist dies schrecklich. Sie wurde in Frankfurt als Kind jüdischer Eltern geboren und verliess Deutschland 1939 mit einem der letzten Kindertransporte. Ihre Erinnerungen holen sie jetzt, im hohen Alter, ein.»

«Oh Gott», entfuhr es Sarah.

«Ja. Während des Nazi-Terrors hat sie ihre Eltern und die gesamte Verwandtschaft verloren. Ihr einziges Glück war die englische Familie, von der sie aufgenommen wurde, und dass sie schliesslich mit ihrer Entschädigung für erlittenes Leid in die USA auswandern konnte.»

«Und wurde sie dort wenigstens glücklich?», hatte Sarah scheu gefragt.

«Nun, sie hat zum Christentum konvertiert und geheiratet.»

Sarah hatte geschwiegen. Sie wusste nur wenig über das Dritte Reich. Im Geschichtsunterricht hatte sie geschlafen, und sie wollte sich vor Izzy nicht blamieren. Nun berichtete sie Hannes von diesem Gespräch.

«Dass sie dir das alles so erzählt hat», staunte er.

«Hat sie aber. Wenn sie Englisch spricht, ist sie immer sehr offen. Wie Amerikaner so sind», nickte Sarah. «Sie muss sich hier oft sehr einsam fühlen.»

Hannes zog die Augenbrauen hoch.

In der Hotelhalle lag die «Frankfurter Allgemeine» auf. Sarah warf einen Blick in die Zeitung. Es war beinahe einundzwanzig Uhr. Sie wartete auf ihre Freundin Brigitte, die als Rezeptionistin im Tannwald arbeitete und jeden Moment ihren Dienst beenden, eine Wolljacke über das spitzenbesetzte Dekolleté ihres grünen Dirndls ziehen und die Schuhe wechseln würde.

Sarah hatte Brigitte zum ersten Mal beim winterlichen Joggen getroffen. Die grossgewachsene Deutsche hatte mit einem übertretenen Fuss im Schnee am Wegesrand gesessen, und wie sie ihr später erzählte, festgestellt, dass sie ohne ihr Telefon unterwegs war. Als Sarah grüssend vorbeilaufen wollte, hatte die Frau laut aufgestöhnt. Sarah erkannte, dass sie helfen musste, stellte sich vor, beugte sich über die Verunfallte, und nachdem sie das Problem erkannt hatte, stopfte sie kurzerhand Schnee in Brigittes Socken. Schliesslich half sie ihr aufzustehen und, gemeinsam humpelnd schafften die Frauen die zwei Kilometer in den Ort, wo sie feststellten, dass sie im selben Personalhaus wohnten und Arbeitskolleginnen waren.

Als Brigitte am gleichen Abend mit hochgelagertem Fuss in ihrem Zimmer mutmasste, wann sie ihr umgeknicktes Sprunglenk wieder belasten dürfe, bot Sarah an, in der Hotelküche Quark zum Kühlen zu holen.

«*It helps*», hatte sie gesagt, und obwohl sie noch kaum Deutsch und Brigitte nur das für den Hotelbetrieb notwendige Englisch sprach, hatten sich die beiden auf Anhieb verstanden.

Nun wollten sie noch ausgehen, Pizza essen und ein paar Bekannte treffen, die in den umliegenden Hotels ihre Ausbildung oder ein Praktikum absolvierten. Sarah verkürzte sich das Warten auf ihre Freundin, indem sie die Kurzmeldungen in der Zeitung überflog.

Landstreicher findet Leiche im Park
Vermisster 98-Jähriger aus Frankfurt tot aufgefunden

Frankfurt am Main. *Die Leiche des 98-jährigen Mannes, der am Dienstag aus einem Seniorenheim in Sachsenhausen verschwunden war, wurde noch gleichentags von einem Obdachlosen gefunden.*

Der seit Dienstagvormittag vermisste Senior wurde am späten Abend in einem Frankfurter Park aufgefunden. Das bestätigte die Polizei am Mittwochmorgen. Er habe den gut gekleideten, leblosen Körper unter einer Trauerweide entdeckt, als er sich dort sein Nachtlager habe aufschlagen wollen und umgehend die Polizei verständigt, erzählte der Obdachlose. Vermutlich war der Verstorbene erst wenige Stunden tot gewesen. Bislang haben die Ermittlungen nach Angaben der Polizei keinen Hinweis auf ein Verbrechen ergeben.

Als Sarah am nächsten Morgen zusammen mit den Kindern auf das Frühstück warten musste, griff sie nach einem von Izzys Modemagazinen, die sich auf der Küchenablage türmten. Dabei fand sie die herausgerissene Zeitungsseite mit jener Kurznachricht, die sie am Vorabend in der Hotelhalle gelesen hatte. Sarah drehte die Seite um und warf einen Blick auf den Wetterbericht auf der Rückseite. Es würde schön bleiben.

«Wer will am Nachmittag ins Schwimmbad im Ort gehen?», fragte sie die Kinder. «Ich! Super!», rief Jessica, und die anderen drei nickten eifrig. Sie alle mochten das öffentliche Gartenbad lieber als jenes im Hotel. Während Sarah noch überlegte, ob sie sich Lunchpakete packen lassen oder über Mittag besser etwas Kleines in der Gaststube essen sollten, kam auch schon Karin mit dem reichlich gefüllten Frühstückskorb vom Restaurant hoch. Sie stöhnte wie beinahe jeden Tag: «Sorry, Sarah. Entschuldige die Verspätung.»

Sarah nickte und bestellte bei Karin die Lunchpakete. Dann legte sie den Kindern je ein Vollkornbrötchen und eine Wurst- und eine dünne Käsescheibe auf die Teller und platzierte die Joghurts und Früchte in der Tischmitte. Sie selbst genehmigte sich ein Hörnchen und dazu einen Kaffee.

Izzy erschien an jenem Morgen nicht in der Küche des Apartments. Vermutlich war sie schon früh zum Joggen gegangen. Auch Sarah wollte den Vormittag, während Jessica in der Schule und die Zwillinge im Kindergarten waren, für sich nutzen. Sie würde Jens im Zwergenhort abgeben und im Wald radeln gehen. Bald begannen die Schulferien und damit eine Zeit intensiver Kinderbetreuung. Die Familie Rothfuss machte im Sommer keinen Urlaub, und vom Au-Pair wurde erwartet, dass sie den ihren erst im November bezog.

Zwei Stunden später legte Sarah ihr Rad am Wegrand ins Gebüsch, stieg zur Himmelsliege hoch und blickte, bevor sie sich darauf legte, zur anderen Talseite. Der Priorstein war ihr liebster Aussichtspunkt. Sie beobachtete die harmlos dahinziehenden Schäfchenwölkchen, dachte ans Petermännle und wie sie den Kindern seine Legende erzählen würde. Besonders Jessica wollte immer wieder aufs Neue hören, wie Peter, der Jäger im Dienst der Reichenbacher Mönche, abends auf seinem Stein sass und welche Tricks er sich überlegte, um die einfachen Leute, welche die Tiere des Waldes verscheuchten, vom Beerensammeln abzuhalten.

Sarah, die im Wald wochentags für gewöhnlich keiner Menschenseele begegnete, hörte eine Frau sprechen. Es dauerte einen Moment, bis sie realisierte, dass es Izzys wohlklingende Stimme war.

«He's gone. Dead and gone.»

Dann war Stille. Sarah ahnte, dass Izzy auf einer Holzbank sass, bloss einen Steinwurf entfernt und telefonierte. Gebüsch trennte den

Picknickplatz von der Himmelsliege. Sie konnte Izzy nicht sehen, doch jedes ihrer Worte verstehen.

«Don't fret. Nobody suspects anything. He trusted me. He adored my little cakes. Gobbled them in the park. No, don't. Please. Don't fret. Nobody saw us. Gran, he did harm you. He deserved it all right.»

Sarah schlich sich davon, stieg auf ihr Rad und sauste den steilen Weg hinunter ins Tal. Während der Fahrtwind ihre heissen Wangen kühlte und ihr durchs feuchte Haar strich, fragte sie sich, warum Izzy ausgerechnet auf dem Priorstein eine Pause eingelegt und wessen Geschichte sie ihrer Oma erzählt hatte. Izzy hatte von einem Mann gesprochen, der etwas verdient habe. Auch von Keksen, die er verschlungen, und von Vertrauen, das er ihr entgegengebracht habe. Zudem hatte Izzy einen Park erwähnt. Sarah war verwirrt, ihr Hirn stellte eine Verbindung her, doch sie hatte jetzt nicht die Zeit, diese zu Ende zu denken. Sie musste die Kinder von der Schule abholen.

«Du hast genau zwei Möglichkeiten, deine doch sehr gewagte Vermutung zu überprüfen», sagte Hannes, als er Sarah am folgenden Samstag traf und sie ihm bei einer Tasse Kaffee von ihrem diffusen Verdacht berichtete, den sie aufgrund der merkwürdigen Konversation auf dem Priorstein geschöpft hatte.

«Ob Izzy tatsächlich mit New York telefoniert hat? Bedenke den Zeitunterschied. Aber du kannst sie ja darauf ansprechen … oder der Frankfurter Polizei einen Hinweis übermitteln», foppte Hannes und streckte seine Hand nach Sarahs aus.

«Alte Menschen schlafen schlecht. Vielleicht ist Izzys Oma schon in aller Herrgottsfrüh munter. Oder die beiden wollten in einem ruhigen Moment telefonieren», murmelte Sarah und zog ihre Hand zurück. «Zudem ist Izzy an besagtem Dienstag, als der Senior angeblich umkam, irgendwo unterwegs gewesen.»

«Genau deshalb wäre ich vorsichtig», schlussfolgerte Hannes.

Sarah wusste nicht, was sie von seiner Bemerkung halten sollte. Sie wagte einen letzten Versuch, ihn zu überzeugen.

«So überlege doch», flüsterte sie: «Izzys Oma ist in Frankfurt geboren. Ein jüdisches Mädchen, das, als sie mit einem Kindertransport nach England gebracht wurde, zwischen zehn und fünfzehn Jahre alt gewesen sein musste. Der Frankfurter Tote war 98.»

«Zeitlich mag es ja hinkommen», gab Hannes zu, «doch der Rest ist reine Fantasie. *Deine* Fantasie.»

Als Sarah schwieg, fragte er sie: «Warum vergisst du die Geschichte nicht einfach? Du bildest dir den Zusammenhang bloss ein.»

Doch Sarah glaubte sowohl an Zufälle wie auch an ihr Bauchgefühl.

Mitte August war es heiss und gewittrig. Die Kinder hatten Ferien, und alle vier spielten an jenem schwülen Vormittag im Zwergenhort. Izzy schlich mit verweinten Augen durchs Hotel und schliesslich in Rudis Büro. Sarah dachte als erstes an einen Ehekrach. Doch Izzy und Rudi stritten sich nie. Wenigstens nicht vor ihren Angestellten oder den Kindern. Zudem war Rudi an jenem Vormittag mit seinen F&B Manager unterwegs auf Schloss Eberstein, um regionalen Wein zu kosten. Es musste etwas anderes sein. Sarah hatte Zeit. Sie setzte sich vors Büro und wartete. Als Izzy eine Stunde später heraustrat und Sarah erblickte, schien sie gefasster.

«Das trifft sich gut, dass du hier bist, Sarah. Komm, ich brauche dich. Meine Oma ist gestorben», sagte sie. «Ich habe für mich und die Zwillinge für morgen einen Flug nach New York gebucht.»

Sarah kondolierte und fragte, was mit Jessica und Jens passiere.

«Sie bleiben bei Rudi und dir. Ich kann nicht alle vier mitnehmen. Und die Zwillinge kann ich nicht trennen. Rudi kann nicht weg vom Hotel. Das Haus ist zu 90 Prozent belegt. Es ist der ungünstigste Zeitpunkt.»

«Könnte ich dich nicht begleiten? Damit du alle vier mitnehmen könntest.»

«Nein, danke, Sarah, das ist lieb von dir. Aber wir machen es so, wie ich sagte. Ich habe es mir hin und her überlegt. Jens und Jessica sind hier im Hotel, bei dir und bei ihrem Vater, besser aufgehoben.» Sarah fand es etwas seltsam, dass Izzy ihren Jüngsten zurücklassen wollte. Doch es war ja nicht für lange, und tatsächlich wurden der kleine Jens, mit seinen goldenen Löckchen und strahlend blauen Augen, und die für ihre acht Jahre schon sehr vernünftige Jessica von den Hotelangestellten mehr verwöhnt als die lebhaften Zwillinge.

«Darf ich dir wenigstens beim Packen helfen?», fragte Sarah. «Max und Maurice brauchen Kleider und ihre Plüschtiere.»

Während Izzy und die Zwillinge in Manhattan und Jessica und Jens in Sarahs Obhut waren, arbeiteten Rudi und Susanne beinahe Tag und Nacht. Die Bohnenstange im Dirndl, wie Hannes die Hotelsekretärin heimlich nannte, hatte an Gewicht zugelegt. Von einem Tag auf den anderen ging im Haus das Gerücht um, sie sei schwanger.

«Der Chef de Service meint, dass Rudi der Vater wäre», raunte Brigitte Sarah zu, als die beiden wieder einmal beim Pizzaessen waren.

«Ich weiss nicht, ob das stimmt», wandte Sarah ein. Sie wollte nicht zu dem Geschwätz beitragen. «Er ist Susannes Chef und zudem verheiratet.»

«Eben», sagte Brigitte und wechselte das Thema, als zwei Azubis vom zweitbesten Hotel am Ort das Lokal betraten und auf ihren Tisch zusteuerten.

Als Izzy zum Schulbeginn ihrer Kinder noch immer bei ihren Eltern in Manhattan weilte und keiner wusste, für wie lange noch, fasste sich Sarah ein Herz und fragte Rudi, wann genau er sie zurückerwarte.

«Ich weiss es nicht», sagte er. «Ich hoffe, bald. Aber Izzy hängt extrem an ihren Eltern und Brüdern, und dieser Todesfall hat der gesamten Familie zugesetzt. Ihre Oma war eine aussergewöhnliche Frau.»

«Aber ...» setzte Sarah an. Sie sah noch immer Izzy vor sich, wie sie am Tag vor ihrer Abreise mit rotgeränderten Augen und zitternden Händen ein paar wenige Kindersachen packte. Wie sie ihr dabei erzählt hatte, dass ihre Oma als Mädchen in Frankfurt missbraucht worden war, und nun ihre Erlösung gefunden habe. So schrecklich diese Geschichte auch war, so hatte Sarah doch gespürt, dass die Niedergeschlagenheit ihrer Chefin nicht nur darauf zurückzuführen war. Doch sie hatte nicht nachgefragt.

«Jens und Jessica vermissen ihre Mutter», murmelte sie mehr zu sich als zu Rudi. Beim Frühstück hatte sich Jessica mit dem Messer, das sie abschleckte, in die Zunge geschnitten, und Jens war, als er das Blut sah, vor Aufregung aus seinem Hochstuhl gerutscht. Rudi wusste nichts davon, und sie wollte ihm ihre momentane Überforderung auch nicht eingestehen. Ihre Aufgabe hatte sich schliesslich nicht geändert. Rudi hatte Karin zum sporadischen Kinderhüten vom Service freigestellt, damit Sarah ihre Ruhezeiten einhalten konnte. Er hatte scheinbar alles im Griff.

«Lass uns abwarten. Sie wird sich melden», sagte er. «Bitte rufe sie nicht an. Wenn du Probleme mit den Kindern hast, wendest du dich an mich.»

Eine Woche nach dem Gespräch flog Rudi nach New York zu einem Gastronomentreffen. Sarah vermutete, dass das Meeting ein Vorwand war. Er wollte seine Frau zurückholen. Sarah war derweil alleine mit den Kindern. Schon am ersten Tag stürzte Jens unglücklich vom Klettergerüst, und sie fragte sich, ob sie ihn tagsüber nicht besser im Zwergenhort abgeben sollte, damit die Kindergärtnerin die Verantwortung für ihn trug. Ein Hotelangestellter hatte sie mit Jens zum Arzt gefahren, der die Platzwunde nähte. Nun, mit zum Teil abrasierten Haaren und seinem runden, roten Kinderpflaster auf dem Kopf, sah das Kind aus wie ein kleiner Punk. Doch seit dem Sturz wollte er sich nicht mehr von Sarah trennen. Er klebte förmlich an ihr, hatte plötzlich begonnen, zu fremdeln. Sogar bei Karin, die ihn mit Süssigkeiten zu trösten versuchte.

Sarah hatte sich immer über die Offenheit der Kinder gefreut; über ihre Unbefangenheit, mit der sie auf Fremde zugingen und auch über die Selbstverständlichkeit, mit der sie sich von den Angestellten und den Gästen verwöhnen liessen. Hier gab es eine Zärtlichkeit oder gar ein Eis von einem Mitarbeiter; dort ein Plüschtier oder ein Holzspielzeug von einem Stammgast.

Die Welt der Kinder war solange in Ordnung gewesen, wie sich Sarah in der Nähe aufgehalten hatte und die Eltern regelmässig nach ihnen schauten. Doch das war vorbei. Ende Woche kam Rudi Rothfuss alleine zurück, mit der Nachricht, dass er und Izzy sich scheiden lassen würden.

«Unglaublich. Izzy wird mit Mäxle und Mo in Amerika bleiben», rapportierte Sarah Hannes' Eltern. Sie konnte die Nachricht nicht für sich behalten bis sie Hannes wieder sah. Doch anrufen wollte sie ihn auch nicht.

Ihr Chef hatte sie gestern Abend zu sich ins Wohnzimmer des Apartments gebeten und ihr ein Glas von seinem teuren Rotwein angeboten.

«Es tut mir leid, Sarah. Meine Frau kommt nicht zurück. Weder sie noch die Zwillinge. Die drei bleiben in New York, bei den Jacobs, ihrer Familie.»

«Aber, das kann doch nicht sein!», hatte sie erschrocken erwidert und Rudi gefragt, ob dies denn legal sei. Kinder vorübergehend mit ins Ausland zu nehmen und sie nicht zurückbringen.

«Izzy und ich haben es so vereinbart. Susanne wird zu mir ziehen.

Sie erwartet mein Kind und wird auch Jessica und Jens eine gute Mutter sein.»

Sarah hatte der Mund offen gestanden. «Aber ...», hatte sie erneut angesetzt, doch nichts einzuwenden gewagt. Ihr war gewesen, als hätte Rudi sie geschlagen. Doch der grosse, selbstsichere Mann sass vornübergebeugt, so, als trage er das ganze Elend dieser Welt auf seinen breiten Schultern.

Dafür war er es gewesen, der die neue, in Sarahs Augen folgenschwere Situation ausgelöst hatte. Sie dachte an seine Flirts mit Susanne, daran, wie unglücklich Izzy gewesen war. Bisher hatte Sarah alles verdrängt. Sie war nach den langen Tagen mit den Kindern zum Nachdenken zu müde gewesen. Lieber hatte sie ihre Nase in ein Buch gesteckt oder einen Film angeschaut.

Jetzt sass sie mit Gustav und Emma in deren Wohnung und vertraute sich ihnen an. Sie fühlte sich elend.

«Rudi Rothfuss wird Jens und Jessica hier behalten und sie zusammen mit seinem neuen Kind erziehen. Susanne ist also tatsächlich in Erwartung. Die Geburt sei im Dezember fällig, sagt Brigitte. Ist das nicht verrückt?»

Emma, Hannes' Mutter, nickte bedächtig und servierte Sarah einen Cappuccino, während ihr Mann Gustav allerlei andere, ähnlich wilde, Familiengeschichten vom Ort erzählte.

«Ich will nicht für Susanne arbeiten. Obwohl Rudi mir versichert hat, dass mein Vertrag weiterläuft. Er schätze mein Verantwortungsbewusstsein. Über Jens' hässlichen Kurzhaarschnitt hat er nur gelächelt und gemeint, kleine Jungs fielen von Zeit zu Zeit auf die Nase. Das sei normal. Ich solle mir keine Vorwürfe machen, sondern mich weiterhin gut um die Kinder kümmern.»

«Ja, sie brauchen dich jetzt mehr als zuvor. Bis diese Susanne ihr Baby kriegt, dauert es noch. Überstürze nichts. Warte einmal ab, was Hannes am Wochenende dazu meint», beruhigte Gustav sie, und Emma nickte erneut. Sarah vermutete, dass Gustav an seinem

Stammtisch im Ochsen noch einiges mehr zum Thema erfahren würde.

Hannes verbrachte das Wochenende im Schwarzwald, und zwischen ihm und Sarah gab es kein Thema ausser Rudi und Izzys bevorstehende Scheidung.

«Es weiss es schon halb Fleckenbronn. Manchmal habe ich den Eindruck, die tratschen hier alle», sagte sie abschätzig.

«Nun, der Ort hat jedenfalls seinen Skandal, die Vögel pfeifen es von den Dächern, und du navigierst im Auge des Taifuns», lachte Hannes.

«Ich finde es überhaupt nicht lustig, mitten drin zu stehen. Ich frage mich, was in den Personalräumen des Hotels, im Café Frey und an den Stammtischen alles gemunkelt wird.»

«Da musst du durch. Wenn es dir zu viel wird, kannst du jederzeit zu meinem Eltern flüchten.»

«Stimmt. Emma und Gustav sind so etwas wie ein ruhender Pol. Doch ich kann nicht verstehen, wie Rudi die Kinder so auseinander reissen kann. Jessica bekommt einiges mit. Jens gottlob noch nicht.»

«Es braucht immer beide Eltern dazu», wandte Hannes ein. «Izzy muss einverstanden sein. Sonst ginge das nicht. Jedenfalls nicht so einfach.»

«Hör mal. Er ist schuld. Er hatte diese Affäre mit Susanne. Und die blöde Gans packt die Gelegenheit und wird schwanger.»

«Sarah, das kann passieren. Was hast du gegen Susanne?»

«Nichts. Ich habe nichts gegen sie. Doch sie hat mir von Anfang an zu verstehen gegeben, das ich nur das Kindermädchen bin. Dazu eine Ausländerin, leicht bedeppert, weil ich ihren schwäbischen Dialekt nicht auf Anhieb verstand. Sie behandelt mich von oben herab.»

«Nun denn. Bald ist sie nicht mehr Rudis Sekretärin, sondern Frau Direktor Rothfuss», hob Hannes Susannes sozialen Aufstieg hervor.

Sie wurde wütend. «Genau. Und was soll *ich* nun tun?»

«Du kannst nicht viel ändern. Sobald etwas Gras über die Sache gewachsen ist, wird es besser werden. Es gibt viele Patchwork-Familien, die funktionieren. Am Ende wird oft alles gut.»

«Für Männer ist es so einfach. Neue Frau, neues Kind. Alles gut.»

«Sarah, du darfst das so nicht verallgemeinern. Es gibt durchaus treue und fürsorgliche Männer. Genauso wie wortbrüchige Frauen.»

«Wortbrüchig? Bin ich etwa auch wortbrüchig, wenn ich jetzt vom Tannwald weg will?»

«Nein, die Rothfussens sind nicht deine Familie. Wenn du Susanne nicht magst, kannst du das Arbeitsverhältnis auflösen.»

«Ja, und dann stehe ich auf der Strasse.»

«Du kannst dich neu orientieren. Nichts ist für die Ewigkeit.»

«Ich will mich aber nicht neu orientieren. Sie waren eine perfekte Familie», trotzte sie.

«Aber nicht *deine* Familie, mein Herz. Jede zweite Ehe wird geschieden ...»

«Am besten kehre ich gleich nach England zurück. Krieche bei Finlay zu Kreuze und bitte ihn um ein Stipendium.»

«Nein, Sarah. Meine Eltern würden dich schon morgen als Bedienung im Café oder als Hilfe in der Backstube einstellen. Sie mögen dich beide. Oder du kommst zu mir in die Schweiz», besänftigte sie Hannes. Sarah tat es plötzlich leid, dass sie den Streit mit ihm gesucht hatte.

Als Sarah Brigitte das nächste Mal in deren Personalzimmer abholte, übergab diese ihr einen Brief aus Frankreich.

«Er ist heute gekommen. Ich habe ihn zufällig gesehen und an mich genommen», sagte sie und fragte: «Wer schreibt dir denn per Schneckenpost?»

«Danke. Keine Ahnung», sagte sie, griff nach einer Schere, die auf Brigittes Tisch lag und schlitzte damit den Umschlag auf. Ihre

Freundin musste sich noch umziehen, so konnte Sarah den Inhalt in Ruhe lesen.

Der kurzen Mitteilung ihrer Tante Claire war eine Einladungskarte zu einer Vernissage einer Frankfurter Galerie beigelegt. Der Termin war zwar bereits vorüber, doch die Ausstellung dauerte noch weitere zwei Monate. Sie zeigte einen Teil von John-Pierres Nachlass. Sarah beschloss, hinzufahren.

«Komm, lass uns zu Pino gehen», schlug sie vor, nachdem Brigitte nach ihrer Jacke, Tasche und ihrem Schlüsselbund gegriffen und ihre Zimmertür im Personalhaus zugesperrt hatte. «Bei ihm können wir uns eine Pizza teilen.»

«Wer hat dir geschrieben?», fragte Brigitte während sie in der Pizzeria auf den gemischten Salat als Vorspeise warteten.

«Meine Tante Claire. Schau, die Karte sieht super aus.»

«So schön», sagte Brigitte.

«Ja, es ist eines von John-Pierres schönsten Bildern. Es hing im Haus, er wollte es nie verkaufen.»

«In welchem Haus?», fragte Brigitte.

«In seinem, in Cancale. Claire und er lebten bis zu seinem Tod vor einem Jahr dort. Seither pendelt sie zwischen Frankreich und England.»

«Woran ist er gestorben? Du hast mir nie von ihm erzählt», sagte Brigitte und lächelte Pino an, der ihnen, da sie lange warten mussten, einen Drink spendierte.

«Herzstillstand. Er war 21 Jahre älter als meine Tante Claire. Und sie wiederum ist neun Jahre älter als meine Mum. Ich habe seine Beerdigung verpasst, da ich letzten Sommer in Florenz lebte und weder die Zeit noch das Geld hatte, nach Frankreich zu fahren. Zudem war ich in jener Woche krank. Aber ich mochte ihn. Sehr sogar. Er war sehr einfühlsam und sehr charmant.»

«Wie alt war er nun wirklich, als er starb?»

«Über 80. Claire ist dieses Jahr 62. Sie verkauft alles. Sie braucht das Geld, um zu leben. Daher die Ausstellung in Frankfurt.»

«Fährst du hin?», fragte Brigitte.

«Nach dem Drama im Tannwald brauche ich einen Szenenwechsel.»

«Aber dein Abgang ging ja sehr gesittet über die Bühne. Ich hatte nicht den Eindruck, dass du im Streit gegangen bist.»

«Nein, natürlich nicht. Die Kinder waren traurig, und Rudi hat mir eine anständige Abfindung bezahlt», nickte sie. «Aber mit Susanne hatte ich ganz zum Schluss noch einen heftigen Zusammenstoss.»

«Aua. Erzähl schon. Davon weiss ich gar nichts.»

«Umso besser», seufzte Sarah. «Ich möchte nicht darüber reden. Wichtiger ist Izzy. Sie hat mir ein sehr nettes Dankes-E-Mail aus New York geschickt.»

«Und nun kannst du erst einmal Urlaub machen», sagte Brigitte.

Sarah überlegte, dass Claires Einladung genau zum richtigen Zeitpunkt eingetroffen war. Eigentlich hatte sie nun, da sie keine Arbeit mehr hatte und seit Ende Oktober bei Gustav und Emma Frey wohnte, für eine Woche nach Berlin reisen wollen. Doch da diese Galerie nun John-Pierres Werke ausstellte, würde sie stattdessen nach Frankfurt fahren.

Brigitte seufzte: «Ich käme fürs Leben gerne mit. Meine Eltern wohnen zwar mittlerweile nicht mehr in Frankfurt, aber meine Oma väterlicherseits lebt immer noch dort, in der Goldenen Abendsonne, einer Seniorenresidenz in Sachsenhausen …»

Sachsenhausen, sann Sarah, *rings a bell* …

Brigitte plauderte weiter « … und sie ist auch über 80. Sie hat aber gottlob ein starkes Herz und fühlt sich wohl ….»

Sarah blinzelte ihrer Freundin zu, die in Jeans und Karohemd, mit ihrem kurzen, weizenblonden Haar androgyn auftrat. Sarah mochte die feinen hellen Strähnchen. Brigitte sah in ihrer Freizeitkleidung ganz anders aus als im Dirndl, das sie bei der Arbeit trug. Dort bewunderte Sarah jeweils den mit Spitzen besetzten Ausschnitt. Wann immer Brigitte sich vornüberbeugte, fragte sich Sarah, wie das milchige Dekolleté auf Männer wirken mochte. Zudem zeigte Brigitte mit ihrer links der Taille gebundenen Dirndlschleife, dass sie single war. Jedenfalls jenen, die sich auskannten.

Eine Woche später, an einem strahlenden Novembernachmittag, stand Sarah mit Pralinen am Empfang einer gepflegten Seniorenresidenz in Frankfurt Sachsenhausen und fragte nach Frau Bohnert.

«Adele Bohnert. Zimmer 417, vierte Etage. Wen darf ich melden?»

Sarah nahm den Lift in den vierten Stock und folgte auf dem Gang den Zimmernummern. Die Tür zum Zimmer 417 stand bereits offen und eine gebückte Frau mit schlohweissen Haaren schaute ihr erwartungsvoll entgegen.

«Frau Bohnert?», fragte sie, plötzlich etwas schüchtern. «Ich bin Sarah Penrose und bringe Ihnen schöne Grüsse von Brigitte.»

«Ja, das bin ich», erwiderte die alte Frau. «Aber kommen Sie doch herein.»

Sarah bemerkte erst jetzt, dass sich Adele Bohnert auf einen Gehstock stützte. Brigitte hatte ihr erzählt, dass ihre Oma nicht nur zusehends schwerhörig, sondern auch etwas vergesslich geworden sei. Doch auf Sarah machte die alte Dame einen aufgeweckten Eindruck.

«Wie geht es meiner Brigitte?», erkundigte sich Frau Bohnert als Erstes.

«Danke, gut, sie arbeitet sehr gerne im Tannwald», antwortete Sarah und stellte ihr rosa Schächtelchen auf den kleinen Tisch im Zimmer.

«Ist das etwa für mich?», fragte die alte Frau, und als Sarah bejahte, strahlte sie. «Sie sind ein echter Goldschatz. Ich danke Ihnen sehr herzlich.»

Nachdem sich Sarah gesetzt hatte, wollte Adele Bohnert wissen, wie und wo genau Sarah Brigitte kennengelernt habe, ob sie auch an der Rezeption arbeite, und so weiter und so fort.

«Ich war übrigens einmal in Cornwall. Das war vor mehr als 40 Jahren mit meinem Mann selig. Ich erinnere mich noch an die Blumen und die Palmen, die ich dort so nicht erwartet hätte», plauderte sie weiter. Plötzlich schien ihr etwas einzufallen. Sie klingelte nach einer Pflegerin und bestellte ein Kännchen Schwarztee für Sarah und einen Kaffee Latte für sich. Schliesslich öffnete sie die Pralinenschachtel.

«Ich las im Sommer einen Kurzbericht in der FAZ», wechselte Sarah das Thema. «Ein alter Mann aus einem Frankfurter Seniorenheim wurde vermisst und später tot in einem Park aufgefunden.»

«Vermisst?», höhnte Adele und steckte sich eine weisse Trüffelpraline in den Mund. «Kein Mensch hat den Alten vermisst.»

«Wirklich? Kannten Sie den Mann?», fragte Sarah höflich.

«Ja, der Adolf Müller, der wohnte hier im Erdgeschoss. Brüstete sich noch immer mit Weibergeschichten. Soll glauben, wer es will. Ich bin jedenfalls nicht auf ihn eingegangen», sagte Adele und kicherte: «Wenn es früher bloss Männer wie ihn gegeben hätte, wäre ich ledig geblieben. Sie wissen schon, er war einer, dem keine Frau nachts hätte alleine über den Weg laufen wollen.»

«Ist es denkbar, dass er keines natürlichen Todes starb?», fragte Sarah.

«Wie denn sonst? Mit beinahe 100!»

Nach ihrer Rückkehr aus Frankfurt traf Sarah Brigitte zufällig im Zentrum von Fleckenbronn.

«Super, dich zu sehen», rief Sarah. Sie bedauerte, dass Brigitte keine Zeit für einen Kaffee und einen Schwatz hatte und rasselte die Neuigkeiten im Stehen herunter.

«Du glaubst es nicht! Die Kunstgalerie mit John-Pierres Bildern lag in Sachsenhausen, bloss ein paar Meter entfernt von der Seniorenresidenz deiner Oma. So kaufte ich spontan Pralinen und ging deine Oma besuchen. Sie lässt dich herzlich grüssen»

«Oh, das ist so lieb von dir. Sie hat sich bestimmt gefreut. Sie hat ja kaum je Besuch», antwortete Brigitte und fragte «Ist sie gesund und munter?»

«Ziemlich. Unglaublich wach und an allem interessiert schien sie mir. Da war meine Granny, die Mutter meiner Mutter, ganz anders. Sie hat sich nach dem Tod meines Grossvaters in ihre eigene Welt zurückgezogen …»

«Ja, erzähl ein anderes Mal. Jetzt muss ich sausen, sonst komme ich zu spät zum Dienst», drängte Brigitte und als Nachgedanke: «Ich fahre übrigens nach Hamburg, zu meinen Eltern. Ich muss Urlaubstage einziehen und Überstunden kompensieren. Im Hotel herrscht Flaute. Ich melde mich.»

Sarah hätte gerne mehr vom Tannwald erfahren. Sie wohnte nun im Haus von Hannes' Eltern und fühlte sich abgeschnitten vom Hotelbetrieb und der Gemeinschaft der Angestellten. Brigitte fehlte ihr. Die beiden hatten früher zwar nicht jede freie Stunde zusammen verbracht, doch sie hatten sich täglich im Vorbeigehen zugewinkt und sich dabei verbunden gefühlt.

Seit Mitte November half Sarah Gustav morgens in der Backstube und Emma nachmittags im Café. Ihre Arbeit begann in aller Herrgottsfrühe, bei tiefster Dunkelheit. Das einzig Angenehme waren der Duft und die wohlige Wärme der Backstube und der frühe Arbeitsschluss. Sie war nicht zufrieden mit dieser Lösung, in die sie hineingerutscht war. Doch der Dezember war der strengste Monat in der Bäckerei, und Gustav war froh um jede Hilfe. Sarah schuldete ihm und Emma einen guten Dienst. Die beiden hatten ihr ein möbliertes Zimmer neben ihrer Wohnung angeboten, als Sarah Ende Oktober nicht länger im Personalhaus des Tannwald wohnen konnte.

Sarah begann, abends zu joggen, dem Tonbach entlang bis zum

Pudelstein, von dort hoch zur Kanzel und auf breiten Wegen zurück zum Ort. Jetzt, wo es schon um 17 Uhr dunkel wurde, trug sie dabei eine Stirnlampe und achtete auf Geräusche, die sie am Tag nicht hörte. Einmal, als sie sich auf einem abschüssigen Pfad auf die Wurzeln konzentrierte, stand ein Mann am Wegesrand. Ohne Taschenlampe an einem Baum gelehnt. Sarah sah ihn erst im letzten Moment, stoppte und fragte, ob er Hilfe brauche.

«Nein, ich habe bloss Seitenstechen. Verklemmter Furz. Geht schon», brummte der Typ, und sie lief schnell weiter. Dabei fiel ihr Izzys Oma ein, die als Kind vor über 70 Jahren missbraucht worden war und als alte Frau in New York frühmorgens wach gelegen und auf einen Anruf ihrer Enkelin aus Deutschland gewartet hatte. Was, wenn der Typ hier auch ...

Während Sarah in Gedanken versunken weiter joggte, meinte sie, Schritte hinter sich zu hören. Doch dann herrschte wieder Stille. Eine Winterstille, die man sich im Frühling und Sommer nicht vorstellen konnte, wenn Kinder spielten, der Wind durch die Bäume strich, ein Bach plätscherte und die Vögel den frühen Morgen und den Abend lobten. Sie bemühte sich, ihrem Instinkt, sich umzudrehen, zu widerstehen und rannte in gemässigtem Tempo weiter. Vermutlich war es doch ein Tier, oder bloss ein dürrer Ast, der gebrochen war. Trotzdem nahm sie sich vor, ihre Laufstrecke künftig zu variieren und zu unterschiedlichen Zeiten zu starten. Sie wollte keine Gewohnheiten etablieren. Während sie auf die schimmernden Lichter im Tal zu rannte, fragte sie sich, warum sie sich hier im Wald plötzlich fürchtete, und ob es nicht doch besser wäre, nach England zurückzukehren. Seit Izzy weg war, hatte sie hier niemanden mehr, mit dem sie sich in ihrer Muttersprache unterhalten konnte. Nicht zuletzt vermisste sie die Kinder.

Sarah hatte es bis jetzt unterlassen, Finlay und ihre Mum über den Wechsel vom Hotel Tannwald ins Café Frey zu informieren. Sobald sie eine Ahnung davon hatte, wie ihr Leben weitergehen würde, würde sie ihnen schreiben. Sie lernte schon seit Wochen auf das Goethe-C1 hin, ein Deutsch-Zertifikat, von dem sie sich einen besseren Job oder einen erleichterten Zugang zu einer Universität im deutschsprachigen Raum erhoffte. Ausser Brigitte wusste niemand davon, denn Sarah fürchtete die Blamage, falls sie durch die Prüfung fallen sollte. Es bestand kein Grund, viel Wirbel um ungelegte Eier zu machen.

Sarah konnte an jenem Abend lange nicht einschlafen. Anders als im Tannwald, wo sie nach den langen Arbeitstagen erschöpft ins Bett gefallen war, und bis ihr die Augen zufielen, ein paar Seiten in einem Buch gelesen hatte, drehte sie sich jetzt von links nach rechts, von rechts nach links. Dabei dachte sie daran, wie früh sie am nächsten Morgen wieder raus musste, wie wenige Stunden Schlaf ihr blieben. Sollte sie nicht doch besser studieren, oder einen Job in Basel finden, zu Hannes ziehen und so leben wie andere junge Paare? Sie konnte sich nicht entscheiden. Kinder wollte sie keine. Nicht, nachdem sie erlebt hatte, wie unerwartet Rudi und Izzy Rothfuss die Scheidung beschlossen und ihre Familie auseinandergerissen hatten. Hier im Schwarzwald, fern von Hannes zu wohnen und zu arbeiten und sich zwischendurch zu treffen, schien ihr für den Moment der bessere Weg. Doch die Frage nach der grossen Liebe hing in der Luft. Als Sarah Hannes kennenlernte, war sie mit Moira zusammen gewesen, einer wunderschönen, gross gewachsenen Schottin. Sie hatte sie in einem Italienischkurs in Florenz getroffen, bewundert und sich Hals über Kopf in sie verliebt. Sie hatte den Sex mit ihr mehr genossen als je zuvor oder danach mit Männern. Trotzdem hatten sie sich nach ihren gemeinsamen Ferien in Kenia getrennt. Ob sich Moira noch immer in Afrika in einem Hilfsprojekt nützlich machte? Sarah erwog, ihr zu Weihnachten eine Karte an die alte Adresse, jene von Moiras Eltern in Schottland zu schicken. Kurz vor Mitternacht schlief sie endlich ein.

Am folgenden Wochenende war Sarah noch immer verunsichert über ihre Zukunft und ihre Beziehung zu Hannes. Doch sie beschloss, ihm nicht von ihren Zweifeln zu erzählen. Während sie duschte, summte sie ein Weihnachtslied, das sie in der Backstube immer wieder am Radio gehört hatte. Sie verstand sich gut mit Gustav, und auch mit Emma und den Angestellten. Die Bedienungen im Café waren langjährige Kräfte und freundlich. Natürlich überliessen sie Sarah die mühsamen Arbeiten und die unangenehmen Gäste und tuschelten hinter ihrem Rücken, wenn sie Fehler machte. Doch Sarah betrachtete den Job in der Bäckerei als Übergangslösung. Dass hier niemand Englisch konnte, kam ihr entgegen. So sprach sie ausschliesslich Deutsch und lernte umso schneller. Butterbrezel und Schwarzwälder Kirschtorten waren ihr inzwischen so vertraut wie *Scones* und *Cakes* oder jene französischen Patisserien, die sie und Claire an ihren Plaudernachmittagen in der Bretagne gegessen hatten.

«Sarah, kommst du?», rief Hannes, der längst aufgestanden war.

«Moment noch. Ich muss meine Haare föhnen, sonst erkälte ich mich.»

Sie liess sich Zeit, verteilte reichlich Feuchtigkeitscreme auf Arme und Beine. Sie dachte an Frankreich, fragte sich, wie es Claire ohne John-Pierre ergehen mochte. Ihre Tante hatte nie jemanden anderen gekannt. Er war ihre einzige Liebe gewesen. Seinetwegen hatte sie in Frankreich gelebt. Nun war Claire frei, sich ein neues Zuhause zu suchen. Wie mochte sich das anfühlen?

Sarah schlüpfte in ihre Cordhose und zog einen warmen Pullover über.

«Endlich», rief Hannes, der alleine am Frühstückstisch sass und seit einer halben Stunde auf sie wartete. Seine Eltern beschäftigten sich irgendwo in der Wohnung. Wahrscheinlich wollten sie nicht stören.

«Sorry», sagte sie. «Ich mag mich am Sonntagmorgen nicht beeilen. Ich muss die ganze Woche über früh raus.»

«Da hast du recht. Eine Bäckerei ist nicht der passende Arbeitsort für Langschläfer.»

Sie schnitt eine Grimasse, sagte jedoch nichts.

«Ich meine es ernst. Was würdest du am liebsten tun, wenn du alle Möglichkeiten in Betracht ziehst?»

«Nach Afrika reisen, dort eine Crew begleiten, die DOK-Filme dreht. Ich wäre Mädchen für alles; ich würde Kaffee kochen, den Jeep steuern, Zelte aufstellen und in meiner Freizeit Löwen bändigen.»

«Und das wäre dein Traumjob?», fragte er.

«War nicht so ernst gemeint.»

«Also, dann realistisch. Warum ziehst du nicht zu mir in die Schweiz? In Basel gibt es Museen und Galerien zuhauf, und Roche und Novartis und auch all die vielen anderen, kleineren Pharmafirmen suchen Arbeitskräfte mit englischer Muttersprache.»

«Ich habe keine Büroerfahrung.»

«Aber du sprichst vier Sprachen. Zudem hast du Claire und John-Pierre in ihrer Galerie in der Bretagne geholfen und weisst, wie man mit Kunden und mit einem PC umgeht.»

«Ja, schon. Ich denke übrigens, seit ich an John-Pierres Retrospektive in Frankfurt war, oft an die beiden», sagte Sarah. Ihre Erinnerung, wie sie John-Pierre für seine Akte Modell gesessen hatte, behielt sie geflissentlich für sich. Sie konnte sich das von der Sonne aufgeheizte Atelier unter dem Dach ohne seine Staffeleien, bar seiner Präsenz und aufmerksamen Augen genauso wenig vorstellen wie die Tatsache, dass er nun auf einem bretonischen Friedhof lag.

«Und?», drängte Hannes.

«Ich weiss nicht. Lass mir noch etwas Zeit.»

«Meine Oma hat uns eingeladen», überraschte Brigitte ihre Freundin Sarah Anfang Dezember. «Zur Weihnachtsfeier in der Seniorenresidenz. Die Feier findet wie jedes Jahr am zweiten Freitag im Dezember statt. Vermutlich, damit die Familien an Heiligabend und über Weihnachten frei sind», seufzte sie.

«Warum lädt sie ausgerechnet mich dazu ein?», fragte Sarah.

«Vermutlich hast du auf sie einen guten Eindruck gemacht», sagte Brigitte. «Mich hat sie natürlich auch eingeladen. Sie hat das Anrecht auf zwei Gäste. Meine Eltern sind verhindert. Sie gehen dafür über die Feiertage hin.»

«Es könnte zu spät werden, um noch am Abend heimzukehren.»

«Nein! Das Essen beginnt früh und ist um 20 Uhr vorbei. Alte Menschen gehen mit den Hühnern schlafen. Bitte komm mit», bat Brigitte. «Wenn nötig können wir in Frankfurt übernachten. Meine Eltern besitzen ganz in der Nähe eine kleine unbenutzte Wohnung. Genau für solche Fälle.»

«Okay!», nickte Sarah und dachte dabei an den Toten im Park.

Von der Decke des Speisesaals hingen gigantische Weihnachtskugeln. Auf den Tischen leuchteten Mandarinen zwischen duftenden Tannenzweigen. Daneben lagen Liedertexte in grosser Schrift, flackerten Kerzenimitationen ohne Brandgefahr. Die lässige Ehefrau des Altenheimpfarrers klimperte auf dem Flügel Weihnachtsmelodien. Das Pflegepersonal eilte an jenem Abend in festlicher Kleidung hin und her; half einem Gehbehinderten mit Rollator oder einer Rollstuhlpatientin an ihre reservierten Plätze, während die Stationsverantwortlichen die Angehörigen begrüssten.

Adele Bohnerts graues Seidenkleid und ihre schlichte Zuchtperlenkette passten zum festlichen Rahmen. Ihre goldgeränderte Brille hatte sie in die ondulierten, noch vollen weissen Haare hochgeschoben. Sie brauchte die Sehhilfe bloss zum Lesen, und nun, da sie sich gegenüber Brigitte und Sarah an den Tisch gesetzt hatte, spähte sie in die Ferne, zum Eingang hin. Plötzlich nickte sie zufrieden.

«Schön, mit euch Mädels zu feiern. Das Essen hier ist ausgezeichnet», sagte sie und eröffnete Brigitte und Sarah, dass das vierte Gedeck für einen mit ihr befreundeten Senior vorgesehen sei.

«Da kommt er», erklärte sie und winkte einem distinguierten Herrn, der leicht vornübergebeugt auf ihren Tisch zukam.

«Alf, darf ich dir meine Enkelin Brigitte und ihre Freundin vorstellen?», und zu den Mädchen gewandt: «Alf Arendt wohnt seit einem Jahr hier. Wir drehen täglich eine Runde im Garten und spielen zusammen Klugscheisser.»

Sarah runzelte fragend die Stirn, und Brigitte lachte: «Klugscheisser ist der Name eines Quiz. Es ist witzig. Bloss wer es zweimal gespielt hat, kennt die Antworten. Dann muss man sich neue Mitspieler suchen.»

«Nicht in unserem Alter. Für uns sind die Fragen täglich wieder neu», kicherte Adele.

«Nun übertreib deine Vergesslichkeit mal nicht», wandte Alf ein. «Brigitte hat recht. Ich jedenfalls spiele lieber Binokel. Binokel ist eindeutig besser.»

«Ja, aber wir haben auch Spass gehabt mit Klugscheissern», bemerkte Adele mit einem ironischen Lächeln. «Mit jenem Adolf Müller zum Beispiel. Der war ja der schlimmste Besserwisser weit und breit.»

Alf schaute die Mädchen vielsagend an. «Adolf Müller hat mir oft von diesen – entschuldigt den Ausdruck – sauteuren Hotels im Schwarzwald erzählt, wo er anscheinend ein- und ausgegangen ist», sagte er und grinste dabei. «Seine Erinnerungen schienen mir ziemlich akkurat. Doch ich kann es schlecht beurteilen. Ich machte mein Leben lang einen Bogen um die Sterne-Gastronomie. Meine verstorbene Frau und ich mochten es einfacher.»

Am nächsten Tag im Regionalzug von Karlsruhe, der sich das Tal hoch schlängelte und an jeder Station hielt, fragte Sarah: «Brigitte, hast du Einsicht in die alten Gästelisten? Jene der vergangenen Jahre?»

«Sicher. Ich muss nächste Woche die Weihnachtsgrüsse des Hotels verschicken. Rudi Rothfuss schreibt auf die Festtage hin immer alle vormaligen Gäste an. Warum fragst du?»

«Mich interessiert, ob jenes Hotel, in dem dieser Adolf Müller gemäss Alf ein- und ausgegangen ist, das unsrige war. Könnte ja sein.»

«Der Hundertjährige, der im Park verstarb?», fragte Brigitte.

«Ja, der knapp Hundertjährige, stand in der Zeitung», antwortete Sarah.

Eine Woche später erfuhr Sarah, dass Adolf Müller tatsächlich mehrmals im Hotel Tannwald übernachtet hatte.

«Er hat 2010 auch seinen 95. Geburtstag hier gefeiert», bestätigte Brigitte und dankte Sarah für den Tipp. «So muss ich schon einen weniger anschreiben. Oder ich könnte ihm die Weihnachtswünsche direkt in den Himmel schicken.»

«Oder in die Hölle.»

«Wieso denn das?»

«Och, bloss so. Er scheint nicht besonders beliebt gewesen zu sein.»

«Warum interessiert dich der Alte?», hakte Brigitte nach.

«Er interessiert mich nicht wirklich», wehrte Sarah ab und überlegte, ob Izzy diesen Adolf Müller 2010 im Hotel getroffen hatte.

«Sag einmal Brigitte, glaubst du an Intuition?», fragte sie.

«Sicher. Ich lebe davon. Ich kann dir schon beim Einchecken sagen, ob ein Gast nett oder kompliziert sein wird. Und es stimmt immer.»

«Hannes widerspricht. Er glaubt nicht daran. Muss immer alles prüfen, zweifach und dreifach, um sicher zu gehen.»

«Ja, so sind Männer. Frag einmal meine Oma. Sie würde meinen, er könne sich seine Mehrfachprüfungen sparen. Es gibt Dinge, die spürt man einfach.»

«Gustav, glaubst du an Intuition? Und an Telepathie?»

Der Duft von Anis, Ingwer, Muskat und Nelken hing in der Backstube, wo Gustav und Sarah Hand in Hand arbeiteten. Zusammen stachen sie im Advent an vier Wochentagen jeweils 500 Kilogramm Weihnachtsgebäck aus. Sarah staunte über Bezeichnungen wie Spitzbuben oder Springerle. Sie konnte sich keine zur Jahreszeit passendere Arbeit vorstellen, als hier mit Gustav Weihnachtsgutzle zu backen. Ausser vielleicht, Tännchen zu fällen. Das Radio spielte Weihnachtslieder, unterbrochen von penetranter Werbung für irgendwelche Schnäppchen. Berta, die älteste der Bedienungen im Café Frey, brachte eine Papierrolle mit roter Schleife in die Backstube.

«Für dich, Sarah. Das wurde vor etwa einer Stunde abgegeben», sagte sie.

Sie wusch und trocknete sich die Hände, bevor sie nach der Rolle griff, das Band löste und die Zeichnung betrachtete. Jessica hatte einen Christbaum und ein grosses rotes Herz gemalt und darunter ALLES LIIBE VON JESSICA + JENS gekritzelt».

Sarah hatte längst Geschenklein für die beiden Kinder gekauft, diese hübsch eingepackt und sie im Tannwald vorbeibringen wollen. Nun war ihr Jessica zuvorgekommen. Sarah musste plötzlich gegen Tränen ankämpfen. Gustav beobachtete sie.

«Frauen glauben an Intuition. Aber Männer?», murmelte sie und zeigte ihm die Zeichnung, bevor sie sie wieder aufrollte und die Schleife neu band.

«Das kommt auf den Mann an. Du kannst das nicht verallgemeinern.»

«Glaubst *du* daran?», fragte sie, nahm ihre Blechform erneut zur Hand und stach damit flink weiter Weihnachtssterne aus.

«An Telepathie nicht so recht. An Intuition hingegen schon. Das gibt es.»

«Zum Beispiel?», fragte sie und war froh, sich mit Gustav unterhalten zu können, während sie Seite an Seite arbeiteten.

«Als Jäger. Auf der Jagd spürst du das Tier, bevor du es siehst. Weisst, woher es kommen und in welche Richtung es fliehen wird. Da stellt sich ein Bauchgefühl ein, wenn alle Sinne involviert sind. Der Kopf allein macht es nicht.»

«Ich meinte eigentlich nicht die Jagd», sagte Sarah, die seit kurzem vegetarisch ass, «sondern Zufälle und Vermutungen im Alltag. Ganz gewöhnliche Dinge, die du ableitest. Du erfährst und kombinierst die unterschiedlichsten Sachen, spekulierst und ziehst deine Schlüsse daraus.»

«Sicher, auch das ist möglich. Das ist dann wie Rätselraten», stimmte Gustav zu. «Wir beide, wir könnten zum Beispiel verwandt sein.»

«Wie denn das?», fragte sie.

«Nun. Du hast mir erzählt, dein verstorbener Vater sei Mitte der 50er Jahre in Leeds geboren. Seine Mutter sei bei seiner Geburt sehr jung gewesen. *Mein* Vater war in jener Zeit in London. Dort traf er ein Girl aus Leeds. Blaue Augen, dunkle Locken. Später verlor er sie aus den Augen. Jene wunderhübsche 15-Jährige könnte deine Oma gewesen sein.»

«Das ist mir zu kompliziert», wiegelte Sarah ab.

«Nein», sagte Gustav. «Dein Vater war unehelich, hast du mir erzählt. Falls seine Mutter die Freundin *meines* Vaters gewesen *wäre*, und er mit ihr damals in London diesen Sohn – nämlich deinen Vater – gezeugt hätte, so wäre das möglich. Solche Dinge kommen vor.»

«Dann wären wir ja wirklich verwandt!», rief sie.

«Genauso wäre es. Aber meine Eltern sind inzwischen tot. Mein Vater kann uns keine Auskunft mehr geben. Er hinterliess weder Fotos noch Briefe aus jener Zeit. Meine Story beruht also auf Spekulation. Sie ist ein Hirngespinst, wie wir solche Luftschlösser auf Deutsch auch nennen.»

«'Hirngespinst' und 'Luftschlösser' sind wunderbare Ausdrücke», sagte Sarah und überlegte laut: «Doch inzwischen kann man DNA-Tests machen lassen. Damit würden wir Klarheit schaffen.» Aber dann fiel ihr ein, dass sie Gustavs Meinung zu ihren eigenen Spekulationen hatte herausfinden wollen. Rasch schob sie nach: «Meine Grossmutter hätte die Liebesgeschichte deines Vaters geglaubt. Sie hat auch immer gemutmasst, dass mein Vater noch lebe.»

«Es gibt solche Menschen und andere», sagte Gustav diskret.

«Ich habe ebenfalls etwas schier Unglaubliches erlebt», setzte Sarah zu ihrer Erzählung über Izzy und Adolf Müller an. «Ich weiss gar nicht, ob ich es dir berichten soll. Du hältst mich bestimmt für verrückt. Es ist hier passiert.»

«Jetzt machst du mich aber neugierig», lachte Gustav, während er neuen Teig anrührte. «Erzähl schon.»

«Also», begann sie und berichtete, wie sie im Sommer in der FAZ zufällig diese Kurzmeldungen über den verstorbenen Senior entdeckt hatte und am nächsten Vormittag, wiederum zufällig, ein Telefongespräch zwischen Izzy und ihrer Oma mithörte, in dem es um diesen Todesfall ging.

«So, wie sie es ihrer Oma berichtet hat, war ich sicher, Izzy sei die Mörderin.»

«Na hör mal!», rief Gustav und liess die Knetmaschine laufen.

«Was hat sie denn genau gesagt, deine Izzy?»

«Sie sprach von einem, der den Tod verdient hatte. Und von Küchlein, über die er sich freute und über das Vertrauen, das er ihr entgegenbrachte», zählte Sarah auf. «Alles Dinge, die so nicht in der Zeitung standen.»

Gustav rieb sich die Hände.

«Das ergibt keinen Sinn. Du weisst ja nicht, woran dieser Alte starb.»

«Richtig, Adele Bohnert meinte auch, dass er einfach alt war, beinahe 100.»

«Und wer ist Adele Bohnert?»

«Brigitte Bohnerts Oma. Der Verstorbene lebte bis zu seinem Tod im gleichen Seniorenheim in Sachsenhausen. Angeblich war er ein ... *a dirty old man.*»

«Ein Dreckskerl», erriet Gustav. «Wie so viele. Noch kein Grund, ihn abzumurksen. Ich sehe auch keinen Zusammenhang mit Frau Rothfuss.»

«Ja, ich sah ihn auch erst, oder meinte, ihn zu sehen, weil ich weiss, dass Izzys Oma eine Frankfurter Jüdin war und, weil die besagte FAZ schon am Folgetag entsorgt wurde und ich den Zeitungsausschnitt zwischen Izzys Modejournalen fand. Zudem sagte mir Brigitte, dass der Tote zweimal Gast im Tannwald gewesen war. Izzy muss ihn gekannt haben. Und das Wichtigste», schloss sie: «Izzy war an jenem Tag, als der Alte starb, in Frankfurt.»

«Nun kommen wir der Sache näher», fand Gustav und stellte ein paar weitere Fragen, die Sarah, so fand sie wenigstens, schlüssig beantworten konnte. «Was soll ich nun tun?», fragte sie.

«Hast du Brigitte oder ihrer Grossmutter davon erzählt?»

«Nein, nur Hannes und jetzt auch dir.»

«Dann vergiss es rasch wieder.»

«Glaubst du mir etwa nicht?», fragte Sarah enttäuscht.

«Natürlich glaube ich dir. Jedes Wort», versicherte ihr Gustav. «Aber ich glaube auch, dass du keine schlafenden Hunde wecken solltest.»

«Still dreaming of a white Christmas?», fragte Gustav, ein Bing Crosby-Fan, nachdem Sarah die ganze Woche über gejammert hatte, wie enttäuscht sie über den nassen und warmen Dezember sei.

«Nein», antwortete sie. «Aber es wäre schön gewesen. In Cornwall schneit es nur alle zehn Jahre einmal. Und nie an Weihnachten. Doch jetzt kommt hier auch kein Schnee mehr.»

«So müssen wir wenigstens nicht schippen. Warte es ab. Im Januar wird es schneien. Mehr als uns lieb ist.»

«Genauso wie bei meiner Ankunft. Jene Pferdeschlittenfahrt mit Izzy und ihren Kindern, von der ich dir erzählt habe, war filmreif.»

«Ja. Wenn du magst, fährt Hannes morgen bestimmt mit dir auf den Ruhestein. Im Auto halt, und nicht im Schlitten. Doch dort oben hat es reichlich Schnee», tröstete Gustav sie und begann die Arbeitsflächen aus Edelstahl zu reinigen.

Es war kurz vor Mittag. Sarah war dabei, den Boden der Backstube feucht aufzunehmen. An Heiligabend schloss die Bäckerei um 13 Uhr. Anders als in England, wo die Geschenke am 25. Dezember geöffnet wurden, war hier schon heute Bescherung. Zuvor wollte Emma mit ein paar Nachbarn und Sarah in den Heiligabend-Gottesdienst gehen. Sarah hoffte, es gebe auf der Autobahn Basel-Karlsruhe keinen Stau, und Hannes sei rechtzeitig in Fleckenbronn, um sie in die nahe Kirche zu begleiten.

«Genug für heute», riss Gustav sie aus ihren Gedanken und warf die Schmutzwäsche in den grossen Korb, der zu diesem Zweck in einer Ecke der Backstube stand. «Ich lege mich nach dem Essen für ein Stündchen aufs Ohr.»

«Perfekt», sagte sie. «Ich ruhe mich auch ein wenig aus.»

Als Sarah, Emma und Hannes nach der Andacht ins Haus zurückkehrten, verbreitete der Kachelofen Wärme und ein Rottännchen den Duft von Wald.

«Hast du den Baum schon gestern gefällt?», fragte Hannes seinen Vater, der nickte und zwei oder drei Scheite Holz in den Ofen nachlegte.

Sarah bemerkte die echten Kerzen auf ihren Haltern sowie die filigranen Strohsterne und die Nüsse und Tannzapfen, die das leicht krumme Tännchen schmückten. Im Vergleich dazu war der ausladende Weihnachtsbaum, der in der Halle von Finlays Wohnung in

London prangte, ein gut gewachsener Riese, dessen Engel auf der Spitze die hohe Decke touchierte. Finlays Weisstanne war jeweils vollbehangen mit roten und goldenen Kugeln, mit Engelshaar, Lametta sowie feinen elektrischen Lichterketten, die den Baumschmuck zum Glitzern brachten. Keiner hätte es dort gewagt, richtige Kerzen am Baum anzuzünden. Sarah stellte sich ihre Mutter vor, die vermutlich bereits in London war und dort am Nachmittag letzte Einkäufe erledigt hatte. Sie schluckte die aufsteigenden Tränen, die sie sich nicht erklären konnte, hinunter. Es war wirklich schön hier. Emma hatte einen Kartoffelsalat vorbereitet. Dazu gab es Saitenwürstle und für Sarah ein Tofu-Schnitzel. Hannes erzählte von der Schweiz, und Gustav lobte Sarah dafür, wie gut sie sich im Betrieb eingearbeitet hatte. Alles war bestens. Trotzdem wusste Sarah, dass dies nicht das Leben war, das sie sich auf Dauer für sich vorstellte.

Als der Abend voranschritt und Hannes und seine Eltern über verschiedene Nachbarn und Bekannte und entfernte Verwandte redeten, dachte Sarah schon wieder an ihre Familie in England. Sie fragte sich, ob Claire in der Bretagne und Rebecca und Tom in Cornwall mit Toms Eltern feierten.

Sarah würde sie am nächsten Tag alle anrufen, ihnen frohe Weihnachten wünschen und hören, ob ihnen die Bücher gefielen, die Sarah über Amazon für sie bestellt hatte.

«Wie hast du Weihnachten verbracht?», fragte Brigitte, als sie Sarah im neuen Jahr zufällig auf der Post traf.

«Mit Hannes und seinen Eltern. Und du?»

«Ich habe gearbeitet und meine Freizeit verschlafen. Ich war todmüde. Es war so viel los.»

«Waren Rudi Rothfuss und die Kinder über Weihnachten im Hotel?»

«Ja, Herr Rothfuss hat rund um die Uhr gearbeitet. Susanne ist im Mutterschaftsurlaub. Sie hat sich in der Wohnung verschanzt und zu den Kindern geschaut.»

«Muss schön für sie sein. Ein Kind zu Weihnachten», nickte Sarah.

«Ja, sicher. Aber sie sieht schlecht aus. Und Jessica und Jens sind ein bisschen eifersüchtig auf das Baby», sagte Brigitte. «Sie haben sich jedoch sehr über deine Geschenke gefreut.»

Sarah nahm sich vor, bald im Tannwald vorbei zu schauen.

«Im Grunde bin ich froh über den Januar», seufzte Brigitte. «Weniger los, und es herrscht rundum wieder emotionaler Normalbetrieb. Die Festtage mit dem ganzen Drumherum sind nicht so mein Ding.»

«Früher, als ich mit Mum und meiner Sis in London bei Finlay und Lance feierte, war es immer okay. Aber dieses Jahr hatte ich einen kurzen Festtagskoller. Zum ersten Mal in meinem Leben.»

Mitte Januar wurde es kalt, zudem schneite es aus tief hängenden Wolken. Ausser in den Hotels war im Ort nichts los. Brigitte und Sarah trafen sich wieder wöchentlich zum Pizzaessen. Hie und da setzten sie sich spät abends zusammen mit anderen jungen Leuten an eine Bar. Zwischendurch fuhren sie nach Freudenstadt. Dort zeigte das Kultkino im Kurhaus prämierte Filme im Originalton. Während sich Sarah und Brigitte auf Sofas räkelten und Getränke aus dem Weltladen schlürften, wähnten sie sich während der Dauer des Films in einer Grossstadt. Oder in einer beliebigen Ecke dieser Welt.

«Einen zweiten Winter hier überlebe ich nicht», klagte Sarah.

Die Wochenenden, die Hannes im Schwarzwald verbrachte, verflogen im Nu. Doch die Werktage zogen sich in die Länge. Hin und wieder überlegte sie, ob sie für ein Weekend nach Basel fahren wollte. Doch sie war auf den Zug angewiesen, und für Hannes war es mit dem Auto bequemer, nach Fleckenbronn zu kommen. Seit sie in der Backstube arbeitete, blieb er bis montagmorgens, stand mit ihr zusammen auf und machte sich nach einem schnellen Kaffee auf in die Schweiz. Emma sah es nicht gerne, dass ihr Sohn bei Dunkelheit losfuhr. Die Strasse über den Ruhestein war in der Früh eisig, Hannes meistens in Eile und Emma beständig in Sorge um ihn …

Brigitte riss Sarah aus ihren Gedanken.

«Solange du einen Job hast, ist es okay. Mir jedenfalls wird es an der Rezeption nicht langweilig. Schon bald ist Frühling, und wir können draussen zusammen Tennis spielen.»

«Ich weiss nicht. Hier dauert es ewig, bis es einigermassen warm wird.»

«Stimmt», antwortete Brigitte, «ich überlege mir ernsthaft, auszuwandern.»

An einem Donnerstagabend im April meldete der Südwestfunk den Absturz eines in Deutschland registrierten Kleinflugzeugs in den Vogesen. Nach Angaben der französischen Polizei starben der Pilot sowie beide Passagiere. Der Hergang des Unfalls, der sich um 16 Uhr ereignet habe, sei noch Gegenstand der Untersuchung. Rettungskräfte, Polizei und Feuerwehr seien vor Ort. Sarah war gerade dabei, ihre Laufschuhe zu binden und hörte nur mit einem Ohr hin. Dann, im Laufe des Freitagvormittags, meldete der SWR, dass es sich bei den Opfern des Flugzeugabsturzes um einen Baden-Württembergischen Hotelier mit Familie handle.

Am Nachmittag schliesslich wurde sie von der total aufgelösten Brigitte angerufen, die fragte: «Hast du vom Flugzeugabsturz gehört? Es ist mein Chef. Herr Rothfuss flog in seiner Sportmaschine an eine Gastronomen-Konferenz im Elsass. Weil es so prächtiges Wetter und die Tagung übers Wochenende war, nahm er Susanne und den Kleinen mit.»

Als Sarah nicht antwortete, schluchzte Brigitte: «So hör doch! Jessica und Jens sind hier. Herr Rothfuss war auf der Stelle tot. Ich darf es noch niemandem sagen. Aber du, du bist sicher eine Ausnahme. Zudem weiss es innert Kürze bestimmt jeder im Ort. So etwas sickert durch. Das kann man nicht geheim halten! Gleichwohl hat unser Geschäftsleiter verfügt, dass die offizielle Meldung an die Presse erst morgen rausgeht.»

Sarah antwortete noch immer nicht. In ihrem Kopf hämmerte es: Rudi Rothfuss, dieser stattliche, vitale Mann kann nicht tot sein. Genauso wenig wie Susanne und das Baby. Das *musste* ein Irrtum, eine Falschmeldung sein.

«Sarah? Bist du noch da? So sage doch etwas! Oder komm bitte nach Feierabend zu mir ins Personalhaus. Ich will jetzt nicht allein sein.»

Endlich antwortete sie. «Ja, mache ich. Ich warte um 21 Uhr an der Rezeption auf dich.»

«Und was ist mit Hannes?», fragte Brigitte.

«Oh!», rief Sarah. Sie hatte Hannes komplett vergessen. «Er ist auf Geschäftsreise. Er besucht in Portugal Kunden und bleibt übers Wochenende in Lissabon.»

Die holzgetäfelte Hotellobby, normalerweise einer der gemütlichsten Räume im Tannwald, fühlte sich anders an. Sarah fror, obwohl im Kamin ein Feuer knisterte. Sie beobachtete, wie das Personal und einige Gäste tuschelten und fragte sich, ob die Leute informiert wurden. Sie musste sich gedulden und auf Brigitte warten, die hinter dem Tresen auf ihren Bildschirm starrte.

Da tauchte Karin auf. Sarah erkannte auf einen Blick, dass sie Bescheid wusste. Zusammen eilten sie in einen Lagerraum. Überall standen Bierkästen, Mineralwasser und Softdrinks. Zudem war der Raum düster und eiskalt. Karin hängte sich wie eine Ertrinkende an Sarah, schluchzte und brachte kein Wort hervor. «Schscht», machte Sarah, «ich weiss es. Brigitte hat mich angerufen.»

Karin nickte, und Sarah fragte sie: «Hast du Jens und Jessica gehütet, als es passierte?» Karin nickte erneut.

«Seit wann weisst du es?», fragte Sarah.

«Ich habe es soeben mitbekommen. Gäste aus Frankreich haben mit zuhause telefoniert. Dort ist anscheinend der Name durchgesickert.»

«Wie denn das?», fragte Sarah.

«Ich weiss es nicht. Vielleicht hat dort jemand Polizeifunk gehört. Jedenfalls reden die Elsässer jetzt darüber.»

«Schlafen die Kinder?», fragte Sarah, und Karin nickte zum dritten Mal.

Zusammen schlichen sie in die Personaltoiletten, wo sich Karin Wasser ins Gesicht spritzte und die Augen kühlte. Dann kehrten sie zurück in die Lobby und zu Brigitte, die verloren hinter ihrem Tresen an der Rezeption stand.

Als am nächsten Morgen der Manager vom Tannwald persönlich anrief, um Sarah anzufragen, ob sie unter diesen aussergewöhnlichen Umständen bereit sei, sich temporär um Jens und Jessica zu kümmern, sagte sie zu.

Dann eilte sie zu Gustav und Emma.

«Es tut mir leid, dass ich euch im Stich lassen muss», sagte sie, nachdem sie die beiden über den gestrigen Absturz informiert und sie gleichzeitig um eine zeitweilige Verschwiegenheit gebeten hatte.

«Ich muss unbedingt zu den Kindern. Karin schafft das nicht alleine. Herr Weisshaupt hat mich um meine Hilfe gebeten. Izzy kommt, sobald sie kann, aus den USA. Bis dann wohnen Karin und ich mit Jessica und Jens im Apartment der Familie Rothfuss im Tannwald.»

«Natürlich. Jemand muss sich um die armen Kinder kümmern», nickte Gustav, «du stehst ihnen noch immer nah.»

Er legte Sarah den Arm um die Schulter.

«Jetzt pack einmal das Nötigste. Emma und ich kümmern uns um den Rest. Wenn du uns brauchst, dann rufst du an.»

Eine Woche lang dominierten grässlichste Schlagzeilen zum Unglück die Frontseite der «Bildzeitung», während der «Blick», ein Boulevardblatt, das hier von ein paar Schweizer Gästen gekauft und gelesen wurde, neutraler titelte: Dreiköpfige Familie stirbt bei Absturz über den Vogesen.

Sarah und Karin versuchten, das Schlimmste von Jessica und Jens fernzuhalten. Doch es war schwierig. Im Hotel herrschten Ausnahmezustand und kollektive Trauer, die sich auch auf die zu dieser Jahreszeit spärlichen Kurgäste übertrugen. Das Wetter hatte glücklicherweise gedreht. Der April zeigte seine nasse und kalte Seite, und ein paar Gäste waren vorzeitig abgereist. Jens spielte im Zwergenhort. Doch Jessica wich nicht von Sarahs Seite.

«Kommen sie wieder zurück?», fragte das Kind, wenn sie alleine mit Sarah war, bedacht darauf, dass niemand sie hörte.

«Nein, das tun sie nicht, Jessica», antwortete Sarah. «Sie sind jetzt alle drei im Himmel.»

«Auch Susanne und das Baby?»

«Ja, auch Susanne und der kleine Rudi sind jetzt im Himmel.»

«Und wo sind unsere Zwillinge?», fragte Jessica, plötzlich misstrauisch geworden. «Ich will zu ihnen. Jetzt sofort. Und zu Mummy.»

«Sie fliegen mit deiner Mummy aus Amerika zu uns. Sie kommen schon übermorgen an. Du musst jetzt hierbleiben, sonst verpasst sie dich noch.»

«Versprochen?»

«Aber bestimmt. Ich würde dich nicht anschwindeln.»

Jessica runzelte die Stirn, und Sarah fand für sie einen Zeichenblock und den Farbkasten, damit sie den Sportflieger und ihren Daddy malen konnte.

«Als ich klein war, verunglückte mein Daddy mit seinem Segelboot», sagte Sarah. «Damals habe ich auch viel gezeichnet. Meistens Schiffe und das Meer.»

Am Trauergottesdienst in der evangelischen Kirche realisierte Sarah beim Anblick der beiden mit Blumen bedeckten Särge, dass das Baby in jenem der Mutter liegen musste. Sie hielt Ausschau nach Izzy, die mit ihren vier Kindern in der vordersten Reihe der Kirchenbänke sass.

Sie war froh, dass Izzy und ihre Mutter gekommen waren und sich jetzt um die Kinder kümmerten. Sie hatte den Eindruck, Izzy sei gefasst und der Situation gewachsen. Zudem schien ihre Mutter, Mrs. Jacobs, eine resolute Frau, gewohnt, Entscheidungen zu treffen und diese auch umzusetzen.

Sarah konnte die Menschen, die sie kannte, in der Menge nur schemenhaft ausmachen. Sie schluckte ihre aufsteigenden Tränen hinunter und beobachtete Brigitte, die sich in der Reihe vor ihr mit der rechten Hand laufend die Augen tupfte und mit der linken ein zweites Papiertaschentuch knetete. Noch nie zuvor hatte Sarah derart viele gesenkte Häupter und zuckende Schultern gesehen. Sogar die notorischen Klatschbasen, die im Ort noch kürzlich über Rudi Rothfuss und seine neue Lebenssituation getratscht hatten, weinten.

«Wir können keine Auskunft geben, und es ist auch niemand von der Familie Rothfuss-Jacobs zu sprechen. Sie bitten um Verständnis und darum, dass die Trauerzeit respektiert wird», sagten Brigitte und Karin sowie die restlichen Hotelangestellten und auch Sarah zu jedem, der sie nach Details auszufragen versuchte. Das Hotel-Management würde zur gegebenen Zeit informieren.

Erst eine Woche nach der Beerdigung, als Sarah und Brigitte alleine in Gustavs und Emmas Küche sassen und Kräutertee tranken, wagten die beiden, die Floskeln zu vergessen und sich endlich ehrlich zu äussern.

«Ein Glück für Izzy Rothfuss, dass sie noch nicht geschieden war, als es passierte», raunte Brigitte. «Jetzt erbt sie alles.»

«Stimmt, das habe ich mir so noch nicht überlegt. Aber ich bin froh, dass sie schon zwei Tage nach der Beerdigung nach New York zurückkehrte», bekannte Sarah. «Wann immer ich sie sah, wusste ich nicht, was zu ihr sagen und wie ich mich verhalten sollte. Kinder sind da einfacher.»

«Karin und mir erging es ebenso», nickte Brigitte.

«Das Blöde war, dass ich ihr am liebsten etwas gesagt hätte, das ich nicht sagen durfte», murmelte Sarah. «Nicht unter diesen Umständen.»

«Was hättest du ihr denn am liebsten gesagt?»

«Wie froh ich für die Kinder bin, dass sie nun wieder alle vier beisammen und bei ihrer Mutter sind.»

«Aber das ist doch nicht schlimm», fand Brigitte. «Oma Bohnert sagt jeweils, wenn etwas Fürchterliches passiert: Kein Unglück ist so gross, es hat ein Glück im Schoss.»

Sarah lernte zurzeit viele Redewendungen für ihr Deutschexamen. Alte Leute, hatte sie entdeckt, waren dafür eine Fundgrube. 'Fundgrube' war auch so ein anschauliches Wort, das sie sich gemerkt hatte. Gustav lachte jeweils über die Missverständnisse, wenn sie bei der Arbeit einen neu aufgeschnappten Ausdruck unpassend einsetzte. Doch was Gustav nicht realisierte, war, dass sie neben der Sprache auch neue Umgangsformen kennen lernte. Was in England als unhöflich galt, konnte hier zum Teil ausgesprochen – ausgedeutscht – werden. Oder bei Streit wurde im Schwarzwald 'kein Blatt vor den Mund genommen'. Seit Sarah mit dem Gedanken spielte, in der Schweiz zu studieren, hörten sie und Gustav in der Backstube dann und wann den Schweizer Sender DRS1 übers Internet-Radio. Sie wusste, dass in der Schweiz wieder andere Regeln galten, sprachlich wie umgangsformlich. Hannes konnte 'ein Lied davon singen'.

«Hallo, hallo, Sarah!», rief Brigitte. «Ich sagte: Kein Unglück so gross ...»

«Ja, sorry», antwortete Sarah. «Mir sind soeben ein paar Redewendungen mehr eingefallen. Doch ich frage mich, ob man wirklich sagen darf: Kein Unglück sei so gross ... Also ich weiss es nicht.»

«Nun, unter uns glaube ich schon. Aber vielleicht besser nicht öffentlich», fand Brigitte. «Im Tannwald sagen einige, das Unglück sei die Strafe Gottes gewesen. Das finde ich schon sehr krass.»

Sarah trank ein Schlückchen Tee und wartete. Brigitte würde ihr sicherlich auch das neueste Gerücht berichten. Tatsächlich verstrichen keine zwei Minuten, bis Brigitte murmelte: «Strafe Gottes hin oder her. Es gibt auch Leute, die sowas selber an die Hand nehmen.»

«Wie bitte?» Sarah hatte vom Verdacht gehört und blickte unwissend.

«Gewisse Leute meinen, Izzy Rothfuss habe beim Absturz nachgeholfen.»

«Wie nachgeholfen?», fragte Sarah. «Wie soll sie nachgeholfen haben?», wiederholte sie. «Das ist doch unmöglich. Sie war in Amerika, als es passierte.»

«Mechaniker Michael Müller, der für die Autoflotte im Tannwald zuständig ist, wartet auch die Privatmaschine der Rothfuss, also ... er hat sie gewartet, bis zum Absturz. Jetzt sind es ja nur noch Trümmer.»

«Ja und? Was sagt er?»

«Er behauptet, er hätte Frau Rothfuss vor einem Jahr explizit auf alle Mängel am Flugzeug hingewiesen.»

«Welche Mängel?»

«Die Maschine hatte schlimme Korrosionsschäden. Und auch die Öl- und Treibstoffschläuche waren uralt.»

«Und warum hat er nicht Rudi, den Piloten, darüber informiert?»

«Weil Herr Rothfuss sich nichts sagen liess und schnell aufbrauste. Und Müller und Izzy spielten zusammen Tennis. Ich glaube, sie mochten sich ganz gut», wusste Brigitte. «Michael Müller hat selber lange in Amerika gelebt.»

«Ja und?», fragte Sarah.

«Nun. Ich weiss nicht, was ich denken soll. Vielleicht kannte Izzy ihn von dort her. Vielleicht waren sie und Müller ja einmal ein Liebespaar, und Frau Rothfuss hat ihrem Mann diese Mängel absichtlich verschwiegen.»

«Aber jetzt spinnst du!», rief Sarah. «Izzy passte doch überhaupt nicht zu diesem Mechaniker.»

«Er ist ein Eigenbrötler. Er lebt ja auch alleine und lädt nie Freunde zu sich ein. Man munkelt, er habe irgendwo einen erwachsenen Sohn», sagte Brigitte.

Als Sarah weiter schwieg, fügte Brigitte hinzu. «In seiner Freizeit bastelt er an Motoren und Apparaten. Seine ganze Garage steht voll damit.»

«Richtig. Und darum soll Michael Müller nun verdächtig sein. So im Stil klassischer Liebesromane. Darin ist immer der Gärtner der Liebhaber …»

Hannes interessierte sich an den Wochenenden, die er zuhause verbrachte, dafür, wie es mit dem Hotel Tannwald weitergehen würde. Er ging sogar mit Michael Müller Tennis spielen. Vermutlich wollte er Informationen aus erster Hand. Sarah fragte sich, ob etwas an dem Gerücht sei, von dem ihr Brigitte berichtet hatte und wie viel Hannes wusste. Hannes war in Fleckenbronn aufgewachsen. Er kannte Hinz und Kunz und hatte nie ein Geheimnis daraus gemacht, wie toll er Izzy fand. Sollte Izzy tatsächlich die Schuld am Tod des Seniors im Frankfurter Park tragen, konnte sie auch beim Absturz in den Vogesen ihre Finger im Spiel gehabt haben … Vielleicht war das Unglück tatsächlich ein Plot zwischen ihr und Müller gewesen …

«Was soll sie damit? Sie wird es verkaufen», hörte sie Emma wie aus weiter Ferne spekulieren. Sie riss sich zusammen, versuchte, der Konversation zu folgen. Emma hielt sich gewöhnlich zurück mit ihrer Meinung. Sie liess meistens Gustav reden. Sarah war oft befremdet und versucht, Emma zu helfen, wenn diese ausnahmsweise einmal eine eigene Ansicht äussern wollte.

Zusammen mit Sarah hatte Emma Rindfleischrouladen, viel Gemüse für Sarah, und Kartoffelstampf zubereitet. Nun sassen alle am grossen Tisch in der Küche über dem Café Frey und diskutierten das Neueste.

In diesem Moment erklärte Hannes seiner Mutter, dass sich ein Hotel nicht so leicht verkaufe. Und ein Sterne-Haus schon gar nicht.

«Vielleicht liesse sich dennoch ein Käufer finden», meinte Sarah.

«Am Stammtisch reden sie von einer interessierten Industriellenfamilie. Vermutlich Ausländer mit viel Kohle, die ein Geschäft wittern», sagte Gustav und gab zu bedenken: «Aber beim Tannwald geht es um das Lebenswerk mehrerer Generationen. Das kann Frau Rothfuss nicht mir nichts, dir nichts, an Fremde verschachern.»

«Vater, das heisst weiterreichen, nicht verschachern. Zudem erfordern ausserordentliche Situationen nun einmal ausserordentliche Massnahmen und ausserordentliche Partner. So lautet die Wortwahl.»

«Ich fände es schön, wenn Izzy das Hotel behalten und wieder herziehen würde. Bei ihr würde ich sofort wieder Kinder hüten», unterbrach Sarah.

«Aber nicht ausgerechnet jetzt!», rief Emma. «Wo wir dich hier brauchen.»

«Nein, natürlich nicht. Sorry. Gleichwohl finde ich, Izzy könnte wieder hierher ziehen. Ihre Kinder sprechen Deutsch. Sie waren so happy hier. Damals, bevor diese unglückselige Geschichte mit Susanne losging.»

Gemäss Brigitte blieb im Hotel alles beim Alten. Zwar wurde kurzfristig ein pfiffiger, stellvertretender Geschäftsleiter eingestellt. Doch Herr Weisskopf, sein Chef, betonte, der Neue sei bloss zur Entlastung gekommen, und nicht etwa, um Veränderungen einzuführen. Das

Aushängeschild des Hotel Tannwald sei ohnehin das Gourmet-Restaurant mit seinen drei Michelin-Sternen. Das hohe Niveau der Küche beizubehalten sei die halbe Miete. Dabei betonte er, bei seiner kleinen Ansprache an das Personal, dass Jochen Jung, der über Deutschlands Grenzen hinaus bekannte Starkoch, dem Betrieb die Treue halten werde.

«Jochen Jung ist der Allerwichtigste», äffte Brigitte den Chef nach. «Doch Sterne-Koch hin oder her», urteilte sie. «In Wahrheit sind die Gourmet-Restaurants querfinanziert. Das Geld kommt die Treppe herunter.»

Sarah erinnerte sich, dass auch Rudi Rothfuss dieses seltsame Sprachbild verwendet und sie über dessen Bedeutung gerätselt hatte.

Brigitte erklärte: Die Infrastruktur des Hotels sei vorhanden und erfordere eine hohe Belegung der Zimmer, wenn Umsatz und Gewinn stimmen sollten.

«Darum rollt der Rubel die Treppe runter», erklärte sie. «Der Starkoch ist reine Zugabe, um zahlungskräftige Gäste anzulocken. Das Hotel Tannwald zählt immerhin zu den *1000 Places to See Before You Die.*»

«Ich weiss. Mein Onkel Finlay hat diese *Traveler's Life List* vermutlich auch konsultiert. Jedenfalls hat er seinen Besuch angemeldet. Er will im Tannwald übernachten und im Sterne-Tempel essen.»

«Wirklich? Kommt er mit seinem Partner? Falls ja, sollte ich wissen, ob die beiden ein Zimmer mit Doppelbett brauchen. Das ist immer so eine heikle Sache …», zögerte Brigitte.

«*Wait and see.* Vermutlich geht Lance in der Ägäis segeln. Ich bin mir fast sicher, dass mein Onkel alleine hierher kommt.»

«In der Ägäis segeln. Auch nicht schlecht. Dazu würde ich jedenfalls nicht nein sagen», lachte Brigitte.

Schon eine Woche später erhielt Brigitte eine Anfrage von einem Mr Finlay Penrose aus London und rief umgehend ihre Freundin an.

«Ist geritzt. Er kommt in der ersten Juniwoche. Ich habe für ihn das schönste Einzelzimmer im Haus und den besten Zweiertisch im Restaurant reserviert.»

«Einzelzimmer, Zweiertisch? – Kommt er nun allein oder mit Lance?», fragte Sarah ungeduldig.

«Allein, aber ich buche für ihn trotzdem den besten Zweiertisch am Fenster. Er wird ja nicht immer allein essen wollen», stichelte Brigitte.

«Ausser mir kennt er niemanden hier», vermutete Sarah. «Aber falls ich die Ehre habe, so wird er etwas besprechen wollen.»

«Was denn? Hast du eine Ahnung?»

«Nein, habe ich nicht.»

«So überleg doch. Vielleicht möchte er dich mit etwas überraschen.»

«*There ain't no such thing as a free lunch*, sagte Izzy über die *Big Shots*, die hier ihre Geschäftspartner zum Essen einluden, um die *Big Deals,* ihre grossen Transaktionen, einzufädeln», kommentierte Sarah trocken. «Wenn du es mir nicht gesagt hättest, wüsste ich nicht einmal, wann genau er kommt.»

«Und wann hast du deine E-Mails zum letzten Mal gecheckt?»

«Och. Vor zwei Tagen. Es waren bloss welche von Mum und Becs.»

«Selber schuld! Ich lese meine mehrmals am Tag! Ich wette, er hat dir den Termin längst gemailt!»

Eigentlich war das genaue Datum egal, dachte Sarah. Sie würde alles stehen und liegen lassen und ihm den Schwarzwald von seinen schönsten Seiten zeigen. Hauptsache, ihr Onkel hatte sie nicht abgeschrieben.

Finlay hatte ihr tatsächlich per E-Mail mitgeteilt, wann und wie er zu kommen gedenke. Er hatte sie sogar angefragt, ob es für sie *convenient* wäre und angefügt, dass er alleine sei, und falls der Zeitpunkt für sie ungünstig läge, er gerne umbuchen könne.

Und nun war er also ihretwegen von Heathrow nach Frankfurt geflogen und von dort mit dem ICE bis Karlsruhe und das letzte Stück mit dem Regionalzug das Tal hoch gefahren. Sie schwankte zwischen Bange und Freude, als sie am Fleckenbronner Bahnhof zusammen mit Hannes auf ihn wartete. Beide hatten sie eine Woche Urlaub genommen, um Finlay auf Wanderungen und Ausflügen zu begleiten. Sarahs Herz hüpfte. Sie hoffte, dass er nicht enttäuscht sein würde. Weder vom Ort noch von den Menschen.

Erst als sie Finlays schlanke Gestalt in schmal geschnittenen dunklen Jeans und weissem Polohemd aus dem Zug steigen sah, verflog ihre Nervosität. Ihr Onkel war 63, zehn Jahre älter als ihre Mum, und dort, wo er sich auskannte, gewandt, charmant und eloquent. Jetzt blickte er verloren um sich.

«*Hello!*», rief sie, rannte auf ihn zu und umarmte und küsste ihn – rechte Wange, linke Wange, *the continental way*.

«*Sarah. Good to see you*. Welch wunderbarer Duft! So würzig und so frisch», sagte er und schloss seine Nichte in die Arme. Dann klopfte er Hannes auf die Schulter, sog nochmals demonstrativ die gute Luft ein, und lud sein Gepäck in den Kofferraum von Hannes' Golf.

«Morgen könnten wir einen Spaziergang durch den Wald zu einer der wunderbaren Wanderhütten machen, wenn du magst», schlug sie vom Rücksitz des Autos aus vor. «Wir würden dich gleich nach dem Frühstück abholen und vom Hotel aus zu Fuss gehen.»

«Sehr gerne! Ich bin zu allen Schandtaten bereit. Bloss jetzt, jetzt würde ich mich gerne zurückziehen. Es war ein etwas anstrengender Tag.»

Sarahs Onkel lernte in jener Juniwoche neben dem Schwarzwald auch Hannes' Eltern kennen. Diese hatten ihn ins Café Frey zu Kaffee und Kuchen eingeladen und sich, so gut es ging, mit ihm unterhalten. Sarah stellte fest, dass sie, obwohl sie inzwischen fliessend

Deutsch sprach, nur schlecht übersetzen konnte. Das Pendeln von einer Sprache in die andere strengte sie an. Und einmal, nachdem sie Finlay spät am Abend im Hotel verabschiedet und *see you half past ten in the morning* gesagt, im Kopf jedoch halb zehn gespeichert hatte, traf sie ihn am nächsten Morgen prompt noch beim Frühstück.

«*Sorry*», entschuldigte sie sich. Mein Fehler. Passiert mir immer wieder, dass ich die Zeiten verwechsle. Ist nicht schlimm. Jetzt trinke ich eine Tasse Kaffee mit dir.»

Vor ihnen lag ein unbeschwerter Tag. Sie würden vom Tonbachtal über den Überzwerchen Berg ins Schönmünztal wandern.

Sie erklärte Finlay, dass Hannes an jenem Tag seinen Eltern helfen müsse, die im Café Frey eine grosse Trauergemeinde erwarteten. «Emma ist nicht mehr die Jüngste. Sie ist froh um Unterstützung.»

«Gut, so können wir beide heute in Ruhe über *deine* Arbeit im Café Frey reden. Mir ist da einiges unklar.»

Ihre Vorfreude auf den Wandertag trübte sich.

«Es ist wunderschön hier und ich verstehe, dass es dir gefällt», nahm Finlay das Gespräch auf, sobald sie unterwegs waren. Sie schwieg erst einmal.

«Trotzdem ist es nicht der ideale Ort für dich», fügte er an.

«Es gibt viele junge Leute hier. Sie lernen die Hotellerie von der Pike auf kennen und sind stolz, sich in einem der renommierten Häuser weiterbilden zu dürfen. Das Tannwald macht sich gut als Referenz im Lebenslauf.»

«Das mag für deine Freundin Brigitte stimmen. Du hingegen hast mit dem Hotelgewerbe nichts zu tun. Es war eine glückliche Fügung, dass du hier Deutsch lernen konntest. Mehr nicht. Zudem wird das Tannwald verkauft.»

«Woher weisst du das?»

«Kurzmeldung im «Economist». Es wurden die von der Erbin Isidore Rothfuss-Jacobs gehegten Verkaufsabsichten erwähnt.»

«Eigentlich ist es gut für Izzy, dass sie noch immer mit Rudi Rothfuss verheiratet war, als er umkam», plappert sie ihrer Freundin Brigitte nach. «Die Scheidung hätte genauso gut bereits durch sein können. So bekommen nun sie und ihre Kinder alles.»

«Alles beinhaltet auch die Schulden», gab Finlay zu Bedenken.

«Ja, schon. Aber jene, die schon genug besitzen, erhalten oft noch mehr», widersprach Sarah.

«Möglich. Aber das ist jetzt nicht unser Thema. Du sprichst inzwischen perfektes Deutsch. Mir geht es darum, deine Zukunft vernünftig zu planen.»

Am folgenden Tag quetschten sich Finlay und Sarah in Hannes' alten VW Golf. Sie fuhren die 50 Kilometer zum stattlichen Munimatthof, der von einem Schweizer Ehepaar als Freilichtmuseum geführt wurde. Sarah besuchte den 400 Jahre alten Bauernhof zum ersten Mal. Beeindruckt betrachtete sie die kleinen Stuben, die imposanten Scheunen und Speicher, die Mühle und das Sägewerk, während Hannes sich mit Finlay über dies und jenes unterhielt. Die vielen jungen Familien mit kleinen Kindern verstreuten sich über das Gelände hin zum Streichelzoo mit den Tieren alter Rassen. Sarah hingegen interessierte sich für das Back- und Brennhäusle und natürlich für den Bauerngarten.

«Schaut einmal, wie wunderschön!», rief sie aus. Sie deutete auf die Beete von Rittersporn, Lupinen, Margeriten, Rosen und leuchtendem Mohn, die mit niedrigen Buchshecken eingefasst waren. Dem Gartenzaun entlang waren Wicken gezogen worden. Sie konnte sich nicht sattsehen an der Pracht und dem ganzen Gemüse und den Kräutern, die zum Kochen und Heilen dienten.

«Am liebsten würde ich von allen Pflanzen Samen mitnehmen und diese auf Emmas Balkon setzen», wandte sie sich an Hannes.

Als sie so hin und her auf Deutsch und Englisch schwärmte, erhaschte sie Finlays' aufmunternden Blick. Verlegen schaute sie weg, denn sie wollte vermeiden, dass er das gestrige Gespräch und damit seinen Rat zu studieren, wiederaufnahm. Auf keinen Fall wollte sie mit Finlay vor Hannes über ihre Zukunft diskutieren. Seit sie mit zehn oder zwölf Jahren begonnen hatte, Blätter und Blüten zu sammeln, hatte ihr Onkel sie immer wieder ermuntert, einmal Biologie zu studieren.

Sie hatte jeweils gekontert: «Und was wäre, wenn ich Steine sammelte? Würdest du mir dann Geologie vorschlagen?»

Natürlich wusste sie, dass Finlay sich als ihr Vaterersatz fühlte. Sonst wäre er nie hierhergereist. Sie wusste auch, dass sie seine Empfehlung, die Arbeit in der Bäckerei Frey so bald als möglich gegen einen Studienplatz in Basel zu tauschen, ernsthaft mit Hannes diskutieren musste.

«Wer hat Lust auf ein Apfelschorle? Oder ein Bier? Ich habe Durst», sagte sie aus dem Nichts und steuerte Richtung Restaurant. Geduldig warteten sie erst auf einen freien Tisch und dann nochmals, bis ihnen eine junge Frau im badischen Dirndl mit Bollenhut die Getränke brachte.

Nachdem Finlay nach England zurückgekehrt war, verfolgte Sarah der Gedanke, in die Schweiz zu ziehen. Je länger sie bei der Arbeit, und vor allem beim Joggen und Radeln, darüber nachdachte, desto besser gefiel ihr die Idee. Schliesslich googelte sie alles, was es über die Stadt am Rheinknie zu erfahren gab und nahm sich noch im Juni eine Woche frei. Sie wohnte bei Hannes in seiner hübschen Wohnung in einem renovierten Bauernhaus in der Nähe von Liestal und fuhr täglich, erst mit dem Bus, und dann von Liestal aus mit dem Zug, in die Stadt.

Die Universität zog sie magisch an. Sie setzte sich meistens auf eine Bank unter den Linden auf dem Petersplatz und blickte auf die Peterskirche und zum davorstehenden Denkmal für Johann Peter Hebel. Längst hatte sie das Wichtigste über diesen deutschen Dichter recherchiert, der in Basel und im Wiesental aufgewachsen war und viele alemannische Gedichte verfasst hatte. Sein Geburtshaus stand am Totentanz, direkt am Rhein. Sie hatte sich über die Adresse gewundert und sie als makaber empfunden, mit dem Universitätsspital ein paar Meter davon entfernt. Doch der Name war wohl älter als das Krankenhaus. Jedenfalls hatte sie gelesen, dass es ein Gemälde auf einer Friedhofsmauer gewesen war. Ein Tanz der Gerippe, der die Menschen des Spätmittelalters daran mahnte, dass der Sensenmann, the *Grim Reaper*, jeden, ungeachtet seines Standes, holt. Trifft noch heute zu, fand sie und dachte dabei an Rudi Rothfuss.

«Du musst dich so bald als möglich fürs Wintersemester immatrikulieren», drängte Hannes bereits am zweiten Tag jener Woche. «Und natürlich deine Aufenthaltsgenehmigung beantragen. Als EU-Bürgerin bekommst du diese problemlos. Und wohnen kannst du bei mir. Hier ist es zwar eng, aber wir wären ja die meiste Zeit ausser Haus.»

«Ich weiss, ich bin ja daran, das alles zu erledigen», beruhigte ihn Sarah. «Doch ich würde lieber in der Stadt …», zögerte sie, «… als auf dem Land leben.»

Als sie Hannes betretenes Gesicht sah, erklärte sie: «Von hier aus würde ich mit Bus und Bahn viel Zeit verschwenden, um an die Uni zu gelangen.»

«Du findest in Basel keine billige Wohnung», sagte Hannes.

«Vielleicht doch?», hoffte sie «Ich habe mich schon etwas umgeschaut. Ich bin durch jene Viertel spaziert, die einen Park haben, und habe sie mir genau angeschaut.»

«Wirklich?»

«Ja. Es gibt da sehr schöne Häuser und ein generationenübergreifendes Wohnprojekt. 'Mietfrei für Hilfe' heisst es.»

«Mietfrei heisst gratis. Wie soll das denn funktionieren?», fragte Hannes.

«Man hilft sich», sagte Sarah. «Ich habe im Kollegienhaus der Uni eine Werbung dafür entdeckt. Ich werde mich morgen genauer erkundigen.»

«Jetzt mache mal den zweiten Schritt nicht vor dem ersten. Ich fände es schöner, wenn wir zusammen wohnen würden. Du müsstest halt den etwas weiteren Weg in Kauf nehmen.»

«Bitte Hannes. Ich möchte in einer Stadt leben. Basel ist wunderschön.»

«Aber …»

«Bis jetzt haben wir auch getrennt gelebt, sogar in zwei unterschiedlichen Ländern … » argumentierte sie, «wir freuten uns immer von neuem, uns zu sehen. Falls wir zusammen leben würden, wäre das ganz anders.»

«Und jetzt? Wie geht es jetzt weiter?», fragte Brigitte ihre Freundin, die ihr in der folgenden Woche in Pinos Pizzeria in Fleckenbronn gegenübersass und in ihrem gemischten Salat stocherte.

«Weiss nicht», sagte Sarah und nörgelte: «Warum müssen sie hier beständig Speck darunter mischen? Haben sie noch nie etwas von Vegetariern gehört?» Sie schob ihren Krautsalat an den Tellerrand.

«Jetzt such einmal nicht das Haar in der Suppe. Seit du beschlossen hast, wegzuziehen, störst du dich plötzlich an allem», grollte Brigitte.

«Ja und? Es war Finlay, der sagte, wenn mir die Chance geboten wird, in der Schweiz zu studieren, so müsse ich diese packen.»

«Da hat er ja recht. Und soweit ich verstanden habe, machst du das auch. Sag schon: Wann geht es los?»

«Ende Woche. Aber irgendwie bin ich traurig», antwortete Sarah. «Als ich in Basel war, da freute ich mich. Aber hier im Schwarzwald denke ich immer, wie schön es im Tannwald war und wie nett die Menschen sind. Und die Arbeit in der Backstube war ja auch okay.»

«Das darf nicht wahr sein!», rief Brigitte. «Du möchtest in Fleckenbronn bleiben, weil es hier so schön ist. Denk zurück an den eisigen Winter! Und nun kannst du in der Nähe von Hannes studieren. Das ist doch wunderbar!»

«Ja», sagte Sarah kleinlaut und erinnerte sich an ein Gespräch, das sie und ihre Freundin Moira in Italien geführt hatten. Damals war Moira versucht gewesen, bei einem attraktiven Witwer, der ihr einen Heiratsantrag gemacht hatte, und seinen drei süssen Kindern in Florenz zu bleiben. Sarah hatte Moira vehement davon abgeraten. Doch jetzt, wo Sarah in wenigen Tagen in die Schweiz ziehen würde, konnte sie nachempfinden, wie traurig sich Moira damals gefühlt haben musste. Abschiede schmerzen immer. Man kann die Landschaft nicht mitnehmen. Einige Menschen, die einem lieb sind, vielleicht. Aber nicht alle. Sarah seufzte.

«Könntest du denn ohne Bedauern weggehen?», fragte sie Brigitte.

«Selbstverständlich. Sobald ich genügend Erfahrung habe, suche ich mir eine neue Stelle. Am liebsten in einem Hotel an einem See in der Schweiz.»

«Wirklich?»

«Aber klar doch. Ich möchte etwas von der Welt sehen, bevor ich heirate und ein Häusle baue», sagte Brigitte. «Meine Mutter hätte jedoch gerne Enkel so lange sie und Papa noch rüstig genug sind, Oma und Opa zu spielen.»

«Und was sagt sie zu deinen Plänen?»

«Nicht viel. Ich bin ja schon jung von zuhause weggezogen.»

«Ja, ich auch. Meine Mum vertraut mir», sagte Sarah. «Sie hat mir meine Abschlusszeugnisse geschickt und Finlay hat mir gleichzeitig Geld auf mein Konto überwiesen. Er hat versprochen, während des Studiums in der Schweiz für meinen Lebensunterhalt aufzukommen.»

«Super! Da seid ihr euch ja endlich wieder gut.»

«Ja, vermutlich, weil ich meine Deutschprüfung fürs Sprachzertifikat C1 des Goethe Instituts bestanden habe. Er findet das ganz toll.»

«Und das erwähnst du so nebenbei?», rief Brigitte. «Ich gratuliere. Das müssen wir feiern, bevor du gehst. Unbedingt.»

«Ja», strahlte Sarah. «Ich bin heimlich nach Tübingen an die Prüfung gefahren. Ich hatte solche Angst, durchzufallen. Doch jetzt kann ich es ja allen erzählen.»

«Oh Sarah!», rief Brigitte und umarmte ihre Freundin. «Ich bin ja so etwas von stolz auf dich. An deiner Stelle würde ich es auch Izzy schreiben.»

Am Freitag holte Hannes sie ab. Sie fuhren noch am gleichen Abend los.

«Warum interessierst du dich eigentlich für Ethnologie?», fragte er, als sie in seinem altersschwachen Golf auf der Autobahn Karlsruhe-Basel Richtung Süden tuckerten. «Ich habe dich das nie gefragt.»

«Ich möchte fremde Kulturen kennenlernen, fremde Menschen verstehen. Ich will wissen, wie sie handeln und warum sie es so und nicht anders tun, und was ihrem Leben Sinn gibt.»

«Und was tust du mit diesem Wissen, wenn du deinen Bachelor hast?»

«Das weiss ich jetzt noch nicht. Erst möchte ich die natürlichen und gesellschaftlichen Bedingungen und Zusammenhänge und ihren Einfluss auf das Verhalten der Menschen studieren und verstehen.»

«Toll. So steht es vermutlich auf der Website der Uni.»

«Ja und?», fragte sie.

«Ich finde, Naturwissenschaften hätten dir danach bessere Möglichkeiten geboten. Oder vielleicht Sprachen. Da bist du überdurchschnittlich begabt. Das weisst du.»

«Ich kann im Nebenfach immer noch Sprachen studieren. Ich will später reisen und fremde Kulturen erforschen», sagte sie bestimmt. «Afrika und Ozeanien sind Schwerpunkte der Uni Basel, und mich interessiert Ostafrika. Mum hat immer wieder davon erzählt, wie es meinem Dad dort gefallen habe. Und wir beide haben uns in Kenia kennengelernt. Das war doch wirklich wunderschön.»

«Natürlich. Aber ich würde trotzdem gerne wissen, was du mit deinem Diplom zu tun gedenkst. Ausser nach Afrika zu reisen.»

«Sei nicht albern. Du nimmst mich nicht ernst.»

«Doch, natürlich: Ich frage dich ernsthaft, denn ich weiss es nicht. Vielleicht kannst du nach deinem Abschluss ja wirklich reisen.»

«Ich könnte forschen oder in die Entwicklungszusammenarbeit gehen. Da gibt es bestimmt viele interessante Projekte. Andere studieren auch Ethnologie und finden nach ihrem Abschluss eine Arbeit.»

Hannes und Sarah liebten sich an jenem Abend. Doch als er für ihre Begriffe etwas zu schwer auf ihr lag, dachte sie, so liebt sich ein altes Ehepaar.

Er hatte ihre Gedanken wohl erraten, denn, nachdem sich sein Atem beruhigt hatte, fragte er: «Welche deiner erregendsten Sex-Fantasien würdest du mir nie verraten?»

Sarah musste lachen, flüsterte irgendetwas Banales, und dann liebten sie sich von neuem. Sie dachte dabei an Moira. Was sie zu diesem Zeitpunkt nicht wissen konnte, war, dass Moira in Kenia lebte und dort den Wassermann, Sarahs vermeintlich verstorbenen Vater, getroffen hatte.

Basel

«Hannes, erinnerst du dich an diese generationenübergreifende Wohnform 'Mietfrei für Hilfe'? Ich habe mich inzwischen darüber erkundigt.»

«Und?»

«Es klingt gut.»

«Was? Wie klingt es gut?»

«Senioren bieten Studenten eben Wohnraum an. Die Miete wird mit Hilfe entschädigt. Es ist gut organisiert. Mit Verträgen und so.»

Hannes schwieg.

«Ich würde das gerne tun. Lieber als alleine in der Stadt zu wohnen.»

«Dann würdest du mit jemandem Fremden leben?»

«Klar doch. Nicht mit einem Ehepaar. Aber mit einer alten Frau. Warum denn nicht?»

«Und wir beide? Was ist mit uns?»

«Wir wären am Wochenende zusammen», und als Hannes erneut schwieg: «Komm schon. So schlecht wäre das nicht.»

«Ja, vielleicht. Vielleicht hätte es sogar den Vorteil, dass ich mich die Woche über voll und ganz auf meine Arbeit konzentrieren könnte», sagte Hannes, wenig überzeugt.

«Sicher, ich werde mich auch auf meine eigenen Ziele konzentrieren müssen», sagte Sarah, und etwas zu enthusiastisch: «Ich werde in meiner Freizeit dazuverdienen, damit ich mir zwischendurch ein paar neue Kleider oder Schuhe kaufen kann.»

Ausnahmsweise stritten sie sich nicht, sondern diskutierten die Situation. Zum Schluss hob Hannes sie hoch, trug sie über die Türschwelle in sein Schlafzimmer und legte sie aufs Bett.

«Jetzt schauen wir einmal», sagte er. «Lass uns erst darüber schlafen.»

Sarah wohnte während der nächsten Wochen bei Hannes. Ein Zimmer bei einer Seniorin in Basel, wie dies Sarahs Vorstellungen entsprach, fand sich nicht so leicht. Zudem suchte sie verzweifelt eine Arbeit, schrieb Galerien an und klapperte Museen ab, bloss um abgewiesen zu werden.

«In Basel muss es Tausende von Kunstvermittlern, Kulturmanagerinnen, PR- und Kommunikationsfachleuten und Akademikerinnen geben, die ein Studium in Kunstgeschichte absolviert haben», sagte sie zu Hannes.

«Die haben keine Verwendung für eine wie mich, die nicht einmal weiss, wie man Wassily Kandinsky schreibt.»

«Wie kommst du denn darauf?», fragte er.

«Och, einer der Galeristen hatte einen Fragebogen zu den Wegbereitern der abstrakten Kunst aufliegen. Da habe ich den Namen falsch geschrieben.»

«Oh Sarah!», lachte Hannes. «Das ist nicht das Ende der Welt. Lass uns in eine Gartenwirtschaft gehen und dort etwas Kleines essen. Ich lade dich ein.»

Während er sein Steak und sie ihre Salate genoss, schlug Hannes Sarah vor, sich bei einem Restaurant in Basel, dem Primo Piatto, vorzustellen, da er gesehen hatte, dass sie dort Personal suchen.

«*Headhunter*. Du könntest dich selbständig machen, als *Headhunter*», spöttelte sie, als er ihr ungefragt die Adresse aufschrieb. Kaum war ihr die Bemerkung herausgerutscht, meldete sich ihr schlechtes Gewissen. Sie wusste, dass ihr Spott von ihrer scheinbaren Unfähigkeit herrührte, eine Arbeit zu finden.

Er zuckte mit den Schultern. «Wenn du nicht hingehen möchtest, ist das deine Sache. Ich dachte bloss. Auf dem Zettel, der dort an der Türe klebt, steht, dass sie eine Aushilfe suchen, beschränkt auf August.»

«Natürlich schaue ich vorbei. Danke, Hannes», lächelte sie und bekannte: «Es ist bloss, dass, wenn es mir gelingt, den Job zu bekommen, dies der dritte wäre, den du mir organisierst. Erst im Tannwald, dann im Café Frey und nun in einem italienischen Restaurant.»

«Ja und?»

«Mein Kellner ist in Italien. Er verbringt einen ganzen Monat dort. *Al mare, con la mamma*», erklärte Massimo Messina und verwarf die Hände. Der Restaurantbesitzer glich dem stereotypen Italiener aus Sarahs Italienischlehrbuch: Gegeltes Haar, dunkler Schnauzbart über weissem Gebiss, und Augen wie Kohlen. Sie antwortete auf Italienisch, dass sie ab sofort einspringen könne, sehr gerne sogar; sie habe Erfahrung gesammelt, sowohl in einem Nobelhotel wie auch in einem Café im Schwarzwald. Ihr Studium beginne erst Ende September, und auch dann könne sie weiter aushelfen.

«*D'accordo.* Für eine Woche auf Probe», willigte Massimo ein und führte sie durch den Betrieb, von der blitzblanken Küche über die Vorratsräume bis zu den Toiletten. Als er den Lohn nannte, schluckte sie. So viel hatte sie nicht erwartet. Massimo hatte das Schlucken verkehrt interpretiert. Jedenfalls sagte er rasch: «Ich bezahle Sie auf die Hand, ohne Abzüge. Sie müssen nix versteuern. Zudem dürfen Sie das ganze Trinkgeld behalten. Die Gäste sind grosszügig. *Gente molto generosa.*»

«Umso besser», dachte Sarah und hatte keine Skrupel, schwarz zu arbeiten. Offiziell hätte sie als ausländische Studentin frühestens sechs Monate nach Ausbildungsbeginn einen Nebenjob annehmen dürfen. Doch solange sie noch keine Vorlesungen besuchte, schien es ihr sinnvoll, jetzt so viel wie möglich zu verdienen. Zudem war ihr Massimo sympathisch, und er bot hauptsächlich Business-Lunches an. Das Primo Piatto war nur werktags über Mittag offen. Massimo und sie waren sich rasch einig und besiegelten die Abmachung mit einem Handschlag.

Eine Woche später stiess Sarah auf eine Annonce für ein möbliertes Zimmer in Grossbasel – mietfrei für Hilfe. Das Viertel war sicher, mit Gärten und einem schönen Park. So nah an der Stadt gelegen, dass sie die Uni zu Fuss oder mit dem Fahrrad würde erreichen können. Es gab Quartiere, durch die sie nachts nicht hätte radeln wollen. Sarah hatte sich genau erkundigt und wusste, dass diese Vakanz ein Glücksfall war. Sie rief umgehend dort an, und die betagte Dame lud sie zu einem Beschnupper-Stündchen ein.

«Perfekt, wie sich plötzlich alles zum Guten wendet», sagte Hannes an jenem Abend, als Sarah ihm erzählte, dass sie sich morgen das Zimmer anschauen wolle. «Da war eine Zeitlang ganz schön Sand im Getriebe. Aber nun, wo du schon einmal eine Arbeit hast, scheint auch der Rest zu klappen.»

Wohlwollend fügte er hinzu: «Falls nicht, bin ich für dich da.»

Jetzt tauschte Sarah trotz der 30 Grad, die das Thermometer in Hannes Wohnung schon Mitte Vormittag anzeigte, ihr enganliegendes Top mit den Spaghetti-Trägern gegen eine locker sitzende Kurzarmbluse und schlüpfte in eine weisse Leinenhose. Bevor sie Hannes' Wohnung verliess, stopfte sie ihren Geldbeutel, das Telefon und weiteren Kleinkram in ihre lederne Handtasche. Sie war, seit sie das Angebot zwei Tage zuvor auf der Website von 'Mietfrei für Hilfe' entdeckt und mit der Hausherrin den Besichtigungstermin vereinbart hatte, bereits einmal so unauffällig wie möglich an der Liegenschaft vorbeispaziert. Dabei hatte sie sich die Räume und wie wohl der Garten dahinter aussehen mochte, vorgestellt. Sarah war gespannt auf die Frau, die am Telefon erst Basler Dialekt gesprochen und, als Sarah mehrmals nachfragte, auf Hochdeutsch gewechselt und dabei freundlich geklungen hatte. Sie wurde nervös, als sie nach dem Klingeln warten musste. Sie meinte, einen Schatten hinter dem

Erkerfenster im Erdgeschoss zu erkennen und fragte sich, ob sie noch einmal, dieses Mal etwas länger, läuten sollte. Doch dann öffnete eine betagte, gross gewachsene Frau die Tür.

«Sarah Penrose?», fragte sie, reichte Sarah die Hand und ging ihr voran, durch einen schmalen Gang in ein lichtdurchflutetes Wohnzimmer.

Sarah bemerkte als erstes einen grossen Flachbildschirm und ein Klavier. Dann nahm sie die gepflegten Möbel, die dicken Orientteppiche, den Erker zur Strasse hin und eine gläserne Flügeltüre mit weissen Sprossen, die zum Garten offen stand, wahr.

«Bitte nehmen Sie Platz», sagte Anni Haberthür und deutete auf das Sofa. Sie selber setzte sich Sarah gegenüber auf einen Fauteuil und musterte sie. Erst nachdem Sarah ihre persönliche Situation und die Gründe für die Zimmersuche umrissen hatte, zeigte ihr Anni Haberthür das Haus.

Neben dem Wohn- befanden sich auch das Esszimmer, die Küche und eine Gästetoilette im Erdgeschoss. Schlafzimmer und Bad der Vermieterin lagen auf der ersten Etage. Sarahs Zimmer war auf dem zweiten Stockwerk. Es blickte ins Grüne, war geschmackvoll möbliert, mit knarrenden Holzdielen, weiss verputzten Wänden und Zentralheizung. Zudem hätte Sarah ein Bad zur alleinigen Benutzung. Sie hoffte, dass sie das Zimmer bekommen würde.

Zum Schluss des Rundgangs stieg Frau Haberthür vorsichtig die steile Treppe in den Keller, wo eine Waschmaschine stand und daneben Drähte zum Hängen der Wäsche gespannt waren.

«Was wären denn meine Aufgaben?», fragte Sarah vorsichtig.

«Nun, Sie müssten vor allem die täglichen Einkäufe erledigen, und im Sommer den Rasen hinter dem Haus mähen, abends die Pflanzen wässern und solche Sachen halt», zögerte Frau Haberthür. «Vielleicht auch etwas Wäsche waschen und hie und da ein Kleid oder eine Bluse bügeln. Es ist nicht viel.»

Sarah nickte aufmunternd und sagte, das sei nun wirklich kein Problem.

«Ja, kehren wir zurück ins Erdgeschoss. Ich mache uns schon einmal einen Kaffee, und den Rest besprechen wir im Wohnzimmer.»

Sarah setzte sich erneut aufs Sofa. Sie überlegte, ob sie hätte anbieten sollen, Frau Haberthür bei der Zubereitung des Kaffees zu helfen. Oder wäre es passend gewesen, Gebäck mitzubringen? Sarah wollte sich hilfsbereit, aber nicht aufdringlich zeigen und keine Fehler machen.

«Ich habe bis jetzt alleine gewohnt, doch der Alltag bereitet mir inzwischen Mühe», erklärte Frau Haberthür, als sie den Kaffee und Kekse auf den Clubtisch zwischen Sofa und Fauteuil stellte.

«Als ich auf das Projekt aufmerksam wurde, fand ich, das wäre etwas für mich. Ich habe keine Kinder und dachte, den Platz, den habe ich ja, und eine Studentin im Haus zu haben, wäre sicherlich eine gute Sache. Für beide Seiten. Nicht wahr?»

«Sicher. Ich fände es schön, den Alltag mit Ihnen zu teilen», sagte Sarah etwas förmlich und hielt ihre Porzellantasse mit abgespreiztem kleinem Finger.

Als sie nebenbei ihren Job als Bedienung erwähnte, rümpfte die alte Dame die Nase. Sarah wusste zwar nicht genau, warum, fürchtete aber einen Moment lang, jetzt habe sie es irgendwie verspielt. Doch dann spürte sie plötzlich etwas Weiches warm um ihre Beine streichen, bückte sich, streckte ihre Hand danach aus und liebkoste eine junge Tigerkatze, die ihr sofort auf den Schoss sprang.

«Wie heisst sie?», fragte sie, während sie das feine Fell streichelte.

«Baba», antwortete Frau Haberthür. «Sie ist mir vor einem Jahr zugelaufen. Ich habe sie beim Tierarzt entwurmen und impfen lassen.»

«Oh, wie lieb. Katzen suchen sich ihr Zuhause. Sie haben feine Antennen.»

«Ja, das haben sie», bestätigte Frau Haberthür. Und als Baba zu schnurren anfing, doppelte sie nach: «Das tut sie nicht bei jedem. Sie fühlt sich bei Ihnen wohl.»

Sarah lenkte das Gespräch zurück zu den Aufgaben und Pflichten, die für ein mietfreies Wohnen für sie anfielen, und kraulte Baba, während sie sprach, mit dem Daumen am Kopf.

Plötzlich brachte Frau Haberthür vor, dass der mit Sarahs Arbeit im Primo Piatto verbundene Zeitplan ideal sei, so könne Sarah die Einkäufe und Gartenarbeiten am späten Nachmittag erledigen.

Sarah atmete innerlich auf. Sie hatte also doch nichts Falsches gesagt.

«Mir wäre gedient, wenn Sie mich zum Arzt und zur Fusspflege begleiten könnten», erklärte ihr Gegenüber. «Sonst habe ich ja keine Termine. Ausser dem Friseur, und der liegt gleich um die Ecke. Da gehe ich alleine hin.»

Der Vorbehalt, den Sarah meinte gespürt zu haben, hatte sich verflüchtigt. Trotzdem beeilte sie sich, der alten Dame zu versichern, dass sie sich, sobald die Vorlesungen losgingen, auf ihr Studium konzentrieren und nicht mehr servieren würde. Ihr Onkel komme für ihre Auslagen auf. Sie müsse kein Geld verdienen.

Frau Haberthür stand auf, griff nach dem Vertrag, der im Doppel auf dem Esstisch lag und kritzelte die Zahl 28, nämlich so viele Stunden Hausarbeit pro Monat, wie das Zimmer Quadratmeter aufwies, in die vorgesehenen Lücken.

«Voilà, mehr müssen wir nicht ausfüllen. Der Rest ist vorgedruckt», nickte sie, und setzte das Datum und ihre Unterschrift unter beide Exemplare.

«Meine liebe Sarah. Jetzt dürfen Sie jederzeit einziehen. Ich muss vorher nur noch das Zimmer gründlich putzen lassen.»

«Ich kann das gerne tun», bot Sarah an. Doch Anni Haberthür wehrte ab: «Nein! Beinahe hätte ich es vergessen: Ich habe seit Jahren dieselbe Putzfrau. Sie kommt freitags, einmal alle zwei Wochen.»

Sarah wollte etwas einwenden, doch Frau Haberthür kam ihr zuvor.

«Wir wollen die gute Frau nicht arbeitslos machen. Wir beide haben noch immer genug zu tun: zwischendurch staubsaugen und natürlich die Küche und die Bäder sauber halten. Das muss reichen.»

Als schliesslich auch Sarah die Papiere unterzeichnet und das zweite Original an sich genommen hatte, vereinbarten sie den Tag, an dem sie ihre Koffer deponieren und einen weiteren, an dem sie definitiv einziehen würde.

Sarah schwebte auf Wolke sieben, spazierte Richtung Stadt zum Ethnologischen Seminar. Am Münsterplatz trat sie zögernd in das altehrwürdige Haus, dessen Türe zufällig offen stand. Kein Mensch störte sie, als sie sich in den sorgfältig renovierten Seminarräumen mit den bemalten Deckenbalken umsah. Am liebsten hätte sie sich hingesetzt und in einem der herumliegenden Bücher gestöbert. Stattdessen verliess sie das Gebäude und zog die Türe leise hinter sich zu. Sie beschloss, einen späten Zug zurück nach Liestal zu nehmen. Sie wollte noch eine Weile in der Stadt bleiben und nachdenken. Sie schritt gezielt zum Café zum Isaak, setzte sich davor an einen Tisch, und als endlich eine Bedienung erschien, bestellte sie ein Glas Mineralwasser, dazu ein Schokoladeneis und stellte sich vor, dass sie bald täglich in dieser Umgebung lernen durfte.

Das Ethnologische Seminar gehörte zum Departement Gesellschaftswissenschaften der Universität. Es war klein; die grosse Überraschung war seine Lage. Es war direkt neben dem Museum für Kulturen untergebracht. Nur ein Steinwurf entfernt stand das Münster, davor lag die Pfalz, von der aus man auf den Rhein und auf das Kleinbasel blickte. Wie gerne hätte sich Sarah jetzt ihrer formellen Kleidung entledigt, und sich in Shorts und einem Leibchen in den Schatten der alten Bäume gesetzt. Oder wäre, wie viele andere, an diesem drückend heissen Tag Ende Juli, an dem die Stadt vor sich hin döste, im trägen Fluss geschwommen.

Aus dem Nichts überfiel sie eine Dankbarkeit für ihre Lebenssituation. Sie freute sich über das Glück, das sie mit ihrer Mum und ihrem Onkel hatte und fragte sich, ob, falls ihr Vater gelebt hätte, ihr Leben dieselbe Richtung genommen hätte. Sie vermutete, nicht. Ihr Dad sei ein Hippie gewesen, ein Abenteurer, ein hervorragender Sportler, ein Charmeur und unberechenbar, hatte ihr Tante Claire einmal verraten. Finlay war anders: zielstrebig, seriös, hie und da etwas verbissen und ebenso fürsorglich wie Hannes es war.

«Wie kommst du mit deiner Vermieterin zurecht? Kannst du sie unterstützen, wie du es dir vorgestellt hast?», fragte Hannes, als er und Sarah sich zum ersten Mal trafen, nachdem sie an die Sennheimerstrasse gezogen war. Die beiden sassen vor dem Restaurant auf der Schützenmatte. Sie sog den Duft der in diesem Sommer spät blühenden Linden ein.

«Bestens», sagte sie. «Natürlich muss sie sich noch etwas an meine Anwesenheit gewöhnen. Immerhin hat sie jahrelang alleine gelebt», erzählte sie. Sie wollte nicht berechnend erscheinen und verschwieg Hannes, dass sie den Teil der Miete, den sie so sparte, zur Seite legte.

«Und was machst du mit dem ganzen Geld, das dir dein Onkel überweist?», fragte Hannes, der ihre Gedanken zu lesen schien.

«Ich werde das, was ich jetzt nicht ausgebe, später zum Reisen brauchen.»

«My clever girl», lobte er, und ihr schien es, er sei inzwischen ganz froh über ihre Eigenständigkeit. Jedenfalls war er auf einer Weiterbildung gewesen und hatte sie während jener Woche nur ein einziges Mal angerufen.

Sie fragte sich, ob sie es mit ihrer Selbstbestimmung und Unabhängigkeit übertrieben und ob sich Hannes eine neue Freundin gesucht habe. Er strahlte eine vitale Männlichkeit aus und war guter Dinge.

«Ich lade dich auch bald einmal in mein neues Zuhause ein», versprach sie. «Damit du Frau Haberthür kennen lernst.»

«Sicher. Es wird bald Zeit. Ich bin gespannt.»

«Es ist vermutlich ganz gut, dass ich das nicht schon am ersten Tag tat. Meine Vermieterin sprach sich bei meiner Bewerbung klar gegen Männerbesuch aus, was immer das bedeuten mag.»

«Es bedeutet, dass du nicht ständig einen neuen Studenten anschleppen sollst. Da bin ich übrigens ganz ihrer Meinung», feixte Hannes. «Obwohl eine solche Hausordnung nicht mehr zeitgemäss ist», doppelte er nach.

«Oh doch. Ich verstehe sie gut. An ihrer Stelle würde ich auch wissen wollen, wer in meinem Haus ein- und ausgeht.»

«Vielleicht. Frauen sind vorsichtig. Sie braucht etwas Zeit, um dich kennenzulernen und richtig einzuschätzen», gab Hannes zu und fragte: «Was machst du am Wochenende? Besuchst du mich wieder einmal auf dem Land?»

Der August war drückend heiss. Sarah arbeitete gerne, obwohl sie gelegentlich lieber im Rhein geschwommen wäre. Doch dazu fehlte ihr die Zeit, und letztendlich auch der Mut, dies alleine zu wagen. Ausser Anni Haberthür kannte sie noch kaum jemanden. Am Abend ihres letzten Arbeitstages im Primo Piatto wurde sie von ihrem Chef zu einem Drink in der Bar Rouge hoch über den Dächern von Basel eingeladen.

«Wow! Welch eine Aussicht. Fantastisch, all die Lichter zu sehen», schwärmte sie und hielt den Atem an, als sie und Massimo vom Fenster auf die Stadt hinunterblickten.

«Nun, es ist erst 21 Uhr. Die Nacht ist lang. Wir können bleiben, solange du Zeit hast. Du bist mein Gast», versprach ihr charmanter, vormaliger Chef.

Wie schon bei ihrem Vorstellungsgespräch bemerkte sie seine perfekten Zähne unter dem schwarzen Schnauz. Und sein herzliches Lachen.

Bevor sie überlegen konnte, wie alt Massimo eigentlich war und warum er ihr heute speziell gut gefiel, vibrierte ihr Mobiltelefon. Sie warf einen kurzen Blick darauf. Es war Hannes. Sie würde ihn zurückrufen.

Massimo griff nach ihrer Hand, zog sie vom Fenster weg und flüsterte: «Ja, der Messeturm hat es in sich. Viel höher als das Basler Münster.» Dabei legte er ihr den Arm um die Schulter, zog sie an sich, und sie überlegte, ob das als sexuelle Belästigung galt oder eine nette Geste war. Sie entschied sich für Letzteres. Schliesslich war sie nicht in England. Hier herrschten andere Sitten, und Italiener galten als freundliche, spontane Menschen und heissblütige Liebhaber.

Er steuerte auf einen Zweiertisch in einer abgedunkelten Ecke zu, bestellte, ohne sie nach ihren Wünschen zu fragen, eine Flasche Champagner. Als der Kellner eingeschenkt hatte, stiess Massimo fröhlich mit ihr an.

«*Salute*, ich danke dir für alles. Abgesehen von zwei verschütteten Tomatensuppen hast du immer alles perfekt hingekriegt. Ich werde dich vermissen. Sehr sogar.»

Sie dachte an Hannes, der jetzt vermutlich auf ihren Rückruf wartete. Da sie nicht wusste, worüber sie mit Massimo hätte reden können, ass sie ein paar Nüsse und trank ihr Glas schneller leer als sie es wollte.

Massimo schenkte ihr nach und griff schon wieder nach ihrer Hand. Seine Finger fühlten sich warm an. Angenehm und trocken, nicht etwa verschwitzt.

«Das Leben kann schön sein, wenn man es sich entsprechend einrichtet. Was meinst du, Sarah?»

«Ja. Falls du einmal in der Klemme bist, kannst du mich gerne anrufen. Ich weiss nicht, wie streng das Studium wird. Dennoch.

Wenn ich dir helfen kann, tue ich das gerne. Du hast ja meine Nummer», sagte sie etwas formell.

Als er ihr Glas zum dritten Mal nachfüllte, klingelte sein Telefon.

«Pronto. Sono al Ristorante. No, no. Non preoccuparti. Torno subito.»

«Ja dann, lass uns austrinken», sagte sie. «Ich möchte auch nach Hause gehen. Sonst gibt jemand eine Vermisstmeldung durch.»

«Wirklich? Dein Freund?»

«Ja, ich wohne bei ihm», log sie und fragte sich umgehend, warum. Genauso gut hätte sie Massimo von ihrem hübschen kleinen Zimmer bei Anni Haberthür erzählen können.

«Besser nicht», dachte sie im Lift, als Massimo dicht neben ihr stand, und ihr sein Aftershave in die Nase stach.

Der Fernseher lief laut, mit Anni Haberthür im Relaxsessel davor, Beine hoch gelagert und eingedöst, als Sarah nach 23 Uhr an die Sennheimerstrasse zurückkehrte. Sie drehte die Lautstärke runter, und die alte Frau erwachte.

«Wie spät ist es denn?», blinzelte sie Sarah an.

«Beinahe Mitternacht. Mein Chef hat mich auf einen Abschieds-Drink eingeladen. Ich hatte heute Mittag meinen letzten Einsatz als Kellnerin.»

«Ja, ich wusste nicht, wo Sie sind. Ihr Freund hat angerufen. Er konnte Sie anscheinend nicht erreichen. Er schien mir sehr besorgt. Sagte, Sie sollten zurückrufen. Auch wenn es spät wird. Ist er eifersüchtig?»

«Nein. Nicht wirklich», antwortete Sarah und dachte an Massimo.

Sie wünschte ihrer Vermieterin eine gute Nacht, checkte die verpassten Calls, noch während sie die knarrende Holztreppe in den zweiten Stock stieg. Hannes hatte es ein Dutzend Mal kurz hintereinander versucht. Er nahm beim ersten Klingeln ihres Rückrufes ab.

«Endlich! Sarah! Ich bin auf dem Weg nach Hause.»

«Nach Hause?»

«Ja, kurz vor Achern. Ich fahr gleich runter von der Autobahn. Ich rufe dich zurück.»

Sarah streifte ihre Schuhe mit den zu hohen Absätzen ab. Wäre da nicht das Gefühl gewesen, mit Hannes stimme etwas nicht, hätte sie sich ganz ausgezogen. Doch so wollte sie sich bereit halten, obgleich sie nicht wusste wofür. Dann klingelte ihr Mobiltelefon.

«Nun stehe ich am Strassenrand. Jetzt können wir reden.»

«Was ist passiert?», fragte sie und dachte einen Moment, Hannes Mutter sei gestorben.

«Vater hatte heute Abend einen schweren Autounfall. Jetzt liegt er in Freudenstadt im Krankenhaus. Notoperation. Er ist ausser Lebensgefahr, aber Mutter ist total durcheinander. Und überfordert.»

«Einen Autounfall?»

«Ja. Mutter sagt, er habe bis am frühen Abend gearbeitet und sei auf dem Weg zu einem Jagdhornblasen vermutlich zu schnell gefahren. Mehr kann ich dir nicht sagen. Sie war nicht in der Lage, Auskunft zu geben. Sarah, ich muss abbrechen. Ich habe versucht, dich vor meiner Abreise zu erreichen. Du hast nicht geantwortet. Vermutlich war dein Telefon auf lautlos.»

«Ja, so war's. Sorry.»

«Kein Problem. Ich habe es auch erst nach Arbeitsschluss erfahren.»

«Ruf mich an, sobald du mehr weisst oder ich etwas für dich tun kann.»

Am folgenden Samstag bestieg Sarah am Badischen Bahnhof in Basel einen Zug Richtung Karlsruhe. Sie wusste nicht genau, wie schwer Gustavs Verletzungen wirklich waren, doch sie hatte ihn während ihrer Arbeit in seiner Bäckerei lieb gewonnen und wollte ihn nun im Spital besuchen. Und Hannes, der für ein paar Tage frei genommen hatte, brauchte ihre moralische Unterstützung. Er holte sie mit dem

Auto am Stadtbahnhof in Freudenstadt ab. Gemeinsam fuhren sie ins Kreiskrankenhaus. Ein Arzt war bei Gustav auf Visite; Sarah ging derweil mit Hannes Kaffee trinken. Hannes hatte dunkle Ringe unter den Augen und einen Dreitagebart.

«Wir wissen nicht, wie es genau passiert ist. Vater kann sich nicht erinnern.»

«Hauptsache, er wird bald wieder gesund.»

«Es wird dauern, Mutter kann nicht so lange ohne ihn zu Hause leben. Und schon gar nicht den Betrieb führen. Nicht einmal vorübergehend. Er hat sich immer um alles gekümmert.»

Hannes erzählte Sarah, dass seine Eltern Nachbarskinder gewesen seien und jung geheiratet hätten. «Sie gingen schon zusammen in den Kindergarten, und später in der Volksschule in die gleiche Klasse.»

Sarah fand, Emma und Gustav würden sich sogar äusserlich ähnlich sehen. Beide waren mittelgross, leicht pummelig mit weichem, kurz geschnittenem, grau meliertem Haar, strahlend blauen Augen und ruhigen Gesichtszügen.

«Vater ist zum ersten Mal in seinem Leben im Krankenhaus. Ohne ihn ist Mutter vollends verloren … »

Hannes wurde unterbrochen, als eine Pflegerin auf sie zukam und sagte, sie könnten jetzt kurz ins Zimmer.

Als Sarah Gustavs geschundenes Gesicht, seine blutunterlaufenen Hände und die Infusion in der Armbeuge sah, wurde ihr dermassen schlecht, dass eine Krankenschwester, die zufällig den Kopf um die Türe streckte, sie auf den Gang bat, dort auf einen Stuhl setzte, ihr ein Glas Wasser reichte und ein Fenster öffnete. Sarah schämte sich und kam sich unnütz vor.

«Hie und da sind die Angehörigen das grössere Problem als die Patienten», murmelte die Schwester und rollte die Augen.

«Ich bin nicht mit ihm verwandt. Herr Frey ist der Vater meines

Freundes», berichtigte Sarah. «Ich kann einfach kein Blut sehen. Mir wird dabei so übel.»

Zu gerne hätte Sarah Brigitte besucht und ihr alles erzählt. Doch jetzt war vermutlich der schlechteste Zeitpunkt überhaupt, um ihre Freundin zu treffen.

«Was passiert nun mit der Bäckerei und dem Café?», fragte sie, als Hannes und sie das Krankenhaus verlassen hatten und Richtung Marktplatz schritten.

«Keiner weiss es. Da Mutter nach Vaters Unfall einen Nervenzusammenbruch erlitt und sich seither hilflos und leer fühlt, muss ich jetzt verschiedene Optionen prüfen», antwortete er.

«Sie schien mir überarbeitet und erschöpft, als wir uns das letzte Mal sahen. Vielleicht braucht sie professionelle Hilfe? Oder einfach etwas Ruhe», meinte Sarah und realisierte, dass es ihr leichter fiel, über praktische Dinge zu sprechen, als einen Schwerverletzten zu besuchen.

Am Sonntagabend schliesslich war sie froh, dass sie zurück nach Basel fahren konnte. Hannes begleitete sie an den Bahnhof und versprach ihr beim Abschied, sie auf dem Laufenden zu halten.

Zwei Tage später rief er an und berichtete, dass er in Freudenstadt ein Stift gefunden habe, das Emma bis auf weiteres aufnahm. Gustav würde bis zur vollständigen Genesung Wochen benötigen, und als einziges Glück im Unglück habe sich herausgestellt, dass einer seiner Jagdkollegen, ein Bäcker in Rente, im Café Frey einspringen konnte, sodass wenigstens der Betrieb weiterlief. Zudem hatte Hannes eine alleinstehende Cousine, die ihm versprochen habe, jeden zweiten Tag bei seinen Eltern vorbeizuschauen.

Nachdem Sarah das Gespräch beendet hatte, empfand sie Erleichterung, nicht mehr im Schwarzwald zu leben. Sie hätte sich um Emma kümmern und im Betrieb tatkräftig einsetzen müssen. Jetzt stand es ihr frei, Hannes an den Wochenenden zu begleiten und mit ihm zusammen Gustav und Emma zu besuchen. Dass ihr das so lieber war, bereitete ihr Gewissensbisse. Doch sie sagte sich, dass sie Hannes zumindest moralisch unterstütze.

Ob sie von Basel sei, hatte Sarah nach einer Vorlesung kürzlich Tamara, eine sympathisch wirkende, grossgewachsene blonde Mitstudentin gefragt.
 «Aber sicher. Ich wohne bei meinen Eltern», hatte jene geantwortet und gefragt: «Und du? Bist du aus Amerika?»
 Tamara war gertenschlank, langbeinig und langhaarig und beinahe so attraktiv wie Moira.
 Als Sarah «England» antwortete, rümpfte Tamara die Nase. «Regnet es dort nicht die ganze Zeit?»
 «Hie und da schon. Ich komme von Cornwall, das ist die südwestlichste Grafschaft. Dort scheint die Sonne im Sommer sehr häufig, und dank des Golfstroms wird's auch im Winter nie zu kalt. Bei uns wachsen sogar Palmen.»
 «Tatsächlich?», hatte Tamara gemeint und einem Mitstudenten zugewinkt, der eben auf sein Fahrrad steigen wollte.
 Sarah fragte sich, wie eine Frau, die sich so wenig für die Welt interessierte, dazu kam, Ethnologie zu studieren. Ganz generell hatte sie den Eindruck gewonnen, ihre Kommilitoninnen seien im Vergleich zu Moira und Brigitte sehr unselbständig. Da zog Sarah es vor, sich mit Anni zu unterhalten.

«Würden Sie bitte so lieb sein und mein Bett neu beziehen? Ich kann das Fixleintuch nicht mehr straff über die Matratze spannen», klagte Anni Haberthür. Sie lächelte verlegen, als sie Sarah kurz nach dem Aufstehen in das in rosa gehaltene Schlafzimmer mit dem breiten Ehebett bat.
 «Mein Mann ist schon lange tot», sagte Frau Haberthür, als sie Sarahs erstaunten Blick sah. «Er starb noch jung, mit 66. Ich bin

neun Jahre älter und hatte immer gedacht, er würde einmal nach mir gehen.»

«Woran ist er denn gestorben?», fragte Sarah.

«Darmkrebs. Dabei hat er sich immer gesund ernährt.»

Anni Haberthür war über eins siebzig gross, schlank und litt an Schilddrüsenüberfunktion. Hin und wieder beklagte sie sich über lästige Konzentrationsstörungen und Schlaflosigkeit. In ihren grellroten, grasgrünen und himmelblauen Pullovern mit V-Ausschnitt und den fröhlichen Blusen, die sie darunter trug, wirkte sie jugendlich. Aber das schüttere weisse Haar, ihre immer gleichen antiken Perlohrhänger und die Müdigkeit, die sie abends beim Fernsehen überfiel, verrieten ihr Alter. Weit über 80, schätzte Sarah.

«Das tut mir leid», sagte Sarah und rechnete kurz nach, dass Herr Haberthür seit annähernd zehn Jahren tot sein musste. Sie fragte sich, warum der Briefkasten und die Klingel immer noch mit seinem Namen angeschrieben waren.

«Wir hatten es schön zusammen», sagte Anni Haberthür mit ihrer rauchigen Stimme. «Wir haben uns erst spät im Leben getroffen. Ich war Sekretärin bei einem Rechtsanwalt und getraute mich mit beinahe 40 Jahren nicht mehr, ein Kind auf die Welt zu stellen. Vielleicht war meine Überlegung falsch. Aber das ist Spekulation, ich bin nicht sicher, ob sein Tod mit einem Kind weniger schmerzhaft gewesen wäre. Ich bin ganz zufrieden, so wie es ist.»

Sarah nickte. Gerne hätte sie mehr von der alten Frau erfahren. Doch sie musste noch ihre Unterlagen für die Uni zusammensuchen. Rasch stopfte sie die leichte Federdecke in einen Bassetti-Überzug. Sie selbst hatte ähnlich hochwertige, farblich assortierte Bettwäsche. Schon während ihrer ersten Woche an der Sennheimerstrasse hatte sie, als die Sonnenstrahlen schräg durch die Fenster fielen, ihr hübsches Zimmer und den Garten im goldenen Abendlicht fotografiert. Die Bilder hatte sie, zusammen mit einem Foto von Anni, an ihre

Mum und Schwester und an Brigitte gemailt und ihnen von ihrem Leben in Basel berichtet.

Jetzt hörte sie die Pendule im Eingang acht Mal fein schlagen. Sie musste sich nun wirklich beeilen. Ihr Seminar begann um neun.

«Danke, Sarah, die Kissenbezüge kann ich alleine wechseln», sagte Anni Haberthür, als sie Sarahs Hektik bemerkte. «Vergessen Sie Ihren Schirm nicht. Die schwarzen Wolken sehen aus, als würden sie sich heute noch ausregnen.»

Am Wochenende fuhr Sarah mit Hannes in den Schwarzwald. Sie wollten seine Eltern besuchen und radeln. Am Morgen hing der Nebel über dem Ort. Der Wald, durch den Sarah früher regelmässig gejoggt war, roch jetzt nach Pilzen und Moder; von den Wiesen stieg ein fruchtiger Geruch. Als sich Sarah bei einem Rastplatz einen Apfel von einem Baum pflücken wollte, musste sie aufpassen, nicht auf eine der vielen ums Fallobst schwirrenden Wespen zu treten. Der Gärprozess mache die Insekten betrunken und angriffslustig, hatte Hannes sie auf der gemeinsamen Radtour gewarnt.

«Einkaufen und sie zum Arzt begleiten? Ist das alles, was du tun musst, anstatt Miete zu bezahlen?», fragte Brigitte erstaunt, als sich Sarah am späten Nachmittag mit ihr im Tannwald traf und von ihrem neuen Daheim berichtete.

«Offiziell ja», nickte Sarah. «Aber ich helfe Anni Haberthür auch sonst. Es sind lauter Kleinigkeiten, die ihr den Alltag erschweren. Ein Büchse oder eine Packung Waschmittel öffnen, zum Beispiel. Oder den Wäschekorb die Treppe hochtragen, hie und da eine Bluse bügeln. So vieles, was mir leicht von der Hand geht, wird für sie zusehends beschwerlicher.»

«Und wie geht es mit Hannes' Eltern weiter?», fragte Brigitte, neugierig wie immer. «Die beiden bräuchten sicherlich auch Unterstützung. Leider gibt es in Fleckenbronn nichts, was mit 'Mietfrei für Hilfe' zu vergleichen wäre. Hier hilft bloss die Diakonie.»

«Ich weiss. Aber sobald Gustav die Reha hinter sich hat, wird auch Emma nach Hause zurückkehren. Sie haben sich beide gut erholt», sagte Sarah. «Zusammen werden sie den Alltag schon irgendwie schaffen. Nur fürs Geschäft muss eine neue Lösung her, sagt Hannes.» Dann blickte sie auf die Uhr. «Oh! Ich muss mich beeilen. Hannes will heute noch mit mir ausgehen. Morgen holen wir Emma im Stift ab und fahren mit ihr zu Gustav in die Reha zum Mittagessen.»

Der November zeigte sich von seiner nassen Seite. Obwohl Sarah nicht so mühelos aus dem Bett kam wie noch im Sommer, stand sie vor sieben Uhr auf. Als erstes huschte sie im Evakostüm die drei Schritte über den Gang und unter die Dusche. Die Türe zu ihrem Schlafzimmer liess sie dabei offen. In Annis Haus war es überall warm. Nachdem Sarah ihr kurzes, nasses Haar trockengerieben, es flüchtig gekämmt und in die Jeans, ein enges T-Shirt und in ihre Strickjacke geschlüpft war, sprang sie die Treppe hinunter, grüsste ihre Vermieterin und klaubte ein paar Münzen aus der Haushaltskasse, die auf dem Küchenschrank stand. Dann zog sie ihren Mantel an, setzte ihre Mütze auf und joggte so zur Bäckerei am Spalenring, wo sie täglich zwei Weggli kaufte. Wenn sie zurückkam, hatte Anni den Küchentisch meistens schon gedeckt und war dabei, Wasser und drei Esslöffel Kaffee in die Filtermaschine zu füllen. Während sich der Duft von frischem Kaffee verbreitete, nahm Sarah Joghurts, Milch, Butter und Marmelade aus dem Kühlschrank und Anni stellte das Radio leise.

Nach diesem Ritual frühstückten sie und besprachen den Tagesablauf.

Die Zeit flog, bald war Weihnachten und Sarah sehnte sich nach Cornwall. Gleichwohl sah sie derzeit keine Möglichkeit, hinzufliegen. Mehr noch als zuvor, konzentrierte sie sich auf ihr Studium. Hin und wieder ging sie abends ins Kino. Sie hatte an der Uni noch immer niemanden gefunden, mit dem sie sich hätte anfreunden können. Hannes war wochentags geschäftlich unterwegs und samstags und sonntags sowieso in Fleckenbronn. Wenn er ausnahmsweise einmal einen Abend bei sich zuhause verbrachte, schien ihr, besonders nach einem langen Tag an der Uni, der Weg zu ihm ins Baselbiet zu weit.

«Schokolade! Danke!», rief Sarah. Es war kurz nach achtzehn Uhr am Sankt Nikolausabend. Sarah bedauerte, nichts für Anni gekauft zu haben. Ihr waren in der Migros die mit Schokolade, Lebkuchen, Erdnüssen und Mandarinen gefüllten transparenten Beutel wohl aufgefallen. Doch sie hatte angenommen, dass diese für Kinder seien. Nun war ihr Anni zuvorgekommen.

Sarahs Vermieterin hatte beim Bäcker einen grossen Grättimaa besorgt, den Küchentisch festlich gedeckt und den Teigmann mit seinen Rosinenaugen und dem gezuckerten Bauch zusammen mit Erdnüssen, Mandarinen und in rotes Alupapier gepackten Schokoladekugeln auf einen Teller gelegt.

Jetzt, nachdem Sarah von der Uni zurück war, wärmte Anni einen halben Liter Milch auf und fügte Kakaopulver dazu. Während sie die Mischung mit einem Holzlöffel umrührte, erklärte sie Sarah, dass heisse Schokolade zu Hefeteig passe und am St. Nikolaustag auch von Erwachsenen getrunken würde.

In diesem Moment hörten die beiden Frauen draussen ein Glöckchen bimmeln. Als sie zum Fenster hinausspähten, schritt ein rotgewandeter Nikolaus mit weissem Flauschebart an Annis Haus vorbei. Begleitet wurde er von einem Mann, der in der einen Hand eine Rute und mit der anderen einen Sack auf dem Rücken festhielt. Sarah fühlte sich klamm wie ein Kind.

«Wer ist der Braune?», fragte sie aufgeregt. «Ist das sein Assistent?»
«Richtig. Das ist sein Schmutzli», bestätigte Anni Haberthür.
Sarah verstand nur «Schmutz».

«Warum ist er schmutzig?», fragte sie.

«Er ist doch nicht schmutzig», lachte Anni Haberthür. «Das ist Knecht Ruprecht. Bei uns heisst er Schmutzli, wohl weil er eine braune Kutte trägt.»

«Schmutzli, wie Schmutz», sagte Sarah, «Schweizerdeutsch ist schwierig.»

«Du stellst dich gut an. Du hast dich gut eingelebt. Komm, setzen wir uns», sagte Anni.

«Vielleicht, aber ich müsste mich teilen können. Mein Freund und seine Eltern brauchen mich. Meine Mum vermisst mich. Seit meine Schwester geheiratet hat und nicht mehr zuhause wohnt, fühlt sich Mum in ihrem grossen Haus einsamer denn je», vertraute sie Anni Haberthür an.

«Deine Mutter könnte doch auch ein oder zwei Zimmer vermieten. Sich junge Gesellschaft ins Haus holen, wenn sie sich einsam fühlt.»

Sarah und Anni duzten sich seit kurzem.

«Bei uns ist wenig Bedarf dafür. Singles ziehen nach St Austell, und Paare, die sich im Ort niederlassen, kaufen sich für gewöhnlich ein Häuschen. Obwohl. Die Cottages werden von Jahr zu Jahr teurer. Es gibt auch Pärchen, die in der Stadt eine Wohnung mieten müssen.»

«Wie dem auch sei, Sarah. Mach dir kein schlechtes Gewissen. Junge Menschen fliegen nun einmal aus. Das ist ihr gutes Recht und normal, und deine Mama kommt garantiert klar damit.»

«Ja. Immerhin ist sie stolz darauf, dass ich in der Schweiz studiere. Sie selber ist nie aus ihrem Elternhaus ausgezogen. Ganz anders als ihre Schwester. Meine Tante Claire brannte als Kunststudentin mit einem ihrer Lehrer durch, zog mit ihm nach Frankreich und hat sich in den ersten Jahren kaum in Cornwall blicken lassen. Auch mein Onkel hat seine Eltern von dem Moment an, als er in London lebte, angeblich nie besucht. Vielleicht liegt das bei uns in der Familie?»

«Wer weiss?», meinte Anni. «Weit vom Geschütz macht alte Krieger. Das sage nicht ich, so sagt es ein Schweizer Sprichwort.»

Sarah flog am 23. Dezember, nachdem sie für Anni einen hübsch eingepackten Teewärmer auf den Esszimmertisch gelegt und sich liebevoll von ihr verabschiedet hatte, nach London. Ihre Mum und Tante Claire würden Weihnachten mit Rebecca, Tom und den Linns in Cornwall feiern. Sarah hatte überlegt, ob sie zu ihnen nach Meva fahren solle. Doch nach London war es kürzer, und sie fühlte sich bei ihrem Onkel und seinem Partner wohl.

Als Finlay ihr am Vormittag des Weihnachtstages einen Glenfiddich einschenken wollte, wehrte sie lachend ab.

«Nein danke. Ich trinke lieber Champagner. Dein Whisky erinnert mich an unser Gespräch an jenem Neujahrstag, als du mir gedroht hast, ohne Studium würde nichts Rechtes aus mir werden.»

«Habe ich das tatsächlich getan?»

«Ich glaube schon. Ich habe dich damals jedenfalls so verstanden.»

«Umso besser», schmunzelte er. «Inzwischen studierst du ja gerne.»

«Er scheint einigermassen zufrieden mit dir», unterbrach ihn Lance, der soeben mit einem Glas Orangensaft ins Wohnzimmer getreten war.

«Stimmt. Ich bin froh, dass du dich ins Studium kniest», nickte Finlay und sagte mit einem erneuten Schmunzeln, «…und dass nun etwas Rechtes aus dir wird …»

«Wann dürfen wir die viele Schweizer Schokolade auspacken, die du uns mitgebracht hast?», fragte Lance und schritt zum Kamin. Sarah hatte sie ihnen traditionsgemäss in einen Strumpf gesteckt. Lance stellte sein Glas, das er randvoll mit Saft gefüllt hatte, auf einen Beistelltisch und überreichte ihr ein in Weihnachtspapier eingepacktes, schweres Buch, einen Bildband über Afrika.

«Das ist ein Geschenk von uns beiden», sagte er. «Dein Onkel hat noch einen prallen Briefumschlag zwischen zwei Seiten gesteckt. Übergehe ihn nicht.»

«Wunderschön, die Fotos von Afrika!», freute sich Sarah. «Mit dem Geld im Kuvert könnte ich ja beinahe hinfliegen. Ich danke euch beiden.»

«Gern geschehen», sagte Finlay. «Aber mir ist lieber, du bleibst in Basel.»

«Natürlich, das mache ich ja», nickte sie. «Mein Studium wird immer anspruchsvoller.»

Dann erzählte sie, dass sie keine einzige Vorlesung schwänze, aus Bange, etwas zu verpassen. Sie lese und reflektiere viel, schreibe Arbeiten zu verschiedenen Sachthemen und sammle damit fleissig Credit Points.

«Ja, so läuft das», sagte Finlay, der mit dem System vertraut war.

Trotzdem erklärte sie ihm, dass ein Punkt 30 Stunden Arbeit entspreche. Dies könne je nach Veranstaltung, Stoff, Lektüre und Hausarbeit auch mehr oder, mit etwas Glück, auch etwas weniger sein. Zudem würde sie bei vielen Seminar- und Projektarbeiten mitmachen.

«Spannend und lobenswert», sagte Lance.

«Wird alles benotet?», fragte Finlay.

«Natürlich. Sowohl die Grundlagen wie auch die unterschiedlichen Forschungsfelder und die wissenschaftlichen Vertiefungen.»

«Du schaffst deinen BA», sagte er: «Du hast das Zeug dazu.»

Sarah freute sich über Finlays Zuversicht. Doch sie bedauerte, dass der Bachelor-Abschluss keine Feldforschung im Ausland vorschrieb. Diese war erst für den Master obligatorisch. Aber dies behielt sie für sich. Bald würde Lance mit dem Kochen beginnen, später würden die Gäste eintreffen und beim Essen waren andere Themen aktuell und ihr Studium nebensächlich.

Längst hatte Finlay für sie einen Nyetimber aus dem Kühlschrank geholt, den Korken knallen lassen und erklärt, dass in Südengland seit geraumer Zeit bester Champagner hergestellt wurde.

«Es besteht absolut kein Grund mehr, französischen zu trinken. In Sussex sind die Böden jenen in der Champagne sehr ähnlich», sagte er.

«Heimische Spitzenklasse», bestätigte Lance und nippte unbeirrt weiter an seinem Orangensaft.

Sarah begann, im Esszimmer sechs Gedecke aufzulegen. Sie wählte das am wenigsten angelaufene Silberbesteck, behauchte die trüben Weingläser, rieb sie mit einem weichen Tuch klar und erinnerte sich dabei an die Diskussion, die sie Mitte Dezember mit Hannes geführt hatte. Er hatte versucht, sie dazu zu überreden, Weihnachten mit ihm und seinen Eltern in Fleckenbronn zu feiern. Doch sie hatte sich daran erinnert, wie sehr sie sich an Heiligabend im Schwarzwald nach England gesehnt hatte. Sie schob eine vage Verpflichtung gegenüber Finlay als Grund vor, nach London zu fliegen. Immerhin war Finlay ihr Geldgeber. Als Hannes leicht enttäuscht reagierte, hatte sie ihm aus einem schlechten Gewissen heraus versprochen, Silvester mit ihm zusammen in Basel zu feiern. Nun, nachdem in London alles glatt lief, freute sie sich darauf, zu Anni an die Sennheimerstrasse zurückzukehren. Ihr Kompromiss mit Hannes schien ihr in diesem Moment genau richtig zu sein.

«Ich frage mich, wie es meinen Eltern heute geht. Sie sitzen vermutlich rum und schauen fern», sagte Hannes.

«Ja und? Sie sind bestimmt glücklich, zuhause zu sein», antwortete Sarah, «besser als die Feiertage in der Reha oder im Stift zu verbringen.»

«Ja, das ist der einzige Lichtblick nach diesem schwarzen Unglücksjahr.»

Die beiden sassen sich während eines mehrgängigen Silvestermenus, zu dem Hannes Sarah in ein alternatives Restaurant eingeladen hatte, gegenüber.

Später wollte sie tanzen gehen. Hannes zwar eher widerwillig, doch sie hatte ihn dazu überredet. Vorher allerdings würden sie auf den Münsterplatz bummeln, dort in grosser Runde ins neue Jahr rutschen und das Feuerwerk geniessen. Sarahs Kommilitonen hatten von gratis Glühwein gesprochen. Vielleicht traf sie ein paar von ihnen. Ihre Seminarräume lagen ja an diesem Platz, der für sie inzwischen zum Pausenplatz geworden war.

Nachdem die Münsterglocken das alte Jahr aus- und das neue eingeläutet hatten, wählte Hannes auf seinem Smartphone die Nummer seiner Eltern.

Champagnerkorken knallten, Bierflaschen wurden geöffnet und billiger Wein entkorkt. Die Menschen stiessen miteinander an, umarmten sich.

Sarah blickte sich um und versuchte, die eine oder andere Mitstudentin zu erspähen. Doch keine war in Sicht. Bloss ein Typ vom Italienischlehrgang, den sie als Nebenfach besuchte, winkte ihr zu. Sie winkte zurück, während sie Hannes mit seinen Eltern sprechen hörte.

«Lass mich auch ran», sagte sie, als Hannes Anstalten machte, das Gespräch zu beenden.

«Ich wünsche euch alles Gute zum neuen Jahr!», rief sie laut ins Telefon, als die Menge um sie herum genau in diesem Moment erneut johlte.

Sarah roch den Alkohol. Sie fühlte sich unwohl.

«Gute Gesundheit. Im neuen Jahr geht's bestimmt aufwärts», sagte sie noch hoffnungsvoll, bevor ihr Hannes sein Telefon aus der Hand nahm.

«Hallo? Vater? Ich bin es noch einmal», rief er, presste das Gerät ans rechte Ohr und hielt sich die linke Hand aufs andere. «Es ist zu laut hier. Ich rufe euch morgen nochmals an. Gute Nacht. Schlaft gut.»

Sarah hatte plötzlich keine Lust mehr, in einem Club zu tanzen.

«Lass uns zu mir nach Hause gehen und dort noch etwas plaudern», schlug sie vor.

An der Sennheimerstrasse schlichen sie die knarrenden Treppenstufen hoch, ohne das Licht anzuknipsen. Hannes hatte die Taschenlampe auf seinem Smartphone an. Beide waren sie ziemlich nüchtern und ungewöhnlich still.

Im Zimmer zog sich Sarah bis auf ihre rote Unterwäsche aus.

«Ich werde am Wochenende zu meinen Eltern fahren», sagte Hannes.

«Aber wieso?», fragte Sarah, die sich mit überschlagenen Beinen auf die Bettkante gesetzt hatte und mit dem rechten Fuss wippte.

«Du hast sie doch angerufen. Sie kommen auch ohne dich zurecht.»

Dabei dachte sie an Italien und die roten Dessous, die dort auf den Jahreswechsel hin verkauft wurden. Hannes schien nie davon gehört zu haben.

«Nein, das kommen sie eben nicht», sagte er.

Als Gustav nach seinem Reha-Aufenthalt, und damit auch Emma vom Stift zurück nach Hause durften, hatte Hannes für seine Eltern eine Hilfe engagiert. Seither erledigte eine Polin den Haushalt. Emma kam schlecht mit der neuen Situation zurecht. Sie wollte weiterhin alles selber machen und ignorierte Antonia so gut es ging. Antonia wohnte in Sarahs vormaligem Zimmer. Im Gegensatz zu Emma, schätzte Gustav die Frau. Obwohl sie nur gebrochen Deutsch sprach, hatte er sich von Anfang an gut mit ihr verstanden.

«Ein Glück schauen auch Pia und Cousine Berta nach Mutter», hatte Hannes damals gemurmelt, als sich die ersten Konflikte zwischen Antonia und Emma angebahnt hatten. Pia war die Frau des Pächters, der nun die Bäckerei führte. Pia versuchte beharrlich, Emma davon zu überzeugen, dass eine Polin im Haus eine gute Sache sei.

«Ich fahre am Wochenende hin. Es lässt mir keine Ruhe», sagte

Hannes jetzt, zog sich bis auf seine schwarze Unterhose aus und legte sich ins Bett. «Ich muss eine zweite Pflegerin engagieren, die sich mit Antonia abwechselt», fuhr er fort. «Antonia darf nur zeitlich beschränkt in Deutschland arbeiten.»

«Warum engagierst du nicht gleich zwei neue und vereinbarst mit ihnen eine nahtlose Betreuung? Deine Mutter mag Antonia nicht besonders gut», stieg Sarah gereizt auf das Thema ein. Sie sass noch immer in Slip und BH auf der Bettkante, während sich Hannes unter der Federdecke auf die Ellbogen abstützte und sie unverwandt anblickte.

«Ich weiss nicht. Ich werde Vater fragen, wie er es sieht», sagte er.

«Hannes! Emma hat ein Recht darauf, sich in ihrem Haus wohl zu fühlen», mischte sie sich jetzt ein und wurde dabei richtig wütend. «Wenn deine Mutter nicht mit Antonia auskommt, dann muss eben eine andere her. Es gibt in Polen, soweit ich verstanden habe, genügend diplomierte Krankenschwestern und erfahrene Hausfrauen, die gerne als Pflegekräfte in Deutschland arbeiten.»

«Bitte lass das meine Sache sein, Sarah. Du hast dich in der schlimmen Zeit auch nicht um Emma gekümmert. Jetzt hast du sogar Weihnachten mit deiner Verwandtschaft gefeiert, obwohl dein Onkel und sein Partner sehr fit und sehr lebenslustig sind.»

«Ist das etwa verboten? Fit und lebenslustig sein?»

«Nein, sorry, ich meinte es ja nicht so. Aber meine Eltern sind es seit Vaters Unfall nicht mehr. Sie mögen dich. Sie sind beide anhänglich geworden. Seit sie den Betrieb aus den Händen geben mussten, bleibt ihnen Zeit zum Nachdenken», lenkte Hannes ein und murmelte mehr zu sich selbst als zu ihr: «Er könnte vielleicht während ein paar Stunden helfen und sich hie und da im Café zeigen. Immerhin geht es ihm körperlich besser, aber nun muss noch seine Psyche mitmachen. Mutter ist stabil, solange er im Haus ist.»

«Ja, was früher beide ein Zuviel an Arbeit hatten, haben sie nun zu wenig», sagte sie lakonisch. «Trotzdem solltest du dankbar sein, wie gut sich alles wieder eingerenkt hat.»

Als Hannes schwieg und noch immer keine Anstalten machte, sie zu sich ins Bett zu ziehen, seufzte Sarah: «Später hätte sich die Frage der Nachfolge so oder so gestellt. So wie für meine Mum. Bei uns hat glücklicherweise Becs die Initiative ergriffen und die Werft modernisiert und erst noch Tom geheiratet.»

Schliesslich zog sie sich aus und schlüpfte in ihren Pyjama. Plötzlich wusste sie mit Bestimmtheit, dass sie Hannes nicht heiraten würde. Als sie wach lag, mit seinem ruhigen Atem neben ihr, sehnte sie sich einmal mehr nach Moira, mit der sie vor zwei Jahren in Italien Italienisch gelernt und Weihnachten und Silvester in Fiesole bei Florenz verbracht hatte. Moira hatte für Sarah damals ein rotes Höschen mit einem passenden BH aus roter Spitze gekauft und ihr von dem italienischen Brauch erzählt. Jetzt griff sich Sarah zaghaft zwischen die Beine, bemüht Hannes nicht zu wecken.

In der ersten Januarwoche beim Frühstück fiel Sarah auf, dass Anni keinen Kaffee trank wie sonst, sondern einen bitter riechenden Kräutertee. Erst dachte sie, es sei einer von Annis Neujahrsvorsätzen. Tee anstelle von Kaffee. Besser für die Nerven. Doch Anni hatte, soweit Sarah dies beobachten konnte, normalerweise gute Nerven. Jetzt, als sie ihr Marmeladebrot strich, zitterten ihr die Hände.

«Geht's?», fragte Sarah und machte Anstalten, ihr das Messer aus der Hand zu nehmen.

«Ja, ja, geht schon», wehrte Anni ab, und Sarah hatte das Gefühl, dass sie ihr etwas verheimlichte.

Am nächsten Tag, als sich Sarah am Nachmittag aus der Küche ein paar Crackers holte, entdeckte sie auf dem Küchensims ein Fläschchen, das zuvor nicht dort gestanden hatte. Zeller Herz und Nerven Tropfen. Sie fragte sich, warum Anni diese brauchte.

«Anni, ich würde gerne ein Käse-Fondue zubereiten», schlug Sarah in der zweiten Januarwoche vor. «Ich habe einmal in meinem Leben eines gegessen. In einem Skiurlaub. Jetzt im Januar würde das passen. Findest du nicht?»

«Ja, fürs Wochenende ist Schnee angesagt. Das Caquelon und die Gabeln müsstest du suchen. Das Zubehör muss irgendwo im Keller rumliegen. Ich habe es schon lange nicht mehr benutzt.»

«Warum denn? Magst du kein Fondue?»

«Im Gegenteil. Aber für mich alleine hat es sich nicht gelohnt, und zudem stinkt danach das ganze Haus nach Käse.»

«Och, wenn das alles ist. Wir werden gut lüften.»

«Natürlich. Ich finde, als Engländerin steht dir ein Fondue zu. Kauf die Mischung in der Käsehandlung und keinen dieser Nullachtfünfzehn-Beutel im Supermarkt. Baselbieter Kirsch habe ich da. Vom ganz feinen. Eigentlich zu schade für Fondue. Wir nehmen ihn trotzdem. Er kommt ja sonst nicht weg.»

Anni strahlte. Sie schien sich richtig zu freuen und schlug sogar vor, dass Sarah noch jemanden dazu einladen sollte. Die einzige Bedingung war, das Fondue am Nachmittag zu essen und nicht erst am Abend.

«Käse ist schwer verdaulich. Vor allem für alte Leute und für dich, die ihn nicht gewohnt sind. Warum fragst du nicht Hannes, ob er kommen möchte? Zu dritt wäre es netter.»

«Ja, das mache ich gerne. Er wird sich über die Abwechslung freuen. Er verbringt ja sonst seine Weekends im Schwarzwald», sagte Sarah und hoffte, dass, obwohl ihre Beziehung abgekühlt war, er ein Freund fürs Leben bleiben würde. Immerhin hatten sie sich einmal geliebt und viel zusammen erlebt.

Hannes tauchte am Sonntag schon um elf Uhr an der Sennheimerstrasse auf. Über den Gärten und dem Park lag ein Zuckerguss, und er berichtete, im Baselbiet schneie es ganz gewaltig. Viel mehr als in der Stadt, er wisse noch nicht, wie er am Abend nach Hause komme. Zur Sicherheit habe er Schneeketten dabei. Dann überreichte er Anni eine Flasche Zuber-Kirsch als Dankeschön für die Einladung. Sarah zwinkerte Anni zu und deckte den Tisch im Esszimmer.

Draussen hatte es erneut zu schneien begonnen. Die drei genossen ihr Fondue. Zum Schluss der Mahlzeit löste Hannes die goldene Kruste, die sich am Boden des Caquelons gebildet hatte, und bot sie den Frauen an.

Sarah rümpfte die Nase: «Nein, danke, das ist verbrannt.»

«Sicher nicht!», widersprach Hannes. «Das schmeckt am besten. Komm, lasst uns noch einen Kirsch kippen. Der wärmt die Seele.»

«Es ist erst zwei Uhr. Habt ihr noch was vor, Kinder?», fragte Anni.

Sarah wunderte sich über den Ausdruck. Anni hatte sie noch nie Kind genannt und auch immer wie eine ebenbürtige Freundin behandelt. So, dass Sarah den grossen Altersunterschied oft vergass. Sie blickte Hannes an.

«Nein, das haben wir nicht. Wir könnten Monopoly spielen, das passt zu einem Sonntagnachmittag, oder später einen Verdauungsspaziergang im verschneiten Quartier machen», stieg Hannes auf die Stimmung ein. Sarah bemerkte, dass Annis Hände schon wieder zitterten. So heftig, dass die alte Frau beinahe ihren Kirsch verschüttete. Sie dachte an das Fläschchen, das noch immer auf dem Küchensims stand.

«Anni, musst du diese Zeller Tropfen wegen deiner Schilddrüsenkrankheit nehmen?», fragte sie.

«Nein, nein. Die sind nur zur Beruhigung und rein pflanzlich.»

Hannes runzelte seine Stirn, während Sarah vorsichtig weiter forschte.

«Bist du denn nervös?»

«Ach, Sarah, irgendwann muss ich es dir ja doch sagen», setzte Anni an.

«Was denn? Was ist passiert?»

«Als du den zweiten oder dritten Tag in London warst, kam ein seltsamer Anruf. Es war ein Mann. Er sprach Hochdeutsch. Er sagte, er sei Karl, der Sohn eines Cou-Cousins meines Mannes, der doch schon lange tot ist. Ich sagte ihm gleich, dass ich mich nicht erinnern kann, dass mein Mann je von einem Cou-Cousin gesprochen hat, und schon gar nicht, dass dieser einen Sohn hätte. Er hörte mir aber gar nicht richtig zu und meinte, er brauche dringend Geld für die Anzahlung für ein Haus, und dass sonst ein anderer den Zuschlag bekäme, denn der Hypothekarvertrag der Bank werde erst nach Neujahr abgeschlossen.»

Sarah und Hannes sahen sich an, liessen Anni jedoch weitererzählen.

«Ich sagte ihm, ich müsse warten, bis du von London zurück bist, denn jetzt könne ich nicht zur Bank. Und nun hat er wieder angerufen. 50'000 Franken will er.»

«Anni!», rief Hannes entsetzt. «Du willst ihm doch kein Geld geben! Das ist ein Enkeltrickbetrüger!»

«Was ist ein Cou-Cousin?», fragte Sarah.

«Ein Vetter zweiten Grades», antwortete Hannes knapp und zu Anni sagte er: «Diese Halunken haben immer ältere Damen im Visier. Gut situierte Witwen. Sorry, dass ich das so sage.»

«Ich weiss. Ich lese ja auch Zeitung», murrte Anni und zögerte: «Dieser Karl. Er hatte eine sympathische Stimme und war so nett. Vielleicht ist er tatsächlich mit meinem verstorbenen Mann verwandt.»

«Das ist er bestimmt nicht!», wandte Hannes ein.

«Am Freitag hat er erneut angerufen», sagte Anni. «Er scheint das Geld wirklich zu brauchen.»

«Und jetzt? Wie hast du reagiert?», wollte Sarah wissen.

«Ich sagte, ich hätte immer nur wenig im Haus», bekannte Anni schuldbewusst, «und die Bank sei erst am Montag wieder offen.»

Hannes verdrehte die Augen.

«Damit hast du ihm Hoffnung gemacht. Er wird dich am Montag

erneut bedrängen. Du musst die Polizei einschalten. Die Story mit der Hypothek geht eh nicht auf. Wir haben bereits Januar. Er hätte den Vertrag längst abschliessen können. Das ist alles Hokuspokus.»

«Soll ich morgen die Polizei anrufen?», fragte Anni.

«Das tun *wir*. Und zwar jetzt», entschied Sarah und hielt Annis Hand.

Eine Stunde später spazierten Sarah, Hannes und Anni zum Schützenmattpark und trafen beim Pavillon Max Wullschleger, einen Polizeibeamten in Zivil.

«Es ist wichtig, dass Sie sich normal verhalten», sagte der Beamte zu Anni. «Sie werden unter Umständen von Betrügern beobachtet.»

Zusammen gingen sie gemässigten Schrittes ums Oval und dann unter verschneiten Lindenbäumen Richtung Neubadquartier. Hannes bot Anni seinen Arm zum Einhängen. Die vier wirkten wie eine Familie.

«Vorausgesetzt, dass Sie sich an meine Anweisungen halten, werden wir ihn fassen», wandte sich der Polizist erneut an Anni. «Wenn er das nächste Mal anruft, erklären Sie sich bereit, das geforderte Geld auf der Bank abzuheben. Vereinbaren Sie mit dem Anrufer Ort und Zeit der Übergabe.»

«Aber keinesfalls in Frankreich oder in Deutschland», doppelte Wullschleger nach. «Wir dürfen ihn nur auf Schweizer Boden fassen. Danach rufen Sie mich an.»

«Und dann begleiten Sie mich? Oder wie geht das?», fragte Anni.

«Die Bank wird über den Fall informiert sein. Sie gehen alleine zur Bank und verlangen das Geld», sagte Wullschleger. «Am Schalter wird Ihnen ein Couvert mit Papierschnitzeln übergeben.»

«Gut», sagte Anni und fragte: «Und was dann?»

«Dann gehen Sie zum Treffpunkt. Meine Kollegen und ich werden in Zivil vor Ort sein.»

Der Polizist Wullschleger überreichte ihr seine Visitenkarte.

«Was hast du für einen Eindruck von diesem Schläger?», fragte Sarah am Abend, als sie das Vorgehen nochmals mit Hannes durchging.

«Von welchem *Schläger*?», fragte Hannes.

«Von Wollschläger. Der Polizist heisst so.»

«Er schreibt sich mit einem *u* und einem *e*, meine liebe Sarah: *Wullschleger*», belehrte sie Hannes.

«Oh, sorry. Falsche Gedankenstütze. Ich dachte Schläger für bullig», erklärte Sarah. «Ich weiss nicht, ob ich Anni morgen alleine gehen lasse.»

«Natürlich. Sie kann das. Ich fahre jetzt nach Hause. Ich befürchte, dass ich vor den Steigungen im Baselbiet meine Schneeketten montieren muss.»

Der erwartete Anruf kam schon früh am Montagmorgen. Sarah war dabei, ihre Stiefel und ihren Dufflecoat anzuziehen, als um 8.30 Uhr Annis Telefon im Flur klingelte. Sie hörte, wie Anni antwortete, zögerlich zustimmte, den geforderten Betrag abzuheben und schliesslich sagte: «Richtig, ich weiss ja, dass es eilt. Ja, natürlich Karl. Ich bringe es dir, so schnell ich kann. Ich könnte um elf Uhr an der Riehener Grenze sein. Warte bitte auf der Schweizer Seite auf mich.»

Nach einer kurzen Pause, während der Anni angespannt zugehört hatte, antwortete sie: «Nein, das geht nicht. Ich habe keinen Pass mehr.»

«Nein, auch keine Identitätskarte.»

«Ja, natürlich fahre ich mit dem Tram.»

«Ja, alleine. Ich komme alleine, mit dem Sechser von Allschwil her.»

«Ja, ich habe dich gut verstanden: Wir treffen uns an der Endstation der Strassenbahn. Keine Sorge. Ich werde das Geld dabei haben», sagte sie und brach das Gespräch ab.

«Hoppla. Du warst gut!», lächelte Sarah und streichelte der alten Frau über den Arm. «Und jetzt rufst du diesen Wullschleger an.

Dann gehst du ganz locker zur Bank und verhältst dich dort so, wie der es dir gesagt hat. Dann läuft's wie am Schnürchen. Du warst ja so etwas von höflich. Super, wie gut du telefoniert hast.»

«Meinst du? Ich brauche meine Beruhigungstropfen», seufzte Anni.

Sarah vertraute darauf, dass ihre Vermieterin jetzt, wo es vorwärts ging, die Nerven behalten und sich nach Plan verhalten würde.

Sie hielt den Daumen ihrer linken Hand nach oben, umarmte Anni noch einmal, und packte mit der rechten ihren Regenschirm. Dann eilte sie ohne Kopfbedeckung aus dem Haus und schritt, so zügig es auf dem matschigen Gehsteig möglich war, Richtung Universität.

Sie schaute auf die Uhr. Es blieben ihr mehr als zwei Stunden Zeit.

Die kleinen Geschäfte in der Basler Innenstadt waren am Montagmorgen geschlossen, die grossen indessen offen. Sarah kaufte sich im nächstgelegenen Warenhaus eine knallrote Wollmütze und ein passendes Halstuch. Beides hätte sie so oder so gebraucht, jetzt wo der Winter Einzug hielt.

«Nein, ich möchte es noch nicht anziehen. Bitte einpacken», bat sie die Verkäuferin und kehrte mit der Plastiktüte zurück zur Uni.

Im Café des Kollegienhauses wärmte sich Sarah auf und warf einen Blick in die Zeitung. Sie war richtig aufgeregt. Kurz vor der grossen Pause nahm sie einen weitgeschnittenen, grünen Lodenmantel von der Garderobe eines Hörsaals und liess ihren Dufflecoat hängen und ihren noch nassen Regenschirm in einem Ständer stehen. Der geborgte Mantel passte ihr wie ein Zweierzelt. Sie zog sich ihre neue Mütze über die Ohren und wickelte sich das rote Halstuch um. Auf dem Weg nach Riehen dachte sie an jene Schlittenfahrt vor zwei Jahren und wie Izzy ihr einen ihrer teuren Kaschmirschals geliehen hatte. In Sarahs Augen war Izzy immer cool gewesen. Nun fragte sie sich, wie sich die Amerikanerin an jenem heissen Sommertag auf ihrem Weg nach Frankfurt gefühlt haben mochte und wo sie sich jetzt wohl aufhielt.

Zwei Tage danach titelten die Boulevard- und auch die seriösen Medien einstimmig: Basler Seniorin bringt Enkeltrickbetrüger hinter Gitter.

Sarah kaufte gleich mehrere Zeitungen. Anni schnitt die Artikel aus, legte sie in ein Sichtmäppchen und nannte sie wie Sarah *Press-Cuttings*. Sarah beschloss, dass dies der Moment sei, Brigittes geplanten Besuch zu erwähnen.

«Ich habe eine deutsche Freundin im Schwarzwald, die zur Fasnacht gerne nach Basel kommen würde», begann sie zögerlich.

«Meinst du, dass sie hier, in meinem Zimmer, übernachten dürfte? Sie würde selbstverständlich ihren Schlafsack mitbringen.»

«Aber natürlich. Die Basler Fasnacht ist einmalig», nickte Anni, und Sarah antwortete: «Ja, ich weiss. Letztes Jahr bin ich mit Hannes zusammen an den Umzug gegangen. Ich habe Brigitte davon erzählt, und wir haben uns die Bilder auf dem Internet angeschaut. Wenn sie hier übernachten darf, kommt sie bestimmt.»

Hannes und Sarah gaben Annis Geschichte im Schwarzwald zum Besten, als Sarah wieder einmal dort zu Besuch war. Gustav meinte, bei ihnen ginge es ähnlich zu. Betrüger riefen ältere Herrschaften unter einer Polizeinummer an, gaben sich als Beamte aus und geboten den verängstigten Senioren, das Haus nicht zu verlassen. Kurz darauf schauten sie vorbei und behaupteten, in der Nachbarschaft sei eingebrochen worden, empfahlen, zu prüfen, ob alles Geld und die Wertsachen noch da seien. Sobald die Opfer diese geholt, eventuell sogar das Geld nachgezählt hatten, wurden sie von den vermeintlichen Kriminalbeamten in ein Gespräch verwickelt und dabei bestohlen.

«Dreist», sagte Gustav, als sie zu viert in der Wohnküche über dem Café Frey sassen. «Diese neumodischen Verbrechen.»

Emma zuckte die Schultern. «Seien wir froh, dass es dir wieder besser geht und jetzt unser Pächter für die Ladenkasse verantwortlich ist. Hier oben, bei uns in der Wohnung, käme keiner auf die Idee, etwas zu holen.»

«Ein paar Sorgen weniger», nickte Gustav. «Herr Ruf lässt sie nachts offen, damit ein allfälliger Einbrecher sieht, dass sie leer ist. Eine kaputte Ladenkasse zu ersetzen, käme ihn teuer zu stehen.»

«Stimmt. Das habt ihr ja auch so gemacht», sagte Hannes und bemerkte: «Ich habe den Eindruck, dass es euch wieder gut geht.»

Gustav nickte erneut: «Den Umständen entsprechend. Diese Polinnen sind Perlen im Haushalt.» Doch Emma murmelte: «Wer hätte gedacht, dass wir einmal dermassen umsorgt werden müssen.»

Sarah hielt sich still. Jeder altert anders, dachte sie. Sie bewunderte ihren Onkel Finlay. Er hatte sein Leben voll im Griff, viele Pläne und angekündigt, sie zusammen mit Lance zur Basler Fasnacht zu besuchen.

«Ist doch okay», sagte sie. «Ich bin gerne bei euch. Es ist so gemütlich.» Sie stellte den Wasserkocher ein, um sich rasch einen Kräutertee zuzubereiten.

Als Gustav nach zwei Paar geräucherter Hirschwurst an einem Haken in der Küche und einem knusprigen Bauernlaib aus dem Brotkorb griff, stand sie auf und suchte ihre Tasche, ihre warmen Stiefel und ihren Dufflecoat.

«Sorry, beinahe hätte ich es vergessen. Ich treffe ja heute Brigitte. Sie holt mich kurz nach 21 Uhr ab», entschuldigte sie sich, warf einen Blick auf ihre Armbanduhr und wünschte einen gemütlichen Abend.

«Grüss Gott. Alles okay bei dir?», fragte Brigitte, nachdem Sarah vor dem Café Frey in den roten Polo ihrer Freundin gestiegen war.

«Danke, super. Und im Tannwald?»

«Ja, geht schon. Das Übliche halt. Gäste, die meckern. Grippekranke Kellner. Übernächtigte Aushilfen. Das ganze Programm», klönte Brigitte. «Ich freue mich jedenfalls auf meine Urlaubswoche bei dir. Die Baseler Fastnacht muss ja toll sein. Ich kann sie kaum erwarten.»

«Basler Fasnacht. Brigitte. In Basel heisst das Fasnacht, ohne t», korrigierte Sarah. «Und Basler. Und Masken gibt's übrigens auch keine.»

«Was? Wir haben uns doch die Bilder und ein Filmchen angeschaut. Die tragen dort alle Kostüme und Masken.»

«Kostüme ja. Aber, was du Masken nennst, heisst in Basel Larven.»

«Sorry. Wie soll ich das wissen?»

«Anni hat mir vorsorglich die speziellen Ausdrücke, die an der Fasnacht verwendet werden, beigebracht», klärte Sarah ihre Freundin auf und fragte: «Gehen wir zum Italiener?»

Pino begrüsste die beiden jungen Frauen wie alte Bekannte, kredenzte einen *Aperitivo* mit gefüllten Oliven und fragte: «*Come va? Come sempre? Una pizza per due?*»

«*Si, per favore, una verdura per noi due*», nickte Sarah und bestellte dazu zwei *Insalate Miste*, einen sauren Sprudel und eine Apfelschorle.

«Korrekt. Soweit ich verstehe. Ich habe mich an der Volkshochschule in Freudenstadt eingeschrieben. Anfängerklasse», bekannte Brigitte. «Eigentlich wollte ich Italienisch online lernen. Doch ich hab es nicht geschafft. Ohne den Klassendruck, ohne die drohende Blamage, bin ich viel zu undiszipliniert.»

«Gratuliere. Selbsterkenntnis. Hauptsache, es klappt jetzt.»

«Stimmt. Irgendwann möchte ich in der Schweiz arbeiten. Im Tessin.»

«Das wäre super. Aber zuerst kommst du nach Basel.»

«Ja, das nächste Mal, wenn wir uns treffen, wird es an der Fasnacht sein. Sag, wie läuft das nun schon wieder? Was muss ich vorher alles wissen?»

«Also: Du kommst am Samstag oder Sonntag. Das grosse Spektakel beginnt mit dem Morgestraich, am Montag um vier Uhr …»

«… in der Früh. Ich hab das gelesen, ich konnte es kaum glauben. Wir gehen natürlich hin. Es muss einzigartig sein.»

«Sicher. Der Rest sind drei Tage lang fantastische Farben, Formen und Musik, vor allem Pfeifer und Trommler. Sie spielen Märsche und schreiten in Gruppen durch die Stadt. Tausende von Zuschauerinnen und Zuschauern. Total verstopfte Gassen. Absolut kein Durchkommen», beschrieb Sarah und erinnerte sich. «Letztes Jahr, als ich dort war, stellte ich mir vor, wie es auf jemanden, der nie davon gehört hat, wirken müsse. Einen Asiaten auf Geschäftsreise, zum Beispiel. Er würde meinen, die sind alle durch den Wind und sofort die Flucht ergreifen.»

«Und du?»

«Mmhh. Hannes hat mir ja vorher viel darüber erzählt. Zudem war ich letztes Jahr bloss an einem Tag dort. Aber was ich an jenem Montag sah, war dann doch recht wild und bunt und vor allem sehr, sehr laut.»

«Dieses Gugge-Konzert. Warst du da auch?»

«Nein, das ist am Dienstagabend. Da reiste ich schon wieder zurück nach Fleckenbronn. Zudem hatte ich eine Gruppe versehentlich *Blasmusik* genannt.»

«Was ist daran schlimm?»

«Das gilt dort als Tritt ins Fettnäpfchen. Hannes hat sich jedenfalls für mich fremdschämen müssen und mich dezidiert darauf hingewiesen, dass die korrekte Terminologie nachzulesen sei», sagte Sarah und versuchte, dabei ernst zu bleiben. «Er hat's vermutlich getan, weil er ja selber ein Ausländer ist.»

«Und ich? Muss ich eine Prüfung ablegen?», fragte Brigitte schelmisch.

«Wenn du unsicher bist, sprechen wir Englisch. Finlay und Lance kommen auch.»

«Sag nicht! Finlay kommt dich schon wieder besuchen?»

«Er behauptet, Lance habe ihn dazu überredet», erklärte Sarah. «Die beiden hätten in London vor Urzeiten einen lustigen Basler getroffen und seither die Fasnacht im Visier. Und nun, mit meiner Wenigkeit wohnhaft am schönen Rheinknie, sei für sie die passende Gelegenheit gekommen.»

«Ja, aber ... Das kann nicht der alleinige Grund sein. Bestimmt möchte er sehen, dass es dir gut geht.»

«Möglich. Ich habe es ihm an Weihnachten versichert. Vermutlich will er sich bei dieser Gelegenheit mit eigenen Augen davon überzeugen.»

«Und jetzt? Kann ich an der Fasnacht trotzdem bei dir übernachten?»

«Sicher. Finlay wollte im Hotel Drei Könige am Rhein logieren. Doch die haben natürlich längst voll. Und Lance begnügt sich auch mit weniger Luxus. Solange er ein Bett findet, ist ihm eigentlich egal, wo.»

«Und wo hast du die beiden so kurzfristig untergebracht?», wollte Brigitte, ganz Hotelfachfrau, wissen.

«In einem Hotel mitten in einem grossen Garten. Ruhig, sogar während der Fasnacht, und nur wenige Schritte von der Universität entfernt. Zwischen Innenstadt und Sennheimerstrasse gelegen.»

«Das passt.»

«Ja, es ist eine vormalige Unterkunft für Missionare.»

Pino trat an den Tisch, um die leeren Teller wegzuräumen.

«*Dolce?*», fragte er verführerisch.

Brigitte entschied: «Einmal Schwarzwaldbecher mit zwei Löffeln, zum Teilen. Aber nicht sofort. Wir legen eine kleine Pause ein.»

Und zu Sarah gewandt. «Richtig so?»

«Ich bin eigentlich satt. Obschon? Jetzt, wo ich wieder einmal im Schwarzwald bin, kann ich beschwipsten Kirschen schlecht widerstehen», sagte Sarah und ergänzte: «Anni trinkt neuerdings regelmässig ein Gläschen Kirsch. Seit ihrem Trick mit dem Enkeltrickser.»

«Mit ihr hast du ja ein Riesenglück», urteilte Brigitte.

«Sie auch mit mir. Ich liebe coole, alte Leute. Und es war meine Idee, die Polizei am Sonntag anzurufen», erwiderte Sarah und erinnerte sich: «Zudem habe ich mich mit diesem entwendeten Lodenmantel und der roten Mütze und dem Halstuch so gut verkleidet, dass ich der fingierten Geldübergabe an der Riehener Grenze inkognito beiwohnen konnte.»

«Und jetzt ist deine Anni bei euch in der Schweiz vermutlich weltberühmt. Die Medien haben ihre Geschichte bestimmt breit getreten», lachte Brigitte.

«Ja, in Basel ist sie das. Obwohl die Zeitung und das Lokalradio erstaunlich diskret, ohne einen Namen zu nennen, vom Vorfall berichteten. Aber unsere Nachbarn wissen natürlich, dass sie es war», erzählte Sarah. «Die mutige Frau Haberthür, sagen sie und sind mächtig stolz auf Anni.»

«Und sonst? Was gibt es Neues zu Hannes?»

«Nun», sagte Sarah und fragte sich, wie viel sie Brigitte anvertrauen solle. Brigitte war zwar ihre Freundin, doch sie war geschwätzig und lebte in Fleckenbronn. Sarah wollte nicht, dass sie hier etwas Schlechtes über Hannes sagte. Trotzdem konnte sie nicht für sich behalten, dass sich ihre Beziehung zu ihm abgekühlt hatte. «Nun, denn», setzte sie erneut an.

«Ihr seid nicht mehr zusammen», kam ihr Brigitte zuvor. «Stimmt doch?»

«Wenn du so direkt fragst», drückte sich Sarah ein letztes Mal und sagte dann ganz schnell und leise: «Wir haben keinen Sex mehr.»

«Ja, das meinte ich doch. Aus die Maus. Ihr seid kein Liebespaar mehr.»

«So einfach ist es nicht», relativierte Sarah. «Wir sind noch befreundet.»

«Aber Sarah!», rief Brigitte. «Das geht doch nicht. Das tut doch weh. Hat er eine Neue?»

«Ich weiss es nicht. Manchmal hoffe ich es. Damit er nicht so alleine ist.»

«Wärst du denn nicht eifersüchtig?», fragte Brigitte «Oder hast du einen Neuen?»

«Zweimal nein. Ich war, was Hannes angeht, nie eifersüchtig. Und ich habe keinen Neuen. Eher eine alte Liebe im Kopf, die ich nicht vergessen kann.»

«Erzähl schon», bettelte Brigitte. Doch dann kam Pino mit den Eisbechern.

«Ein anderes Mal», entschied Sarah und schwieg, während sie assen.

Brigitte sagte bloss: «Lecker.»

«Ja, ist es hier immer», nickte Sarah. «Übrigens: Am Sonntagabend vor dem Morgestraich werden wir Hannes an einen Anlass in Liestal begleiten.»

«Wenn du meinst, dass du das aushältst.»

«Aber sicher. Ich sagte dir doch, wir sind noch immer Freunde.»

«Dann kommt er wohl auch zur Basler Fasnacht?»

«Nein, das nicht. Er muss in jener Woche an eine Konferenz nach Italien. Es geht um den Einsatz von Geotextilien als Erosionsschutz.»

Sarah sass in einem tiefen schwarzen Ledersessel am Euro Airport Basel/Mulhouse und wartete auf die letzte Maschine aus Heathrow. Die Ankunft wurde laufend nach hinten korrigiert.

«Immer dasselbe. Am Freitag kommen sie in London nie rechtzeitig in die Luft», seufzte eine übermüdet ausschauende Frau mit einem Kleinkind.

Sarah nickte. Vermutlich holten sie den Vater ab. Sarah hätte die Verspätung herausfinden und erst nach Finlays Abflug losfahren können. Es hätte ihr mit dem Flughafenbus längstens gereicht. Doch jetzt, wo sie schon einmal hier war, kaufte sie sich am Kiosk einen

Krimi und eine Cola. Damit machte sie es sich in etwas Entfernung von der Frau gemütlich.

Es war kurz vor Mitternacht, als Finlay und Lance landeten. Endlich schoben sie ihren Trolley durch den Zoll und winkten ihr von weitem zu.

«Ist das alles an Gepäck, was ihr mithabt?», fragte sie schelmisch und half, die vier Koffer auf dem Trolley durch die Ankunftshalle zu balancieren.

Im nostalgischen Hotel an der Missionsstrasse schliesslich wartete sie bis die beiden eingecheckt hatten.

«Von hier gehe ich zu Fuss nach Hause», sagte sie. «Wir sehen uns morgen um neun Uhr.»

Für den Samstagvormittag hatte Sarah eine Stadtführung gebucht. Wie abgemacht, holte sie Finlay und Lance nach dem Frühstück im Hotel ab.

«Hübsch, diese alte Burg», bemerkte ihr Onkel, als sie durchs Spalentor schritten.

«Stadttor», stellte Sarah richtig und sagte: «Basel ist eine wunderschöne Stadt. Wenn sie auch am Montag nicht mehr wiederzuerkennen sein wird. Ihr werdet sehen. Dann herrscht Ausnahmezustand.»

«Wie? Ausnahmezustand?», fragte Lance.

«Ich erzähle es dir später, wir müssen jetzt rechtzeitig am Treffpunkt sein», sagte sie. Während der folgenden zwei Stunden war sie froh, dass die Fremdenführerin gutes Englisch sprach und Finlays viele Fragen mit Kompetenz und Begeisterung beantwortete. Mein Onkel, dachte sie, er will immer Details wissen, die sonst keinen interessieren. Löchert die arme Frau wie ein neugieriges Kind seine Mutter. Ganz anders als Lance, der die neuen Eindrücke wirken lässt und nur selten nachhakt, dachte sie und fragte sich, wie der Nachmittag bei Anni verlaufen möge. Anni hatte Sarah beauftragt, im Fachgeschäft einen English Blend und eine grosse Packung Läckerli, ein lebkuchenartiges Basler Gebäck mit Honig, zu besorgen und die drei für vier Uhr zum Tee bestellt. Sarah hoffte, dass sie nicht fortwährend würde übersetzen müssen und dass sich alle gut verstehen würden. Brigitte würde erst am Abend mit dem Zug eintreffen, und Sarah plante, ihre Freundin am Badischen Bahnhof abzuholen und Finlay und Lance damit Gelegenheit für ein Dinner zu zweit zu geben.

«Alles gut?», fragte Brigitte, als sie aus dem leicht verspäteten Zug aus Deutschland stieg. «Alles gut!», antwortete Sarah. Brigitte hatte bloss einen kleinen Koffer dabei, war dafür warm eingepackt, das Stirnband, den Schal und die Wollhandschuhe in modischem Blau. «Es wird eisig werden am Montag in der Früh», schätzte sie. «Ich freue mich so. Wo hast du Finlay und seinen Partner gelassen?»

«Wir treffen sie morgen. Heute gehen sie alleine zum Essen aus», antwortete Sarah. «Ich schlage vor, wir versuchen es im Sukhothai. Zu Fuss liegt es bloss eine Viertelstunde von der Sennheimerstrasse, und das Essen dort ist ein absoluter Traum.»

«Klingt gut. Ich hab ja nur wenig Gepäck.»

«Ja, und Anni wird sich früh schlafen legen. Der Tee mit diesen Läckerli heute Nachmittag war genau das Richtige. Es hat allen gefallen. Nur das Reden hat Anni angestrengt.»

«Hat sie mit ihnen Englisch gesprochen?»

«Erstaunlich gut sogar. Ich musste kaum übersetzen.»

«Langzeitgedächtnis! Wie meine Oma. Sie erinnert sich an alles, was sie in ihrer Jugend gelernt oder erlebt hat.»

«Super. Wie geht es ihr und ihrem Alf?»

«Einwandfrei. Sie lässt dich grüssen.»

Am späten Sonntagnachmittag fuhren Brigitte und Sarah zusammen mit Finlay und Lance mit dem Zug nach Liestal.

«Nun sag schon», bohrte Lance. «Wozu sollten wir alte Kleidung und einen Hut und keinesfalls etwas aus synthetischen Materialien anziehen? Als ob wir alte Klamotten dabei hätten!»

«Ihr werdet es bald sehen. Wir fahren an einen Event, der sich Chienbäse nennt, eine der wohl spektakulärsten Traditionen der Schweiz, wenn nicht sogar Europas.»

«Wie hast du gesagt, Chiin-beese?», versuchte Lance das ungewöhnliche Wort auszusprechen.

Chien-bäse, korrigierte ihn Sarah. «Die Teilnehmenden laufen mit brennenden Kiefernbündeln, eben diesen Chienbäse durch die Hauptstrasse der Altstadt. Die kleineren Bündel werden getragen, die grösseren auf Wagen gestapelt und angezündet.»

«Das klingt ja heiss», meinte Finlay.

«Es ist die Hölle», versprach Sarah.

Wenig später wurden sie am Bahnhof Liestal von Hannes empfangen. Da sie etwas zu früh waren, beschlossen sie, vor dem Umzug in einem Café noch etwas zu trinken, doch es gab keinen Platz.

«Kein Wunder. Es hätte mich erstaunt, wenn wir vier freie Stühle gefunden hätten», sagte Hannes. «Je nach Wetter kommen Zehntausende her», erklärte er. «Vielleicht können wir auf dem Weg zum Zentrum an einem Stand einen Glühwein trinken.»

Eine halbe Stunde später standen sie am Strassenrand des Liestaler Stedtlis und warteten auf den Startschuss, der kurz nach 19 Uhr erfolgen sollte. Sarah versuchte, die andern nicht aus den Augen zu verlieren, was in der Menge schwierig war.

«Wenn ich euch einen Tipp geben darf: Steht keinesfalls zuvorderst. Es wird ganz schön heiss werden, und ausweichen wird bei den vielen Leuten so gut wie unmöglich», ermahnte Hannes.

So war es dann auch. Einmal, als Sarah sich nach den dreien umschaute, sah sie, wie Finlay seinen Oberkörper nach hinten gedreht hatte. Er stand mit dem Gesicht von den Flammen abgewandt. Sie konnte nicht erkennen, ob ihm das Spektakel Spass machte oder nicht. Als die letzten brennenden Besen vorbeigezogen waren und sich die Menschenmenge langsam auflöste, stellte sie fest, dass sie die anderen, ausser Hannes, dessen Hand sie die ganze Zeit gehalten hatte, aus den Augen verloren hatte. Sie fanden sie wenig später hinter der nächsten Ecke in der Richtung, aus der sie gekommen waren.

«Und, wie war es für euch?», fragte sie ihre Gäste mit leuchtenden Augen und glühenden Wangen.

«Richtige Pyromanen sind das», rief Finlay, und Lance ergänzte: «Brandgefährliche Sache.»

Hannes, der den englischen Humor überhört hatte, beruhigte die beiden.

«Die Feuerwehr ist gerüstet. Zudem hätten sie den Anlass bei Gefahr, zum Beispiel bei Sturm, abgesagt oder zumindest die grossen Feuerwagen aus dem Umzug genommen. Es stehen jedes Jahr 150 Feuerwehrleute bereit.»

«Vermutlich ebenfalls alles Pyromanen», urteilte Finlay trocken.

Keep cool, neckte Sarah, die nun etwas unsicher geworden war, ob Finlay sich nicht doch ein bisschen gefürchtet hatte. Seinen feinen Humor von seiner Ernsthaftigkeit zu unterscheiden, war oft schwierig.

«Es ist noch nie auch nur das Geringste passiert», versicherte sie ihm.

Sie war für den Anlass etwas zu leicht gekleidet und hatte die Wärme der Feuer und ihr rotgoldenes Licht genossen.

«Ich merke gerade, dass ich den Tipp, alte Kleider anzuziehen, zu wenig ernst genommen habe», klagte Brigitte. «Mein Mantel wird noch lange nach Rauch riechen. Ein duftendes Souvenir.»

«Wie wäre es mit einer Wurst vom Grill?», fragte Hannes. «Ich lade euch ein.»

«Danke, aber ich hole mir lieber eine Crêpe», meinte Sarah.

Sie lehnten sich an eine Hauswand und assen ihre Würste aus der Hand.

«Das ganze Städtchen riecht verbrannt», bemerkte Sarah, die an ihrer Crêpe zupfte und die Hitze nun auch vom Boden hochsteigen spürte. Erstaunt bemerkte sie, dass die Glut, die auf dem Papierabfall auf der Strasse verglimmte, ihre Schuhsohlen angeschmolzen hatte und der Gummi stank.

«Das wird eine kurze Nacht», sagte Hannes am Liestaler Bahnhof, wo sie sich schliesslich voneinander verabschiedeten.

«Richtig. Wir dürfen morgen keinesfalls verschlafen», nickte Sarah.

«Und du, Hannes? Wo finden wir dich?», fragte Lance.

«Mich findet man im ersten Flieger nach Genua. Ich bin die ganze Woche geschäftlich unterwegs», erklärte er und nahm Sarah zum Abschied in den Arm. Falsche Fährte, dachte sie und verstand Hannes. Dies war jetzt nicht der richtige Zeitpunkt, ihre neue Art von Beziehung zu erklären.

«Am Bahnhof Basel nehmen wir am besten ein Taxi, erst zum Hotel an die Missionsstrasse, und Brigitte und ich fahren weiter an die Sennheimerstrasse», bestimmte sie, als sie schliesslich im Zug sassen. «Morgen müssen wir zu Fuss gehen. Wir starten um halb vier beim Spalentor.»

Nach dem Morgestraich begann Sarah zu frieren. Sie war todmüde.

«Lasst uns erst einmal Pause machen. Ich möchte mich ein paar Stunden hinlegen. Der Wetterbericht für morgen ist besser. Und am Mittwoch soll sogar wieder die Sonne scheinen. Wir bekommen noch genug mit von all dem Treiben.»

Und tatsächlich schien Petrus ein Basler zu sein. Nach einem ruhigen Montag ging die kleine Gruppe am Dienstag zusammen mit Anni Haberthür an die Kinderfasnacht und am Mittwochnachmittag schliesslich an den prächtigen Umzug, den die Basler Cortège nannten. Die zum Teil originell, zum Teil auch unheimlich kostümierten Gestalten auf den vorbeiziehenden Wagen beglückten Anni, Brigitte und Sarah mit Mimosen, Nelken und Bonbons. Finlay und

Lance hingegen wurden mit Konfetti, den sogenannten Räppli überschüttet. Als der Trubel langsam abklang, klagte Anni, das lange Stehen und Schauen am Strassenrand habe sie angestrengt. Finlay und Lance hatten sich bereits vor einer halben Stunde verabschiedet.

«Wisst ihr was, lasst uns eine Käsewähe kaufen», schlug Sarah vor.

«Gute Idee», meinte Anni. «Die nehmen wir nach Hause und trinken dazu einen Schwarztee zur Wiederbelebung.»

Später beim Abendessen war ihr anzusehen, dass sie beinahe im Sitzen einschlief.

«Falls ihr heute nochmals in die Stadt geht, muss ich leider passen», seufzte sie. «Ich werde lieber auf Telebasel die Schnitzelbänke schauen.»

Und dabei wohl wie immer einschlafen, dachte Sarah und fragte sich, wie Finlay und Lance ihren letzten Fasnachtsabend verbrachten. Sie beschloss, nicht nachzufragen. Sie wollte mit Brigitte gässeln. Am späten Abend erhielt sie dann eine SMS von Finlay, in der er schrieb, Lance und er hätten mehrere Stunden im Hotel Drei Könige verbracht, dort Englisch sprechende Gäste getroffen und würden mit diesen die Fasnacht an Europas schönster Bar ausklingen lassen. Sarah und Brigitte hingegen gingen bis in die frühen Morgenstunden im Gleichschritt hinter den kleinen Fasnachtsgrüppchen her durch Basels Gassen. Dabei lauschten sie den Piccolo Klängen und Trommeln, bis Sarah fürchtete, ihr Kopf würde darob zerspringen.

Am Donnerstag nach dem Frühstück fuhren sie und Brigitte mit dem Tram quer durch eine graue Stadt, die ihnen nach den drei bunten Tagen viel zu aufgeräumt, zu sauber und zu kalt erschien, zum Badischen Bahnhof. Brigitte musste schon am Nachmittag zurück im Schwarzwald sein.

«Wir sehen uns hoffentlich bald wieder. Kümmere du dich jetzt um deine Verwandten», meinte Brigitte zum Abschied und schwärmte, dass sie noch nie im Leben derart intensive Tage erlebt habe. «Danke, danke, für alles.»

Sarah begleitete ihre Freundin bis vor den Zoll und beeilte sich, danach Finlay und Lance abzuholen. Die beiden wollten mit ihr das Kunstmuseum besuchen und die diversen Universitätsgebäude besichtigen. Doch letztere waren während der Fasnachtswoche geschlossen. So gingen sie zu dritt Kaffee trinken und Finlay erkundigte sich, welche Grundlagen der Ethnologie sie bereits erarbeitet habe, wofür sie sich besonders interessiere und wie sie in ihrem Nebenfach Italienisch und mit ihrem Deutsch voran komme.

«Alles paletti an der Uni. Hochdeutsch ist kein Problem. Das beherrsche ich. Trotzdem ist es schön, wenn die eine oder andere Vorlesung in Englisch gehalten wird. Das klingt dann alles gleich viel vertrauter.»

«Wie steht es mit deinem Schweizerdeutsch?», fragte Finlay.

«Keine Chance. Den Basler Dialekt werde ich nie lernen», bekannte sie.

Da Finlay bloss Englisch sprach, konnte er vieles nicht beurteilen. Sie verzichtete darauf, ihm die Unterschiede der Schweizer Dialekte zu erklären.

Alle drei waren sie müde, und Lance sagte kaum etwas. Er schien in Gedanken schon wieder zurück in London zu sein.

Eigentlich hatte Sarah gehofft, an der Uni eine Studentin zu treffen, mit der sie in den Semesterferien hätte verreisen können. Eine interessante künftige Ethnologin vielleicht, um zusammen irgendwohin zu fliegen, dort die Gegend zu erkunden und zu faulenzen. Doch, obwohl sie sich mit den meisten Kommilitonen gut verstand und einige, mit denen sie in Arbeitsgruppen war, etwas besser kannte, fand sie auch im zweiten Semester niemanden, mit dem sie ihre Freizeit hätte verbringen wollen. Mit Tamara, dem schönen Mädchen aus Basel, die Sarah zu Beginn des Studiums angesprochen hatte, ass sie inzwischen regelmässig in der Mensa. Tamara wohnte in einem noblen Quartier. Ihre Eltern waren Akademiker und nie zu Hause.

Doch Sarah störte sich daran, wie Tamara übers Essen stänkerte, sich beklagte, wenn der Bus einmal etwas Verspätung hatte und darüber, dass es in Basel zu wenige Nachtclubs, Schuhläden und Kleidergeschäfte gebe.

«Sie gehen alle ein!», klagte Tamara, sie müsse am Wochenende zum Shopping nach Zürich fahren.

Als Sarah mit Hannes an einem der ersten lauen Maiabende in einer Gartenwirtschaft sass, erzählte sie ihm von diesem Gespräch.

«Diese Tamara scheint mir ein dummes Huhn zu sein», bemerkte er. «Sicherlich keine Frau, mit der man Pferde stehlen kann.»

«Ich will gar keine Pferde stehlen, ich suche nur eine Kameradin, mit der ich verreisen könnte», sagte Sarah und, dass dies mit Tamara unmöglich sei.

Plötzlich zog es Sarah nach Hause. Sie dachte an die kleinen Orte in Cornwall, wo es kaum Clubs und nur wenige trendige Geschäfte gab. Wo niemand nörgelte. Wo sie Freunde und Familie hatte und sich wohl fühlte.

«Wo machst du Urlaub?», fragte sie Hannes.

Die beiden hatten sich seit der Fasnacht bloss zweimal getroffen, doch die Vertrautheit, die sie miteinander verband, hatte sich sofort wieder eingestellt.

«Hast du für den Sommer überhaupt Ferien geplant?», hakte sie nach.

«Ich muss im Juli zwei Wochen beziehen, sonst verfallen sie.»

«Warum muss? Möchtest du denn keine Ferien machen?», fragte sie ihn.

«Ab Herbst stehen bei uns viele Termine an. Mein Chef hat mir sogar eine Beförderung in Aussicht gestellt. Daher muss ich im Sommer frei machen, dann, wenn auch die anderen weg sind.»

«Gratuliere! Wo genau liegt jetzt dein Problem?»

«Ich finde es im Sommer zu überlaufen», sagte er. «Überall, wo es schön ist, hat es dann zu viele Touristen.»

«Im Norden bestimmt nicht», überlegte Sarah laut und hatte dabei den Eindruck, wenn Hannes Begleitung hätte, würde er ganz gerne wegfahren.

«Wir könnten nach England fliegen. Familien mit Kindern strömen in den Süden, ans Meer, nach Italien oder in die Türkei.»

«Was heisst, wir?», fragte Hannes. «Würdest du mit mir Ferien machen? Ich meine ...»

«Ich weiss, was du meinst», nickte sie. «Wir schlafen nicht mehr zusammen, ergo fahren wir auch nicht zusammen in Urlaub.»

«So habe ich das nicht gesagt. Ich habe bloss nicht erwartet, dass du mit mir verreisen würdest. Unter diesen neuen Umständen.»

«Das würde ich aber», nickte Sarah, jetzt eifrig. «Hannes, wir haben uns nicht verkracht, bloss entliebt. Liebe und Freundschaft sind zweierlei.»

Auf dem Heimweg fragte sich Sarah, warum sie ihm einen gemeinsamen Urlaub vorgeschlagen, und mehr noch, warum sie ihn ausgerechnet nach Cornwall eingeladen hatte. Sie bereute es nicht. Im Gegenteil. Sie freute sich darüber. Trotzdem rätselte sie über ihre Beweggründe. Tat sie es für ihn oder mehr für sich selbst? Hatte sie die gemeinsamen Ferien vorgeschlagen, weil sie sonst alleine verreisen müsste? Weil er bessere Gesellschaft als Tamara war? Weil sie niemanden von der Uni näher kannte? Oder, weil sie seine und die Freundlichkeit, die sie von seinen Eltern erfahren hatte, gutmachen wollte? Weil sie ihm Clifftop, ihr Elternhaus, zeigen, ihm damit imponieren wollte? Damit Hannes auch ihre Mum, ihre Schwester Rebecca und deren Mann Tom treffen würde?

Leise drehte sie den Schlüssel im Schloss und zog noch im Eingang die Schuhe aus, um Anni nicht aufzuwecken. Doch Anni schlief wieder einmal vor dem Fernseher. Sarah stellte das Gerät ab und knipste die Deckenlampe an.

«Wie spät ist es?», gähnte Anni und rieb sich die Augen.

«Nach Mitternacht. Ich war mit Hannes aus.»

«Er ist ein netter Kerl. Ihr habt bestimmt einen schönen Abend verbracht», sagte Anni und beantwortete damit Sarahs Frage, warum sie Hannes mochte.

Eine Woche später trafen sich Hannes und Sarah schon wieder. Sie sassen erneut bis spät draussen, dieses Mal auf der Rossini-Terrasse am Spalenring.

Sie fragte: «Abgemacht? Wir gehen für zwei Wochen nach Cornwall?»

Als er nickte, gab sie zu bedenken, dass es dort bei schönem Wetter auch von Feriengästen überlaufen sein würde. «Vielleicht wird es doch etwas zu touristisch für dich.»

«Nein. Du kennst die ruhigen Ecken und weisst, wohin wir flüchten können, wenn es uns zu bunt wird», widersprach Hannes.

Ihr schien, er sei glücklich. Sie mussten noch die Daten festlegen, die Flüge buchen, und sonst kaum etwas organisieren. Sie würden in Clifftop, Sarahs Elternhaus, übernachten. Jane, ihre Mum, war nicht neugierig und zudem in Waterside, dem Wassersportzentrum, in dem im Sommer viel Betrieb war, rund um die Uhr beschäftigt. Jane würde vermutlich nicht einmal bemerken, ob sich Sarah und Hannes während der Zeit, die sie in Clifftop wohnten, in einem oder zwei Zimmern einrichteten. Anders Claire. Sarahs Tante würde ein Blick genügen, um zu erkennen, ob sie ein Liebespaar waren. Doch halt, dachte Sarah. Wer sagt eigentlich, dass *a male friend of a girl* zwingend ihr *boyfriend* sein müsse? Das war doch alles altmodisches Zeug. Zudem hatte ihre Mum kaum Zeit, sich um die Art der Beziehung ihrer jüngeren Tochter zu kümmern …

«Stimmt doch?», fragte Hannes.

«Was?», fragte sie, aus ihren Gedanken gerissen.

«Dass wir die gröbsten Touristenfallen meiden können.»

«Natürlich. Wenn es an Land zu eng wird, segeln wir aufs Meer und ankern und schwimmen in einer einsamen Bucht.»

Mitte Juli flogen Sarah und Hannes nach Bristol. Ab Basel kostete dies beinahe nichts, und Becs hatte Sarah versichert, dass sie, da sie mit der Bahn nach Cornwall reisten, in Meva ihr Auto leihen konnten. Becs fuhr den Range Rover der Werft und benützte ihren privaten kleinen Flitzer kaum noch.

«Unglaublich! Wie schön es hier ist!», rief Hannes, nachdem er Jane aufs Herzlichste begrüsst hatte.

«Ja, sofern das Wetter mitmacht», nickte Jane und sagte, dass Claire möglicherweise in Frankreich bleiben würde. «Sie ist noch immer mit John-Pierres Nachlass beschäftigt, doch wir hätten sie hier gut gebrauchen können.» Sie setzte den Wasserkessel für frischen Tee auf. Sarah suchte derweil die Vorratskammer nach Cornish Fairings und Gingerbreads ab.

«Aber ich verstehe sie», rief Jane aus der Küche. «Solange sie ihr Haus in Cancale nicht verkaufen kann, möchte sie so viel Zeit wie nur möglich in der Bretagne verbringen.»

«Das heisst, sie kommt nicht, und wir sind bloss zu dritt?», fragte Sarah, als sie endlich am Küchentisch sass und eine verstaubte Kekspackung öffnete.

«Ja. Ihr könnt hier schalten und walten, wie es euch gefällt. Fühlt euch keinesfalls verpflichtet, mir bei der Arbeit zu helfen. Ihr habt Ferien verdient. Ich nehme es dafür im Winter leichter», sagte Jane und liess Sarah und Hannes alleine in der Küche.

«Ich habe es mir sehr schön vorgestellt. Ich habe ja ein paar Fotos gesehen. Aber die Landschaft übertrifft meine kühnsten Erwartungen!» staunte er. «Euer Haus ähnelt den Anwesen in den Pilcherfilmen, die meine Mutter so gerne schaut. Wohnen hier alle so komfortabel?»

Sarah schüttelte den Kopf und lachte verschmitzt.

«Später zeige ich dir dein Zimmer. Das heisst, du kannst wählen, welche Aussicht dir am besten gefällt. Wir haben genügend Zimmer, beinahe so viele wie in einem kleinen Hotel. Wir sind tatsächlich privilegiert.»

Als Hannes sich für den Raum im Gästetrakt im Erdgeschoss entschied, jenen mit Blick in den Apfelgarten, dachte Sarah an Moira. Moira hatte in jenem Sommer, als sie in der Werft aushalf, hier gewohnt. Sarah spürte, wie sich ihr Herz zusammenzog.

«Was ist?», fragte Hannes.

«Was soll schon sein?»

«Du bist so still. Wäre es besser, ich würde ein anderes Zimmer nehmen?»

«Nein, ist perfekt. Dieses ist eindeutig das Schönste», wehrte sie ab.

«Mein Ururgrossvater hat unsere Werft gegründet und mein Urgrossvater das Haus gebaut. Morgen gehen wir an den Hafen und natürlich zur Werft und an unseren Strand. Dort werde ich dir Waterside zeigen. So lernst du gleich auch meine Schwester und ihren Mann kennen. Beide sind super Sportler und tüchtige Geschäftsleute. Ganz anders als ich.»

Das Wetter hielt. Für gewöhnlich steuerten Sarah und Hannes, mit ihren Badesachen und einem Picknick auf dem Autorücksitz auf Nebenstrassen von der Süd- an die Nordküste hoch, und auf der A30 quer durch die Grafschaft. Sie zeigte Hannes das Minnack Theatre, die Tate und das Cottage von Barbara Hepworth in St Ives; den Golden Lion Pub in Port Isaac sowie die Kirche und den Felsen von Tintagel. In Clifftop faulenzten sie im Garten, lasen unter den Apfelbäumen, stiegen die Abkürzung vom Haus auf den Klippen hinunter zum Hafen, wo sie Tom und Becs nach Feierabend im Fountain Inn auf ein Bier trafen. Die Zeit flog. Wie vorausgesehen war Jane mit Becs und Tom bis spät abends in Waterside beschäftigt. Die Boote waren meistens alle vermietet. Rebecca managte den Verleih. Wenn sie Zeit hatte, begleitete sie Touristen auf Tauchgänge.

Tom gab Kindern und Teenagern Schnorchel- und Segelkurse. Jane kümmerte sich um das kleine Café, das zum Wassersportszentrum gehörte. Hannes war das Meer zu kalt zum Schwimmen.

«Er ist ein Waldmensch, kein Wassermann», entschuldigte ihn Sarah, als er auch in der zweiten Ferienwoche keinerlei Interesse daran zeigte, tauchen oder segeln zu lernen. Jane schien das ganz recht zu sein. Sie drängte ihn jedenfalls nicht, etwas zu tun, was ihm nicht lag.

«Wie darf ich mich bei ihr für ihre Gastfreundschaft revanchieren?», fragte Hannes Sarah zwei Tage vor der Rückreise.

Sarah war mit einem Koffer voll mit Schokolade angereist und hatte diese grosszügig verteilt. «Wir laden Mum morgen Abend zusammen mit Becs und Tom in ein gutes Restaurant ein. Mehr erwartet sie nicht.»

Sie war glücklich, mit Hannes kein einziges Mal gestritten zu haben. Doch plötzlich wollte sie nicht mit ihm zurück nach Basel. Jedenfalls nicht so früh. Sie hatte Zeit. Ihre Vorlesungen begannen erst wieder Ende Sommer.

«Ich könnte ihr noch ein bisschen helfen», sagte sie wie aus dem Nichts.

«Aber du willst doch nicht etwa bleiben?», rief er, «dein Flug ist gebucht!»

«Doch. Ich bleibe. Den Flug lasse ich sausen.»

Hannes schwieg.

«Es ist ein Jahrhundertsommer. Wir hatten den heissesten Tag im Juli, seit Messbeginn», begründete Sarah ihren Entschluss: «Ich werde bis Mitte August in Waterside mithelfen.»

«Und Anni? Braucht sie dich nicht?»

«Sie geht im Moment durch eine gute Phase», sagte Sarah.

«Und dein Job auf dem Sozialamt? Müsstest du da nach den Ferien nicht hin?»

Sarah arbeitete seit Januar während ein paar Wochenstunden als

Praktikantin auf dem Sozialamt. Eigentlich gefiel ihr die Arbeit nicht besonders, doch sie war stolz darauf, sie ohne Hannes' Hilfe gefunden zu haben.

«Ich schreibe meiner Chefin eine E-Mail und erkläre ihr, dass meine Familie mich braucht. Auf dem Amt ist derzeit so oder so nichts los.»

Am nächsten Vormittag fuhr Sarah Hannes zum Flughafen und wartete dort mit ihm auf seinen Flug, der kurz nach 14 Uhr abhob.

«Diese historische Route von Plymouth nach Lands End. Wir hätten sie wandern können», bemerkte er. «Mit tüchtigen Tagesmärschen hätten wir dies in zwei Wochen geschafft.»

«Sicher, aber das wären Wanderferien geworden. Du hättest keine Ruhe gefunden.»

«Klar, das war ja auch bloss so daher geredet.»

«So schlecht ist die Idee nicht. Wir könnten nächsten Sommer den Lizard, die südlichste Halbinsel, umrunden», schlug sie vor. «Vom Küstenpfad aus hätten wir einen prächtigen Blick aufs Meer.»

Sie überlegte, was sie sonst noch sagen sollte. Er war offensichtlich noch immer durcheinander, weil sie nicht wie vorgesehen mit ihm zurückflog.

«Vielleicht? Cornwall war für mich jedenfalls eine Entdeckung», erwiderte er. «Jetzt, wo ich deine Heimat kenne, würde ich jederzeit wieder kommen ...»

Er wurde unterbrochen von der Lautsprecherdurchsage *All passengers booked on easyJet Bristol to Basel, are requested to ...*.

Sarah sprang auf.

«Beeil dich, die Sicherheitskontrolle ist hier immer etwas zeitraubend.»

Am letzten Wochenende im August flog Sarah die gleiche Strecke. Sie wusste, dass niemand sie in Basel am Flughafen abholen würde. Hannes hatte in jener Woche an einem internationalen Meeting in

Frankfurt teilgenommen und war von dort direkt in den Schwarzwald gefahren. Seit Gustavs Unfall war ein Jahr vergangen. Antonia kam nicht mehr. Dafür alternierten zwei neue Polinnen. Sarah wusste, Hannes würde sich bei ihr melden, sobald er wieder in der Schweiz sein würde.

Am Euro Airport Basel/Mulhouse nahm sie den Shuttle Bus. Eine Haltestelle vor dem Bahnhof SBB stieg sie aus. Der auch um diese Zeit noch dichte Verkehr und die grauen Bauten liessen sie mit Sehnsucht an Clifftop denken, das im Abendlicht hoch über Cornwalls Klippen weiss leuchtete. Energisch zog sie ihren Rollkoffer zur Sennheimerstrasse.

Das Haus lag dunkel da. Während sie im Gepäck noch nach dem Schlüssel fischte, fragte sie sich, ob sich denn gar niemand über ihre Rückkehr freue und zuckte zusammen, als sich die Haustüre plötzlich wie von Geisterhand öffnete.

«Anni! Du bist ja hier! Warum brennt kein Licht?», fragte sie und umarmte die alte Dame.

«Wegen der Stechmücken. Ich bin im Garten hinter dem Haus gesessen und habe das Amselgezwitscher genossen», antwortete Anni und strich Sarah übers Haar. «Komm herein. Ich habe für dich Holundersaft kühl gestellt.»

Als Sarah Hannes Ende September traf, war dies eher zufällig. Er hatte in der Stadt zu tun, schlenderte danach über den Münsterplatz und entdeckte sie in einer ihrer Pausen. Sie schwänzte kurzerhand die nächste Vorlesung und setzte sich mit ihm vors Café Isaak. Die Herbstsonne wärmte die Luft. Hannes bestellte Kaffee für beide.

«Wie geht es deinen Eltern?»
«Gut. Kein Grund zur Klage.»
«Bitte grüsse sie von mir.»
«Mache ich. Ich soll dir Grüsse von Brigitte bestellen.»
«Tatsächlich?»

«Ja, ich habe sie zufällig getroffen, so wie dich heute.»

«Und was sagt sie?»

«Sie ruft dich an. Sie möchte dich im November besuchen», antwortete Hannes.

«Danke für die Grüsse. Ich werde ihr eine E-Mail schreiben.»

Sie wunderte sich über die Oberflächlichkeit des Gesprächs und die langen, verlegenen Pausen zwischen den Sätzen. Hannes schien dies ebenso zu empfinden. Jedenfalls machte er Anstalten, zu bezahlen und aufzubrechen.

«Ich habe ganz vergessen, zu fragen, wie es dir so geht», sagte sie.

«Nun», zögerte er. «Ich spiele halt nicht mehr die Hauptrolle in deinem Leben. Soll ich uns noch etwas bestellen?»

«Ich trinke gerne einen zweiten Kaffee», sagte sie. «Aber, wenn du darauf anspielst, dass es in meinem Leben einen Neuen gäbe, so stimmt dies nicht.»

Hannes blickte sie zweifelnd an. «Du bist attraktiv. Sehr sogar», sagte er.

«Danke. Trotzdem ist da niemand. Ich kann mich voll auf mein Studium konzentrieren. Du bist hier mein allerliebster Freund.»

Hannes setzte seine Sonnenbrille auf.

Sie erinnerte sich, dass sie seinetwegen in den Schwarzwald gezogen und unter Finlays Druck in Basel ein Studium aufgenommen hatte. Im Nachhinein konnte sie sich nicht vorstellen, was ihr Besseres hätte geschehen können. Obwohl die Prüfungen zusehends anspruchsvoller wurden, lernte sie mit mehr Begeisterung, als sie es je zuvor in ihrem Leben getan hatte. Zudem lebte sie gerne an der Sennheimerstrasse. Anni war ihr ans Herz gewachsen, und umgekehrt war es wohl auch so. Ihre Wohngemeinschaft war besser als viele junge WGs, in denen anscheinend häufig über Kleinigkeiten gestritten wurde.

«Dasselbe hier», sagte Hannes, und erst wusste Sarah nicht, was er meinte.

«Auch ich habe keine neue Beziehung», murmelte er. «Mein Boss erwartet, dass ich viel reise, ihn an allen möglichen Konferenzen und Tagungen vertrete. Dazu kommt, dass du immer noch sehr wichtig für mich bist.»

«Super, das passt doch», antwortete sie und überspielte ihre Rührung. «Du gondelst ja gern in der Weltgeschichte umher. Oder sehe ich das falsch?»

«Kommt auf die Destination und aufs Thema an. Es gäbe Schlimmeres.»

Sarah bot Anni an, am Morgen eine Viertelstunde früher aufzustehen und das Frühstück zu richten. Anni schüttelte den Kopf. «Nicht nötig. Ich wache so oder so früh auf und geniesse die morgendliche Stille in der Küche. Mir wäre es lieber, wenn du heute mein Rezept in der Apotheke einlösen würdest. Am späten Nachmittag wäre auch ein guter Moment, ein letztes Mal für dieses Jahr den Rasen zu mähen. Morgen soll es regnen.»

«Klar, mache ich gern. Beides. Wie steht's mit dem Abendessen? Ich könnte Salat und Gemüse kaufen und uns einen leichten Teller zubereiten.»

«Nein, lass schon. Kauf lieber Kuchenteig und Äpfel. Es sollte schon welche aus der Region geben. Eier und Milch haben wir im Haus. Ich mache uns eine feine Wähe auf 18 Uhr.»

Sarah nickte. Sie mochte Annis Blechkuchen mit Früchten und einem Ei-Milch-Guss. Sie beschloss, ihren Salat über Mittag in der Mensa zu essen. Es machte ihr nichts aus, sich Annis Essgewohnheiten anzupassen. Im Gegenteil. Sie staunte immer wieder, wie viel neue Gerichte sie so kennenlernte.

Anni und Sarah zogen sich an jenem Abend dicke Wolljacken an und assen im Garten, wo es nach frisch geschnittenem Gras duftete. Zwei Storchenpaare flogen tief übers Haus Richtung Zoo. «Ich kann mir nicht vorstellen, dass es morgen den ganzen Tag regnen soll. Die

Meteorologen täuschen sich bestimmt», sagte Anni und offerierte Sarah ein weiteres Stück der Wähe.

«Danke, die nächste backe ich. Zeigst du mir, wie?»

«Im Ernst? Ich hatte bis jetzt nicht so den Eindruck, dass du gerne kochst», warf Anni erstaunt ein.

«Das Backen liegt mir mehr als das Kochen. Ich habe es in jenem Jahr, als ich bei Tante Claire in der Bretagne lebte, gelernt. Zurück zu Hause habe ich es verfeinert, und nun besitzen Hannes' Eltern eine Bäckerei. Lustig, nicht wahr? Diese Zufälle?»

«Das Leben besteht aus Zufällen», meinte Anni. Sarah nickte.

Inzwischen war es 19 Uhr geworden. Sarahs Telefon meldete sich.

«Sorry, Anni. Ich muss checken. Es könnte eine E-Mail von Brigitte sein.»

Sie warf einen Blick auf den kurzen Text. «Ich hab's mir gedacht.»

«Möchtest du jetzt lieber ins Haus gehen und sie anrufen?»

Sarah hörte eine leichte Enttäuschung in Annis Frage.

«Brigitte kann warten. Ich möchte jetzt lieber den Abend mit dir geniessen. Morgen habe ich erst um neun eine Vorlesung.»

«Worüber ist diese Vorlesung?», fragte Anni unvermittelt.

«Über religiöse Bewegungen in Afrika.»

«Naturreligionen oder Christen?»

«Alles», antwortete Sarah und holte begeistert aus. «Im Norden gibt's den Islam. Im restlichen Afrika traditionelle Religionen, die sich mit dem Christentum und dem Islam zu Mischformen verbinden. Das nennt man dann Synkretismus.»

«Davon habe ich noch nie gehört», bekannte Anni.

«Synkretismus ist die Verschmelzung von Ideen oder Philosophien zu einem neuen Weltbild», erklärte Sarah. «Es ist sehr spannend.»

«Ich bin das Kind einer Mischehe», sagte Anni, «meine Mutter war katholisch, der Vater protestantisch. Ich wuchs im jüdischen Viertel von Basel auf. Meine Primarlehrerin war überzeugte Anthroposophin.

Ich habe damals genau hingehört und mir früh mein eigenes Weltbild zusammengebastelt.»

«Wie denn das? Schon als Kind?»

«Nun, ich beneidete jüdische Kinder darum, dass sie am Samstag nicht zur Schule gehen mussten. An den Staatsschulen hatten wir am Samstagvormittag noch Schulpflicht. Und sie erzählten mir, warum sie so viele Feste feiern, die Christen so nicht kennen», erklärte Anni. «Bei den Anthroposophen gefiel mir die Idee, dass sie sich für eine Rückkehr nach dem Tod, eine Wiedergeburt, entscheiden können, während mir das Fegefeuer und die Hölle als Kind grosse Angst machten. So schusterte ich mir meine mir genehmen Vorstellungen, die ich, als ich später das Gymnasium besuchte, mit griechischen Göttern und dem Totenkult der alten Ägypter anreicherte.»

«Ich finde das faszinierend», nickte Sarah.

«Ja, doch später habe ich nicht mehr darüber nachgedacht.»

«Und jetzt sitzen wir noch ein Weilchen hier?», fragte Sarah.

«Nein, mir ist kalt», antwortete Anni. «Lass uns ins Haus gehen.»

Sarah trug das Geschirr in die Küche. Anni folgte ihr.

«Schade», sagte Sarah, «dass der Herbst vor der Tür steht. Brigitte muss einen Teil ihres Urlaubs im November beziehen.»

«Lade sie doch zur Herbstmesse ein», schlug Anni vor. «Komm, wir besprechen es im Wohnzimmer.»

«Sie würde sich freuen», sagte Sarah und liess sich aufs Sofa plumpsen. «Und ich mich auch. Hier habe ich niemanden wie sie. Brigitte ist nett.»

«Ich kenne sie ja. Ich hätte dir keine unsympathische Freundin zugetraut.»

«Richtig. Mit Brigitte verstand ich mich von Anfang an gut. Obwohl ich damals nur schlechtes Deutsch und sie kein super Englisch sprach.»

«Als junges Mädchen hatte ich zwei Brieffreundinnen, eine in England und eine in Amerika», erzählte Anni.

«Und? Hast du noch Kontakt zu ihnen?»

«Nein, längst nicht mehr. Mit jener in London korrespondierte ich auf Deutsch. Sie war aus Frankfurt. Sie hat mir Fotos geschickt. Im Atelier eines Fotografen aufgenommen. Ein sehr schönes jüdisches Mädchen.»

«Wirklich?», fragte Sarah. «Wie hat sie denn geheissen?»

«Chana. Ihr Familienname fällt mir nicht mehr ein», antwortete Anni. «Sie ist später in die USA gezogen und hat dort einen Amerikaner geheiratet und natürlich seinen Namen getragen. Den habe ich auch vergessen. Wir schrieben uns danach ja auch kaum mehr.»

«Ich stelle mir eine Brieffreundschaft ein bisschen wie Online-Chatten vor. Der einzige Unterschied ist, dass es nicht in Echtzeit war.»

«Wie geht dieses Chatten? Ich habe in der Zeitung gelesen, für Kinder sei es gefährlich. Man wisse nicht, mit wem man wirklich spricht.»

«Es ist eine virtuelle Unterhaltung übers Internet. Das Gefährliche sind die *Fakes*. Männer, die sich als Frau ausgeben und solche Sachen», erklärte Sarah.

«Ich bin froh, dass ich keinen Computer besitze. Als ich jung war, schrieben wir uns Briefe, tauschten Fotos aus und lernten dabei voneinander.»

«Hast du deine beiden Brieffreundinnen je getroffen?»

«Nein. Die andere hiess Kate. Wir korrespondierten auf Englisch und nur während kurzer Zeit. Ich war immer stolz, wenn mir der Briefträger ein Couvert aus den Staaten überreichte und dabei die Briefmarken bewunderte.»

«Und Chana? Du sagst, sie habe dir auf Deutsch geschrieben?»

«Chana konnte sehr gut Deutsch. Sie war mit einem Kindertransport nach England gekommen. Sie hatte Glück. Später ist sie, wie ich schon sagte, nach Amerika emigriert.»

Sarah überlegte, ob diese Chana Izzys Oma hätte sein können und fragte: «Etwa nach New York?»

«Ja, wie so viele deutsche Juden.»

«Hat sie ihren Glauben beibehalten?»

«Jetzt, wo du mich fragst», sagte Anni, «entsinne ich mich. Sie konvertierte. Sie hat auch christlich geheiratet. Ich habe mich damals darüber gewundert.»

«Warum hast du dich darüber gewundert?»

«Chana ist nicht gerade ein christlicher Name. Aber sie hat ihn behalten.»

«Ich finde, Chana ist ein sehr schöner Name.»

«Es geht nicht um schön oder unschön. Jüdische Kinder mussten in Deutschland zur Zeit des Zweiten Weltkrieges jüdische Vornamen tragen. Es gab sogar eine Liste der erlaubten Namen. Sie hat ihren behalten.»

«Wenn mir mein Name aufgezwungen worden wäre, so hätte ich ihn bei der erstbesten Gelegenheit geändert», sagte Sarah.

«Vielleicht hast du recht. Vielleicht hat ihr der Name wirklich gefallen. Vielleicht gab es dafür auch einen anderen Grund. Ich habe sie nie danach gefragt. Jetzt ist es zu spät. Wer weiss, vielleicht ist sie schon gestorben ...»

An einem nasskalten Wochenende im November, nachdem Sarah und Hannes in Basel ins Kino gegangen waren und danach in der Bar nebenan noch eine Weile zusammen sassen, konnte sie ihre Vermutung nicht länger für sich behalten. Sie hatte gegenüber Anni an jenem Abend Ende September bloss beiläufig erwähnt, sie hätte eine Bekannte, deren verstorbene Grossmutter Chana hiess. Jetzt wollte sie ihre Hypothese mit Hannes diskutieren.

«Erinnerst du dich an Izzys Oma?», fragte sie.

Sarah und Hannes hatten sich seit seinem Blitzbesuch in Basel, als sie seinetwegen eine Vorlesung geschwänzt hatte, nicht mehr getroffen.

Als Brigitte für ein paar Tage zur Herbstmesse gekommen war, hätte Sarah ihre Spekulationen auch mit ihr erörtern können. Doch Brigitte war für Sarahs Begriffe zu geschwätzig. Sarah hatte ihr schon damals, nachdem sie im Schwarzwald Izzys Telefongespräch mitgehört hatte, nichts davon erzählt, sondern sich lieber Hannes und Gustav anvertraut.

«Fang nicht wieder von dieser Geschichte an», killte Hannes das Thema.

«Ich habe zufällig mehr dazu erfahren», flüsterte Sarah verschwörerisch.

«Sorry. Das ist mir alles zu hellseherisch. Es geht doch wieder um dein Bauchgefühl, nicht wahr?»

«Ja, aber wenn es dich nicht interessiert, werde ich, sobald wir das nächste Mal im Schwarzwald sind, deinen Vater fragen», sagte Sarah. «Gustav findet, ich hätte feine Antennen.»

Hannes zog die Augenbrauen hoch.

«Er hörte mir jedenfalls immer zu, als wir zusammen in der Backstube arbeiteten», sagte sie und bekannte: «Ich habe mich leider schon lange nicht mehr bei deinen Eltern gemeldet. Ich habe ein schlechtes Gewissen.»

«Musst du nicht», beruhigte er sie. «Es war viel los, bei dir wie bei mir. Doch sie würden sich freuen, wenn wir Weihnachten mit ihnen feiern würden. Oder hast du andere Pläne?»

Sarah hatte die Prospekte von Reisebüros, die Anni regelmässig zugesandt erhielt, durchgeblättert und überlegt, über die Feiertage nach Afrika zu fliegen. Doch erstens waren die Preise dort zu dieser Jahreszeit rekordverdächtig hoch, und zweitens machte es ihr alleine keinen Spass, zu verreisen. Daran, dass Moira noch immer in Kenia leben könnte, hatte die ansonsten hellseherische Sarah in diesem Zusammenhang erstaunlicherweise nicht gedacht.

«Hast du?», hörte sie Hannes erneut fragen.

«Was denn?»

«Pläne für die Festtage …»

«Nicht wirklich», zögerte sie; «Ich weiss nicht so recht …»

«Warum kommst du nicht mit mir in den Schwarzwald? Vielleicht schneit es dort. Wir könnten wandern und vielleicht sogar Ski fahren. In Cornwall hatten wir es im Sommer ja auch schön zusammen.»

«Ja, aber Emma hofft dann, dass wir heiraten würden», wandte Sarah ein.

«Nein. Vater hat ihr längst eröffnet, dass wir nur noch befreundet sind.»

«Wirklich?»

«Wirklich. Er schätzt dich genauso wie Mutter es tut. Was zwischen uns ist, ist unsere Sache. Meine Eltern mischen sich nicht in dein Leben ein.»

Sarah feierte Weihnachten schliesslich im Schwarzwald. Sie unterliess es jedoch, Gustav auf die seltsamen Zufälle anzusprechen. Mit seinem weichen weissen Bart, den er sich im vergangenen Jahr hatte wachsen lassen und einer neuen Distanz, die sie ihm gegenüber empfand, war er ihr fremd geworden. Genauso wie Emma, die häufig abwesend wirkte.

Im Februar erhielt Sarah Post aus Kenia. Sarahs Mum hatte sie in einen Briefumschlag gesteckt und nach Basel an die Sennheimerstrasse weitergeleitet. Die Weihnachtskarte war an Clifftop adressiert, der Poststempel derart verschmiert, dass Sarah weder den Ort noch das Datum der Aufgabe entziffern konnte. Ausser unverbindlichen guten Wünschen stand nicht viel darauf. Moira schrieb, es gehe ihr gut und sie hoffe dasselbe für Sarah. Doch sie hatte weder einen Absender angegeben noch geschrieben, wie lange sie in Afrika zu bleiben gedenke. Es war Sarah ein Rätsel, ob Moira noch immer in Kenia arbeitete oder dort bloss Ferien verbracht hatte.

«Ich habe möglicherweise etwas Blödes angestellt», sagte Sarah an einem Abend, an dem es schon wieder etwas länger hell war, zu Anni.

«Was hast du verbrochen?» Anni stellte ihr TV-Gerät auf lautlos.

«Ich habe mich fürs kommende Wintersemester beurlauben lassen», sagte Sarah kleinlaut. «Das war vielleicht etwas voreilig.»

«Warum hast du das getan? Hast du keine Freude mehr am Studium?»

«Natürlich habe ich noch immer Spass daran. Doch ich möchte ein paar Wochen Feldarbeit einschieben. Nicht bloss studieren, sondern auch reisen.»

«Wo soll es denn hingehen?»

«Nach Afrika.»

«Wenn ich jünger wäre, käme ich sofort mit», sagte Anni, die sich aufrecht hingesetzt hatte und Sarah interessiert anblickte.

«Ja, aber Field Studies sind während der Vorbereitung auf den Bachelor keine vorgesehen. Erst für den Master. Und den mache ich ja gar nicht», sagte Sarah und bedauerte, dass Süd- und Westafrika mehr im Fokus der Uni Basel stehen als Ostafrika. «Aber eigentlich ist es egal. Mich zieht es nach Kenia.»

«Dann erkläre mir bitte, was es mit dieser Beurlaubung auf sich hat.»

«Vorausgesetzt, dass ich meinen Auslandaufenthalt in eigener Regie organisiere und ihn auch aus meiner eigenen Tasche bezahle, kann ich mich dazu bis zu einem Jahr freistellen lassen.»

«Und das tust du jetzt, wenn ich dich richtig verstanden habe.»

«Ja. Aber ich mache bloss ein Semester frei und gehe nur für drei Monate.»

«Trotzdem. Weiss Hannes davon? Und dein Onkel?»

«Noch nicht», bekannte Sarah.

«Und nun bekommst du kalte Füsse! Oder reicht das Geld nicht?»

«Kalte Füsse», bekannte Sarah. «Geld habe ich zur Seite gelegt, doch ich fürchte, dass Finlay meine Pläne missbilligt.»

«Vielleicht findet er es ja toll», zögerte Anni. «Du bist jedenfalls initiativ.»

«Meinst du?»

«Natürlich. An deiner Stelle würde ich, wenn ich die Gelegenheit dazu hätte, auch nach Afrika reisen. Manchmal fällt einem in Basel die Decke auf den Kopf. Obwohl ich das nicht sagen sollte, denn ich werde dich vermissen.»

«Bedeutet das, dass ich danach zu dir zurückkommen darf?»

«Jetzt schreib erst an deinen Onkel. Dann schauen wir weiter.»

Nachdem Sarah einen Monat lang vergeblich auf Finlays Antwort gewartet hatte, wurde sie unruhig. Sie fürchtete, dass sie ihn nicht hatte für ihre Pläne begeistern können. Sie beschloss, diese auch ohne sein Einverständnis zu verwirklichen. Sie würde sich um die Details kümmern, eine Gastfamilie suchen, ihr Thema vorbereiten, den Flug buchen müssen. Hätte Finlay ihr Vorhaben gutgeheissen, so wäre ihr dies alles sehr viel leichter gefallen.

Ende März erhielt sie endlich eine E-Mail von ihm. Er habe viel um die Ohren gehabt, entschuldigte er sich gleich zu Anfang. Und da, wie ihm schien, diese Reise nach Afrika eine beschlossene Sache sei, fand er, seine Meinung dazu sei nebensächlich. Sarah sei mündig. Ihm persönlich sei es wichtig, dass sie nach diesem Auslandaufenthalt ihr Studium in Basel erfolgreich abschliesse.

Sarah wurde beim Lesen der Antwort mulmig. Die Aussicht, alleine nach Kenia zu reisen, erschreckte sie plötzlich. Sie kannte das Land zwar ein bisschen von einem Urlaub her, doch ausserhalb des Hotels hatte sie nicht viel gesehen. Nun fühlte sie sich mit allem überfordert. Die Zeit lief ihr davon. Sie musste für die Prüfungen im Juni büffeln und ihren Aufenthalt in Afrika aufgleisen. Wenn sie es ohne Gesichtsverlust hätte tun können, hätte sie jetzt den Krebsgang eingelegt und das Ganze abgeblasen. Doch die Tatsache, dass neben Anni und Finlay inzwischen auch ihre Mum, Hannes und sogar

Brigitte von diesen Afrikaplänen wussten, hinderte Sarah daran. Ihr blieb nur die Flucht nach vorne, und so setzte sie sich unter zusätzlichen Druck, indem sie sich eilig für einen Homestay anmeldete und die Anzahlung dafür überwies. Sie würde, weit weg von Touristen, bei einer einheimischen Familie, dem Ehepaar Peter und Amanda Mwangi und ihren vier Töchtern und dem kleinen Sohn, irgendwo im Hinterland, im Westen Kenias wohnen.

«Mein Thema ist die Vereinbarkeit von Haus- und Berufsarbeit der afrikanischen Frauen in der Gegenwart und in der Vergangenheit», erzählte Sarah ihrer Freundin Brigitte. Die beiden telefonierten über Skype. Sie plane, Vergleiche zwischen Frauen in ländlichen und urbanen Gebieten anzustellen, präzisierte Sarah, bemüht, Brigitte gegenüber keine Unsicherheit zu zeigen.

Brigitte schnitt eine Faxe. «Wie du auf solche Ideen kommst, ist mir ein Rätsel», rief sie.

«Was denn? Wie ich auf Kenia komme oder aufs Thema?», fragte Sarah misstrauisch. Die Bemerkung ihrer Freundin hatte sie durcheinander gebracht.

«Beides. Ein paar Überlegungen zum Thema können nie schaden», kommentierte Brigitte trocken. «Auch wir sollten uns überlegen, mit wessen Hilfe wir Beruf und Familie unter einen Hut bringen. Dies gilt besonders für jene, die Karriere machen und vier Kinder auf die Welt stellen möchten.»

«Denkst du bei deiner Aussage an Izzy?»

«Das ist meine generelle Meinung», sagte Brigitte. «Doch Frau Rothfuss ist mir in diesem Zusammenhang auch eingefallen.»

Sarah schwieg. Ihre Recherche hatte nichts mit Selbstverwirklichung zu tun, sondern mit Frauenarbeit, Kinderzahl und der Armut in Afrika.

«Hast du wieder einmal von ihr gehört?», fragte Brigitte.

«Von Izzy? Jein. Nicht direkt. Finlay sagte, sie ziehe nach London. Sie habe sich in seinem Viertel mehrere Immobilien angeschaut.»

«Woher weiss er das?»

Sarah zuckte mit den Schultern. «*Connections*? Vielleicht kennt er ein paar Makler.»

«Er scheint gut informiert, dein Onkel! Nicht verzagen, Finlay fragen!»

«Bis jetzt sind es Gerüchte. Sollte Izzy tatsächlich nach London ziehen, ginge ich sie selbstverständlich besuchen.»

«Wirklich?»

«Sicher», nickte Sarah.

«Was hält Anni von deinen Plänen?», lenkte Brigitte von Izzy ab.

«Sie findet es toll, dass ich nach Afrika reise. Ich darf meine Sachen in ihrem Haus lassen und wiederkommen», antwortete Sarah.

«Holt sie sich keine Neue ins Haus?»

«Nein. Sie sagt, sie könne meine Abwesenheit alleine überbrücken.»

«Mit ihr hast du tatsächlich das grosse Los gezogen. Ich kenne keine vergleichbare alte Frau.»

«Du bist nicht fair. Deine Oma ist genauso offen.»

«Und Anni warnt dich nicht? Von wegen Afrika! Es sei gefährlich und so. Meine Mutter würde schlicht eine Lebenskrise schieben.»

«Anni ist als junge Frau durch Nordafrika gereist. Sie hat mir erzählt, wie sie in Ägypten bei einer koptischen Familie in Shubra, einem Quartier in Kairo, logierte. Am liebsten würde sie mit mir kommen.»

«Ich weiss nicht, ich würde nie nach Afrika fahren. Nach allem, was man so in den Zeitungen liest und am Fernsehen sieht», sagte Brigitte und fragte: «Hast du dich schon impfen lassen?»

«Tetanus, Hepatitis, Gelbfieber und so weiter. Hab ich alles noch vom letzten Mal. Zudem werde ich Malariatabletten mitnehmen. Obwohl: Im Westen sollte Malaria kein grosses Problem sein.»

«Trotzdem. Komm gesund zurück», mahnte Brigitte und blies Sarah eine Kusshand zu.

Nach den Prüfungen Ende Juni gönnte sich Sarah eine kleine Auszeit. Natürlich bereitete sie sich noch immer auf ihr Auslandssemester vor und sass ihre Stunden auf dem Sozialamt ab. Obwohl sie in Cornwall kaum ins Meer ging, hatte sie in Basel zusammen mit ein paar Kollegen das Rheinschwimmen entdeckt. Sie war in jenem heissen Sommer abends oft im oder am Fluss anzutreffen. Hannes sah sie selten und wenn, dann gingen sie in einer Gartenwirtschaft essen oder auf eine Radtour. Anni sagte nichts dazu, obgleich sie bemerkt haben musste, dass sich Sarahs Beziehung zu Hannes gewandelt hatte. Zwischendurch fragte sich Sarah, ob sie normal ticke. Sie beobachtete, wie sich ihre Kommilitoninnen Hals über Kopf verliebten, von einem Tag auf den anderen alles andere vernachlässigten und nur noch von ihrem Traummann sprachen. Sarah war sich bewusst, dass sich ihr eigenes Verhalten davon abhob. Sie empfand eine emotionale Zerrissenheit mit der sie oft nicht klar kam. Von Hannes, den sie sich als fürsorglichen Ehemann und liebevollen Vater vorstellte, konnte sie nicht erwarten, dass er ihre Lust auf Sex mit Frauen verstehen würde. Sie würde ihn nur unglücklich machen.

Kenia

Sarah wartete in der Schlange, die sich vor der Einreise am Flughafen in Nairobi gebildet hatte. Vor ihr geduldete sich ein älterer Inder mit Stoffballen, wenig Handgepäck und einem warmen, offenen Blick. Etwas weiter vorne harrten eine Kenianerin und ihr europäischer Ehemann mit zwei kleinen Mädchen der Formalitäten. Ganz offensichtlich handelte es sich hier nicht um Touristen, sondern um Geschäftsleute und Heimkehrende.

«Immer das Gleiche am Jomo Kenyatta, man muss sich die Beine in den Bauch stehen», klagte der Inder, «doch unsere Geduld wird belohnt. Sie werden uns kommentarlos durchwinken. Ich habe eine Zeitschrift dabei.»

Sarah runzelte die Stirn, und erst als der Zollbeamte das Playboy-Heft an sich nahm und den Inder diskret passieren liess, begriff sie. Auch sie kam problemlos durch. Da ihr Touristen-Visum ihren Aufenthalt abdeckte, hatte sie sich nicht um einen Kenya Pupils Pass bemüht.

Als Sarah noch am Flughafen eine kenianische Prepaid SIM-Karte für ihr Mobiltelefon kaufte, traf sie den Inder schon wieder. Ich könnte mich fragen, ob er mir nachstellt. Vermutlich ist es reiner Zufall. Er kennt sich jedenfalls aus, so gewandt wie er sich hier bewegt, dachte sie.

«Entschuldigung. Wissen Sie von einem günstigen Hotel irgendwo in der Nähe?», fragte sie ihn vorsichtig. «Es sollte sicher sein und nicht teuer. Es wäre bloss für eine Nacht, morgen fliege ich weiter nach Kisumu.»

«Nun. Je billiger, desto unsicherer. Am besten gehen Sie ins Dolly Hotel. Mama Dolly vermietet ein Dutzend Zimmer. Ihr Haus ist bewacht», sagte er und zupfte diverse Visitenkarten aus der Aussentasche seines Handgepäcks. Auf die Rückseite eines bestimmten Kärtchens notierte er seinen Namen.

«Ich habe immer welche dabei», sagte er. «Dolly's liegt ruhig, in Karen.»

Daraufhin zauberte er einen Stadtplan aus seinem Handgepäck, auf dem er den erwähnten Vorort einkreiste.

«Hier, nehmen Sie», sagte er, drückte Sarah das Kärtchen sowie den zerknitterten Plan in die Hand und erklärte: «Meine Tochter hat oft in Nairobi zu tun. Sie übernachtet immer bei Mama Dolly. Wenn Sie Mama Dolly meine Empfehlung überreichen, erhalten Sie Rabatt.»

Umständlich fischte er nach einem weiteren Kärtchen und schrieb erneut seinen Namen auf die Rückseite. «Hier, auch dieses. Sie müssen mit einem redlichen Chauffeur fahren. *Nairoberry*. Sie wissen schon.»

Sarah nahm auch das Visitenkärtchen mit dem Logo und der Nummer einer Taxizentrale an sich und dankte dem freundlichen Inder für seine Hilfe.

Andere Länder, andere Sitten, dachte Sarah. Der Inder hatte ihr einen ehrlichen Eindruck gemacht, und sie hatte ihn angesprochen, nicht umgekehrt. Trotzdem wünschte sie, jemand von der Homestay-Organisation hätte sie bei ihrer Ankunft in Kenia erwartet. Aber auch als sie die Nummer einer lokalen Kontaktperson zum x-ten Mal wählte, wurde ihr Anruf nicht beantwortet. Nach einem weiteren vergeblichen Versuch rief sie das Dolly Hotel an und fragte, wie weit es vom Flughafen entfernt sei und wie sie am besten hinkäme.

«Eine halbe Stunde mit dem Taxi», antwortete eine sanfte Frauenstimme.

Sarah buchte ein Zimmer. Obwohl sie sich vorgenommen hatte, Geld zu sparen und mit Bussen zu fahren, beschloss sie, solange sie die Gegebenheiten nicht kannte, eine Ausnahme zu machen. Der Bus in den Vorort Karen, wo Dolly's lag, benötige dreimal so lange wie ein Taxi, hatte die Frau am Telefon gesagt und dabei sehr freundlich geklungen.

In der Nacht, die Sarah im Dolly Hotel verbrachte, sinnierte sie über die Warnungen des Inders. Sie schlief unruhig und hoffte, dass sie am nächsten Morgen problemlos aus Nairobi heraus- und nach einer knappen Stunde in der Luft im 350 Kilometer entfernten Kisumu ankommen und am dortigen Flughafen von einem Mitglied ihrer Gastfamilie abgeholt werden würde.

Ein Mann, der in einer Gruppe wartender Kenianer am Flughafen in Kisumu stand, hielt einen Karton mit der Aufschrift *Peter Mwangi: Cross-Culture* in die Höhe. Als er Sarah erblickte, wedelte er damit. Sie stiess einen Seufzer der Erleichterung aus und winkte Richtung Schranke, die sie von den Wartenden trennte. Dann steuerte sie mit ihrem überdimensionierten Tramper-Rucksack sowie einem prall mit Geschenken gefüllten Stoffsack auf den Mann zu.

«Sarah Penrose?», fragte er. Als sie bejahte, nahm er ihr den Stoffsack ab.

«Danke», nickte sie und schüttelte seine Hand. «Der Flughafen ist riesig. Ich habe ihn mir viel kleiner vorgestellt.»

Als hätte Peter Mwangi bloss darauf gewartet, die rasante Entwicklung der Region hervorzuheben, erklärte er ihr, der Flugplatz sei vor hundert Jahren als blosse Landebahn in Betrieb genommen und 2008 ausgebaut worden.

«Damit hier auch grössere Flugzeuge landen können. Und nun natürlich auch die Air Force One von Barack Obama. Seine Vorfahren stammen aus unserer Region», sagte er, sichtlich stolz auf diese Beziehungen zu den USA.

Gemeinsam trugen sie Sarahs Gepäck zum Parkplatz und hievten es auf die Ladefläche eines verlotterten Pickups. Er musste den Anlasser mehrmals zünden, bevor der Motor ansprang. Plötzlich ratterte der Wagen, der Auspuff knatterte. Sie waren unterwegs Richtung Norden, durch fruchtbares, zum Teil dicht besiedeltes Gebiet.

Sarah besah sich die Fotos, die auf dem Armaturenbrett hafteten, und Peter zählte auf: Das Bild neben dem Steuer zeigte seine bildschöne Frau Amanda. Dann folgten dem Alter nach die Fotos der Mädchen: erst die zwölfjährige Mary, dann Marian, Marilyn und Marylou. Ganz links klebte eine etwas grössere Aufnahme des vierjährigen Joseph.

«Beim fünften Mal klappte es endlich», sagte Peter, liess mit einer Hand das Lenkrad los und zeigte auf den Jungen. «Jetzt reicht es. Seit wir ihn haben, machen wir keine Babys mehr.»

Sarah war irritiert. Sie ahnte, dass Mädchen und Frauen hier wenig galten. Trotzdem blieb sie freundlich. Sie war Gast in einem fremden Land.

«Deine Frau und die Kinder sind alle sehr hübsch», sagte sie und, als keine Antwort kam, fragte sie: «Wie weit ist es bis zu eurem Haus?»

«In einer Stunde sind wird dort. Wir wohnen bloss ein paar Kilometer vom Weinenden Stein. Er ist heilig und eine Touristenattraktion unserer Gegend. Die Mädchen werden dich dorthin begleiten und ihn dir zeigen.»

Als sie schliesslich ankamen, waren die Kinder noch nicht zuhause, und auch die Mutter, Amanda Mwangi, die Lehrerin an einer Primarschule war, würde erst um 16 Uhr Feierabend machen. Peter war Beamter im Ministry of Tourism und genoss seine viele Freizeit.

Das langgezogene, einstöckige Haus, in dem die Familie lebte, war aus Lehm gebaut und mit Wellblech gedeckt. Daneben stand ein Garage ähnlicher gemauerter Bau mit kleinen Fensteröffnungen, einem erdrückend grossen Wassertank auf dem Flachdach und einer offenstehenden Holztür auf der dem Haupthaus zugewandten Seite.

«Komm herein. Hier wohnst du», sagte Peter. «Du hast sogar eine Dusche. Die Toilette findest du hinter den Bananenstauden.»

Sarah schätzte den Raum vier auf fünf Meter. Er hatte drei kleine Fensteröffnungen und einen Naturboden aus gestampfter Erde. In einer Ecke stand ein Plastikeimer. Dort war der Boden zementiert. Von der Decke baumelte eine Art Brausekopf. Auf halber Höhe lugte ein Wasserhahn aus der Wand. Ein Loch in der abschüssigen Ecke diente als Abfluss. Es dauerte einen Moment bis Sarah realisierte, dass dies die Dusche sein musste, die Peter hervorgehoben hatte. Die mit löchrigen Mückengittern geschützten Fenster schauten in ein Dickicht von Bananenstauden auf der einen und Maispflanzen auf der anderen Seite. Gegenüber dem Bett standen ein Tisch mit einer Petroleumlampe und ein Holzstuhl. Sie stellte ihr Gepäck auf die buntgewebte Decke, die auf dem Bett lag, packte ihren Laptop aus und fragte sich, wie sie hier würde arbeiten können.

Peter schien ihre Unsicherheit bemerkt zu haben. Jedenfalls sagte er: «Wir haben fliessendes Wasser. Ohne könnten wir keine ausländischen Studenten aufnehmen.»

«Gibt's irgendwo auch Strom und Wifi?», fragte sie.

«Im Dorf gibt's Solarenergie. Dort kannst du dein Telefon und deinen Laptop aufladen.»

«Macht Ihr das auch so?»

«Natürlich. Wir erledigen alle unsere Geschäfte mit dem Mobiltelefon.»

«Und im Haus? Habt Ihr keine Elektrizität im Haus?», fragte Sarah besorgt.

«Nein, aber genügend Petroleumleuchten», antwortete Peter, «und Kerzen für den Notfall.»

Kerzen?, dachte Sarah und schwieg erstaunt. Sie war froh, dass sie eine Taschenlampe mit einer langen Batterielaufzeit eingepackt hatte. So konnte sie den Akku ihres Telefons schonen.

Amanda und ihr Sohn Joseph wurden von einer Nachbarin, die ein Auto besass, von der Schule nach Hause gefahren. Die Mädchen tröpfelten, noch bevor es dunkel wurde, eine nach der anderen ins Haus. Nachdem die Kinder Sarah fröhlich begrüsst und genau betrachtet hatten, holte Mary Gemüse aus dem Garten und fragte ihre Mutter, ob sie ein Huhn schlachten solle.

In Sarahs Gegenwart sprachen sie alle Englisch.

«Sicher. Zur Begrüssung. Warte, ich mach schon», nickte Amanda, griff nach einem Messer und wollte damit auf den Hof gehen. Sarah gelang es, einzuwerfen, dass sie kein Fleisch esse. Amanda zögerte.

«Huhn ist kein Fleisch», mischte sich Joseph ein, der anscheinend sofort begriffen hatte, dass die fremde weisse Frau mit ihrer Offenbarung eine der seltenen Festmahlzeiten verhinderte.

«Und was bitte, ist deiner werten Meinung nach Fleisch?», neckte Mary ihren kleinen Bruder.

«Kuh, oder Ziege», antwortete Joseph kleinlaut.

Amanda versicherte sich bei Sarah: «Isst du tatsächlich kein Fleisch?»

«Ich bin Vegetarierin, das heisst, ich esse keine Tiere. Auch keinen Fisch. Dafür esse ich Milchprodukte, Gemüse und Früchte, wenn's geht», antwortete Sarah, und es schien ihr, als sei Amanda erleichtert. Jedenfalls versprach sie Sarah Mangos und Bananen als Nachtisch und dass sie zum Frühstück ein Ei und Milch bekäme. Joseph schaute sie mit grossen Augen an. Auch Mary staunte, fasste sich jedoch rasch und verteilte das Gemüse an Marilyn und Marylou, die umgehend begannen, es zu putzen und klein zu schneiden. Die Küche lag im Halbdunkel, doch die Mädchen schienen für ihre Hausarbeit genügend zu sehen. Mary jedenfalls stellte schon einmal einen grossen Kessel Wasser auf die offene Feuerstelle und deckte den Tisch.

Marian holte sich von irgendwoher eine rauchende Petroleumlampe, ihre Bücher, Schulhefte und Stifte und setzte sich damit an eine freie Tischecke. Sie schaute Sarah schüchtern an, und es war klar, dass sie sie etwas fragen wollte. Sarah nickte ihr aufmunternd zu.

«Hilfst du mir bei den Hausaufgaben?», überwand sich das Mädchen schliesslich. «Ich habe morgen einen Englischtest.»

Sarah setzte sich zu ihr und liess sich die Prüfungsaufgaben erklären.

«Der Unterschied zwischen Perfekt und *Simple Past*», sagte Marian besorgt.

«Okay. Den kann ich dir leicht erklären. Mach mir einmal ein Beispiel.»

«*It hasn't rained this week* ist Perfekt. Und *It didn't rain* ist Past», antwortete Marian prompt.

«Gut, du kannst es ja», sagte Sarah. «Weisst du auch, warum das so ist?»

«Es steht so im Buch», bekannte das Mädchen.

«Du musst die Sätze nicht auswendig lernen, Marian. Wenn du die Regel kennst, kannst du selber überlegen, wie es richtig ist.»

«Wir haben aber keine Regel gelernt.»

«Sie ist ganz einfach: Das Perfekt geht von der Vergangenheit bis in die Gegenwart. *It hasn't rained this week.* Das heisst, die trockene Woche dauert an.»

«Das Past hingegen ist ganz vorbei?», erriet Marian.

«Ja. *It didn't rain.* Die trockene Zeit liegt in der Vergangenheit und diese ist abgeschlossen. Es könnte im letzten Jahr oder im letzten Monat gewesen sein.»

«Oder letzte Woche», nickte Marian.

Während sie mit Sarah weitere Beispiele suchte, kochten Marilyn und Marylou das Abendessen. Joseph hatte sich vor die offen stehende Tür gerollt, wo Sarah schattenhaft erkannte, wie er hingebungsvoll mit zwei Ziegen spielte. Amanda und Peter waren verschwunden. Sarah fragte sich, wie viel Zeit sie brauchen würde, um sich hier einzuleben und ob sie sich bei den Mwangis wohl fühlen würde. Vor dem Einschlafen dachte sie daran, wie gewissenhaft sich Marian auf ihre Prüfung vorbereitet, die Erklärungen aufgesogen und die Regeln sofort begriffen und korrekt angewandt hatte. Die Mwangis waren keine bildungsfernen Kenianer. Im Gegenteil. Obwohl sie nicht reich waren und äusserst bescheiden lebten, bezahlten sie viel Schulgeld für ihre Kinder. Sarah nahm sich vor, den Mädchen beim Lernen zu helfen, solange sie bei ihnen lebte.

In jener Nacht träumte Sarah, eine dünne schwarze Schlange krieche durch den Duschabfluss in ihr Häuschen. Sie erwachte schweissgebadet, griff nach ihrer Taschenlampe, die sie vorsorglich neben ihr Bett gelegt hatte und fror. Als sie spürte, wie stark es nachts abgekühlt hatte, klemmte sie sich die Taschenlampe unter den linken Arm, suchte in ihrem Gepäck nach ihrem wärmsten Pullover und zog ihn über ihr Pyjamatop. Obschon sie wusste, dass sie bloss geträumt hatte, fischte sie auch einen ihrer Slips aus dem Gepäck, rollte diesen zu einem satten Ball und verstopfte damit das Abflussloch. Am nächsten Morgen wollte sie sich bei Amanda nach Giftschlangen erkundigen und fragen, wo es den nächsten Arzt und Gegengifte gäbe.

Am Sonntagmorgen begleitete Sarah die Familie zu einer Versammlung der Quäker, einer im Westen Kenias verbreiteten religiösen Gemeinschaft, der auch die Mwangis angehörten. Amanda erzählte ihr auf dem Weg zur Zusammenkunft, wie sie und Peter Mitglieder der Freunde wurden, damals, als sie beschlossen, zu heiraten und ihre Kinder christlich zu erziehen. Interessiert erkundigte sich Sarah nach weiteren Beweggründen. Aber Amanda meinte bloss, die Quäker würden einander eben helfen, wenn einer in Not sei.

Am Nachmittag fragte Sarah Amanda, wie sie ihre Arbeitszeit aufteile. Amanda schien die Frage nicht richtig zu verstehen. Jedenfalls gab sie Sarah keine zufriedenstellende Antwort. Als die Mwangis überraschend Besuch von einer Verwandten erhielten, beschloss

Sarah, künftig mehr zu beobachten, anstatt viele Fragen zu stellen. Ab Montag würde sie ihre Gastgeberin zu ihrer Arbeit begleiten, dort ein Dutzend andere Lehrerinnen kennenlernen, sich vielleicht sogar mit ein paar von ihnen anfreunden, Gespräche führen, die Situation der einheimischen Frauen analysieren, Vergleiche anstellen und ihre eigenen Schlüsse ziehen. Dazu war sie schliesslich nach Kenia gereist. Auch wenn sie diese Feldarbeit für ihren BA noch nicht brauchte, könnte sie ihr später, so wie sie es in jenem Brief an Finlay geschrieben hatte, einmal dienlich werden. Jedenfalls nahm sie sich vor, jedes Interview für sich persönlich zu belegen. Sie war sich bewusst, dass ihre Arbeit authentisch sein musste. Zur späteren Erinnerung brauchte sie die Vor- und Familiennamen und das Alter und die Kinderzahl der befragten Frauen sowie ihre Adressen oder wenigstens die Wohnorte. Und natürlich Fotos. Wenn möglich auch eines von jedem der Kinder, vom Ehemann, dem Wohnhaus und dem Arbeitsort. Sonst würde sie die Menschen und ihre Geschichten bald wieder vergessen.

Sarah wollte ihre Recherchen säuberlich für sich auflisten, die Resultate schlüssig interpretieren und, insbesondere dort, wo es sich um heikle Themen handelte, den Persönlichkeitsschutz der befragten Personen wahren. Ihre Eindrücke von der Familie Mwangi mochten täuschen. Doch sie vermutete, Amanda schaffe es, ihre vielen Aufgaben unter einen Hut zu bringen, nicht obwohl, sondern, *weil* sie Kinder hatte. Die Mädchen jäteten das Shamba, gossen das Gemüse, fütterten die Tiere, kochten, wuschen und beaufsichtigten ihren kleinen Bruder. Montags bis freitags gingen sie zur Schule und am Sonntag zur Kirche. Ablenkung gab es kaum. Ihr Alltag bestand aus Arbeit. Sarah würde auch die Mädchen fragen müssen, wie viele Stunden sie für die Schule und wie viele sie für die Arbeit in Haus und Garten aufwendeten.

Nach zwei Wochen war Sarah erschöpft. Am Abend hatte sie Schüttelfrost. Sie nieste, hatte Schluckweh und war sich einer anziehenden Erkältung sicher. Sie wünschte, sie hätte sich nicht auf diesen Afrikaaufenthalt eingelassen. Am liebsten wäre sie abgereist. Sie bat Mary um eine warme Decke, breitete diese über das Leintuch aus und schlug die Ränder des Moskitonetzes unter die dünne Matratze. Nichts schlimmer, als das nervige Summen einer Mücke, die unters Netz gelangt war. Nichts befriedigender, als die Blutsauger morgens zu entdecken, wie sie von aussen durch die engen Maschen gierten. Sarah verkroch sich schon früh ins Bett. Sie hoffte, sie sei nicht an Malaria erkrankt.

Die Zeit an Amandas Schule hatte ihr nicht die erhofften Erkenntnisse gebracht. Die Lehrerinnen waren zwar freundlich gewesen, jede wollte mit Sarah zusammen fotografiert werden. Die meisten hatten auch eingewilligt, als Sarah eine Unterrichtsstunde miterleben und sie zuhause besuchen wollte. Doch Sarahs Interesse und was genau sie mit der Vereinbarkeit von Haus- und Berufsarbeit meinte, verstand keine von ihnen. Um ihre Fragen zu erläutern, erklärte ihnen Sarah, wie die Frauen in Europa leben, Erwerbsarbeit leisten und die Kinderbetreuung und einen Teil der Hausarbeit mit ihrem Partner teilen. Die Afrikanerinnen, deren Alltag anders verlief, antworteten unisono, dass, obwohl sie grosse Familien hatten, sie so viel Geld wie möglich verdienen mussten. So einfach war das. Sarah erinnerte sich an das schallende Lachen, mit dem die Lehrerinnen ihre Frage quittiert hatten, ob sich ihre Männer an der Erziehungs- und Hausarbeit beteiligten.

Sarah hatte in den vergangenen zwei Wochen ein Dutzend Haushalte besucht, jedes Mal einen Bund Bananen und Kekse als Geschenk mitgebracht und ihrerseits die kenianische Gastfreundschaft kennen gelernt. Nachts lag sie nach diesen Besuchen lange wach und dachte über ihre Erlebnisse und die Interviews nach, die sich bis auf wenige Ausnahmen glichen. Dabei lauschte sie den Lauten der Dunkelheit, die in ihr Zimmer drangen. Obwohl die Gegend nur dünn besiedelt war, hörte sie beständig heiseres Hundegebell;

hie und da einen Nachtvogel oder das Knattern eines Motorrades; das sanfte Gemurmel von Menschen, die am Haus vorbeigingen; das Weinen eines Kindes; die Stimme eines betrunkenen Mannes oder einer keifenden Frau; oft auch gedämpftes rhythmisches Trommeln und fernen, eindringlichen Gesang. Alles Geräusche, die sie tagsüber so nicht wahrnahm. Nur selten lachte jemand. Wenn Sarah endlich Schlaf gefunden hatte, träumte sie von unglaublichen Begegnungen.

In jener Nacht, als sich ihre böse Erkältung anbahnte, hörte Sarah deutlich: *Wimoweh, wimoweh ... in the jungle, the mighty jungle, the lion sleeps tonight ... Hush my darling, don't fear my darling ...,* den Ohrwurm aus dem Film König der Löwen.

Am Morgen konnte sie sich nur an den Gesang und ein Gesicht erinnern. Fiebrig wie sie war, wusste sie zunächst nicht, wer ihr im Traum begegnet war. Erst als sie sich wusch, erkannte sie, dass sie von Moira geträumt hatte. Wären da nicht die Melodie, die gebräunte Haut und die Rastazöpfchen gewesen, so hätte Sarah Moira in Schottland vermutet. Doch jetzt bildete sie sich ein, sie in Kenia, ganz in ihrer Nähe, zu spüren.

Zum Frühstück zwang sich Sarah zu einem weichgekochten Ei, einer Scheibe weissem Toastbrot mit der klebrig süssen Marmelade, die Mary im kleinen Duka im Ort speziell für sie einkaufte. Dazu trank sie viel Tee und hoffte, ihre Erkältung würde sich im Laufe des Tages legen. Am Nachmittag hatten die Mädchen schulfrei und wollten mit ihr zu Fuss zum Weinenden Stein wandern. Sarah hatte den Vormittag für sich und ausser dem Aufarbeiten ihrer Notizen vom Vortag nichts zu tun. Sie fühlte sich schlaff und überlegte, ob diese Abgeschlagenheit eine Entschuldigung sei, am Nachmittag keine zehn Kilometer in der Hitze und auf staubigen Wegen zu Fuss zu gehen. Dieser Ausflug konnte ihrer Ansicht nach warten. Sarah hatte irre Kopfschmerzen.

Sobald die Mwangis aus dem Haus waren, stellte sie ihren Holzstuhl in den Schatten vor ihrem Zimmer. Sie hatte seit sie und Moira sich getrennt hatten, oft an ihre ehemalige Freundin gedacht, jedoch stur vermieden, sie ausfindig zu machen. Jetzt fiel ihr die Weihnachtskarte ein, mit der Moira ihr die Hand zur Wiederaufnahme des Kontakts gereicht hatte. Weil ich nicht darauf reagiert habe, hat sie sich nun erneut bei mir gemeldet, dachte Sarah, die davon überzeugt war, im Traum die Stimme ihrer Freundin gehört zu haben. Als sie ein durch die Bananenstauden blitzender, gleissender Sonnenstrahl blendete, kniff sie die Augen zusammen und bildete sich ein, im Gegenlicht Moiras schlanke Silhouette zu sehen. Kurzentschlossen holte sie ihr Mobiltelefon aus dem Zimmer und wählte Annis Nummer. Als sie Annis Stimme hörte, überfiel sie eine Sehnsucht nach der alten Frau und Heimweh nach Basel.

«Hallo! Wie geht's dir? Ja! Ich bin's. Sarah! Ja! Ich rufe aus Kenia an.»

«Ja, alles in Ordnung. Nein, nein, sorge dich nicht. Mir geht es ordentlich.»

«Und dir? Wie ist das Wetter in Basel?»

«Anni, könntest du etwas für mich suchen? Auf meinem Schreibtisch? In meiner Schubladenbox muss eine Weihnachtskarte liegen. Eine A5 mit dem Foto eines goldenen Sonnenuntergangs und *Seasonal Greetings.*»

«Ja, ein Sonnenuntergang. Richtig, auf einer alten Weihnachtskarte. Sie muss dort irgendwo versteckt sein. Sie ist von meiner Freundin Moira.»

«Nein, du brauchst nicht sofort zu suchen! Ich ruf dich morgen wieder an. Um die gleiche Zeit. Ja! Hier ist jetzt zehn Uhr. Und bei dir ist's acht Uhr, nicht wahr? Das passt. Ich muss wissen, was genau auf der Karte steht.»

Als Sarah mit Moira in Florenz Italienisch gelernt, in Fiesole Kinder gehütet und in Cornwall gearbeitet hatte, hatten sie sich heiss geliebt. Doch während ihrer anschliessenden Strandferien bei Mombasa überschlugen sich die Ereignisse. Sarah lernte dort Hannes kennen, und Moira wandte sich den Einheimischen zu. Als Moira kurz vor der geplanten Rückreise ankündigte, sie dürfe in einer Missionsschule arbeiten, fiel Sarah aus allen Wolken. Es blieb ihr keine Zeit, die Situation zu klären. Sie flog am nächsten Tag zurück nach England, während Moira in Afrika blieb. Beide brachen den Kontakt ab, bis Moira jene Weihnachtskarte schickte. Auch Sarah hatte geplant, Moira zu schreiben, es dann aber unterlassen. Moira konnte unmöglich wissen, dass Sarah jetzt hier im Busch festsass.

Sarah vermied es, den Hund zu streicheln, der bei ihr im Schatten lag und sie anbettelte. Stattdessen holte sie ihm eine Schale mit Wasser. Erst wusste er nicht, wie ihm geschah, dann schlabberte er gierig.

Warum nur habe ich nicht auf Moiras Lebenszeichen reagiert?, dachte sie. Warum habe ich vor meiner Entscheidung, nach Afrika zu fahren, nicht daran gedacht, ihre Adresse ausfindig zu machen? Da Moira aus Kenia geschrieben hat, wäre es so naheliegend und logisch gewesen, dies zu tun, dachte Sarah und gab sich die Antwort gleich selbst: Weil mich mein Stolz daran hinderte …

Am nächsten Morgen rief sie wie vereinbart Anni an. Anni las ihr den Text der Karte vor, zudem ein paar Zahlen, die auf dem Kartenrand geschrieben standen.

«Könnte das eine Telefonnummer sein?», fragte Sarah.

«Ich denke schon. Sie ist bloss sehr klein hin gekritzelt.»

Sarah wiederholte die Zahlen dreimal, um sicherzustellen, dass sie sie richtig aufschrieb. Den vorangestellten Ziffern nach musste die Nummer zu einem mobilen Telefon in Kenia gehören. Plötzlich war sie sehr aufgeregt. Der Stift glitt ihr aus der feuchten Hand. Was sollte sie sagen? Etwa ›Hallo Moira, wo bist du? Ich bin Sarah, ich rufe dich aus Kenia an. Mir geht es nicht so gut.‹

Warum nicht?, dachte sie und verabschiedete sich von Anni. Sie zog sich aus, stellte sich unter die rudimentäre Dusche und legte sich danach leicht bekleidet auf das Bett. Den ganzen Tag lag sie so und dachte nach. Am Abend ging sie in die Küche. Sie hatte keinen Appetit. Amanda erkundigte sich, ob Sarah genügend trinke und unter dem Moskitonetz schlafe. Obwohl sie es unter dem fleckigen Gewebe stickig und beinahe unmöglich fand, Luft zu kriegen und sie der abgestandene Rooibostee in den verfärbten Steinkrügen ekelte, tat Sarah beides. Abends sprühte sie ihre Haut mit Mückenschutzmittel ein. An jenem Nachmittag hatte sie ihren Körper nach Mückenstichen abgesucht und keinen einzigen gefunden. Sie zwang sich, ein wenig zu essen, schluckte danach zwei Aspirin aus ihrer Reiseapotheke gegen Fieber und Gliederschmerzen und kehrte schon bald in ihr Zimmer zurück.

Als Sarah am nächsten Morgen im Schlafanzug in die Küche wankte und dort auf einen Stuhl sank, wollte ihr Peter Chinin verabreichen.

«Wenn du es nicht nimmst, bringe ich dich ins Krankenhaus», drohte er. «Bestimmt hast du Malaria.»

«Nein, hab' ich nicht. Ich habe mich erkältet, weil es nachts so kalt ist. Der Temperaturunterschied setzt mir zu», sagte sie und hoffte, dass dies stimmte.

Peter reichte ihr einen der Krüge mit Tee, mit dem sie in ihr Zimmer zurückkehrte. Dort schluckte sie sicherheitshalber vom Malariamittel, das sie als Standby-Therapie dabei hatte und legte sich erneut ins Bett.

Marian brachte ihr nach Schulschluss Bananen, eine Flasche Mineralwasser und ein dünnes Nachthemd ihrer Mutter. Sarah wagte es nicht, Marian um Kekse zu bitten, da sie wusste, wie teuer diese waren. Jetzt, wo Sarah mit den Mwangis lebte und ahnte, wie knapp das Geld war, fragte sie sich, warum sie von den vielen Internet-Angeboten ausgerechnet diese Familie ausgesucht hatte. Sie hätte auch eine wohlhabendere wählen können, in einem Haus, das europäischen Standards entsprach, eine in Nairobi oder in Mombasa. Doch Mombasa hatte Sarah mit Tourismus verbunden; Nairobi war ihr zu gross erschienen, und da war sie auch schon auf Amanda und Peter

Mwangi gestossen und ihre günstige Unterkunft auf dem Land, unweit von Kisumu. Im Nachhinein wunderte sie sich, dass sie, obwohl sie damals bei ihrem kenianischen Strandurlaub viel Wert auf Komfort gelegt hatte, sich nun bei ihrem Homestay plötzlich von Sozialromantik und einer Sehnsucht nach Exotik und Ursprünglichkeit hatte leiten lassen. Doch die vier fröhlichen Töchter der Mwangis entschädigten Sarah für mangelnde Annehmlichkeiten.

«Ich wasche deinen Schlafanzug. Ich bringe ihn dir morgen wieder. Gute Nacht, schlaf gut», sagte Marian und verschwand.

In jener Nacht träumte Sarah von Tsunamis, von seeuntauglichen Booten und von Menschen, die Schiffbruch erlitten. Nach dem Aufwachen fühlte sie sich wie erschlagen, zu schlaff, um in die Küche zu gehen. Da tauchte Marian in ihrer Schuluniform mit neuem Tee, frischen Früchten und Sarahs gewaschenem Pyjama auf.

«Soll ich dich auf die Toilette begleiten?», fragte das Mädchen.

«Danke, aber ich schaffe das alleine.»

Marian wartete, bis Sarah zurück war.

«Falls du duschen möchtest, kann ich im Zimmer bleiben, bis du damit fertig bist», bot das Kind an.

«Musst du denn nicht zur Schule gehen?», fragte Sarah.

«Später», antwortete Marian.

In Sarahs Kopf hämmerte es. Sie suchte nach ihrer Uhr. Wie spät war es? War heute Montag? Oder Dienstag? Wie lange war sie schon krank?

Die Tage und Nächte flossen ineinander. Peter und Amanda Mwangi waren für eine Woche nach Nairobi, an die Hochzeit einer Verwandten gefahren. Marian brachte Sarah vor und nach der Schule Tee, Bananen, Mangos, Papayas, Fanta aus dem Duka und setzte sich neben das Krankenbett, wo sie die Früchte schälte, in mundgerechte Stücke schnitt und Sarah damit fütterte. Manchmal brachte sie ihr abends etwas Ugali und Gemüse, von dem Sarah jedoch kaum ass.

Sie schlief viel, schluckte ihre Medizin, wusch sich, wann immer sie sich stark genug dazu fühlte und legte sich dann wieder aufs Bett. Zwischendurch meinte sie, ihre letzte Stunde habe geschlagen. Doch dann ging es ihr plötzlich wieder besser, und sie konnte sich für einen halben Tag vor ihr Zimmer setzen, und war ganz froh, dass weder Peter noch Amanda zuhause waren, da sie sie bestimmt ins Krankenhaus nach Kisumu gebracht hätten. Obwohl sie nach einer Woche noch immer schweissgebadet erwachte, spürte Sarah, dass das Schlimmste vorüber war. Zwar war sie, sobald sie aufstand, um sich in der Küche etwas Essbares zu holen, noch wacklig auf den Beinen. Doch die Fieberträume hatte sie überstanden. Eines Morgens wagte sie es, ohne Marians Beisein zu duschen und verspürte danach Lust, sich frisch anzukleiden. Sie wollte diese Nummer anrufen, die ihr Anni durchgegeben hatte. Doch der Akku ihres Telefons war leer. Sie ging in die Küche und fand Amanda, die am Abend zuvor zurückgekehrt war, am Tisch sitzend.

Nachdem Sarah während ihrer Krankheit kein Frühstück, sondern ein paar Löffel einer Art von Porridge gegessen hatte, das die Mädchen vorgekocht hatten, bereitete Amanda ihr jetzt ein Omelett aus drei Eiern und Milch sowie drei Scheiben frischen Toast zu. Sarah spürte ein unterschwelliges Unbehagen ihrer Gastgeberin. Sie überlegte kurz und bat sie darum, ihr Mobiltelefon zur Arbeit mitzunehmen und es in der Schule noch am gleichen Tag für sie aufzuladen.

«Natürlich, das mache ich gerne für dich», nickte Amanda. «Marian bringt es dir wieder, sobald sie von der Schule zurückkommt.»

Moira meldete sich an jenem Abend schon nach dem dritten Klingelzeichen.

«Hello?», fragte sie vorsichtig. Die Nummer auf ihrem Display war ihr unbekannt.

«Ich bin's. Sarah. Ich bin in Kenia. Wo bist du?»

«Sarah! Welch eine Überraschung», rief Moira, stockte und erklärte nach einer längeren Pause: «Ich lebe in Kenia. Ich arbeite hier. Seit damals, als wir uns trennten.»

«Oh! Gut!», rief Sarah.

«Und du?», fragte Moira. «Verbringst du Badeferien an der Küste?»

«Nein, ich mache Field Work, in einem kleinen Flecken, etwa eine Stunde nördlich von Kisumu. Ich studiere inzwischen. Ich kann dir nicht alles am Telefon erklären.»

Moira war total baff. «Da bist du ja ganz in meiner Nähe!»

Sarah fragte: «Können wir uns treffen?»

Moira freute sich. Natürlich wollte sie Sarah sehen. Unbedingt. Doch so einfach war das nicht. Sie dachte an Dave, der sich Anfang Jahr in einer Bar in Kisumu an ihren Tisch gesetzt hatte. Durch Zufall fand Moira heraus, dass dieser Dave, David Penrose aus Cornwall, Sarahs vermisster Vater war. Seither waren sie und er befreundet, zwei sich zugetane, seelenverwandte Menschen, die sein unglaubliches, gut gehütetes Geheimnis teilten.

«Ich fände es grandios», hörte sie Sarah sagen. «Es ist viel passiert, und wir haben einander bestimmt einiges zu erzählen. Ich könnte zu dir fahren.»

Moira meinte, neben der Begeisterung so etwas wie einen unterdrückten Hilferuf auszumachen. Als sie erneut schwieg, erklärte Sarah: «Ich war krank. Eines der Mädchen meiner Gastfamilie hat sich gut um mich gekümmert.»

«Und wie geht es dir jetzt?», fragte Moira. «Kannst du überhaupt reisen?»,

«Mir geht's schon viel besser. Wenn es nicht zu weit ist, packe ich es.»

«Lass mich überlegen», lenkte Moira ein. «Wo kommst du bequem hin?»

«Bequem nirgends. Nicht wirklich. Kakamega wäre die nächste

Stadt. Ich war einmal mit meinen Gastgebern dort. Im Karibu Friends, einem einfachen Restaurant.»

«Okay. Ich kenne es. Ich glaube, da gibt es auch ein Waisenhaus.»

«Möglich. Sehen wir uns dort zum Lunch?», fragte Sarah.

«Ja, wie wäre es nächste Woche? Dienstag über Mittag ginge mir gut.»

Sarah, der das Warten auf das Wiedersehen mit Moira lange wurde, machte in jener Woche mit den Mädchen endlich den Ausflug zum Weinenden Stein, den sie aufgrund ihrer Krankheit so lange aufgeschoben hatte.

Tatsächlich lief an der 40 Meter hohen Gesteinssäule Wasser hinunter, was den Eindruck eines weinenden Menschen vermittelte. Sarah und die Mädchen setzten sich so auf den Boden, dass sie einen guten Blick darauf hatten. Hier verzehrten sie ihren Proviant, den sie den ganzen langen Weg mitgetragen hatten. «Der Stein ist in Wirklichkeit ein Mädchen, das weint, weil es einen Mann liebt, den sein Vater nicht gut genug findet», erzählte Marian währendem sie assen, und Mary ergänzte: «Er hat seine Tochter in einen Stein verwandelt.»

Moira traf mit etwas Verspätung in jenem einfachen Restaurant in Kakamega ein, wo sie sich zum Mittagessen verabredet hatten. Sarah fiel ihr um den Hals und meckerte gleichzeitig: «Du bist unpünktlich, eine richtige Kenianerin geworden. Mir fällt auf, dass hier niemand pünktlich ist. Ganz anders als in der Schweiz.»

«Studierst du wirklich in der Schweiz?», fragte Moira und kam sich leicht minderwertig vor. Sie hatte ihr bestes Kleid angezogen.

«Ja, Ethnologie in Basel. Jetzt habe ich mich für ein Semester beurlauben lassen. Doch ich bleibe immatrikuliert.»

«Und was hat dich nach Kenia gebracht?»

«Im Nachhinein ist es mir unklar. Ich wollte unbedingt nach Afrika reisen und nicht länger zuwarten», sagte Sarah. «Dies nicht zuletzt, weil ich unseren Keniaurlaub damals wunderschön fand. Doch dieses Mal musste ich alles alleine organisieren. Und jetzt ... ist es ... sehr anders.»

Moira spürte Sarahs Enttäuschung und ihren Frust.

«Ich weiss nicht, ob ich es bei meiner Gastfamilie durchhalte. Ich kann dort nicht richtig arbeiten», sprach sie weiter und sagte ganz offen: «Zudem mag ich den Vater nicht. Er schwatzt immer so blöd daher.»

«Oh? Was recherchierst du denn?», fragte Moira. «Ich erinnere mich, wie du einmal sagtest, du möchtest nicht nach Afrika, um Brunnen für Elefanten auszuheben. Aber dies ist sicherlich ...»

«Habe ich das gesagt? Ich forsche zu Haus- und Berufsarbeit der heutigen afrikanischen Frauen im Vergleich zur Generation ihrer Mütter und Grossmütter», sagte Sarah. In Moiras Ohren hörte sich dies zu akademisch an.

«Ich würde schätzen, Frauen leisten 80 Prozent der Farmarbeit», sagte sie. «Das war vermutlich immer so. Daneben haben sie viele Kinder. Heute etwas weniger als früher. Und 2003 hat Kenia die Schulpflicht eingeführt, womit die Alphabetisierung steigt und zusammen mit den sozialen Netzwerken zu mehr Informationen und Bildung führt. Aber das weisst du ja.»

«Nur zum Teil», gab Sarah zu. «Ich muss mich auf die Gegenwart beschränken und meine Vergleiche mit früher sausen lassen. Ich komme hier nur schlecht an diesbezügliche Informationen. Die wenigen Grossmütter, die ich interviewen könnte, leben weit ab vom Schuss, unerreichbar für mich, irgendwo im Busch, und sie sprächen kaum Englisch, sagte mir Amanda. Zudem, meinte sie, gäbe es nur wenige alte Frauen.»

«Die Menschen hier haben eine geringere Lebenserwartung als bei uns», antwortete Moira. «Viele sterben an Aids und hinterlassen Waisen.»

«Es ist tatsächlich nicht einfach, auch nicht so schön, wie ich gedacht habe. Du bist bestimmt vertrauter mit den Sitten als ich es je sein werde.»

«Ja, es ist ein Unterschied, ob du drei Wochen Luxusurlaub an der Küste oder auf Safari machst oder ob du unter Kenianern lebst.»

«Hast du deine Freundin getroffen?», fragte Marian nachdem Sarah am Abend mit einem Matatu zu den Mwangis zurückgekehrt war.

«Ja, leider blieb uns nur wenig Zeit zum Plaudern. Wir hätten uns viel mehr zu erzählen gehabt.»

«Schade. Du solltest ein paar Tage bei ihr wohnen bleiben», sagte Marian. «Wenn mein Baba seine zweite Frau in Nairobi besucht, wohnt er immer ein paar Tage lang bei ihr. So wie jetzt.»

«Hat dein Vater eine Zweitfrau?», fragte Sarah erstaunt. Obwohl sie die Familienkonstellation nichts anging, bemitleidete sie Amanda, die freundlicher und vor allem fleissiger war als ihr Mann.

«Ja. Sie haben zusammen einen Sohn und eine kleine Tochter», sagte Marian.

«Was meint deine Mutter dazu?»

«Mama findet, weil die Nebenfrau und ihre Kinder in Nairobi wohnen, ist es nicht schlimm für uns. Wir sind seine erste Familie.»

«Trotzdem …», setzte Sarah an. Marian beschwichtigte sie: «Baba verdient genug Geld für uns alle.»

«Schon okay, ich weiss, dass es legal ist», nickte Sarah. «Trotzdem erstaunt mich, dass dein Vater eine Zweitfrau hat und deine Mutter einverstanden ist.»

«Mama ist nicht einverstanden. Sie ist verärgert, dass Baba sie nicht gefragt hat. Ich finde, es ist ungerecht, dass ein Mann seine Frau nicht fragen muss.»

«Möchtest du denn einmal heiraten?», fragte Sarah und biss sich auf die Zunge. Es stand ihr nicht zu, die Zehnjährige in Verlegenheit zu bringen. Doch Marian war reif für ihr Alter.

«Bestimmt. Wenn ich erwachsen bin, will ich Kinder haben. Am liebsten würde ich in Amerika oder in Europa leben.»

Sarah nickte und überlegte, ob sie für ihre Recherche auch Peters zweite Frau befragen musste. Dies gäbe ihr die Gelegenheit, nach Nairobi zu reisen. Aber dort war es gefährlich, und Peter würde die Adresse nicht einfach so herausrücken. Zudem fühlte sie sich noch immer schwach auf den Beinen. Sie beschloss, Amandas Co-Gemahlin zu vergessen. Hätte Marian diese nicht erwähnt, so hätte Sarah nie von ihr und den zusätzlichen Kindern erfahren. Sie machte sich eine mentale Notiz, ihre Gesprächspartnerinnen bei künftigen Interviews nach Zweit- und Drittfrauen und weiteren Kindern zu fragen und diese in ihre Arbeit einzuschliessen. Sie hatte bis anhin nicht daran gedacht.

Jetzt war sie erschöpft und appetitlos. Anstatt mit ihrer Gastfamilie zu essen, zog sie sich in ihr Zimmer zurück, zündete eine Kerze an, legte sich aufs Bett und dachte über den anstrengenden Tag und ihre Begegnung mit Moira nach. Nachdem Moira ihren Ugali mit Fisch und sie den ihren mit Gemüse gegessen hatte, hatten sie über Cornwall und über Sarahs Mum gesprochen. Moira hatte die Fragen gestellt, und Sarah hatte von zuhause und ihren Ferien mit Hannes berichtet. Moira hatte zugehört und nur wenig von sich und ihrem bestimmt interessanten Leben auf der katholischen Missionsstation erzählt. Sarah hatte sie gesprächiger in Erinnerung.

Als sich die beiden heute in Kakamega voneinander verabschiedet hatten, war sie sich sicher gewesen, dass Moira ihr etwas verheimlichte. Auch äusserlich hatte sie sich verändert. Ihr schönes Haar zum Beispiel, das Moira in Italien und in England voll und schulterlang getragen hatte, hing ihr nun in dünnen Strähnen bis zur Taille. Ihre Haut war auffallend dunkel, viel mehr als früher. Aber das war wohl normal hier in Afrika. Sarah fand, Moira sehe mit dem Edelsteinchen im linken Nasenflügel sehr indisch aus. Sie erinnerte sich, dass

Moiras leiblicher Vater aus Kaschmir stammte und der zweite Ehemann ihrer Mutter sie als kleines Mädchen adoptiert hatte.

Auch Sarah hatte sich verändert. Seit ihrer Krankheit konnte sie ihre Rippen zählen. Trotzdem empfand sie es im Nachhinein als Glück, dass Peter und Amanda während jener schlimmen Woche abwesend gewesen waren und sie nicht, so wie er angekündigt hatte, ins nächste Krankenhaus hatten einliefern können. Jetzt war sie von alleine genesen und Peter war bloss für ein paar wenige Tage zurück bei seiner Familie. Er erzählte grossspurig, demnächst einen Minister, ein hohes Tier, wie er sich ausdrückte, in ein Naturschutzgebiet begleiten zu dürfen. Er warte bloss auf den Anruf. Er sei jederzeit startbereit. Sarah blies die Kerze aus und schlief tief und traumlos.

Eine Woche nach Sarahs und Moiras Treffen in Kakamega rief Moira an.

«Ich habe mit unserer Schwester Oberin über dich gesprochen. Ich darf dich auf die Missionsstation einladen. Möchtest du kommen?»

Sie überlegte keine Sekunde. «Gerne. Ich könnte sofort losfahren …»

Nachdem sie aufgelegt hatte, sah sie, dass der Akku ihres Telefons wieder beinahe leer war. Sie ging in die Küche und informierte Peter, der von seinem Sonderauftrag, den er mit keinem Wort mehr erwähnt hatte, zurück war, über ihren Entschluss, zu einer Bekannten zu ziehen.

«Sie lebt in Kenia. Ich fahre schon morgen zu ihr.»

«Das geht so nicht», widersprach er und funkelte sie böse an.

«Warum nicht?»

«Weil du dich für drei Monate angemeldet hast. So schnell bekommen wir keinen neuen Mieter.»

Sarah wusste, dass sie es wenn immer möglich vermeiden würde, hierher zurückzukehren. Lieber würde sie sich in einem Hotel einquartieren.

Peter blickte durch sie durch. «Wir sind auf das Geld angewiesen.»

«Natürlich. Ich habe im Voraus bezahlt. Ich will keine Rückerstattung.»

«Wirklich nicht?», fragte er misstrauisch.

Sie schüttelte den Kopf. Sie wollte ihm nicht verraten, wohin sie zog. Von Moira wusste sie, dass die Missionsstation etwa eine Stunde östlich von Kisumu lag und welcher Bus ab dem Busbahnhof in Kisumu dorthin fuhr.

Am Nachmittag wusch Sarah ihre Kleider, hängte sie in die Sonne und ging in den Ort, ihr Telefon und ihren Laptop aufladen und Geschenke für ihre Gastfamilie kaufen. Sie fand Blusen für Amanda und die Mädchen, ein T-Shirt für Joseph und eine gespiegelte Sonnenbrille für Peter. Zurück bei den Mwangis wartete sie bis ihre Kleider vollends trocken waren und verstaute diese schliesslich zusammen mit ihrem restlichen Hab und Gut in ihren Tramper-Rucksack. Dann versicherte sie sich, dass sie nichts zurücklassen würde und brachte die Geschenke in die Küche.

«Peter hat mir von deiner beabsichtigten Abreise erzählt», sagte Amanda nach ihrem Feierabend und fragte Sarah: «Gefällt es dir nicht bei uns?»

«Doch. Natürlich. Aber ich bin überraschenderweise von einer Freundin eingeladen worden.»

«Für wie langte willst du bei dieser Freundin wohnen?»

«Ich weiss es nicht. Ich fahre morgen früh los und fliege später direkt nach Europa», erklärte Sarah. «Ich komme nicht hierher zurück.»

Amanda nickte und schlachtete kurzerhand ein Huhn, das ihre Mädchen mit viel Grünzeug und Ugali zubereiteten. Sarah pickte sich das Gemüse aus dem Topf und beobachtete, wie sich die Familie über das Festessen und Sarahs Geschenke freute. Joseph zog sein T-Shirt sofort an und strahlte, als Amanda ihm eine zusätzliche Fleischportion auf seinen Teller legte.

Am nächsten Morgen entschied Amanda noch bevor sie sich zur Arbeit aufmachte, Peter solle Sarah umgehend nach Kisumu fahren. Ihr Gast sei nicht gesund genug für eine Reise in einem Klapperbus oder in einem Matatu.

Sarah glaubte, in einer anderen Welt angekommen zu sein, als sie um 14 Uhr desselben Tages mit Moira und zwei Nonnen in hellgrauen Habits an einem Tisch sass und auf das Mittagessen wartete. Moira hatte ihr Haar hochgesteckt. Sie trug ein Kleid aus geblümter Baumwolle und flache Sandalen. Die Gesichter der Erwachsenen strahlten Güte und Ruhe aus, und die Kinder, in dunkelroten Röcken oder Shorts mit weissen Blusen oder Shirts, sprachen ein Tischgebet.

Nach dem Essen schritt Moira ihr voraus zu ihrem Zimmer in einem der flachen Wohngebäude mit Wellblechdach. Das langgezogene Haus sah jenem der Mwangis ähnlich. Einzig, dass es aus roten Backsteinen gebaut und die Böden mit Holzdielen oder Steinplatten belegt waren.

«Gibt es hier weder Schlösser noch Schlüssel?», fragte Sarah, als Moira ihre Türe mit dem Fuss aufstiess. Sie hielt eine Flasche mit abgekochtem Wasser in der einen und ein sauberes Glas in der anderen Hand. Das Gepäck stand bereits im Zimmer. Jemand musste es hinein getragen haben.

«Sorge dich nicht. Der Haupteingang lässt sich zusperren. Zudem schiebt immer jemand Wache, alleine schon der Kinder wegen», beruhigte sie Moira.

Dann wartete sie, bis sich Sarah hingelegt hatte.

«Wie gefällt dir mein Zimmer? Wir haben das zusätzliche Bett für dich reingestellt. Bis jetzt hatte ich den Raum für mich alleine», sagte Moira, während sie Sarahs wenige Kleider auspackte und im Schrank Platz dafür schuf.

«Es ist schön. Danke, dass du es mit mir teilst», sagte Sarah. Wie froh war sie doch, Moira gefunden zu haben. Eine Vertraute zu haben, jemanden, dem sie wichtig war, fern von zuhause, schien ihr ein schier unfassbares Glück.

«Kein Problem. Auch die Nonnen schlafen zu zweit oder zu dritt in kleinen Kammern. Nur die Mutter Oberin hat ein grösseres Zimmer für sich alleine.»

«Es ist wunderbar, so sauber und so hell», sagte Sarah und fragte: «Wo schlafen die Kinder?» Sie hatte noch nicht die Energie aufgebracht, sich das Gelände und die darauf verstreuten Häuser und die kleine Kirche anzusehen.

«Sie wohnen nach Altersgruppen aufgeteilt in den Kinderhäusern. Mit der Nachtwache wechseln wir Erwachsene uns ab. Im Büro von Sœur Cécile, das ist unsere Schwester Oberin, hängt ein Plan, wo ich mich eintrage.»

Dann fügte sie hinzu: «Du bist unser Gast und musst nicht arbeiten. Zudem warst du krank.»

Sarah nickte. Sie hatte die Schwester Oberin noch nicht getroffen. Bevor sie einnickte, erkundigte sie sich nach den Toiletten.

«Am Ende des Korridors», sagte Moira und zeigte in die eine Richtung.

«Die Mwangis haben ein Plumpsklo in einem Verschlag. Nachts habe ich mich gefürchtet und ging hinter die nächste Bananenstaude», bekannte Sarah.

«Keine Sorge. Wir haben saubere WCs und funktionierende Duschen», sagte Moira.

Nie im Leben hätte Sarah gedacht, dass sie sich einmal dermassen über sanitäre Einrichtungen und fliessendes Wasser freuen würde.

«Es dauert noch viel zu lange bis zu meinem Rückflug. Ich weiss nicht, ob ich ihn nicht vorziehen soll. Ich habe mir das alles anders vorgestellt», sagte sie zu Moira, als sie an einem der folgenden Nachmittage im Schatten vor der Kirche sassen. Sie hatte eine junge Nonne aus Uganda halbherzig über die Frauenarbeit in ihrer Herkunftsfamilie ausgefragt, sich Notizen und lustige Fotos gemacht. Nun wusste sie nicht, was sie noch tun konnte. Vielleicht die Schule und die Arbeit der Nonnen beschreiben? Vielleicht durfte sie dazu etwas länger bei Moira bleiben?

«An mir soll es nicht liegen. Falls unsere Frau Oberin es erlaubt, kannst du in meinem Zimmer wohnen, solange du möchtest. In Afrika ticken die Uhren anders. Zeit spielt hier nicht dieselbe wichtige Rolle wie in Europa.»

«Ich muss im Januar zurück nach Basel. Ich muss mich wieder einleben, akademisch und sprachlich. Ich habe noch immer drei Semester vor mir. Zudem möchte ich diese Weihnachten wieder einmal zuhause in Cornwall feiern. Zusammen mit Mum und Claire. Und natürlich mit Becs.»

«Wie geht es ihr und Tom?», fragte Moira.

«Topp, sie sind wohlauf. «Aber Tom ist definitiv nicht mehr zu haben», stichelte Sarah und erinnerte sich, wie demonstrativ Moira in jenem Sommer in Cornwall mit ihm geflirtet hatte.

«Danke für den Hinweis», lachte Moira. «Ich mochte ihn.»

«Ich weiss. Das war nicht bloss Show. Euer Geplänkel hat mich wütend gemacht.»

«Nun komm schon. Sei nicht eifersüchtig. Jetzt ist er weit weg.»

«Ja, und Becs möchte wieder schwanger werden.»

«Was heisst wieder? Hat sie bereits ein Kind?»

«Nein. Sie hat ihr erstes im dritten Monat verloren.»

«Die Ärmste!»

«Sie sagt, wer es nicht erlebt hat, könne sie nicht verstehen. Sie sorgt sich. Sie und Tom möchten so gerne eine Familie gründen.»

In der Nacht griff Moira nach der Hand ihrer Freundin.

«Hast du noch Sex mit Hannes?», fragte sie leise.

Moira spürte wie Sarah im Bett nebenan den Kopf schüttelte, doch da sie es im Dunkeln nicht sehen konnte, versicherte sie sich: «Hast du noch?»

«Nein. Schon länger nicht mehr», antwortete Sarah.

Es gab nichts Schwärzeres als eine afrikanische Nacht. Moira wusste, dass ihr die Fragen jetzt leichter fielen als tagsüber. Sie wunderte sich, warum Sarah kaum etwas vom Schwarzwald oder von Basel erzählt hatte.

«Habe ich mir gedacht. Vermisst du es?»

«Nein. Er ist noch immer mein bester Freund. Ich finde es schön, so wie es jetzt ist.»

«Und wo bleibt die Liebe?», fragte Moira.

«Ich studiere mit einem Mädchen, mit der ich gerne geschlafen hätte.»

«Habt ihr es getan?»

«Nein, es hat sich nie ergeben, sie ist vermutlich hetero. Sie hat mich bloss so seltsam angeguckt. Da habe ich es mir halt ausgemalt, wie es wäre, wenn.»

«Wie heisst sie? Liebst du sie?»

«Och, Moira. Sie ist blond und leicht dämlich. Ich liebe sie sicher nicht. Hannes sagt, sie sei keine Frau zum Pferde stehlen.»

«Weiss er davon?», fragte Moira und überlegte, welche Intimitäten Sarah ihrem ehemaligen Liebhaber anvertraute …

«Ich habe ihm von ihr erzählt. Ich gehe mit ihr in der Mensa essen. Das ist alles. Sonst läuft da nichts.»

«Und Hannes? Triffst du ihn auch zum Essen?»

«Wir trinken hie und da, wenn er in Basel ist, einen Kaffee zusammen oder gehen ins Kino», sagte Sarah. «Ich sehe ihn selten.»

Moira dachte an ihre eigenen Gefühle und an ihre Gespräche mit Dave.

«Gibt es denn jemanden, der dir wichtig ist?», fragte Sarah vorsichtig.

Moira liess ihre Hand los.

«Wenn du eine Partnerin meinst, so halte ich mich zurück. Aus Rücksicht auf die Nonnen und ihre Vorstellungen, ihre Moral und so. Zudem liebe ich niemanden, und viele einheimische Frauen und Männer tragen das Virus in sich. Ich hätte Angst vor einer Ansteckung.»

«HIV ist ein riesiges Problem, wir haben an der Uni darüber gesprochen.»

«Ja, viele der Kinder hier sind Aids-Waisen. Die Nonnen tun ihr Bestes.»

«Ich habe dich vermisst», bekannte Sarah.

«Du hättest längst auf meine Karte antworten können …»

«Sicher. Ich hätte, so wie du sie zu mir nach Hause geschickt hast, einen Brief an die Adresse deiner Eltern schreiben können. Aber ich war zu dumm dazu.»

«Du bist nicht dumm, Sarah. Du hattest deine Gründe, es nicht zu tun», widersprach Moira leise.

«Nein. Ich bin schlicht und einfach dämlich. Ich habe nicht einmal deine Telefonnummer registriert», sagte Sarah und erzählte Moira, wie sie schliesslich doch noch dazu gekommen war.

«Jetzt hast du ja angerufen», beruhigte sie Moira. «Es ist alles gut.»

«Ja. Du warst meine Rettung. Ich danke dir, dass du dich bei der Oberin dafür eingesetzt hast, dass ich mich hier erholen darf.»

«Ich liebe dich. Ich habe dich vom Moment an, als wir uns das erste Mal trafen, geliebt. Weisst du noch?», flüsterte Moira, die ihre Gefühle für Sarah nicht länger zurückhalten konnte.

«Ich weiss. Trotzdem spüre ich, dass du mir etwas verheimlichst.»

«Vielleicht», sagte Moira und überlegte, wie viel sie Sarah erzählen sollte.

Schliesslich sagte sie leise: «Ich habe einen Mann getroffen, mit dem mich eine Seelenverwandtschaft und ein grosses Geheimnis verbinden. Ich vertraue ihm, und er vertraut mir. Aber es ist eine platonische Beziehung.»

«Ein Kenianer? In Kenia?»

«Kein Kenianer. Ein Engländer, der schon lange hier lebt. Vom Alter her könnte er mein Vater sein. Es wäre spannend, wenn du ihn treffen würdest. Morgen trinken wir in Kisumu zusammen Kaffee. Möchtest du mitkommen?»

Moira spürte, wie Sarah nach ihrer Hand griff und sie zu sich hin zog. Sie erhob sich und setzte sich auf den Bettrand. Beide waren sie in jener Nacht zurückhaltend zärtlich zueinander. So, als wollten sie ihr Verlangen erst testen.

Mit jedem Kilometer, den der Bus auf seinem Weg nach Kisumu zurücklegte, stieg Moiras Nervosität. Als sie Dave vor zwei Wochen das letzte Mal gesehen hatte, hatte sie ihm verschwiegen, dass sich seine Tochter in Kenia aufhielt. Heute würde sie nun mit ihr aufkreuzen, obwohl sie ihm hoch und heilig versprochen hatte, keinen Kontakt zwischen ihm und seiner Familie herzustellen. Sie fragte sich, wie er reagieren würde, falls er Sarah erkannte …

Und Sarah? Sie hatte keine Chance. Sie dachte, ihr Vater sei verstorben.

Der Bus war voller Frauen und Kinder auf dem Weg zum Wochenmarkt. Sarah, die die Afrikanerinnen angestarrt und ihnen interessiert beim Stillen ihrer Babys und Kleinkinder zugeschaut hatte, drehte sich jetzt Moira zu.

«Nun denn!», sagte sie. «Willst du mir verraten, worüber du nachdenkst?»

«Nichts Wichtiges», antwortete Moira. «Wir sind bald dort.»

Moira erinnerte sich an einen Fernsehfilm, in dem sich durchs Schicksal getrennte Familienmitglieder nach Jahren wieder trafen.

Sie fielen sich in die Arme, heulten und lachten. Ob dies der Realität entsprach? Moira wollte abwarten und beobachten, was geschehen würde. Später würde ihr genügend Zeit für Erklärungen bleiben. Sie suchte die Bürste in ihrer Tasche, stand vom Sitz auf und fixierte ihr langes Haar zu einem Knoten, so gut dies im Bus auf der holprigen Strasse ging. Dann setzte sie die Sonnenbrille auf.

«Hier müssen wir raus», sagte sie, als der Bus im Zentrum hielt.

Vielleicht hätte ich die beiden aufeinander vorbereiten sollen, dachte Moira. Doch jetzt war es zu spät dazu. In wenigen Minuten würden sie bei der Bar sein. Dave würde staunen, dass sie nicht alleine war.

«Hallo! Dürfen wir uns zu dir setzen?», fragte Moira, als sie Dave erblickte. «Ich habe eine Freundin mitgebracht. Sie studiert in der Schweiz. Ethnologie. Sie wohnt für eine Weile auf der Missionsstation.»

Dave erhob sich und streckte Sarah seine braungebrannte Hand entgegen. Sarah lächelte, schaute ihm ins Gesicht und schüttelte die dargebotene Hand. Dann setzte sie sich neben ihn. Moira war froh um Daves seltsame Gewohnheit, sich ohne Nachname vorzustellen. Sarah hatte es ihm gleichgetan, und kaum eine Minute war schweigend verstrichen, da tauchte auch schon Andrew, der Barbesitzer, Manager und Kellner in einer Person war, am Tisch auf.

«Kaffee für alle?», fragte Andrew und blickte dabei Sarah an.

«Gerne», nickte sie. Sie versuchte, ihren Kopf so zu drehen, dass sie Dave besser sehen konnte. Die drei sassen unter dem Vordach, mit den Gesichtern im Halbschatten. Dave warf Moira einen scharfen Blick zu. Sie schaute weg, zur Bar, wo Andrew jetzt die Kaffeemaschine bediente. Als er die Bestellung an ihren Tisch brachte, häufte Sarah zwei Löffel Zucker in ihren Kaffee und rührte lange um.

«Eines haben wir drei gemeinsam», unterbrach Dave das Schweigen. «Wir trinken unseren Kaffee alle schwarz mit viel Zucker.»

«Ich versuche, den Zucker zu reduzieren. Aber es gelingt mir nicht. Der Kaffee ist zu stark», antwortete Moira. Sie wusste nicht, ob Daves Bemerkung Absicht war. Von wegen Gemeinsamkeiten. Doch Sarah erklärte ihm gänzlich unbefangen, sie müsse Gewicht zulegen. Sie sei krank gewesen.

«Tatsächlich? Was hast du gehabt?», fragte er, und sie beschrieb ihren Aufenthalt bei den Mwangis und wie sie sich dort so furchtbar erkältet und dazu vermutlich einen aussergewöhnlich bösen Grippevirus eingefangen hatte.

Als Dave das Gespräch auf tropische Krankheiten lenkte, erzählte Moira von einem kleinen Jungen, der zwei Monate zuvor an Malaria gestorben war.

Die Unterhaltung plätscherte dahin, sprang von einem Thema zum anderen. Dave versuchte, Sarah über ihr Leben auszufragen. Doch sie erwähnte ihre Kindheit und Jugend in Cornwall mit keinem Wort, sondern erzählte vom Studium, von Basel, von Erlebnissen im Schwarzwald. Er blickte sie derweil unverwandt an. Moira fiel die Ähnlichkeit auf, wie die beiden ihre Hände mit den langen schlanken Fingern bewegten, ihren Blick senkten, wenn sie einer Frage auswichen. Sarah war sechs Jahre alt gewesen, als ihr Vater aus ihrem Leben verschwand. Ein Kind noch, das unmöglich seine Gestik und Mimik kopiert hatte. Moira fragte sich, ob diese Übereinstimmung zwischen den beiden nur ihr auffiel. Andrew blickte zwar öfter als gewöhnlich zu ihrem Tisch hinüber. Doch sonst schenkte ihnen niemand besondere Beachtung.

Am Abend lag Sarah lange wach. Moira atmete längst ruhig und regelmässig. Sie dachte an Dave. Sie hatte, gleich nachdem sie ihn begrüsste, verstanden, was Moira mit ihrer Seelenverwandtschaft meinte. Er schien einfühlsam, stellte die richtigen Fragen. Zudem war er charmant und sah für sein Alter gut aus. Und jetzt, wo Sarah nicht einschlafen konnte, glaubte sie, diesen Mann zu kennen. Sie war sich sicher, ihn bereits irgendwo getroffen zu haben. Oder war sie ihm in einem früheren Leben schon einmal begegnet? Anni glaubte an eine Wiedergeburt. Sarah war sich diesbezüglich nicht so sicher. Eher vermutete sie, jemanden zu kennen, der gleich wie er aussah. So sehr sie ihre Erinnerung bemühte, es wollte ihr niemand einfallen. Ausser sie selbst. Sie fand, sie habe eine gewisse Ähnlichkeit mit ihm. Schliesslich schob sie die Grübelei auf.

«Dein Freund Dave. War er früher Fernsehjournalist?», fragte Sarah, als sie am nächsten Vormittag mit Moira zusammen für die Kinder Bananenbrot buk.

Moira fasste versehentlich an eine heisse Kuchenform. «Aua!», rief sie und blies auf ihre Hand. «Fernsehjournalist? Wie kommst du darauf?»

«Ich meine, sein Gesicht zu kennen», antwortete Sarah. «Von früher. Vielleicht vom Fernsehen, könnte ja sein.»

Moira schüttelte den Kopf. Sie schien verlegen.

«Was ist los?», fragte Sarah. «Irgendetwas stimmt nicht.»

«Es ist eine schier unglaubliche Geschichte. Ein Geheimnis ...»

«Ein Geheimnis, das dich und Dave betrifft?», fragte Sarah neugierig.

«Nein. Eines, das dich und Dave betrifft», korrigierte Moira.

«Er kommt mir bekannt vor. Ich kenne ihn von irgendwoher.»

«Ich habe ihm versprochen, ihn nicht zu verraten», seufzte Moira. «Versuche, selber darauf zu kommen. Bitte, versuche es.»

Plötzlich fiel es Sarah wie Schuppen von den Augen. Natürlich kannte sie den Mann! Sein Gesicht lachte zuhause auf dem Klavier aus einem silbernen Rahmen. Krampfhaft versuchte sie, sich an das Bild zu erinnern, das ihn zeigte, so wie er ausgesehen hatte, kurz bevor er verschwunden war. Ihre Mum hatte auch andere Aufnahmen von ihm aufgehoben. Er war darauf bedeutend jünger – natürlich. Doch er war es. Ausser er hätte einen Zwillingsbruder oder einen

Doppelgänger. Sarah musste sich hinsetzen. Wie war es möglich, dass ihr tot geglaubter Vater noch lebte? Dass sie, seine Tochter, ihn nach Jahren zufällig gefunden hatte? Solche Geschichten kamen in Romanen vor, nicht im Leben. Nicht in ihrem Leben, dachte Sarah. Sie starrte ihre Freundin ungläubig an.

«Ja?», fragte Moira.

«Wie bist du darauf gekommen?», stammelte Sarah.

«Ich erkannte eine Ähnlichkeit zu dir. Seine Augen sind deine Augen, und seine Lippen … Sarah, du bist seine Tochter.»

«Hast du ihn darauf angesprochen?»

«Nicht direkt. Ich erzählte ihm zufällig von Cornwall. Wie ich in jenem Sommer bei euch gearbeitet habe. Ich habe von der Werft und von Jane gesprochen. Und von Rebecca und von dir. Dann hatte er so etwas wie einen kurzen Nervenzusammenbruch. Später erzählte er mir von seinem seltsamen Verschwinden. Schliesslich bat er mich, darüber Stillschweigen zu bewahren.»

«Und du hast dich daran gehalten», explodierte Sarah, plötzlich wütend geworden. Sie wischte sich mit dem Handrücken über die Augen.

«Warum hast du das nur getan? Das ist nicht fair. Du hättest es meiner Mum schreiben müssen. Du kennst sie. Sie mag dich. Sie hätte dir geglaubt.»

«Ich habe es nicht getan, weil ich es Dave versprochen habe. Und weil ich in Afrika lebe. England ist weit weg. Zudem kann dein Vater sehr überzeugend sein. Er meint, für deine Mum sei es besser, wenn sie ihn weiterhin verstorben glaubt», rechtfertigte sich Moira. «Er denkt oft an sie. Er bereut, wie er sich damals aus seiner Verantwortung gestohlen hat. Wie ein Dieb, sagte er. Ich vermute, er leidet noch immer darunter, obgleich er seine Schuld überspielt.»

«Und nun wollte er mich sehen? Wollte mich prüfen, bevor er sich zu erkennen gibt? Musste ich ihn dazu treffen? Hat er mich darum über mein Leben ausgehorcht?»

«Du tust ihm unrecht. Versetze dich in ihn. Erst erfuhr er, dass ich seine Familie kenne, dann, dass ich deine Freundin bin. Und eines Tages bringe ich dich spontan zum Kaffeetrinken mit.»

«Spontan ist gut», rief Sarah. «So spontan wie er damals abgehauen ist und seine Familie verlassen hat?»

Moira schwieg, und Sarah sagte, etwas leiser: «Ich kann mir nicht vorstellen, wie du auf diese Idee gekommen bist. Er hat mich sofort erkannt und sich dabei bedeckt gehalten. Und ich stehe nun echt dumm da.»

«Es tut mir leid», sagte Moira. «Ich habe euch beide überrumpelt.»

Plötzlich spürte Sarah, dass sie gleich weinen würde. Sie kämpfte und schluckte, denn sie war noch immer wütend auf Moira und wusste zugleich, dass diese Wut auch ihrem Vater galt. Dabei sollte sie doch froh sein, dass er lebte.

«Was mache ich jetzt?», fragte sie. «Jetzt, wo ich wieder einen Dad habe?»

«Wir reden mit ihm», beschwichtigte Moira. «Wir sagen ihm, dass dieses Treffen meine dumme Idee war. Dass du ihn, obwohl du nichts von ihm wusstest, wiedererkannt hast. Von alten Fotos. Wir sagen ihm die Wahrheit!»

«Und was ist mit meiner Mum?», fragte Sarah. «Falls sie je erfährt, dass er sie willentlich verlassen und seinen Tod vorgetäuscht hat …», sagte sie und die Stimme brach ihr. «Meine Mum würde ihm vermutlich nie verzeihen.»

«Wir wissen es nicht», antwortete Moira. «Es ist alles so lange her.»

Sarah machte in jener Nacht kein Auge zu. Ihre Gedanken fuhren Karussell. Ich hab's immer geahnt, dass er noch lebt. So wie Claire. Oder Becs als Kind. Wir glaubten damals, er segle als Kapitän um die Welt. Mum wollte nicht darüber reden, sagte, er sei bestimmt ertrunken. Jedenfalls wurde er bald schon als verschollen erklärt. Mum hat nie offen darüber spekuliert, ob er noch lebt. Und jetzt dieser Zufall. Was wäre, wenn Sarah dies als Chance oder Glück wahrnähme? Wenn sie ihren Vater erneut treffen, ihn nach seinen Gründen, seinen damaligen und heutigen Gefühlen, fragen würde?

Was Finlay darüber denken mochte? Sie verstand nicht, warum sie mit ihm nie über ihren Dad gesprochen hatte. Ihr Onkel war wie selbstverständlich an ihres Vaters Stelle getreten. Er hatte sich, seit sie sich erinnern konnte, um Becs und um sie gekümmert. Er liebte sie, als seien sie seine eigenen Töchter. Finlay war ein kluger und erfahrener Jurist, einer mit einem beinahe religiösen Empfinden für Recht und Unrecht und einem grossen Interesse für Philosophie und ethische Fragen. Er war sehr gebildet, kultiviert und weltgewandt. Er war nur schwer zu erschüttern und unmöglich zu täuschen. Sie wünschte, er wäre hier. Er würde ihr helfen, er würde mit Dave sprechen. Finlay könnte eine glückliche Wende der Dinge herbeizaubern, dachte sie und hielt an diesem Gedanken fest, damit sie endlich einschlafen konnte.

«Ich weiss nicht, ob und wie ich meinem Vater gegenübertreten will», bekannte Sarah nach dem Frühstück. Sie und Moira sassen noch immer im Speisesaal. Sie hatte bloss Tee getrunken; essen konnte sie nicht. Obwohl sie sich in der Nacht die unterschiedlichsten Szenen vorgestellt hatte, wie sie auf ihren Dad zugehen und was sie zu ihm sagen würde, und dabei durchaus auch gute Gedanken empfunden hatte, bekam Sarah es jetzt, wo sie handeln musste, mit der Angst zu tun.

«Ich reise ab», sagte sie plötzlich. «Ich fahre nach Kisumu an den Flughafen und nehme den nächsten Flieger nach Europa, auf dem ich einen Platz finde. Egal wohin. Ich muss weg von hier.»

«Nein, tu das nicht. Was willst du dort? Jetzt, wo wir uns wiedergefunden haben und du deinen Vater getroffen hast!», rief Moira entsetzt.

«Ich fliege nach Hause», antwortet Sarah. «Oder zu Anni nach Basel. Ich weiss gar nicht mehr richtig, wo ich zuhause bin. Am liebsten würde ich vom Erdboden verschwinden.»

«Genau wie dein Vater. Anstatt dich der Situation zu stellen, möchtest du davor flüchten», urteilte Moira. «Schon damals, nach unserem Urlaub bist du einfach abgehauen, weggeflogen, ohne mich anzuhören.»

«Wie bitte? Unser Rückflug war gebucht. Was hätte ich sonst tun sollen?»

«Mich anhören. Die Situation diskutieren. Du hast dich in diesen Hannes verliebt und mich sitzen lassen. Du bist wie dein Vater. Auch er hat deine Mum sitzen lassen.»

«Moira, du bist unfair. Du kannst das unmöglich vergleichen!»

«Ich weiss nicht. Es gibt Menschen, die Probleme vor Ort lösen – und dann gibt es die Fluchttypen. Jene, die davon laufen. Ich finde, du solltest Dave mindestens noch einmal treffen, bevor du Kenia verlässt.»

«Mach du mir jetzt bitte keine Vorschriften. Du bist Schuld an dem ganzen Schlamassel!», zischte Sarah und zog damit die Blicke von ein paar verspäteten Schülern auf sich, die nun eiligst ihr Frühstücksgeschirr zusammenräumten. Danach war der Speisesaal bis auf Sarah und Moira leer.

«Ich finde, du hättest mir deine Bekanntschaft mit meinem Vater und wie du ihn getroffen hast, längst mitteilen müssen. Du hättest es mir schreiben können, wenn du es nur gewollt hättest», sagte Sarah, nun etwas milder.

«Wohin? Nach Cornwall? An Janes Adresse in Clifftop?», fragte Moira. «Stell dir vor, du hättest deine Mum am Telefon gebeten, den Brief zu öffnen und ihn dir vorzulesen. Sie hätte einen Herzstillstand erlitten!»

«Richtig. Aber dies war nicht der eigentliche Grund, warum du es unterlassen hast. Als du diese Weihnachtskarte an mich sandtest, schicktest du sie auch nach Clifftop, und meine Mum hat sie an mich weitergeleitet.»

«Sarah, das war eine Weihnachtskarte! Kein vertraulicher Brief!»

«Kanntest du Dave im Dezember schon, als du sie geschrieben hast?»

«Ich habe ihn kurz danach, im Januar getroffen. Er hat sich in der Bar zu mir an den Tisch gesetzt.»

«Und seither schützt du ihn?», fragte Sarah ungläubig.

«Anfänglich sahen wir uns bloss gelegentlich. Immer mehr oder weniger zufällig, und immer in Andrews Café-Bar. Erst viel später hat er mir so etwas wie seine Lebensbeichte abgelegt», verteidigte sich Moira.

«Und nun bist du verknallt in ihn!», rief Sarah. Sie beachtete nicht, dass Moira vehement ihren Kopf schüttelte, nach Sarahs Hand griff und sie streichelte. Die Unmöglichkeit der Situation war alles, was Sarah in diesem Moment wahrnahm und sie begann zu weinen.

In diesem Moment trat Soeur Cécile in den Speisesaal. Ihr hohes Alter und ihre Position gewährten ihr die Freiheit, sich nach dem Morgengebet auszuruhen und ihr Frühstück gegen neun Uhr, wenn die Kinder im Unterricht waren, in Ruhe einzunehmen. Jetzt schritt sie auf Sarah und Moira zu.

«Grüss Gott», lächelte die Oberin, setzte sich mit einer Tasse Milchkaffee neben Sarah und fragte besorgt: «Warum weinst du, mein Kind?»

Eine junge Nonne brachte ein Gedeck mit Brot, Butter und Marmelade. Sie blickte verschämt zur Seite, als Sarah erneut in Tränen ausbrach.

Soeur Cécile wartete, brach ihr Brot und bestrich es. Dann nahm sie einen kleinen Schluck des Milchkaffees, den die junge Nonne nachgefüllt hatte.

Wenn ich Finlay schon nicht fragen kann, was ich tun soll, warum nicht sie? Soeur Cécile hat lange Jahre in Afrika verbracht und hier bestimmt vieles erlebt, das in kein Schema passt. Sarah wusste, dass die Nonne als weise galt; eine, die nie laut wurde und niemanden verurteilte.

«Ich bräuchte einen Rat in einer diffizilen Angelegenheit», schluchzte sie.

«Einen Rat?», fragte die Oberin. «Von mir?»

«Wenn Sie die Zeit dazu hätten, sehr gerne», schniefte sie und blickte Moira an, die sich inzwischen mit frischem Tee zu ihnen gesetzt hatte. Moira nickte.

«Natürlich. Kommt in einer halben Stunde in mein Büro. Ihr beide, wenn ihr wollt. Dort sind wir ungestört.»

Moira und Sarah redeten bis zum Mittagessen mit der Schwester Oberin, die sie kaum unterbrach. Erst als sie zu Ende waren, sagte Soeur Cécile: «Für mich ist eure Geschichte ein Puzzle, dessen Teile sich nach und nach ineinander fügen.»

Sarah betrachtete das gefurchte Gesicht mit den strahlenden Augen. Eine französische Mutter Theresa, schoss es ihr durch den Kopf. Ich darf mich vor ihr nicht so gehen lassen.

«Also. Lasst mich am Anfang, hier in Kenia, mit Abuya beginnen», fuhr die Nonne fort. «Abuya war aus Mombasa und einst meine begabteste Schülerin. Sie verlor mit sieben Jahren ihre Luo Mutter und zehn Jahre später ihren schottischen Vater. Ein Jahr nach ihrem Schulabschluss traf sie Dave in Mombasa. Aber schon sehr bald schrieb sie mir, dieser Dave sei nach England zurückgekehrt. Ich erinnere mich, wie untröstlich sie darüber war.»

«Abuya? Das ist nicht etwa zufällig die Künstlerin, die wir während unserer Strandferien in Mombasa getroffen haben?», unterbrach Sarah, der plötzlich weitere Zusammenhänge aufgingen.

«Natürlich», nickte Moira. «Sie hat mir diese Volontärstelle hier, an ihrer alten Schule, vermittelt.»

«Und sie liebte meinen Vater?», erriet Sarah.

«Das war lange, bevor er deine chère maman traf», erklärte Soeur Cécile. «Doch 15 Jahre später ist er erneut bei Abuya in Mombasa aufgetaucht.»

«Aufgetaucht ist gut. Wir dachten, er sei ertrunken!», rief Sarah.

«Er erzählte Abuya, er sei verunglückt», nickte die Oberin. «Er befand sich auf der Durchreise nach Tansania. Sie wusste nicht, dass er sich in Kenia niederlassen wollte.»

«Weiss sie inzwischen, dass er nun in Kisumu lebt?», fragte Sarah.

«Ja. Sie war Ehrengast an meinem 80. Geburtstag. Moira hat Dave zu jener Geburtstagsfeier eingeladen», erzählte Soeur Cécile.

«Schon wieder ein seltsamer Zufall?», fragte Sarah misstrauisch.

«Richtig», sagte Moira. «Vorher hatte sie keinen Schimmer. Aber am Fest haben sie sich natürlich getroffen und sich unterhalten.»

«Abuya ist längst eine eigenständige Künstlerin», relativierte die Nonne. «Sie hat sich einen guten Namen geschaffen.»

Sarah nickte. «Ich weiss. Moira und ich haben einige ihrer Bilder gesehen.»

«Die Grundlagen ihrer Malerei hat sie bei uns gelernt», sagte Soeur Cécile stolz. «Aus Dankbarkeit schickt sie uns in regelmässigen Abständen eines ihrer Werke. Wir versteigern es jeweils in Kisumu und mit dem Erlös kaufen wir Zubehör für den Kunstunterricht unserer Schüler.»

«Ist das in ihrem Sinne?», fragte Moira.

«Natürlich. Als sie hier Schülerin war, war das Geld sehr knapp. Sie musste als Mädchen mit Kohlestückchen zeichnen», nickte die Nonne. «Obwohl Abuya uns jetzt Geld schicken könnte, tut sie das nicht. Vielmehr will sie, dass ich ihre Entwicklung als Künstlerin mitverfolge. Seit meinem Geburtstagsfest schreibt sie mir auch immer wieder die eine oder andere SMS.»

Sarah staunte, dass eine 81-jährige Nonne, dazu eine in Afrika, per SMS Kontakte pflegte. Doch was sie jetzt mehr als alles andere beschäftigte, war die Tatsache, dass ihr Dad in Kenia lebte. Sie fragte sich, welche Geheimnisse er noch bergen mochte. Und wie Moira wirklich zu ihm stand. Sarah liebte Moira noch immer. Sie war glücklich, dass sie beide sich hier wiedergefunden hatten. Vielleicht war es ja tatsächlich ein Segen, wie die Nonne es nannte, dass Dave damals nicht umgekommen war. Doch Sarah hatte im Moment keine Ahnung, wie sie mit der Situation umgehen sollte. Sie fühlte sich total überfordert.

Als könne sie Sarahs Gedanken lesen, sagte Soeur Cécile: «Natürlich kannst du es dir einfach machen. Du kannst darauf bestehen, dass er ein Schuft sei. Vielleicht sogar ein Betrüger. Doch du kannst dich auch fragen, ob er nicht einfach ein entwurzelter Abenteurer, eine verlorene Seele auf der Suche nach dem Sinn des Lebens, nach Gott und nach sich selbst war.»

Moira nickte. Sie hatte Sarah mehrmals versichert, dass sie nie in Dave verliebt gewesen war, sich nur immer einen Vater wie ihn gewünscht hatte.

Als Sarah weiter schwieg, sprach Soeur Cécile. «Es gibt mehr Fügungen zwischen Gottes Himmel und Erde, als wir glauben. Die meisten Menschen gehen achtlos daran vorbei.»

Ich muss herunterkommen, ruhig und unbefangen bleiben. So, als ginge mich das alles gar nichts an. Als läse ich einen Krimi, dachte Sarah. Sie bedankte sich bei Soeur Cécile für die Zeit, die sie sich genommen hatte.

Das Gespräch hatte ihr zwar geholfen, doch eigentlich wäre Sarah ein konkreter Rat lieber gewesen als religiöse Klischees. Als hätte sie Sarahs Gedanken gelesen, sagte Soeur Cécile: «Mein Rat in schwierigen Situationen lautet immer, einen Schritt zurück zu treten, das Geschehen von aussen zu betrachten. Dann stellt sich die Frage, was man mit seiner Erkenntnis anstellt. Damit bewirkt man schliesslich den Unterschied zwischen Gut und Böse.»

«Was soll ich nun tun?», fragte Sarah ihre Freundin am Nachmittag. Die beiden sassen in Moiras Zimmer nebeneinander auf dem Boden und lehnten sich an ihr Bett. Als Moira schwieg, erklärte sie. «Ich glaube nicht wirklich, dass meine Entscheidung den Unterschied macht zwischen Gut und Böse.»

«Nein, ich auch nicht. Da sind zu viele Fakten, für die du nichts kannst. Trotzdem kommt es jetzt darauf an, wie du dich verhältst. Und wie er darauf reagiert», antwortete Moira. «Es könnte auch gut enden.»

«Vielleicht. Ich bin müde. Ich habe mir die halbe Nacht lang überlegt, was mir Finlay raten würde. Ich meine noch immer, ich träume. Ich lege mich später noch einmal für eine Stunde hin. Danach geht's vielleicht besser.»

«Gib dir Zeit. Deine Erkältung und die Strapazen bei den Mwangis haben dir arg zugesetzt. Und jetzt dies. Ich hatte ja keine Ahnung. Ich wollte dir und Dave eine Freude bereiten. Es tut mir leid», lächelte Moira. Sie schien froh zu sein, dass Sarah nicht mehr davon gesprochen hatte, abzureisen.

«Eigentlich mag ich jetzt überhaupt nichts hinterfragen. Mir ist zu heiss. Meine Bluse klebt mir am Rücken», stöhnte Sarah.

«Musst du auch nicht», flüsterte Moira und blickte ihr in die Augen, berührte liebevoll ihr Gesicht, umfasste ihre Schultern, zog ihr die Bluse und den BH aus und küsste ihre Brüste. Plötzlich liebten sie sich wieder so leidenschaftlich wie damals in Florenz. Sarah fühlte eine Energie in sich, wie seit langem nicht mehr. Es ist so unendlich schön, und jetzt, wo ich spüre, dass ich nie mehr jemanden dermassen intensiv lieben werde, jetzt stimmt es für mich. Ich möchte mit Moira leben. Alles andere macht keinen Sinn, dachte sie.

«Denkst du noch immer an deinen Vater?», fragte Moira.

«Nein. Jetzt denke ich an dich und an unsere Zukunft», flüsterte Sarah, gab dann aber zu: «Natürlich sitzt er permanent in meinem Hinterkopf. Ich grüble ständig über die Situation nach.» Sie wünschte, der Liebesrausch mit Moira würde ewig andauern.

«Wollen wir das Gespräch üben?», fragte Moira. «Ich bin Dave und du sagst mir, dass du Bescheid weisst. Über ihn und über sein Verschwinden ...»

«Nein. Das ist kein Theaterstück!», rief Sarah.

«Nein, ist es nicht. Sorry. Es ist real und es geht auch mir unter die Haut.»

«Ich habe zwar noch keine Ahnung, was ich zu ihm sagen soll. Doch ich möchte ihn bald wiedersehen.»

«Treffen wir ihn. An deiner Stelle würde ich mir nichts vornehmen. Ausser vielleicht ...», murmelte Moira.

«Ausser vielleicht was?»

«Ich würde bedenken, wie unterschiedlich man sein Verhalten bewerten kann. Erinnere dich an Soeur Céciles Worte.»

«Das tue ich. Doch ich denke auch an meine Mum. Wie sie ihn geliebt hat. Wie sie ihr Leben ohne ihn neu organisieren musste. Ich erinnere mich an ihren Kummer. An diese nagenden Zweifel, welche die ganze Familie aushalten musste. Das war schwieriger für Mum, als wenn Dad tot gefunden worden wäre», sagte Sarah und fügte hinzu: «Zudem mussten Becs und ich ohne Vater aufwachsen. Das war nicht immer leicht.»

«Warum fragst du ihn nicht, warum er seine Familie im Stich gelassen hat? Wie es ihm dabei ergangen ist. Weshalb er danach nie den Mut zur Wahrheit aufbrachte. Warum er euch nie kontaktierte, sich nie erklärte. Lass ihn reden.»

«Ich weiss nicht, ob ich mir das alles anhören möchte.»

«Als das Unglück geschah, warst du ein Kind. Wahrscheinlich hat er nicht zu Jane gepasst. Das muss nicht bedeuten, dass er sie nicht geliebt hat», sagte Moira und sanft fügte sie bei: «Wir wissen nicht, wie ihr Alltag aussah.»

«Meine Granny sagte immer, dass schweigen solle, wer nichts Gutes zu sagen habe. Mum hat nie schlecht über meinen Vater geredet.»

Moira nickte.

«Und jetzt erfahre ich, 10 000 Kilometer von zuhause, dass mein Dad quicklebendig ist. Das ist ein starkes Stück. Das musst du zugeben. Egal, wie tief seine Liebe anfänglich gewesen sein mag.»

«Auch meiner ist abgehauen, als ich klein war», sagte Moira. «Du erinnerst dich, wie ich dir erzählt habe, dass meine Mum beständig von jener Flugzeugkollision über Charkhi Dadri sprach, und wie mein indischer Vater danach sein Horoskop konsultierte. Als die Sterne auch ihm Unglück in der Luft prophezeiten, kündigte er seinen lukrativen Job als Pilot und kehrte nach vollzogener Scheidung auf Nimmerwiedersehen nach Kaschmir zurück.»

«Ja ich erinnere mich. Becs und ich waren nicht die einzigen Kinder, die bei ihrer Mutter oder Grossmutter aufwuchsen.»

«Und hier leben manche Männer mit ihren Zweit- und Drittfrauen. Total legal», nickte Moira. «Darum war Soeur Cécile auch nicht sonderlich schockiert, als du ihr diese Geschichte erzählt hast.»

Zwei Tage später fuhren Sarah und Moira mit dem Bus nach Kisumu und gingen dort auf direktem Weg zur Bar, wo sie mit Dave ein Treffen vereinbart hatten.

Sarah trug ihr bestes Leinenkleid, das sie nach Afrika mitgenommen hatte. Sie hatte sich an jenem Morgen mehrmals umgezogen, und wäre der Bus pünktlich gewesen, so hätten sie ihn ihrer Unentschlossenheit wegen verpasst.

Schon von Weitem sahen sie Dave im Schatten einer Markise an einem Tisch sitzen. Sein Gesicht wurde halb vom «East African» verdeckt. Sie zögerte. Moira fasste sie entschlossen an der Hand, und dann passierte etwas Unerwartetes. Dave legte seine Zeitung zur Seite, stand auf, lächelte seine Tochter an, machte zwei grosse Schritte auf sie zu und schloss sie in seine Arme. Beide weinten. Zwei oder drei Gäste, die die Tränen bemerkten, blickten zur Seite.

Moira ging zur Theke, wo sie drei Tassen Kaffee bestellte und lange mit Andrew, dem Barbesitzer schäkerte. Dann setzte sie sich zu Sarah und Dave und beschloss, nachdem sie ihren heissen Kaffee viel zu schnell ausgetrunken hatte: «Jetzt lasse ich euch beide alleine. Ihr habt bestimmt einiges zu bereden. Ich schlage vor, wir treffen uns um 16 Uhr an der Bushaltestelle, damit Sarah und ich nach Hause kommen solange es hell ist.»

Dave nickte. «Ich werde Sarah zum Bus Terminal begleiten und mit ihr auf dich warten. Es besteht kein Grund zur Eile. Solltet ihr den Bus verpassen, so kann ich euch auch auf die Missionsstation fahren.»

Als Dave und Sarah alleine waren, versuchte er, sich zu erklären. Es fiel ihm schwer, und sie merkte, dass er nicht wusste, wo er beginnen sollte. Sie gab sich Mühe, in ihm einen Aussteiger zu sehen, den sie zufällig getroffen hatte. Keinen Schwindler, der seine Familie verlässt. Doch es war ihr unmöglich, ihn wie einen Fremden zu betrachten. Sie beschloss, anstatt ihn mit Fragen zu quälen, ihm aus ihrem Leben zu erzählen. Dabei vermied sie es, von Cornwall und, vor allem, von Jane zu sprechen. Um das, was ihn wirklich interessiert und uns beide betrifft, schleiche ich wie die Katze um den heissen Brei, dachte sie und blickte verlegen auf ihre Hände.

«Wie lange wirst du hier in Afrika bleiben?», fragte er.

«Ende Dezember läuft mein Visum aus. Doch möglicherweise fliege ich schon früher zurück. Ich würde an Weihnachten gerne zuhause sein. Im Januar geht mein Studium wieder los.»

«Zuhause in Cornwall?», fragte Dave und bekannte: «Weihnachten in Clifftop war immer wunderschön.»

«Ja. Ausser Mum würde nach London zu Finlay und Lance fahren. Aber ich denke, dass sie jetzt, wo Claire bei ihr wohnt, in Clifftop feiert», vermutete Sarah und stockte. Dann sagte sie etwas heiser: «John-Pierre ist verstorben. Claire hat versucht, seinen Nachlass zu verwalten. Aber die Aufgabe ist ihr über den Kopf gewachsen, und nun kümmert sich eine französisch-englische Stiftung darum. Claire ist deren Präsidentin.»

«Das tut mir leid. Er war ein aussergewöhnlicher Künstler», sagte Dave.

«Ich mochte ihn gerne.» Sarah setzte sich ihre Sonnenbrille auf und fügte bei: «Claire ist ebenfalls super. Ich lebte nach der Schule für ein Jahr bei ihnen in Cancale. Ich half ihnen in der Galerie und lernte dabei Französisch.»

«Auch ich habe einmal in Cancale gearbeitet, in einer Austernzucht. Dank John-Pierre und Claire traf ich im Sommer 1985 dort deine Mum.»

Sarah lächelte zum ersten Mal an diesem Nachmittag.

«Ich weiss», sagte sie, «Mum und Claire haben uns immer wieder von jenem romantischen Fest und eurer ersten Begegnung erzählt.»

Plötzlich überfiel Sarah eine unendliche Dankbarkeit: Welch ein Glück, dass mein Dad lebt! Ich werde versuchen, es Mum zu schreiben.

Als Moira und Sarah nach ihrem Ausflug nach Kisumu auf das Haupthaus der Missionsstation zugingen, stand die Schwester Oberin vor dem Eingang. Die letzten Sonnenstrahlen schienen auf die zarte Gestalt in ihrem hellgrauen Habit.

«Sie wartet auf uns. Lass uns ihr das Wichtigste berichten», sagte Moira, «Sie hat sich um uns gesorgt. Bestimmt möchte sie wissen, wie die Begegnung zwischen dir und Dave verlaufen ist. Die Nonnen hier im Busch sind sehr neugierig.»

«Wirklich?», raunte Sarah.

«Klar. Zudem hast du sie um Rat gefragt. Jetzt hat sie ein Recht darauf, die Fortsetzung deiner Geschichte zu hören», flüsterte Moira. Laut sagte sie: «Guten Abend, ma mère. Es ist alles in Ordnung. Der Bus hatte auf der Rückfahrt eine Panne. Doch wir haben Dave getroffen, und Sarah hat den ganzen Nachmittag mit ihm geredet. Es wird alles gut werden.»

Erleichterung huschte über Soeur Céciles Züge.

«Gottlob seid ihr zurück. In zehn Minuten ist es dunkel.»

«Ja, hier wird es schnell Nacht», nickte Sarah, «so, als würde jemand einen schwarzen Samtvorhang ziehen.» Sie bemerkte, dass sich die Oberin noch immer etwas sorgte und versuchte, sie heiter zu stimmen: «Es ist schön hier. So ganz ohne Lichtverschmutzung. Dafür mit Milliarden von Sternen!»

«Das ist so. Gott legt die Nacht über die Erde, damit wir in uns kehren und ruhen», nickte Soeur Cécile. «Jetzt gehe ich für euch beten. Bonne nuit, ihr beiden.» Dann blickte sie zurück und sagte verschwörerisch. «Ich bin gespannt auf die Einzelheiten des Gesprächs. Wir sehen uns morgen beim Frühstück.»

«Sie denkt praktisch», sagte Moira. «Sie hat Vesper und Komplet zu einem einzigen Abendgebet zusammengelegt. Ich setze mich oft dazu. Das gibt mir die Gelegenheit mitzusingen.»

«Ich glaube nicht, dass sie erwartet, dass du heute am Gemeinschaftsgebet teilnimmst», sagte Sarah. «Wollen wir jetzt nicht lieber etwas essen?»

«Klar doch, vorausgesetzt, dass etwas übrig ist», antwortete Moira und ging Sarah voran in die Küche. Dort war Mama Cook mit dem Abwasch beschäftigt. Wer sich nicht an die Essenszeit hielt, bekam gewöhnlich nichts bis zur nächsten Mahlzeit. Jetzt – vermutlich, weil Sarah Gast war – kratzte die korpulente Afrikanerin zwei Portionen Ugali und Gemüse zusammen. Die jungen Frauen bedankten sich und setzten sich in den verlassenen Speisesaal.

«Ich hätte mich in der Bar verpflegen sollen. Nicht bloss Kaffee trinken», sagte Sarah und schaute ins Leere.

«Kein Problem. Sie hat uns die Reste gerne überlassen. Ich habe morgen Küchendienst», sagte Moira und griff sich an die Stirn. «Oops, mein Gedächtnis! Ich muss den zweiten Teil der Nachtwache im Mädchenhaus schieben und morgen mit der Zubereitung des Frühstücks helfen. Beinahe hätte ich es vergessen. Das wird eine kurze Nacht.»

«Könnte ich die Wache nicht für dich übernehmen? Ich kann so oder so nicht schlafen. Nach der Aufregung und dem vielen Kaffee.»

«Ja, warum nicht? Du darfst einfach nicht einnicken. Der Rest ist easy.»

Moira zeigte Sarah, wo der Schlagstock hing und drückte ihr eine robuste Taschenlampe in die Hand. «Die Batterien sollten gut sein. Um Mitternacht löst du Lydia ab. Wenn du etwas Verdächtiges hörst, kommst du mich holen. Die Kinder schlafen gewöhnlich durch. Ausser wenn eins krank ist. Das ist aber im Moment nicht der Fall. Du weckst sie um sechs Uhr.»

«Und wozu brauche ich diesen Stock?»

«Zur Abschreckung, falls jemand einbrechen sollte», sagte Moira und beruhigte Sarah sofort: «Das ist noch nie passiert. Wir wachen der Kinder wegen. Um sie zu trösten, wenn sie einen Albtraum hatten. Das kommt vor.»

«Okay. Ich stelle den Wecker. So kann ich mich noch für drei Stunden hinlegen.»

Sarah sass im Korridor. Wie schon bei den Mwangis vernahm sie auch hier Geräusche, die sie tagsüber nicht wahrnahm. Heisere Nachtvögel und hie und da ein Rascheln. Beim Rascheln knipste sie jeweils die Deckenlampe an, die einen schwachen Lichtkegel in den Flur warf. Um zu schauen, ob das Rascheln nicht doch von einer Schlange herrührte, leuchtete sie ihre Taschenlampe in jede Ecke. Dann lauschte sie weiter. Doch hier hörte sie keine Menschen; kein Motorrad und keinen Automotor; kein weinendes Kind; keine keifende Frau und auch keine betrunkenen Männer.

Einmal pro Stunde machte sie einen Rundgang durch die Zimmer, in denen die Mädchen unter bunten Decken auf zerschlissenen Matratzen in ihren Metallbetten schliefen. Einige murmelten im Traum. Keines erwachte, keines musste auf die Toilette. Sarah konnte ihren Gedanken nachhängen. Sie beschloss, ihrer Mutter noch nicht mitzuteilen, dass sie Dave getroffen hatte. Vielmehr würde sie ihr in einer E-Mail schreiben, dass sie mit ihren Recherchen vernünftig vorankäme. Sie würde Grüsse an Finlay und Becs beifügen und damit sicherstellen, dass ihre Mum die News weiterleitete.

Bevor Sarah ihre Entdeckung jemandem anvertraute, musste sie ihren Dad besser kennenlernen. Ihr blieben noch ein paar Wochen, die sie ursprünglich vorgehabt hatte, bei Amanda und Peter Mwangi zu verbringen. Zum ersten Mal seit Sarah ihren Vater getroffen hatte, fragte sie sich, wie und wo er lebe. Moira hatte ihr erzählt, dass er einen kleinen Fischereibetrieb leite und in einem Haus am Rande von Kisumu wohne. Mehr wusste sie nicht.

Ein Rascheln im Garten riss sie aus ihren Gedanken. Sie packte die Taschenlampe und leuchtete durchs offenstehende Fenster in die Nacht. Der kreisende Lichtkegel weckte einen Baum zu Leben. Ein Dutzend Affen erwachte, turnte an den Ästen und sprang kreischend auf den Boden. Mit gefletschten Zähnen jagten die Tiere einander quer durch den Garten. Sarah schloss eiligst das Fenster, hob ihren Schlagstock vom Boden auf und schaute nach den Kindern. Alles war ruhig. Keines war erwacht.

Während der verbleibenden Stunde ihrer Nachtwache versuchte sie, einen brauchbaren Plan zu schmieden. Am liebsten würde sie eine Weile mit ihrem Vater zusammen wohnen. Kommt Zeit, kommt Rat, ein neuer Tag, dachte sie, als die Kirchenglocke leise sechs Uhr schlug. Sie dehnte ihre Glieder und weckte die Kinder.

Zwei Tage später tauchte Dave gegen zehn Uhr morgens auf der Missionsstation auf. Er parkte seinen Jeep vor dem Hauptgebäude. Die Kinder machten gerade Pause und eines von ihnen führte ihn zu Sarah und Moira, die in der Küche arbeiteten.

«Was machst du denn hier?», fragte Sarah, nachdem sie sich die nassen Hände an ihrer Schürze getrocknet und ihn begrüsst hatte.

«Ich war in der Nähe und wollte dich sehen», antwortete er.

Moira bot an, Wasser für frischen Tee heiss zu machen.

«Danke, ich denke, wir trinken beide gerne eine Tasse», nickte Sarah und führte Dave in den menschenleeren Speisesaal, wo sie sich ans Ende eines der langen Tische setzten. Während sie auf Moira warteten, schwieg er.

Sarah packte die Gelegenheit, ihn zu fragen, ob sie bei ihm wohnen dürfe.

«Es wäre bloss für eine Weile, damit wir uns besser kennenlernen», hörte sie sich sagen und staunte über ihre Courage.

«Ich weiss nicht ...», murmelte Dave.

«Was weisst du nicht?», fragte Moira. Sie war mit einem vollen Tablett an den Tisch getreten und stellte den Tee und die Tassen sowie eine Schale mit frischen Mangos zwischen Sarah und Dave, die sich gegenüber sassen.

Dave schien mit sich zu kämpfen. Sarah hatte das Gefühl, an seiner Stelle antworten zu müssen.

«Es ist nichts», sagte sie zu Moira. «Ich habe ihn überrumpelt.»

«Das hast du nicht getan», lenkte er ein. «Ich habe es mir auch schon überlegt.»

«Worüber redet ihr eigentlich?», fragte Moira.

«Ich möchte meine Tochter einladen, vorübergehend bei mir zu wohnen», sagte er etwas zu formell.

Sarah starrte ihn an. Genau das hatte sie vorgeschlagen.

«Gerne. Aber nur, wenn es dir recht ist», stimmte sie zu und fragte sich, ob es vielleicht nicht doch besser wäre, bei Moira und Soeur Cécile zu bleiben.

«Ich habe ein kleines Gästezimmer, und du könntest auch hie und da in mein Büro kommen und dort meinen PC benutzen», sagte er. «Ich meine, deine Recherchen gingen leichter bei mir. Du hättest Wifi.»

«Ja», setzte sie zu einer Erklärung an. «Ich darf zwar hier bleiben, solange ich möchte, doch ich will die Gastfreundschaft der Nonnen nicht zu sehr strapazieren.»

«Du könntest möglicherweise schon heute mit mir fahren. Überlege es dir», sagte er und trank seine Tasse leer. «Jetzt würde ich mich gerne mit der Mutter Oberin unterhalten, falls sie Zeit für mich hat.»

«Gehst du nun wirklich zu ihm nach Kisumu?», fragte Moira, nachdem sich Dave in Soeur Céciles Büro verzogen hatte.

«Ich habe es wenigstens vor, bevor er sich es anders überlegt», antwortete Sarah. Sie bemerkte Moiras Enttäuschung zu spät.

«Wir können uns einmal die Woche in Andrews Bar sehen. Es wäre ja nur vorübergehend. Ich würde neue Menschen treffen. Auch Frauen, die ich für meine Feldarbeit befragen könnte.»

Moira enthäutete konzentriert eine Mango, deren Saft aus dem reifen gelben Fruchtfleisch quoll und ihr zwischen den Fingern hindurch troff.

«Hast du eine Ahnung, was er mit Soeur Cécile bespricht?», fragte sie.

«Möglicherweise ein Problem? Wer weiss? Vielleicht braucht er einen Rat», antwortete Sarah. «Er war recht wortkarg.»

«Das ist er oft», meinte Moira. «Auch wenn du bei ihm wohnst, lernst du ihn womöglich nie richtig kennen.»

Dave und Soeur Cécile lunchten etwas später mit Moira und Sarah und beschlossen gemeinsam, dass Sarah noch am gleichen Tag zu Dave nach Kisumu ziehen würde. Als sie ihre Sachen gepackt hatte und schliesslich neben ihm in seinem Jeep sass, traten Moira und die Oberin an den offenen Wagen. Dave versteckte seine Gefühle hinter einer dunklen Sonnenbrille und im Schatten seines breitkrempigen Hutes. Sarah winkte der Nonne und Moira zu. Sie würde zusammen mit Moira schon Mitte Dezember nach Europa zurückkehren. So viel hatten sie beim heutigen Mittagessen entschieden. Sarah fragte sich, ob Dave vielleicht sogar nach England mitkommen würde. Sie hatte ihrer Mutter noch immer nicht mitgeteilt, dass sie ihm begegnet war.

«Ich werde Jane einen erklärenden Brief schreiben. Vorausgesetzt, dass wir beschliessen, sie darüber zu informieren, dass wir uns getroffen haben. Wir müssen uns sehr gut überlegen, ob dies sinnvoll ist», sagte Dave aus dem Nichts. Als hätte er meine Gedanken erraten, dachte Sarah und schwieg.

Je näher sie der Stadt kamen, desto dichter wurde der Verkehr. Beidseits der Strasse waren die Menschen zu Fuss unterwegs. Dave steuerte auf ein hypermodernes Einkaufszentrum zu.

«Hier kaufe ich meine Milchprodukte. Das Geschäft ist ausgestattet wie eine europäische Shopping Mall», bemerkte er.

«Und die restlichen Lebensmittel? Besorgst du sie auf dem Markt?»

«Akinyi, mein Dienstmädchen, bringt Früchte und Gemüse, die ihre Mutter in ihrem Shamba erntet. Den Rest kauft sie unterwegs am Strassenrand. Sie kommt morgens, wenn ich bei der Arbeit bin und kehrt am späten Nachmittag zurück zu ihrer Familie. Ich sehe sie kaum.»

«Es ist schön, dass ich sie kennenlerne. Ich könnte sie über ihre Arbeit befragen. Ich muss jetzt meine Recherchen unbedingt vorantreiben.»

«Aber sicher. Sie wird sich freuen. Sie spricht gutes Englisch», antwortete Dave und schlug vor, erst einmal Joghurts, Butter und Milch zu kaufen. «Hier entsprechen sie den Standards, die du gewohnt bist.»

«Die Einheimischen kaufen nur, was sie am gleichen Tag brauchen», sagte Sarah. «Amanda Mwangi machte es jedenfalls so, weil sie keinen Kühlschrank besitzen. Sie haben nicht einmal Strom.»

«Die fehlenden Kühlmöglichkeiten betreffen auch uns Produzenten und den Handel», erklärte Dave und ergänzte: «Noch immer werden viel zu viele Frischwaren in normalen Lastern transportiert und stehen in der Hitze herum. Bei Fleisch und bei Fisch kann das gefährlich sein.»

«Mum und ich essen kein Fleisch», sagte Sarah.

Ihr Vater nickte. Er war zwar offener, als Sarah erwartet hatte. Doch sie fragte sich, ob er wusste, dass jegliche Freude aus seinem Gesicht wich, sobald sie ihre Mutter erwähnte. Sie fragte sich auch, welche Art von Verhältnis er mit dieser Akinyi pflegte. Immerhin war er ein Mann, und seine Angestellte vermutlich eine schöne Frau. Eine, die die Schlüssel zu seinem Haus besass.

Akinyi war 17 Jahre alt, robust, mit einer kompakten Figur, wuscheligem Haar und strahlenden Augen. Sie verrichtete die Hausarbeit langsam und singend, dafür gründlich und mit grösster Umsicht und Sorgfalt, um ja nichts zu beschädigen. Sarah hatte das Luo Mädchen schon bei der ersten Begegnung ins Herz geschlossen. Nun lebte sie seit zehn Tagen in Kisumu und hatte sich an die neue Umgebung gewöhnt. Um zehn Uhr morgens hörte sie jeweils, wie der Wasserhahn im Garten aufgedreht wurde und wusste, dass Akinyi eingetroffen war. Das Mädchen hatte eine Stunde Fussmarsch hinter sich und wusch sich als erstes ihre Hände und Füsse, bevor sie in ihre Flip-Flops schlüpfte und ins Haus trat.

Heute überraschte Akinyi Sarah mit einer überreifen Mango, zwei Papayas und einer weiteren Frucht, die sie aus ihrem bunten Stoffsack packte und auf Daves Küchentisch legte.

«Für dich», sagte sie, nahm eine Wasserflasche aus dem Kühlschrank und schenkte sich ein grosses Glas voll ein. Dann machte sie die Betten und wischte die Böden feucht auf. Der Bungalow war klein. Ausser einem Sofa, einem Fernseher, einem Tisch mit vier Regiestühlen und ein paar geschnitzten Holzfiguren gab es im Wohnzimmer keine Möbel. Daves Schlafzimmer und das Gästezimmer verfügten über ein Bett und einen Schrank. Sonst nichts. Dafür waren die sanitären Einrichtungen modern und funktionell.

Akinyi zögerte, bevor sie erneut in die einfach eingerichtete Küche trat.

«Komm, setz dich zu mir. Danke, dass du immer frische Früchte mitbringst. Wie heisst diese?», fragte Sarah und griff nach der grossen gelben Frucht, die sie nicht kannte.

«Es ist eine Maracuja aus unserem Garten», antwortete Akinyi. Sie schnitt die Frucht in zwei Teile und löffelte geübt die Kerne in ein Schälchen, derweil Sarah den Wasserkessel aufsetzte.

«Ich mache das schon. Möchtest du einen Kaffee?», fragte Akinyi.

«Gerne. Und du?»

«Ja, danke. Meine Mama sagte, es wäre schön, wenn du uns besuchen würdest. Wir können mit einem Matatu hinfahren.»

«Warum nicht? Ich komme gerne», nickte Sarah.

Es dauerte, bis das Wasser durch den Kaffeefilter geronnen war. Akinyi erzählte derweil von ihren vielen Geschwistern. Sie war die Mittlere von elf Kindern, sechs Mädchen und fünf Buben. Die beiden älteren Brüder arbeiteten als Fischer, wie Akinyis Vater. Die älteste Schwester half der Mutter und zwei andere verpackten für einen Grosshandel in Kisumu Premium Tee einer nahegelegenen Plantage. Drei jüngere Geschwister gingen zur Schule, und die anderen waren erst zwei, beziehungsweise ein Jahr alt.

«Wie alt ist deine älteste Schwester? Jene, die der Mutter hilft?», fragte Sarah.

«Sie ist schon 20. Sie heisst Bia. Sie ist meine liebste Schwester.»

«Wenn ich zu euch zu Besuch komme, darf ich Bia und deiner Mama dann ein paar Fragen zu ihrer Arbeit stellen?»

«Warum nicht? Wenn dich das wirklich interessiert.»

«Ja. Hier ist so vieles anders als bei uns. Mich interessiert es zu erfahren, wie die Frauen in Kenia arbeiten und leben. Ich möchte alles aufschreiben für mein Studium und Fotos machen.»

Akinyi nickte, trank ihre Tasse leer und machte sich daran, die Küche zu putzen. Sarah, die gleich gross war wie Akinyi, ging derweil ins Gästezimmer eines ihrer bunten Schlabber-Shirts holen, um es dem Mädchen zu schenken.

Akinyis Mutter, die Sarah lachend begrüsst hatte, fehlten mehrere Zähne. Sie war keine 40 Jahre alt. Sie und ihre Familie wohnten einfach. Ganz ähnlich wie die Mwangis. In einem langgezogenen Lehmbau mit Wellblechdach und mit einer Latrine hinter dem Haus, versteckt von Bananenstauden. In dem kleinen Shamba gedieh allerlei, und Sarah entdeckte ein halbes Dutzend Hühner und drei Ziegen, die frei umherliefen. Das Wasser holten die Frauen am Brunnen.

«Wo sind dein Vater und deine grossen Brüder?», fragte Sarah Akinyi.

«Sie ruhen sich aus. Sie haben in der Nacht gefischt und danach lange auf den Kühlwagen gewartet. Die Fische werden, sobald es hell wird, von der Firma deines Vaters abgeholt.»

Dave hatte Sarah erklärt, dass viele Transporter aus Angst vor Überfällen nachts nicht mehr fuhren. Auch seine Firma beförderte die Ware aus diesem Grund nur noch bei Tageslicht.

«Und wo sind die anderen?», fragte Sarah.

«In der Schule», sagte Akinyi stolz und setzte das Baby auf Sarahs Schoss.

Sachte wiegte Sarah das Kleinkind, während sein Brüderchen neben ihr auf dem Boden sass. Er hielt den Ball, den sie im Supermarkt gekauft und als Geschenk für die Kinder mitgebracht hatte, mit seinen dünnen Ärmchen fest. Zusammen mit Akinyi, Bia und deren Mutter trank Sarah nun *Chai* und stellte ihre Fragen. Wenn Akinyis Mama diese nicht verstand, übersetzte Bia und fügte – der Länge und Ausführlichkeit ihrer Übersetzung nach – ein paar Erklärungen hinzu. Jedenfalls schienen sich die Afrikanerinnen zu amüsieren und die Befragung erheiternd zu finden. Sarah kam sich genauso unwissend vor, wie damals, als sie an Amandas Schule die Lehrerinnen zu ihrer Arbeit befragt hatte.

Als das Baby auf Sarahs Schoss quengelte, hob Bia es hoch und stillte es. Sarah realisierte erst jetzt, dass die beiden jüngsten Kinder nicht Akinyis kleine Brüder, sondern ihre Neffen waren. Trotzdem war sie sich sicher, dass sie richtig verstanden hatte, als Akinyi von zehn Geschwistern erzählt hatte.

Dave klärte das kleine Rätsel, während sie zusammen nach Hause fuhren, nachdem er Sarah gegen Abend mit dem Jeep abgeholt hatte.

«Bia hat keinen Mann, die Buben sind womöglich von zwei Vätern. Das hängt keiner der Familie an die grosse Glocke. Dafür unterstützt Bia ihre Mutter bei der Arbeit, und damit sind sie alle zufrieden.»

«Das klingt sehr unkompliziert», sagte Sarah, «und scheint mir eine echte, verschworene Gemeinschaft zu sein.»

«Sicher. So funktioniert das», antwortete Dave. «Ein Glück, dass der Vater und ausser Bia auch die erwachsenen Kinder bezahlte Arbeit haben und ihr Geld in einen Topf werfen. Auch Akinyi trägt ihren Teil dazu bei.»

Jeden zweiten Tag begleitete Sarah ihren Vater zur Arbeit. Sobald er sein Büro verliess, um am See, im Kühlhaus und in der Fischfabrik zum Rechten zu sehen, durfte sie seinen PC benützen. Hier hatte sie Wifi und relative Ruhe, einen klimatisierten Raum und einen Wasserkocher, mit dem sie sich Tee und Instantkaffee zubereitete. Dave hatte eine verbeulte Blechdose mit Glukosekeksen in seiner Schublade, aus der sie sich bediente. Den Lunch nahm sie gewöhnlich zusammen mit ihm ein, entweder in der Bar um die Ecke oder in einem Restaurant am Hafen. Der See lag in der Hitze meistens ruhig da. Dave schilderte jedoch mehrmals die katastrophalen Gewitter und Stürme, die nachts die Fischer gefährden. Er selbst kam abends nach Hause. Dann assen sie Gemüse, das Akinyi mitgebracht hatte oder sie wärmten einen Eintopf mit Linsen, Bohnen oder Kochbananen auf, den sie tagsüber vorgekocht hatte. Oft begnügte sich Sarah auch mit Früchten, Joghurt und Brot. Weder sie noch Dave legten Wert auf kulinarische Höhenflüge. Gelegentlich brachte er frischen

Fisch mit, den er sich hinter seinem Haus grillte. Lebensmittel wegzuwerfen war ihm und Sarah zuwider. Bei den Mwangis und auf der Missionsstation war ihr bewusst geworden, wie wertvoll diese in Afrika waren.

Einmal die Woche trafen sich Sarah und Moira in einer Bar in der Stadt oder in Daves Haus. Sie realisierte jedes Mal, wenn sie Moira sah, wie ihr die Gespräche mit ihr fehlten. Natürlich konnte sie auch mit ihrem Vater diskutieren. Erstaunlich gut sogar. Doch die Frage, ob und wie viel davon sie später einmal ihrer Mum erzählen durfte, hing dabei ständig in der Luft.

«Du kannst jederzeit wieder ein paar Tage bei uns auf der Missionsstation verbringen. Soeur Cécile lässt euch ganz herzlich grüssen», sagte Moira bei einem Treffen. Das zweite Bett stünde unverändert in ihrem Zimmer. Sarah warf ihrem Vater einen Blick zu. Dieser nickte und sagte nach kurzem Innehalten: «Nächste Woche fahre ich an die Küste. Du wärst mit Akinyi, Bia und dem Baby alleine im Haus. Während ich weg bin, wohnen sie bei mir. Ich könnte mir vorstellen, dass es dir bei Moira und den Nonnen wohler ist.»

«Hat er dir gesagt, wohin und wozu er an die Küste fährt?», fragte Moira, als Sarah erneut Gast auf der Missionsstation war.
«Nein. Vielleicht zu dieser Künstlerin», mutmasste Sarah.
«Hast du ihn gefragt?»
«Ich habe darauf gewartet, dass er es mir von sich aus erzählt.»
«Hat er aber nicht. Richtig?»
«Nein, er hat mir nichts verraten.»
«Schade. Mich hätte es brennend interessiert.»
Natürlich hätte auch Sarah gerne gewusst, ob ihr Vater Abuya besuchte. Sie wäre gerne mit ihm gefahren und war enttäuscht darüber, dass er ihr dies nicht angeboten hatte. Sie liess es sich jedoch nicht anmerken.

«Weiss er von unserer Beziehung?», fragte Moira.

«Ich glaube nicht», antwortete Sarah. «Jetzt, wo ich mich frage, wie ich meiner Mum erzählen soll, dass er gar nie ertrunken ist, können wir uns auch überlegen, wann wir ihr sagen, dass wir uns lieben. Was meinst du?»

«Sobald wir sicher sind, dass wir zusammen bleiben», meinte Moira.

Sarah dachte an Finlay und Lance. Laut sagte sie: «Für meinen Onkel und seinen Partner muss es schwieriger gewesen sein. Als sie sich kennen lernten, waren sie beide junge Studenten mit altmodischen Eltern.»

Als Moira schwieg, fügte Sarah hinzu: «Obwohl wir uns dies kaum mehr vorstellen können, wurde Homosexualität bis in die 1950er Jahre als Sittlichkeitsvergehen bestraft. Auch 20 Jahre danach war es noch nicht wie heute, wo sich alle outen, Politiker, Künstler, und wer auch immer.»

«Meine Mutter wird unsere Lebensform auch heute noch kritisieren. Sie hätte bestimmt viel lieber einen Schwiegersohn», reflektierte Moira. «Dafür ist meine Oma okay. Ihr habe ich mich schon vor Jahren anvertraut.»

«Wirklich? Vor wievielen Jahren?»

«Als ich in der Schweiz im Internat war. Da waren meine Schulfreundin und eine Lehrerin. Ich liebte sie beide.»

«Und? Habt ihr?»

«Mit der Freundin, ja.»

«Du hast mir nie von ihr erzählt! Wie heisst sie?»

«Sarah. Bitte. Als wir beide uns in Florenz trafen, gab es jene Freundin bereits nicht mehr. Ich möchte jetzt nicht über sie reden.»

«Hat sie dich verlassen?», bohrte Sarah.

Moiras Augen füllten sich mit Tränen. «Nicht willentlich. Sie ist mit dem BMW ihrer Mutter auf einer Küstenstrasse am Ligurischen Meer tödlich verunfallt.»

Sarah nahm sie in den Arm. «Es tut mir leid. Ich rede nicht mehr darüber, ausser, du möchtest mir von ihr erzählen.»

«Ja, jetzt wo wir planen, unsere Geheimnisse auszugraben, wäre dies nur … konsequent.»

«Nun. Wenn du lieber darüber schweigen möchtest, ist das doch okay», antwortete sie. «Im Moment wissen wir auch noch nicht, ob mein Dad meine Mum über das, was er damals tat, aufklären will. Also warten wir es ab.»

«Sicher. Und dann, wenn alle ihr Leben offen und ehrlich ausgebreitet haben, möchte ich wissen, was in der Bretagne mit deinem Konditor lief», feixte Moira. Sarah lachte, froh darüber, dass Moira sich wieder gefangen hatte.

Dave war nach seiner Rückkehr von Mombasa noch schweigsamer als sonst. Sarah zog erneut zu ihm, recherchierte noch etwas für ihre Arbeit, buchte ihren Flug um, und Moira kaufte sich ein Einfach-Ticket von Kisumu nach London. Sarah und Moira würden Mitte Dezember nach England zurückfliegen und Weihnachten zusammen in Cornwall feiern. Dave sagte, er wolle bis auf weiteres in Kenia bleiben. Sarah und er waren übereingekommen, dass er Jane einen Brief schreiben und ihr diesen mitgeben würde. Hannes hatte Sarah gemailt, er plane, die Feiertage bei seinen Eltern im Schwarzwald zu verbringen. Anni Haberthür erwartete Sarah erst Anfang Januar zurück.

An einem heissen Nachmittag, an dem Akinyi frei hatte und Moira Sarah besuchte, packte Sarah, in dem Moment, in dem Moira Daves Haus betrat, eine unbändige Lust. Moiras dünnes Baumwollkleid klebte an ihr.

«Bitte zieh es aus. Es ist total verschwitzt», bettelte sie.
«Doch nicht hier!»
«Warum nicht?»

«Was ist, wenn Dave nach Hause kommt?»

«Ach, er kommt nicht so früh.»

«Trotzdem, wir können doch nicht hier, in seinem Haus …»

«Warum nicht? Niemand wird es erfahren.»

Sarah zog Moira mit sich in den ersten Stock und schlüpfte als erste aus den Kleidern. Bevor sie sich mit Moira unter die Dusche stellte, sprang sie splitterfasernackt die Treppe hinunter in die Küche und holte dort frisch gepresste Fruchtsäfte und zwei Gläser.

Eine halbe Stunde später stand sie mit dem Rücken an die kühle Kachelwand der offenen Dusche angelehnt und war unmittelbar vor einem Orgasmus, als sie ihren Vater sah, der den Kopf zur Tür hereinstreckte. Sie unterdrückte einen Aufschrei, drehte sich abrupt zur Wand und der verblüfften Moira ihren Hintern zu.

«Sorry. Sorry fürs Hereinplatzen», sagte Dave, als Sarah und Moira kurz danach in der Küche auftauchten. «Ich dachte, jemand habe versehentlich die Dusche laufen lassen. Übermässiger Wasserverbrauch ist hier Verschwendung.»

Sarah beobachtete, wie Moira rot wurde und sich rasch von ihm verabschiedete, da sie vor dem Einnachten auf der Missionsstation sein wollte.

«Mich durchfuhr ein Riesenschreck. Doch er hat sich weggedreht und ist sofort wieder hinaus gegangen», sagte Sarah, als sie Moira zur Bushaltestelle begleitete. «Aber er hat uns natürlich gesehen! Jetzt weiss er es.»

«Hat er uns dabei zugeschaut?», fragte Moira und strich sich durchs Haar.

«Nein, hat er nicht. Er streckte seinen Kopf zur Türe rein und zog ihn sofort wieder zurück», antwortete Sarah und spürte, dass nun auch sie errötete.

«Ich bin froh, dass er danach kein Wort darüber verloren hat», gab Moira zu.

«Das wird er auch nicht. Er ist so etwas von diskret. Wenn er es nicht wäre, hätte er sich und sein Vergehen längst verraten», sagte Sarah und fragte: «Meinst du, die Tatsache, dass er damals für tot erklärt wurde, könnte juristische Streitereien nach sich ziehen?»

«Dein Onkel ist Anwalt. Er müsste es wissen. Doch wenn Jane Dave zurück haben möchte, ist es eigentlich egal.»

«Auch wenn sie ihn nicht zurückhaben möchte, würde ihn Mum nicht verraten und schon gar nie gegen ihn klagen. Schmerzensgeld kann keine verletzten Seelen heilen.»

«Du kennst deine Mum. Du weisst, wie sie tickt», sagte Moira und mutmasste: «So wie ich Dave einschätze, wird er in Afrika bleiben.»

Cornwall

«Es ist ein total anderes Gefühl, zum zweiten Mal nach Cornwall zu reisen», sagte Moira, als sie sich an ihrer Freundin vorbei zum ovalen Flugzeugfenster lehnte und auf Frankreichs Küste, den Englischen Kanal und Teile von Grossbritannien blickte.

«Ja, gleich haben wir's geschafft», frohlockte Sarah und strich Moiras Haar, das ihr die Sicht verdeckte, zur Seite. «Der Flug war viel zu lang. Es sind zehn Stunden vergangen, seit wir in Nairobi umgestiegen sind.»

Als sie in Heathrow landeten, war es Nachmittag.

«So schlimm hab ich es gar nicht empfunden», relativierte Moira, nachdem sie ihr Gepäck in Empfang genommen hatten. «Wir haben sogar etwas Zeit gutgemacht.»

Als sie ihre Fahrkarten bis St Austell gelöst hatten, stiegen sie in den Heathrow Express, der sie im Nu nach Paddington Station beförderte.

«Erinnerst du dich?», fragte Sarah am Bahnhof.

«Sicher. Als wäre es erst gestern gewesen.»

«Also?»

«Wir sitzen auf der linken Seite», antwortete Moira prompt, «damit wir später einen guten Blick aufs Meer haben.»

«Genau! Darum habe ich vorher, als wir die Tickets kauften, auf die Reservation der richtigen Plätze bestanden», erklärte Sarah.

«Wie heisst der Ort schon wieder? Jener, wo das Meer so nah an die Schienen kommt?»

«Dawlish. Dort habe ich, als ich klein war, gefürchtet, dass bei rauem Wetter die Wellen den Zug wegpeitschen könnten … »

«… und hast deine Füsse hochgehoben, damit sie nicht nass würden, falls das Wasser über die Geleise und in den Zug schwappt …»

«Du erinnerst dich sogar daran!», freute sich Sarah und zog Moira mit sich.

Gemeinsam prüften sie auf der grossen Anzeigetafel, ob der nächste *First Great Western* Richtung Penzance pünktlich abfahren würde.

«Mir ist kalt. Ich muss einen warmen Pullover überziehen», murmelte Moira, als der Zug durch dicht bebautes Gebiet Richtung Reading fuhr. «Wir haben eine lange Fahrt vor uns.»

«Ich freue mich so, meine Familie zu sehen. Mehr noch, jetzt, wo du dabei bist», sagte Sarah und realisierte, dass sie, seit sie in England gelandet waren, die Welt viel positiver sah als noch in Afrika.

«Bleiben wir heute Abend in Clifftop, bei Jane?», fragte Moira.

«Ich denke schon. Es reicht immer noch, wenn wir Becs und Tom morgen treffen.»

Moira schwieg, und Sarah spürte erneut Eifersucht in sich hochsteigen. Sie hatte sich immer über Moiras Flirts mit Tom geärgert. Ihrer Meinung nach hatte sich Moira in jenem Sommer, als sie zusammen in Waterside gearbeitet und in Clifftop gewohnt hatten, regelrecht in ihn verknallt. Hätte da nicht die energische Becs im Weg gestanden … Sie mochte sich nicht vorstellen, wie es hätte ausgehen können.

Laut sagte sie: «Wir könnten meine Sis und Tom morgen Abend in ihrem Cottage besuchen. Ich bin gespannt, wie sie es eingerichtet haben. Ich würde auch gerne wissen, ob Becs inzwischen wieder schwanger ist.»

«Ja, machen wir. Und heute könnten wir, wenn du dies unbedingt möchtest, Jane fragen, ob wir uns dein Zimmer teilen dürfen.»

«Das fragen wir sie sicher nicht! Wir tun es einfach. Meine Mum bemerkt solche Dinge nicht einmal. Du kannst anstandslos in meinem Bett schlafen.»

«Schsch», machte Moira und schaute um sich. Die Mitreisenden waren mit ihren Mobiles und Laptops beschäftigt, die meisten hatten Stöpsel in den Ohren. Ein Kind quietschte. Vermutlich schaute es einen Trickfilm.

«Schön, und wann erzählen wir deiner Mum, dass und wie wir deinen Dad getroffen haben?», drängte Moira weiter. Jetzt bemühte sie sich nicht mehr, leise zu sprechen.

«Wir müssen abtasten, wie es ihr derzeit geht», bremste Sarah. «Wenn alles gut ist, könnte ich ihr seinen Brief zu Weihnachten überreichen …»

« … und dich dabei wie der Engel fühlen, der die himmlische Botschaft verkündet», sagte Moira.

«Vielleicht», kokettierte Sarah. «Wir wissen ja gar nicht, was darin steht.»

«Aber wir können es uns denken. Es ist bestimmt nichts Schlimmes.»

Gegen Abend des folgenden Tages spazierten die beiden von Clifftop hinunter zum Hafen. Zwischen sich schlenkerten sie eine Jutetragtasche mit Baumwollstoffen und afrikanischen Andenken.

«Schau. Dort vorne, in der zweiten Reihe. Das ist es», sagte Sarah und zeigte auf ein gelb gestrichenes Cottage, das aufs Meer blickte.

Tom öffnete die Tür, begrüsste Sarah und umarmte Moira, die nur zwei oder drei Zentimeter kleiner war als er. Rebecca hielt sich im Hintergrund. Sie trug eine ausgebleichte Jeans und einen grob gestrickten Pullover. Die Haare hatte sie zu ihrem obligaten Pferdeschwanz gebunden. Erst als Tom den beiden Frauen die Mäntel abgenommen, diese im winzigen Eingang an Haken gehängt hatte und mit Moira etwas zur Seite gerückt war, fiel Rebecca ihrer jüngeren Schwester um den Hals.

«Kommt rein. Ich werde euch unser Cottage zeigen», sagte sie und führte die drei als erstes in die Küche, wo es leicht nach Knoblauch roch.

Sarah sah das Weissbrot auf der Ablage und dass der Backofen an war.

«Und? Wie gefällt es dir?», fragte Rebecca und schaute sie erwartungsvoll an.

«Toll, mit allem Schnickschnack, den du brauchst», stellte Sarah fest, und Tom pflichtete ihr bei. «Ja, wir haben renoviert.»

Moira stand am Fenster und blickte in die Dämmerung.

«Kommt mit, in den ersten Stock», sagte Tom, kletterte die steile, mit Spannteppich belegte Treppe hoch und wartete auf dem Flur.

Nachdem Sarah und Moira das Bad mit Bodenheizung und das zukünftige Kinderzimmer begutachtet hatten, stiegen sie die Treppe wieder hinunter und traten ins Wohnzimmer mit dem flackernden Kaminfeuer. Auf dem Clubtisch fanden sich Teller, Besteck, mit Knoblauchbutter bestrichene Weissbrotscheiben, eine Schale mit frittierten Pilzen und eine mit Guacamole.

Rebecca und Tom bedankten sich für die Souvenirs aus Afrika. Sie trug ihr Haar nun offen und, nachdem sie sich gesetzt hatte, bat sie Tom, in der Küche den Rotwein und die Gläser zu holen.

«Cheers, auf euch Afrikareisende», sagte Rebecca, und Sarah erwiderte «Chin chin auf euer Häuschen. Es ist so gemütlich. Mum hat mir nach Basel geschrieben, dass ihr es dank einer Portion Glück zu einem erschwinglichen Preis bekommen habt.»

«Ja, beinahe hätte es uns ein Londoner vor der Nase weggeschnappt. Er wollte es unbedingt als Feriendomizil erwerben und uns überbieten. Der vormalige Besitzer zog zu seiner Tochter nach Devon und behauptete, das wäre Wucher gewesen. Und er sei nun mal kein Halsabschneider und er möchte lieber zu einem fairen Preis an eine junge Familie verkaufen.»

«Wow! Wie edel!», rief Sarah.

«Tatsächlich. Wie gesagt, wir mussten auch viel renovieren», nickte Tom und bot an, den Gemüseauflauf zu servieren.

«Setzt euch schon einmal an den Esstisch im Zimmer nebenan.»

Die vier jungen Menschen unterhielten sich an jenem Abend über ihre unterschiedlichen Lebensentwürfe. Rebecca trank dabei keinen Alkohol und Sarah, die dem Burgunder dafür mehr als üblich zusprach, fragte ihre Schwester bar jeglicher Diskretion, ob sie wieder schwanger sei.

Rebecca blickte zu Tom, er lächelte, und beide strahlten.

«Anfang Juni sollte es kommen. Sofern es diesmal klappt», nickte sie, und Sarah stand etwas tapsig auf, umarmte ihre Schwester und spürte dabei deren warmen Körper und aufgeregten Herzschlag.

«Das ist wirklich wunderbar. Wir drücken euch die Daumen für eine problemlose Schwangerschaft und ein süsses Baby», meldete sich auch Moira. Nach den vielen Themen, die sie an jenem Abend angeschnitten hatten, fügte sie an: «Auch wir haben Neuigkeiten.»

Dann zögerte sie und schaute zu Sarah hin.

«Ja, stellt euch vor: Moira zieht nach Basel!», rief Sarah.

«Wirklich? In die Schweiz? *Quite a challenge*, nachdem du zwei Jahre in Kenia gelebt hast», sagte Tom zu Moira: «Ich dachte, du wolltest in Italien studieren. Musik, Gesang, oder sowas.»

«Später einmal wird sie das vielleicht tun», kam Sarah Moira zu Hilfe. «Solange ich studiere, will sie bei mir in Basel bleiben.»

«Was sagt Hannes dazu?», fragte Becs und blickte Moira missbilligend an.

«Wir werden sehen», lächelte Moira und strich sich eine Haarsträhne aus dem Gesicht.

Wie aus einem Mund sagten Tom und Rebecca: «*How very lovely*!»
Er schien perplex, und sie erleichtert.

Jane und Claire steckten mitten in den Weihnachtsvorbereitungen und wurden dabei von Sarah und Moira unterstützt. Zwei Tage waren seit dem Abendessen im Cottage vergangen. Sarah vermutete, dass inzwischen auch Toms Eltern, Henry und Lorna Linn, wussten, dass Moira und sie ein Paar waren. Schon bald würden sie sich alle treffen und dann würde man ja sehen.

Schwerer lag Sarah die Frage auf dem Herzen, wann und wie sie ihrer Mum erzählen sollte, dass sie Dave getroffen hatte. Jane war so fröhlich. Sie lachte und sang den ganzen Tag, ihre Augen strahlten. Anfänglich hatte Sarah gedacht, ihre Mum sei schlicht glücklich, sie und Moira über die Festtage im Haus zu haben. Dann machte Claire eine Bemerkung, die Sarah aufhorchen liess.

«Wer mit über 50 Jahren einen tollen Mann für die zweite Lebenshälfte trifft, hat allen Grund, glücklich zu sein. Einen ungebundenen, ehrlichen und gutaussehenden als Dreingabe. Ist so selten wie eine blaue Mauritius.»

Erst dachte Sarah, Claire spreche von sich, und sie habe mit ihrem Alter geschummelt. Dann machte es Klick.

«Mum?», fragte sie.

«Natürlich. Wer sonst?»

«Ich weiss nicht. Nach Dad hat es für sie niemanden mehr gegeben. Für mich kommt das jetzt als Überraschung. Ich meine …», stammelte Sarah. «Mum ist nicht mehr jung.»

«In meinen Augen wird sie immer meine kleine Schwester bleiben», sagte Claire. «Aber du hast natürlich recht. Auch er ist in reiferen Jahren.»

Am nächsten Morgen nahm Jane nach dem Frühstück die Hundeleinen vom Haken. Die Bassets setzten sich neben die Küchentür und warteten, bis sie in ihren Anorak geschlüpft war und ihre Tweed Mütze auf hatte. Mit fünf Grad Tagestemperatur war es kalt für Cornwall. Zudem blies ein Southwesterly.

«Halt; ich möchte dich begleiten», rief Sarah und beeilte sich, sich warm einzupacken. «Seit ich aus Afrika zurück bin, friere ich. Früher fror ich hier nie», betonte sie und suchte ein Paar Handschuhe.

«Dann nichts wie hinaus an die frische Luft. Wir können gerne eine längere Runde drehen. Auf dem Küstenpfad ums Headland herum», nickte Jane und rief: «Julius, Caesar, auf!» Die Bassets bellten begeistert.

Vom Headland aus würden sie die gewaltigen Wogen hereinrollen sehen und sie gegen die Felsen donnern hören. Sarah freute sich darauf, ihre Mum – wie auf ihren früheren Spaziergängen – während zwei oder drei Stunden für sich alleine zu haben.

«Mum, du siehst super aus, so richtig jung und strahlend!», rief Sarah zehn Minuten später gegen den Wind an.

«Mir geht es auch gut», freute sich Jane und liess die Hunde von der Leine.

«Wie heisst er?», fragte Sarah.

«Wie heisst wer?», fragte Jane zurück.

«Mum … Claire hat mir erzählt, dass du einen Mann getroffen hast. Sie sagte, er sei wie ein Sechser im Lotto, oder so ähnlich.»

«Oh, Harry.»

«Oh Harry wie noch?»

«Harry J. Smith. Du kennst ihn nicht.»

«Ich werde ihn hoffentlich kennen lernen. Oder versteckst du ihn?», neckte Sarah ihre Mutter und dachte dabei an ihren Dad.

«Nein. Ich muss ihn nicht verstecken. Er ist attraktiv und höflich.»

«Wann sehen wir ihn?»

«An Weihnachten.»

«Das ist mir zu lange. Erzähl schon. Ist er zärtlich zu dir?»

«Sarah!», rief Jane. Die Hunde kamen angerannt. Ihre langen Ohren flogen im Wind. Sie bellten aufgeregt.

«Still, Julius, Cäsar», gebot Jane. «Bei diesem Wetter sind keine Möwen unterwegs. Viel zu stürmisch. Kein Grund, euch aufzuregen.»

«Mum!», lachte Sarah. «Lass dich nicht ablenken. Erzähl lieber. Ist er Junggeselle?»

«Nein. Das wäre nicht gut, in seinem Alter», antwortete Jane.

«Also: geschieden?»

«Bitte Sarah. Das ist die reinste Inquisition. Harry ist verwitwet, kinderlos, ein Architekt in Rente. Reicht das? *You Nosy Parker?*»

«Ich bin keine Wundernase. Aber Claire erzählte, er sei weitgereist und belesen, ein politisch interessierter Zeitgenosse, der im Juni für den Verbleib in der EU gestimmt habe.»

«Hat Claire das gesagt?»

Jane rief schon wieder nach ihren Hunden, die sich jetzt hinter Ginsterbüschen versteckten. Sarah wartete geduldig, bis sie angerannt kamen und ihre Hundekekse zur Belohnung erhalten hatten.

«Ich finde es wichtig zu wissen, wie Harry denkt. Und wie er lebt. Findest du nicht?», fragte Sarah.

«Ja. Seit seine Frau vor fünf Jahren verstorben ist, lebt er alleine in einem Loft in Falmouth. Nach ihrem Tod hat er das Haus verkauft und sich aus dem Arbeitsleben zurückgezogen. Er hatte Zeit, den Loft in ein schönes Apartment mit Sicht auf den Hafen umzubauen.»

Zwei Stunden später wusste Sarah einiges mehr. Harry sei ein Feinschmecker und ein Ästhet, der Aquarelle malte und klassische Musik hörte. Jane habe sich unter seinem Einfluss nun auch solche Hobbys zugelegt.

Meine Mutter ist verliebt wie ein Teenager. Und rundum glücklich, dachte Sarah und sagte etwas vorwurfsvoll: «Und warum hast du ihn mir gegenüber in den sechs Monaten, die ihr euch jetzt schon kennt, kein einziges Mal erwähnt? Wirklich, Mum! Du bist eine Geheimniskrämerin!»

Als sie nach dem Rundgang mit Jane bei einem heissen Tee und Biskuits in der Küche sass, wusste Sarah, dass der rosa Hauch im Gesicht ihrer Mutter nicht alleine von der frischen Luft herrührte. Natürlich freute sie sich für sie. Sehr sogar. Trotzdem verflixt, dachte sie, während sie an einem Cornish Fairing nibbelte, einem der Ingwerkekse, die noch immer in der alten Dose ihrer Kindheit aufbewahrt wurden. Dies war nun der falscheste Zeitpunkt überhaupt, um

Dave auferstehen zu lassen. Langsam schlich sich die Erkenntnis in ihr Bewusstsein, dass sie dringendst mit Moira reden musste.

Am Nachmittag sassen Sarah und Moira den Rücken an die Wand gelehnt auf Sarahs schmalem Bett. Sarah betrachtete die silbernen Perlschnüre, die der Regen quer über die Glasscheiben ihres Hubfensters zog. Der Spaziergang mit ihrer Mutter hatte sie glücklich gemacht. Sie fühlte sich erfrischt und geradezu in Hochstimmung, so ganz anders als in Kenia, wo die Hitze drückte und die tropischen Wolkenbrüche aufs leckende Blechdach der Mwangis trommelten. Sie dachte an ihren Dad, dessen Leben in Afrika nun geheim bleiben würde. Wie ein Arzt- oder ein Dienstgeheimnis. Ein Beichtgeheimnis, das Moira und sie ein Leben lang verbinden würde. Auch dieser Gedanke gefiel ihr.

«Am liebsten würde ich Daves Brief öffnen», flüsterte sie.

«Und dann? Was würdest du danach damit tun?»

«Nachdem wir ihn gelesen haben, könnten wir ihn verbrennen», meinte Sarah und wusste im gleichen Moment, als sie dies vorschlug, dass Moiras Rechtschaffenheit ihr dies nie erlauben würde. «War bloss als Jux gemeint», lachte sie verlegen. «Aber ich kann Mum den Brief jetzt unmöglich übergeben.»

«Nein. Das wäre unfair. Auch später nicht. Eigentlich kannst du es nie. Irgendwann wird es dazu zu spät sein.»

«Schade», seufzte Sarah. «Mum hätte ihn mir vielleicht vorgelesen, oder zumindest Teile daraus. Oder sie hätte ihn Claire gezeigt, und Claire hätte mir alles genau erzählt.»

«Ich fände das respektlos. Du bist zu neugierig», sagte Moira und Sarah antwortete: «Das habe ich heute Vormittag bereits erfahren.»

«Von Jane?», fragte Moira.

«Mum nannte mich *Nosy Parker,* als ich sie über ihren Harry ausquetschte.»

«Vermutlich hast du es mit deiner Fragerei übertrieben.»

«Vielleicht. Aber ich kann mir nicht vorstellen, dass du nicht auch wissen möchtest, was in dem Brief steht. Wie sich mein Dad meiner Mum gegenüber rechtfertigt und entschuldigt. Ob er ihr schreibt, dass er sie noch immer liebt?»

«Ich stelle mir vor, dass er ihr sehr höflich und respektvoll geschrieben hat. Ich muss den genauen Wortlaut nicht kennen.»

«Ach Moira! Sei nicht immer so überkorrekt», rief Sarah. «Um nicht schwach zu werden und den Umschlag doch noch über dem Teekessel in den Dampf zu halten, werde ich ihn wohl ungeöffnet zerreissen und die Schnipsel ins Meer werfen müssen.»

«Das fände ich wiederum zu dramatisch und zudem dumm», urteilte Moira und schlug vor, Dave zu schreiben und ihm seinen Brief zu retournieren.

«Vergiss nicht», mahnte sie, «dass es im Kern eine traurige Geschichte ist.»

«Ja, das ist es wohl», nickte Sarah und fragte: «Hilfst du mir?»

«Natürlich», willigte Moira ein. «Wir müssen aber alles für uns behalten. Wenn du es Claire oder Rebecca sagst, wird es für die beiden schwierig, sich nicht zu versprechen. Sie sehen Jane täglich. Wir hingegen sind bald weg.»

Die meisten Vorbereitungen waren getroffen, die Geschenke eingepackt und die Weihnachtskarten versandt. Das Zimmer für Finlay und Lance war gelüftet und die Betten bezogen. Claire hatte sich anerboten, den Baum zu schmücken; Jane und Rebecca wollten die Lebensmittel besorgen.

Sarah und Moira hatten Zeit, den Brief an Dave sorgfältig zu entwerfen.

Clifftop, Dezember 2016
Dear Dad, lieber Dave

Wir hoffen, es gehe Dir gut und dass Du den kenianischen Sonnenschein geniessen kannst. Bei uns ist es nass und stürmisch.

Inzwischen haben wir Jane und Claire, und auch Becs und Tom, offenbart, dass wir eine gemeinsame Zukunft planen. Rebecca ist übrigens schwanger und die beiden wohnen im vormaligen Coastguard's Cottage. Wie erwartet waren sie zwar alle sehr erstaunt über unsere Pläne, jedoch lieb genug, uns dazu zu beglückwünschen.

Jetzt bleibt abzuwarten, was Finlay und Lance dazu sagen. Doch wer im Glashaus sitzt, wirft bekanntlich nicht mit Steinen. Wir freuen uns jedenfalls darüber, dass sie morgen für ein paar Tage nach Clifftop kommen werden.

Wir waren beide verdutzt, aber auch sehr erfreut, zu erfahren, dass Jane vor einem halben Jahr einen Mann getroffen hat, den sie inzwischen innig liebt. Fact is: Mum ist zum ersten Mal, seit Du sie verlassen hast, verliebt und überglücklich. Bitte verstehe uns, dass wir es unter diesen Umständen nicht übers Herz bringen, ihr von Dir und unserer Begegnung in Kenia zu erzählen. Wir beide haben beschlossen, das Wissen, dass Du gesund und munter bist, als unser Geheimnis zu bewahren.

Wir werden Dich hoffentlich einmal wiedersehen.
In Liebe, Sarah und Moira

P.S. Wir retournieren Dir Deinen Brief ungeöffnet.

«Ich finde, das haben wir sehr gut hingekriegt. Sachlich und trotzdem mit Einfühlungsvermögen geschrieben», urteilte Sarah, klebte den Umschlag zu, versah ihn grosszügig mit Briefmarken und murmelte: «So, das sollte reichen. Wir müssen ihn einwerfen, bevor wir es uns anders überlegen.»

Auf dem kurzen Weg zu jenem Landhaus, in dessen hoher Umfriedung seit Jahren ein öffentlicher roter Briefkasten eingemauert war, trafen sie Lorna Linn.

«Wir freuen uns ja so für euch!», begrüsste sie Lorna überschwänglich.

Dann präzisierte sie mit umständlichen Sätzen, worüber sie sich genau freute und schloss ihre langen Ausführungen mit: «Wir finden es wirklich wunderbar, dass ihr euch für einander entschieden habt.»

«Danke, Lorna. Wir alle sind sehr glücklich darüber. Wir sehen uns am Weihnachtstag», antwortete Sarah und, als Lorna zu einer weiteren Bemerkung ansetzen wollte, sagte sie: «Jetzt müssen wir. Leider.»

Als sie ausser Hörweite waren, hielt Moira ihre Freundin zurück.

«Ich würde ihn nicht hier einwerfen», sagte sie.

Sarah stoppte und fragte: «Warum nicht?»

«Hier weiss jeder von jedem. Der Zufall will es, dass ein Postbote die Adresse liest und den Namen wiedererkennt. Ich würde es nicht tun.»

«Och, wie konnte ich bloss so blöd sein!», rief Sarah. «Du hast natürlich recht: Der Teufel ist ein Eichhörnchen, wenn es um Zufälle geht.»

«Ja, wir geben ihn erst am Flughafen auf. Die paar wenigen Tage mehr machen keinen Unterschied. Dave wird ihn früh genug erhalten.»

Finlay und Lance würden mit der Bahn anreisen, da Staus auf der M4 vorausgesagt waren. Sie würden wenig Gepäck dabei haben. Beide schenkten sowohl zu Weihnachten wie auch zu Geburtstagen entweder Gutscheine für H.W. Smith oder Einladungen nach London mit Tickets für Musicals. Jedenfalls immer Präsente, die sich in einen Umschlag stecken liessen.

Seit Finlay und Lance sich vor zwei Jahren zwei junge, ambitionierte Juristen in ihre Kanzlei geholt hatten, kümmerten sie sich nur noch um ihre alten Klienten. Sie verbrachten ihre neugewonnene Freizeit mit Reisen und gelegentlichen Segeltörns vor Cornwalls Küste. Ihre 'Kleidung fürs Landleben und fürs Wasser', wie Finlay Cordhosen und Marken-Polos sowie seine Jeans, Seemannspullover und sein Ölzeug bezeichnete, liessen sie in Clifftop. Ihre Schirmmützen und Wachsjacken hingen permanent an den Haken neben der Küchentür; ihre übergrossen Gummistiefel standen so selbstverständlich im Geräteschuppen, wie die Toilettenartikel in ihrem Badezimmer herumlagen.

Sarah vermutete, dass ihre Mum den beiden angeboten hatte, einen Teil ihrer Habseligkeiten in Clifftop zu lassen, damit diese dem Haus einen männlichen Anstrich verliehen. Sarah dachte an Anni Haberthür, die den Namen ihres lange verstorbenen Mannes an Klingel und Briefkasten belassen hatte. Sie stellte sich vor, dass ihre Mum sich nicht zuletzt auf die kommenden Festtage in Clifftop freute, weil das Haus mit Claire, Finlay und Lance, und natürlich mit ihr und Moira, für einmal voller Leben sein würde. Daher hatte Jane auch Rebecca und Tom sowie Toms Eltern, Lorna und Henry Linn, zum Abendessen am Weihnachtstag eingeladen.

«Es soll eine Feier werden wie damals, als ich ein Kind war», sagte Jane zwei Tage vor Weihnachten, mitten in ihren letzten Vorbereitungen.

«Wie war das damals, erzähl einmal», wollte Sarah wissen.

«Nun gut, wir haben am Mittag und nicht erst am Abend gegessen, und Elizabeth, meine Mutter, hatte eine Haushaltshilfe, Pat, die das Zepter führte.»

«Ich erinnere mich nicht an Pat. Aber an Grace. Grace war nett. Sie hat Becs und mich als wir klein waren, gehütet. Lebt sie noch?»

«Natürlich lebt sie noch. Sie ist etwa gleich alt wie ich. Grace ist Pats Tochter. Sie half uns damals, nachdem du auf die Welt gekommen bist, damit deine Granny und ich im Supermarkt zusammen die Grosseinkäufe erledigen und hie und da in Truro in Ruhe einen Tee trinken konnten.»

Sarah freute sich, Weihnachten in ihrem Elternhaus erstmals bewusst zu erleben. Als sie und Becs klein waren, standen die Geschenke im Mittelpunkt. Später fuhren sie zusammen mit ihrer Mum für Weihnachten und Silvester zu Finlay und Lance nach London. Sie wusste, dass Jane es damals, nach dem Tod ihrer beiden Eltern, nicht hätte ertragen können, ohne Dave und alleine mit ihren Mädchen in Clifftop zu feiern.

Mit Claire, die nun hier lebte, war eine neue Zeit angebrochen. Claire war nicht nur eine aussergewöhnlich schöne Frau, sondern ebenso witzig und unbeschwert. Obschon sie bestimmt Gelegenheit dazu gehabt hätte, hatte sie nach dem Tod ihres Partners keine neue Beziehung aufgenommen.

Wann immer Sarah versuchte, sich Harry, die neue Liebe ihrer Mum vorzustellen, schob sich Daves Gesicht dazwischen. Nicht jenes jugendliche, das, seit sie sich entsinnen konnte, in seinem Silberrahmen auf dem Piano gelacht hatte und sich nun plötzlich diskret auf dem Büchergestell versteckte, sondern sein heutiges. Ein besonnenes Antlitz, braungebrannt, mit wissenden Augen sowie einer feinen Narbe, die sich quer über seine Stirn zog.

Der hohe Weihnachtsbaum stand geschmückt in der Eingangshalle. Wenn der Wind unter den zum Teil undichten Fenstern ins Zimmer drang, spielte die Zugluft mit dem Engelshaar. Im Erdgeschoss hingen Stechpalmen mit leuchtend roten Früchten und Misteln mit roten Schleifen. Längst hatte Jane den Christmas Pudding vorbereitet und in die Vorratskammer gestellt.

«Es kann losgehen», bemerkte Sarah an Heiligabend und bot an, Finlay und Lance am Bahnhof in St Austell abzuholen. Moira wollte mitfahren, und kaum war sie in den dunkelblauen Land Rover der Werft eingestiegen, sprach sie Sarahs Gedanken aus.

«Ich habe mir diese Weihnachten anders vorgestellt», sagte sie.

«Ich meine, es ist natürlich schön, das dekorierte Haus und alles. Aber ich habe erwartet, über Kenia und deinen Dad zu berichten. Wie wir ihn getroffen haben, dass er wohlauf ist. Ich glaube, ich bin zu naiv gewesen, und nun holt mich die Realität ein.»

«Ja», nickte Sarah, «wir müssen aufpassen, dass wir uns nicht verplappern.»

«Wie fühlst du dich dabei?», fragte Moira. «Bist du enttäuscht?»

«Nun», überlegte Sarah. «Erstens bedeutet mir Weihnachten nicht so viel, und zweitens hat sich Dad in Clifftop nie wirklich wohl gefühlt. Das hat er mir jedenfalls so erzählt. Zudem wollte er Jane in ihrem bisherigen Glauben lassen, er sei verstorben. Diesen Brief, den er uns mitgab, den hat er erst nach langem Zögern und nur auf mein Drängen hin verfasst.»

Vorausschauend hielt sie am Kreisel vor der Ortseinfahrt und, nachdem sie einem greisen Fahrer in einem ebensolchen Bentley den Vortritt gelassen hatte, murmelte sie: «Ich werde von Basel und vom Schwarzwald erzählen.»

«Und was sagst du zum Thema Hannes, wenn dich dein Onkel fragt?»

«Die Wahrheit», antwortete Sarah.

«Und was genau berichtest du ihm von deinem Aufenthalt in Kenia?»

«Ich beschreibe die Interviews, die ich dort mit den Frauen geführt habe. Du kennst alle möglichen Geschichten der Nonnen und Kinder. Mehr will niemand wissen», entschied Sarah. «Vergiss Harry J. Smith nicht. Er steht im Zentrum des allgemeinen Interessens. Nicht wir zwei.»

Es war nun nicht mehr weit zum Bahnhof, doch sie steckten im Stau. Sarah zupfte an Moiras Haar, das dank dem gekonnten Nachschnitt durch Janes Friseuse und erstklassiger Pflegeprodukte wieder besser aussah. Heiligabend war hier ein normaler Arbeitstag; für viele auch die letzte Gelegenheit, Geschenke für ihre Lieben und

Lebensmittel für die Festtage einzukaufen. Sarah benötigte für die kurze Strecke zwischen der Ortseinfahrt und dem Bahnhof dreimal so lange wie normal. Als sie den Land Rover endlich auf ein Kurzzeitparkfeld stellte, fuhr auch schon der überfüllte Zug mit Finlay und Lance von Plymouth her kommend ein.

Am nächsten Vormittag deckten Jane und Claire den alten Nussbaumtisch im Esszimmer für elf Personen.

«Wir hätten es schon gestern machen sollen», sagte Jane.

«Ach wo», widersprach Claire. «Ich finde es eine schöne Beschäftigung am Weihnachtsmorgen.»

«Trotzdem, wir haben noch viel zu tun bis die Gäste kommen.»

«Jedenfalls haben wir Glück gehabt, dass Geschirr und Besteck reichen», bemerkte Claire, als sie die geschliffenen Gläser und das Wedgwood Service aus dem Schrank hob und alles mit Sorgfalt entstaubte.

Sarah war ins frisch gereinigte und gelüftete Esszimmer getreten, das zu Clifftops üblicherweise verschlossenen Räumen zählte. Sie sah sich um.

«Möchtest du uns helfen?», fragte Claire.

«Klar doch. Ich stehe zu Diensten. Ich kann mich nicht erinnern, hier je von altem Porzellan und mit Silberbesteck gegessen zu haben», kommentierte Sarah fröhlich. «Das muss ich mir verdienen.»

«Es ist eine Weile verstrichen, seit wir mit deinen Grosseltern und David in diesem Raum gefeiert haben. Das erste Weihnachtsfest mit David, an das ich mich erinnere, als wäre es erst gestern gewesen, war lange vor deiner Geburt», sagte Jane und rieb konzentriert an einer Gabel, die zwischen den Zinken und entlang der Verzierungen schwarz angelaufen war.

«Freue dich, Schwesterchen! Jetzt, wo du mit Harry einen wunderbaren neuen Lebensabschnitt beginnst, denkst du bitte an die Zukunft.»

«Das klingt leichter, als es ist», seufzte Jane. «Die Erinnerungen sind hartnäckig. Sie holen mich immer wieder ein.»

«Tatsache ist», konstatierte Claire, «du bist zum ersten Mal seit Davids Verschwinden verliebt und überglücklich.»

Sarah spitzte die Ohren. Was Claire sagte, stand auch im Brief an ihren Dad, der in ihrer Pultschublade darauf wartete, aufgegeben zu werden.

Claire hatte Jane zudem Schwesterchen genannt. Sarah hoffte, das Fest würde nicht rührselig werden. Plötzlich war sie froh um den Beschluss, den sie und Moira getroffen hatten. Sie stellte sich die emotionalen Turbulenzen vor, die sie beide mit Daves wahrer Geschichte ausgelöst hätten. Zudem, das war ihr inmitten dieses Luxus klar geworden, gehörte ihr Dad nach Afrika. *Back to the basics*. Sie erinnerte sich an die einfachen Mahlzeiten, die Akinyi vorbereitet und die Dave und sie abends aufgewärmt hatten.

«Mum, wann soll ich die Kartoffeln in den Aga schieben, damit sie garantiert durch sind?», fragte sie laut. «Ich werde sie halbieren. Sie sind riesig. Wenn ich sie mit der geschnittenen Seite nach oben, gesalzen und mit Öl bestrichen auf ein Blech lege, schmecken sie gut. Anni macht es so.»

«Das hat Zeit bis nach 18 Uhr, *my dear*. Sie brauchen bloss eine halbe Stunde im rechten oberen Ofen. Er hat die richtige Temperatur. Du kannst das Blech in die unterste Rille schieben», antwortete Claire an Janes Stelle. «Der Truthahn benötigt viel länger; vier bis fünf Stunden würde ich schätzen. Ist ja ein Riesending. Er muss schon am Nachmittag rein», doppelte sie nach.

«*Aye aye, Madam*. Moira ist im Moment dabei, ihn zu stopfen. Sobald er im Ofen ist, wird sie ihn in regelmässigen Abständen mit Bratensaft übergiessen. Ich werde die Bräunung der Haut bloss überwachen. Als Vegetarierin rühre ich den Vogel nicht an.»

«Lance und ich essen auch nichts davon», mischte sich Jane ein.

«Falls das Gemüse nicht reichen sollte, haben wir noch zwei Beutel tiefgekühlte Erbsen, die du zu den Karotten geben könntest.»

Sarah kündigte an, Finlay würde kurz vor dem Eintreffen der Gäste die Drinks und Nüsse in der Halle bereitstellen und Lance das Wasser fürs Gemüse schon einmal heiss machen, damit danach das Kochen schneller ging.

«Haben wir genügend Sherry-Gläser?», fragte sie.

«Natürlich. Wir haben von jedem Glas sowie vom Geschirr und Besteck 12 Stück. Es reicht für elf Personen und einen Überraschungsgast», sagte Jane leichthin und erklärte: «Kaum zu glauben, dass in all den Jahren keines zerbrochen ist. Ich würde das ganze Dutzend bereit stellen.»

Sarah überlegte einen Moment.

«Ist alles von deiner Urgrossmutter», sagte Jane. «Alice Penrose hat es 1920 als Teil ihrer Aussteuer von London nach Cornwall mitgebracht.»

«Das wusste ich nicht. Sag: Wer käme für dich als Überraschungsgast in Frage? Einer, der zum Essen käme? Und dies an Weihnachten?», fragte sie misstrauisch.

«Bitte? Ach, keine Ahnung. Eigentlich niemand», antwortete Jane und schaute ihrer Jüngsten direkt in die Augen. «Aber Elizabeth hat noch lange, nachdem unser älterer Bruder verunglückt ist, ein Gedeck für ihn aufgelegt.»

«Schwesterchen, das mit Oliver ist unendlich lange her», sagte Claire.

«Natürlich», antwortete Jane. «Aber in Polen zum Beispiel wird an Weihnachten immer ein zusätzliches Gedeck aufgelegt. Es erinnert an die Verstorbenen und soll bereit stehen, falls ein unerwarteter Gast an die Tür klopft.»

«Mum, du warst noch nie in Polen … Woher kennst du den Brauch?»

«Harry hat mir davon erzählt. Er weiss viel. Er reist leidenschaftlich gerne und interessiert sich für Menschen und ihre Sitten.»

Eine Stunde später klopfte jemand an die hintere Haustüre, die direkt in die Küche führte. Dieser Jemand war durch den alten Lieferantenzugang, ein Holztor in der Steinmauer, die Clifftop einfasste, und dann über den gepflasterten Hof geschritten. Die Bassets knurrten ein kurzes 'Herein' und schlummerten weiter.

Sarah, die gerade den Truthahn im Aga hatte kontrollieren wollen, drehte sich um und stand einem etwa eins achtzig grossen Mann in schwarzer Cordhose, einem schwarzen Pullover mit feingerippten Rollkragen und einem hellgrauen Jackett gegenüber, dessen zurückgekämmtes, weisses Haar mit dem runden Horngestell seiner Brille kontrastierte. Das musste Janes Freund sein.

«Hallo, guten Abend», sagte sie. «Kann ich etwas abnehmen?»

Harry streckte ihr seine Hand entgegen, murmelte höflich *«How do you do?»* und fragte sie: «Wo bitte, dürfte ich meine Pakete hinstellen?»

Sie überlegte, ob er sie besser unter den Baum oder neben den Kamin stellen solle. Sie nahm ihm erst einmal sein Jackett ab. Als sie es für ihn aufhängte, bemerkte sie, dass Harry Harris Tweed trug. Bevor sie jedoch seine Frage beantworten konnte, trat auch schon ihre Mum in die Küche.

Jane trug ein dunkelrotes, auf die Taille geschnittenes Kleid und Schuhe mit Absätzen. Sarah staunte, dass sie geschminkt war, dezent zwar, doch gekonnt, vermutlich unter Claires Einfluss. Janes antike Ohrhänger ähnelten jenen von Anni Haberthür und passten zur fein schimmernden Perlenkette.

«Das ist Sarah, meine jüngere Tochter», stellte Jane sie vor. «Rebecca und Tom sollten jeden Moment zusammen mit Toms Eltern eintreffen. Mein Bruder und sein Partner sehen noch fern. Sie haben am Nachmittag die Weihnachtsansprache der Queen geschaut», zählte Jane auf und sagte dann: «Komm bitte ins Wohnzimmer. Damit du die beiden kennenlernst.»

Sarah hörte noch ein wenig zu, während Finlay und Lance vom traditionellen Weihnachtsschwimmen sprachen. Zusammen waren sie am Vormittag an den öffentlichen Strand hinunter spaziert. Dort hatten sie in Wollsachen und Regenmäntel gehüllte Nachbarinnen und Nachbarn und ein halbes Dutzend junge Burschen in Badehosen mit Tattoos an Armen und Beinen angetroffen. Letztere waren kurz in die Wellen abgetaucht …

«Ich gehe jetzt meine Freundin holen», entschuldigte sich Sarah und stieg über die nun am Fusse der Treppe liegenden Bassets hinweg, zwei Stufen auf einmal. Als sie eine Viertelstunde später mit Moira in der Eingangshalle auftauchten, schwatzten und scherzten und prosteten sich alle zu. Julius und Cäsar nagten währenddessen an ihren neuen Kauknochen.

«Also, machen wir die Runde», flüsterte Sarah, gab Moira einen Schubs, und umarmte als erstes Rebecca und dann Tom. Moira tat es ihr gleich und stellte sich zudem Janes Freund vor. Dann eilten sie beide zu Claire in die Küche und halfen ihr beim Anrichten der Speisen. Als Sarah den Anwesenden zwischen Hauptgang und Christmas Pudding eröffnete, dass Moira zu ihr nach Basel ziehen würde, wurden die beiden von allen Seiten aufs Herzlichste zu diesem Entscheid beglückwünscht. Und als sich Moira zu fortgeschrittener Stunde ans Klavier setzte und Weihnachtslieder vortrug, sangen die Penroses und ihre Gäste mit und nahmen die schöne Schottin in ihren Kreis auf.

Am nächsten Tag schlug Finlay eine Wanderung über die Klippen vor. Ausser Sarah wollte ihn niemand begleiten. Lance und Claire schliefen noch und Moira und Jane waren bereits beim Aufräumen.

«Seid ihr sicher, dass ich euch nicht helfen muss?», fragte Sarah.
Jane unterbrach ihre Arbeit. «Ja, musst du nicht. Das Esszimmer

sieht zwar aus wie ein Schlachtfeld. Und die Küche ebenso. Aber Moira und ich packen das schon.»

Harry war nicht mehr im Haus. Sarah erinnerte sich, wie sie am Vorabend Rebecca und Tom und auch Toms Eltern auf Wiedersehen gesagt, nicht aber, ob sie sich auch von ihm verabschiedet hatte. Aber eigentlich war es egal. Ein Mann seines Alters durfte übernachten, wo er wollte. Trotzdem fand sie den Gedanken, dass ihre Mum nun einen Partner hatte, der möglicherweise in Clifftop schlief, leicht befremdend. Gleichzeitig dachte sie an Dave in Kenia und Abuya, die schöne Künstlerin von der Küste. Mit Moira konnte sie jetzt nicht sprechen. Moira trällerte italienische Arien während sie die Gläser wusch.

Bevor Jane nach dem Geschirrtuch griff, umarmte sie ihre Tochter. «Sei vorsichtig, Darling. Die Pfade könnten rutschig sein.»

«Natürlich, bin ich. Wiedersehen», rief Sarah und beeilte sich, ihre Sonnenbrille zu suchen, ihren Anorak anzuziehen und eine der vielen Mützen ihrer Mutter aufzusetzen. Schliesslich schlüpfte sie in ihre Sportschuhe. Möglicherweise ist es nicht nur Harry, sondern auch das Wetter, das Mum derart euphorisch stimmt, dachte sie. Die Sonne trieb nach einer Reihe von Regentagen wieder weisse Schäfchen über blaue Himmels-Auen.

Sobald Sarah aus der Türe trat, wollten Julius und Caesar losrennen. Doch sie waren zu gut erzogen, um übermässig an ihren Leinen zu zerren.

«Lass uns einen Gang zulegen», sagte Finlay, als sie auf dem geteerten Strässchen zum grossen Badestrand mit dem Bootshaus hinunter schritten: «Ich habe gestern Abend zu viel gegessen und getrunken.»

Am Wasser liessen sie die Bassets von der Leine und folgten ihnen. Erst setzten die Hunde ihre flüchtigen Fussabdrücke in den Sand, den die Ebbe feucht zurückgelassen hatte. Dann rannten sie auf die gegenüber liegende Seite der Bucht zu, wo ein schmaler Pfad durch Ginster und Heidekraut anstieg. Finlay geriet ausser Atem.

Auf halbem Weg hielt er an und dann wieder, als sie auf der Höhe angekommen waren.

«Als ich Kind war, ging das leichter», keuchte er lachend.

Sarah winkte hinüber zu Clifftop, dessen ungeachtet, dass dort niemand Zeit hatte, aus dem Fenster zu schauen. Dann wanderten sie gemütlich weiter.

Kühe und Schafe grasten auf den grossen Weiden. Finlay öffnete und schloss Gatter, beide verhedderten sich in Brombeergestrüpp und rutschten auf den nassen Steinen aus. Sie wanderten vorbei an Cottages, an einem verwunschenen Friedhof und durchquerten ein kleines Waldstück.

«Hier hat mir Mum immer von Feen und Kobolden erzählt, die ihr um die Waden strichen», erinnerte sich Sarah. «Ich habe sie und die Hunde oft hierher begleitet. Becs kam nur selten mit. Sie blieb lieber am Wasser.»

«Ja, auch ich war als Kind hier. Mit meiner Mutter», nickte Finlay.

«Ich war acht, als sie starb. Granny hat uns Kindern erzählt, bei Vollmond ritten Hexen auf Besen durch diese Wälder. Noch Jahre später hatte ich hier immer ein ganz klein wenig Angst», nickte sie. «Als ich klein war, dachte ich, Granny fürchte sich auch und gehe deshalb nicht mehr aus dem Haus. Ich erinnere mich, wie sie im Wohnzimmer sass, Zeitung las, Rätsel löste und mit den guten Geistern sprach, die uns beobachten und beschützen sollten.»

«Ja, Elizabeth hatte zeitlebens eine rege Fantasie», bemerkte Finlay. «Sowohl im Guten wie auch anders.»

«Wie meinst du: auch anders?», fragte Sarah.

«Na ja, zum Beispiel bezüglich deines Vaters.»

Sie marschierten schweigsam weiter auf vermoosten, von Farn gesäumten Wurzelwegen, traten schliesslich aus dem Wald hinaus auf eine baumlose Ebene hoch über schroffen Felsen, von wo sie einen weiten Blick aufs Meer hatten. Zwischendurch verloren sie Julius und Caesar aus den Augen.

Sarah spürte, dass Finlay mehr dazu wusste. Sie dachte an Elizabeth, ihre hellseherische und elegante Grossmutter, die ihr und Becs, nachdem ihr Daddy verunglückt war, sehr viel Halt geboten hatte. Sarah war untröstlich gewesen, als ihre Granny zwei Jahre später nach einem Sturz auf der Treppe verschied. Doch ihre Erinnerungen waren die eines Kindes.

«Dein Vater hat das Wasser geliebt», nahm ihr Onkel das Gespräch wieder auf. «Wie Rebecca, und so ganz anders als Jane, die er kaum aus ihrem verwunschenen Garten entführen konnte.»

«Ja», bestätigte sie.

«Jane war nach dem Unglück komplett verloren ohne ihn.»

«Und davor? Waren sie ein glückliches Paar?», fragte sie und hoffte flehentlich, dass Finlay dies bejahen würde. Doch er schwieg.

Sie durfte die Gelegenheit, mehr zu erfahren, nicht verstreichen lassen.

«Und jetzt?», fragte sie «Wie gefällt dir Harry?»

«Gut. Er passt», urteilte Finlay. «Sie ist zum ersten Mal seit David ertrunken ist, wieder glücklich.»

«Und wenn Dad nicht ertrunken wäre?»

«Wie meinst du das?»

«Bist du sicher, dass er tot ist?», fragte Sarah stockend.

«Ziemlich. Sicher weiss ich es natürlich nicht. Seine Leiche wurde ja nie gefunden.»

«Was wäre, wenn er noch lebte?»

«Wie meinst du das?», wiederholte Finlay.

«Juristisch? Ist es ein sehr grosses Verbrechen, zu verschwinden?», fragte sie vorsichtig. «Zu tun, als ob man tot wäre.»

«Wenn ich dich richtig verstehe, sprichst du von selbstbestimmtem Verschwinden», sagte Finlay und zögerte.

«Ja, wenn jemand einfach abhaut», antwortete Sarah und biss sich auf die Zunge. Sie spürte, wie wenig fehlte, um Finlay in ihr Geheimnis einzuweihen. Sie erinnerte sich an jene Nacht in Kenia, und wie sie sich ihn herbeigesehnt hatte, um ihre Entdeckung einem Menschen anzuvertrauen, auf dessen Urteil sie sich verlassen konnte. Am Morgen danach hatten Moira und sie dann mit Soeur Cécile geredet und von ihr erfahren, dass Dave Abuyas grosse Liebe gewesen war. Vielleicht wusste Finlay ja mehr, als Sarah annahm.

«Finlay, ich ...», setzte sie an.

«Wo kein Kläger, da kein Richter», sagte ihr Onkel «Wenn er nichts verbrochen hat und kein Geld schuldet, passiert meiner Meinung nach nichts.»

«Wirklich? Und wenn die vermisste Person zufällig aufgefunden wird?»

«Immer vorausgesetzt, dass sie volljährig ist und keinen Kontakt wünscht, ist das zu respektieren. Nicht einmal die Polizei wird ihre neue Adresse herausrücken, solange die Vermisste dies nicht wünscht. Das kommt immer wieder vor bei Frauen, die einem gewalttätigen Partner davon laufen. Sie müssen geschützt werden.»

«Und die Angehörigen? Haben die kein Recht auf Information?»

«Jein. Ich bin kein Experte auf diesem Gebiet. Sie müssen sich vermutlich damit begnügen, dass der oder die Vermisste wohlauf ist», sagte Finlay.

«Wenn ein geliebter Mensch verschwunden ist, wäre dies der Ungewissheit über dessen Schicksal nicht vorzuziehen?», fragte Sarah.

«Ich kann es nicht abschliessend beantworten. Jeder Fall ist anders. Zur Weihnachtszeit kommen solche Fragen immer wieder hoch. Nicht nur bei dir und mir, auch bei Jane», sagte Finlay und schaute sie seltsam an.

Sarah hatte den Eindruck, wenn sie jetzt weiterbohre, würde er sie mit Rückfragen in die Enge treiben. Sie würde sich verhaspeln und ihm bestimmt alles erzählen.

«Hast du Durst?», fragte er sie, als der nächste Ort auftauchte.

«Ja, sicher. Ich würde gerne etwas trinken und mit dem Bus zurückfahren.»

Im Pub schälte sich Sarah aus ihrem Anorak und dem Pullover. Nun hatte sie nur noch das T-Shirt an, und trotzdem war ihr warm. Durstig trank sie ein Tribute, ein beliebtes lokales Bier. Nach den ersten Schlucken schmeckte es ihr zwar nicht mehr so gut, doch sie leerte ihr Glas sehr schnell. Sie war nicht an Alkohol gewöhnt. Es war mitten am Nachmittag, Finlay und sie waren die einzigen Gäste. Bald holte er sich ein zweites Bier und balancierte es, nun zusammen mit einem Sprudel für Sarah, an das Tischchen neben dem Kaminfeuer.

«Finlay, ich …», setzte sie an. «Du sagtest, wo kein Kläger sei, sei auch kein Richter.»

«Wann habe ich das gesagt?», fragte er und streckte seine langen Beine von sich. Die beiden sassen auf einer Bank aus rotem Plüsch, mit Sitzkissen im Rücken und ausser Hörweite der Barmaid. Sarahs Wangen glühten.

«Du hast es gesagt, als wir über selbstbestimmtes Verschwinden sprachen.»

«Richtig, das ist auch so.»

«Wenn mein Dad nun wieder auftauchte und Mum nicht gegen ihn klagen würde, nehmen wir es einmal so an, würde er dann ungestraft davonkommen?»

«Warum sagst du mir nicht einfach, wo du ihn getroffen hast, statt schon wieder in Rätseln zu reden?», fragte Finlay und trank einen Schluck.

Sarah fühlte sich ertappt. Aber hatte sie dies nicht provoziert? Wenn sie ehrlich zu sich war, so wollte sie Finlay ins Vertrauen ziehen. Egal, was sie Dave und Moira versprochen hatte. Sarah brauchte seine Meinung.

«Ich schlage vor, wir beide teilen uns jetzt ein Crab-Sandwich, damit wir etwas im Magen haben. Danach geht es dir gleich besser, und du kannst mir erzählen, was dir auf dem Herzen liegt.»

«Ich möchte … «, setzte sie zum x-ten Mal an diesem Tag zu einen Satz an und wusste schon wieder nicht weiter.

«Wenn du es so willst, bleibt es unter uns», beruhigte sie Finlay, und Sarah erzählte ihm, wie erst Moira und später sie Dave in Kisumu entdeckt hatten.

«Ich soll dir übrigens Grüsse von Isidore Rothfuss-Jacobs bestellen», erwähnte Finlay, als sie mit dem letzten grünen Bus Richtung Meva fuhren.

«Izzy?», fragte sie, froh um die Ablenkung. «Wo hast du Izzy getroffen?»

«An einer Vorweihnachtsveranstaltung mit etwa zweihundert Gästen. Es war reiner Zufall, dass ausgerechnet wir zusammen gesprochen haben.»

«In London?»

«Natürlich in London. Wir waren ja den ganzen Dezember nicht weg. Die City ist hübsch im Advent.»

«Und? Wir geht es Izzy? Wohnt sie nun tatsächlich dort?»

«Ja. Nur ein paar Strassenzüge von uns entfernt», nickte Finlay. «Sie hat nun ein deutsches Kindermädchen. Ihr scheint daran zu liegen, das ihre Kinder beide Sprachen lernen. Zwar hat sie das nicht explizit gesagt, doch ich habe diesen Eindruck gewonnen.»

«Sicher. Das ist bestimmt von Vorteil für die Kleinen», nickte Sarah. «Hat sie vom Schwarzwald erzählt?»

«Nicht mehr, als wir bereits wissen. Das Tannwald ist verkauft.»

«Eigentlich würde ich sie gerne treffen», überlegte Sarah laut. «Denkst du, dass sie Weihnachten in London gefeiert hat?»

«Ich weiss nicht. Ihre Familie lebt in den USA. An deiner Stelle würde ich sie anrufen und sie fragen. Lance hat ihre Nummer.»

Izzy und die Kinder weilten tatsächlich noch in New York. In zwei Tagen würden sie zurück nach Europa fliegen. Izzy wollte zwischen den Jahren in London etwas erledigen, das nicht warten konnte.

«Zudem will sie an Silvester in die Royal Albert Hall. Sie hat Tickets geschenkt bekommen», sagte Sarah an jenem Abend zu Moira und versuchte, ihre Freundin davon zu überzeugen, wie spannend die letzten Tage des Jahres in London sein würden.

«Basel ist klein. Da ist zwar viel los, doch das Meiste auf Deutsch. Wir sollten jetzt die Gelegenheit packen, in London ein letztes Mal so richtig toll auszugehen», sagte sie. «Wir können mit demselben Zug wie Finlay und Lance hochfahren. Und natürlich dürfen wir bei ihnen übernachten, und ich könnte Izzy treffen.»

Moira zögerte, und Sarah wurde bewusst, dass ihre Freundin London kaum kannte. Schliesslich willigte Moira ein, sagte sie tue dies nicht zuletzt, weil sie fürchtete, sie könnte Jane in einem unbedachten Moment doch noch von Dave erzählen.

Sarah durchwühlte die Tasche mit den afrikanischen Souvenirs. Zusammen mit Finlay, Lance und Moira fuhr sie mit der Bahn nach London und suchte nach etwas, was sie Izzy und den Kinder schenken könnte.

«Die kleinen Holzfigürchen. Die sind niedlich für Kinder. Und der Mutter kannst du Blumen kaufen. Das geht immer, vor allem im Winter», schlug Moira vor.

«Genau, in Cornwall blühen ja schon die ersten Narzissen. Ich schaue, ob ein Blumenhändler welche von den Scilly-Inseln verkauft», stimmte Sarah zu. «Und die Figürchen sind alleine schon deshalb sehr speziell, weil wir sie den ganzen langen Weg von Kenia hierher transportiert haben.»

«Wann triffst du Isidore? Ist das nicht schon morgen?», fragte Lance.

«Ist es. Wir beide treffen uns gegen Mittag im Hyde Park.»

«Und du, Moira? Was unternimmst du morgen?», fragte Finlay.

Moira zuckte mit den Schultern. «Vielleicht gehe ich in ein Museum. Ich weiss es noch nicht.»

«Perfekt, meine Liebe. Wir schauen, welche Ausstellung uns beide interessiert. Da gehen wir morgen zusammen hin», schlug Lance vor, und Moira bedankte sich mit einem warmen Lächeln.

Ausser ihrer geschminkten, etwas aufgeworfeneren Lippen, sah Izzy so aus, wie Sarah sie in Erinnerung hatte. Top Outfit, das Haar zerzaust. Sie fragte sich, ob die dichten Wimpern echt waren.

Die beiden waren erst um den Serpentine spaziert, nun sassen sie sich im Café am See gegenüber. Izzy erzählte, dass sie und ihr jüngerer Bruder eine Vegi-Burger-Kette eröffnen wollten. Er in den USA, und sie parallel dazu in England.

«Und wie organisierst du dich mit deinem Business und den Kindern?», fragte Sarah und erzählte von ihrem Studium und ihrer Recherche in Kenia zur Vereinbarkeit von Berufs- und Hausarbeit.

«Mit meinen vier Ungeheuern bin ich auf Unterstützung angewiesen», erwiderte Izzy. «Gabi schaut zu den Kindern. Lizz macht den Haushalt, und fürs Büro werde ich eine Assistentin engagieren, direkt ab der Universität.»

«Reine Frauenpower», bemerkte Sarah und überlegte kurz, ob sie Izzy von Moira erzählen solle. Dann liess sie es bleiben.

«Darf ich dir unser Haus zeigen?», fragte Izzy. «So siehst du auch die Kinder. Es ist nicht weit von hier.»

«Gerne. Ich bin gespannt auf die Kinder.»

Izzy beglich die Rechnung. Unterwegs kaufte Sarah die Narzissen.

Das dreistöckige viktorianische Stadthaus war blendend weiss und klassisch schön. Es befand sich an bester Adresse, ruhiger Lage, mit Blick auf einen kleinen Park. Obschon der Eingang mit Leitern, Farbkübeln und Tapetenrollen verstellt war und zwei oder drei Handwerker im Haus arbeiteten, erkannte Sarah Izzys gediegenen Stil. Sie ahnte, dass hier mit sicherem Instinkt Unsummen für einen künftigen Mehrwert investiert wurden.

«Leg deinen Mantel ab und geh rein. Ich rufe die Kinder», sagte Izzy und wies ihr den Weg zum Wohnzimmer.

Auf den ersten Blick verwechselte Sarah Jens, den Jüngsten, mit seinem älteren Bruder. Doch als Max mit seinem Zwillingsbruder Maurice, angeführt von Jessica, etwas später auftauchte, realisierte sie ihr Versehen und rief auf Deutsch: «Wie ihr gewachsen seid! Ihr seid schon richtig gross.»

Die Kinder kicherten, gaben sich ein bisschen scheu und antworteten auf English. Sarah bemerkte, wie sportlich die vier gekleidet waren; Jessica in rosa Leggins und passendem Pullover und die Jungs in blauen Adidas Trainern. Sie überreichte ihnen die geschnitzten Holzfigürchen aus Afrika und erzählte ihnen, wie sie diese im Zentrum von Kisumu erworben hatte.

«Stimmt es, dass afrikanische Kinder arbeiten müssen, anstatt zur Schule zu gehen?», fragte die zehnjährige Jessica.

Zur Antwort berichtete Sarah von ihrem Aufenthalt bei den Mwangis. Sie beschrieb, wie Mary, Marian, Marilyn und Marylou ihrer Mama im Haus und im Garten geholfen hatten. «Daneben sind sie zur Schule gegangen. So wie ihr.»

«Ihre Namen beginnen alle mit Ma», sagten Max und Maurice wie aus einen Mund. «Nicht alle», entgegnete Sarah und erklärte, dass Luo Mädchennamen mit einem A begännen, wie zum Beispiel Akinyi und Abuya.

«Was ist Luo?», fragte Jessica.

«Wörtlich heisst es: Die Menschen aus den Sümpfen, weil sie ursprünglich von den sudanesischen Sümpfen kamen. Heute sind sie eine Volksgruppe, die in Kenia und Tansania lebt», erklärte Sarah. Sie freute sich über Jessicas Interesse. Gerne hätte sie ihr mehr von Afrika erzählt. Doch bereits nach einer Viertelstunde holte Gabi ihre Schützlinge. Sie waren zu einer Geburtstagsparty in der Nachbarschaft eingeladen. Izzy hielt die Kinder an, sich bei Sarah zu bedanken und prüfte, ob ihre Kleider sauber waren und jedes sein bunt eingepacktes Geschenklein dabei hatte. «Sie gehen in eine Kletterhalle, soweit ich informiert bin, und danach gibt es irgendwo Snacks», sagte Izzy und scheuchte Gabi und ihre Schar aus dem Haus.

«Und jetzt machen wir uns einen Nespresso», freute sich Izzy und fragte: «Was gibt es Neues im schwarzen Wald?»
«Och, nichts, was die Welt aus den Fugen heben würde», antwortete Sarah. «Ich habe auch kaum mehr Zeit hinzugehen. Doch mit Brigitte bin ich noch immer in Kontakt.»
«Ich erinnere mich. Sie stammte aus Frankfurt. Ein nettes Mädchen mit kurzem blondem Haar», sagte Izzy.
«Mmhh», machte Sarah.
«Izzy, ich würde, wenn ich dürfte», zögerte sie. «Also, wenn ich darf, so möchte ich dich gerne etwas sehr Persönliches fragen.»
Obwohl Izzy ermutigend nickte, schob Sarah nach: «Du musst nicht antworten, wenn du nicht möchtest. Es interessiert mich einfach.»
Izzy trank ein Schlückchen Kaffee.
«Es war ein riesiger Zufall, dass ich in jenem Sommer, als ich bei euch im Tannwald deine Kinder hütete, einen Zeitungsbericht über einen Toten in einem Park in Sachsenhausen las und dich am nächsten Tag mit deiner Oma telefonieren hörte», setzte Sarah an.
«Oh», hauchte Izzy und konzentrierte sich auf ihren Augenaufschlag. Ihr Ausdruck wechselte von Samt zu Stein. Jetzt hat sie richtige Tigeraugen, dachte Sarah, hielt dem goldgelben Blick stand und sprach ruhig weiter.
«Deine Oma, sie hiess Chana, nicht wahr? Sie wurde von diesem Adolf Müller missbraucht. Damals, in Frankfurt, als kleines Mädchen?»
Izzys Augen schwammen nun. Noch immer schwieg sie, nickte bloss.
«Izzy, es liegt mir fern, dich zu verdächtigen», lenkte Sarah ein.

«Aber da waren zu viele Zufälle. Alle wiesen in dieselbe Richtung. Ich möchte es einfach wissen: Hast du ihn ermordet?»

Nun huschte etwas wie ein Lächeln übers Izzys Gesicht. Ihre Lippen zitterten.

«Ich meine, ich könnte es sogar verstehen. Moralisch und so», sagte Sarah.

Izzy starrte ins Leere. Schliesslich sagte sie: «Es ist lange her. Es scheint weit weg, richtig unwirklich, so als wäre es nie geschehen.»

«Diese Cakes, von denen du deiner Oma am Telefon erzählt hast? Waren die vergiftet?», insistierte Sarah.

«Nennen wir sie unbekömmlich», sagte Izzy und trank vom stillen Wasser, das sie in gekühlten Gläsern zum Kaffee serviert hatte. Dann erhob sie sich, schloss die Wohnzimmertüre, setzte sich wieder und begann zu erzählen.

«Adolf Müller feierte 2010 im Tannwald seinen 95. Geburtstag. Er sass ganz allein an einem mit roten Rosen dekorierten Zweiertisch. Er hatte vermutlich keine Verwandten oder Freunde mehr», sagte Izzy.

Sarah schwieg und wartete.

«Der Zufall wollte es, dass an jenem Abend drei Bedienungen ausfielen. Der Chef de Service konnte kurzfristig niemanden aufbieten, und das Restaurant war bis auf den letzten Platz belegt», erklärte Izzy. «Rudi bat mich, ausnahmsweise im Service einzuspringen.»

In Gedanken verloren sprach Izzy weiter: «Ich bediente Adolf Müller. Er schien seinen Fünfgänger zu geniessen und verschlang auch die Friandises, die ich ihm später zum Kaffee hingestellt hatte. Er machte mir Komplimente, sagte, er habe noch nie eine derart attraktive Bedienung wie mich gesehen, noch nie derart delikate Konfiserie gekostet, und so weiter. Ich brachte ihm ein paar mehr davon. Auch diese waren innert Kürze weg.»

«Oops, der hatte einen süssen Zahn», versuchte es Sarah mit Humor.

«Süsser Zahn hin oder her», sagte Izzy. «Er suchte das Gespräch mit mir, hielt mich von der Arbeit ab, obwohl er sah, wie viel ich zu tun hatte. Er schien etwas über meine Familie in New York zu wissen.»

«Wie denn das?», fragte Sarah.

«Meine Eltern und auch die Grosseltern waren immer wieder in der Klatschpresse. Sie gehörten zu New Yorks guter Gesellschaft, wie man so schön sagt. Jedenfalls fragte mich dieser Adolf Müller an jenem Abend, ob ich die Enkelin von Chana, geborene Goldbach, sei.»

«Hast du ja gesagt?»

«Nein, ich entschuldigte mich und eilte zu Gästen, die aufbrechen wollten. Danach bat ich eine der Bedienungen, seinen Tisch zu übernehmen.»

«Das heisst, du hast ihm keine Auskunft gegeben», fasste Sarah zusammen.

«Nein. Am nächsten Tag war er abgereist. Das war mir recht. Trotzdem habe ich lange über ihn nachgedacht und schliesslich meine Oma angerufen und sie gefragt, wie ihr Schänder geheissen hatte.»

«Und sie sagte dir, dass es Adolf Müller gewesen sei?»

Izzy nickte und zupfte an einer ihrer blonden Haarsträhnen.

«Hast du deiner Oma erzählt, dass er noch lebt?», fragte Sarah.

«Nein. Sie war sehr alt. Ich habe sie nur nach seinem Namen gefragt», antwortete Izzy und bekannte: «Heute weiss ich, dass ich auch dies nicht hätte tun sollen.»

«Was hättest du nicht tun sollen?»

«Meine Oma nach dem Namen des Mannes fragen. Damit habe ich bei ihr böse Erinnerungen geweckt und trage die Schuld daran, dass sie ihre Ängste und Nöte an ihrem Lebensende noch einmal hat durchleben müssen», berichtigte Izzy. «Sie hat in jungen Jahren nie über den Vorfall gesprochen. Erst nachdem ich nach Deutschland gezogen bin, hat sie erste Andeutungen gemacht und mir schliesslich ihre Erlebnisse anvertraut.»

«Wie schrecklich. Aber auch die Vorstellung, dass er von dir wusste, ist fürchterlich. Er muss dich ausspioniert haben. Das ist richtig unheimlich.»

«Ich glaube, Täter zieht es zurück zum Ort oder zu den Opfern. Zudem sehen sie häufig nicht ein, was an ihrem Handeln so schlimm sein soll.»

«Hast du ihn daraufhin in Frankfurt ausfindig gemacht und ihm diese Mini-Confiserien aus dem Tannwald gebracht?», wagte es Sarah zu spekulieren.

«Es war Zufall. Anscheinend hat er mich – vor dem Fachgeschäft, bei dem ich die Textilien fürs Hotel und die Stoffe für die Kleidung des Personals bestellte – erkannt und mit dem Tannwald und den Süssigkeiten assoziiert.»

«Hat er dich dort angesprochen?», fragte Sarah.

«Ja. Er war dreist wie nur etwas, und dann habe ich meinen Entschluss gefasst und war superfreundlich zu ihm.»

«Und hast ihm diese süssen *Temptations* geschenkt? Sie vorher geimpft? Mit einem Schuss von etwas, das man nicht erkennen kann, wenn man sie gierig verschlingt? Aus Rache für deine missbrauchte Oma?»

«Ich habe ihm erzählt, dass ich häufig in Frankfurt sei und ihm versprochen, das nächste Mal von unserem Konfekt mitzubringen. Wir machten einen Termin aus.»

«Und an jenem Dienstag hast du ihn vergiftet.»

«Ja. Falls er tatsächlich daran starb. In der Zeitung stand später etwas von einem Herztod, an dem er gestorben sei», sagte Izzy. «Ich glaube, es ging in der Berichterstattung darum, den Landstreicher, der die Leiche gefunden hatte, zu entlasten.»

«Wovon denn entlasten?», fragte Sarah.

Izzy starrte Sarah mit Augen an, die nun dunkelbraun schimmerten. «Vermutlich vom Verdacht, den Mann ausgeraubt und umgebracht zu haben.»

Sarah stand auf, beugte sich über Izzy und hielt sie fest, wie sie dies mit Jessica gemacht hatte, als sie das Mädchen nach dem Flugzeugabsturz tröstete.

Izzy war 15 Jahre älter als Sarah, doch im Moment schien es ihr, sie sei eine gute Freundin, und nicht eine ehemalige Chefin. Sarah dachte ans Tannwald und daran wie liebenswürdig und grosszügig Izzy dort immer gewesen war.

«Ist dir zu Ohren gekommen, dass nach Rudis Tod das Gerücht umging, du hättest beim Absturz nachgeholfen? Es wurde gemunkelt, du hättest mit dem Mechaniker, Michael Müller, unter einer Decke gesteckt.»

«Michael hat mich angerufen und es mir erzählt. Er und ich spielten zusammen Tennis», sagte Izzy. «Das war den Fleckenbronnern wohl suspekt.»

«Ich hörte, Herr Müller habe dich auf Mängel am Flugzeug hingewiesen.»

«Das hat er auch getan. Doch wenn diese Mängel von Bedeutung waren, wäre es Michaels Pflicht gewesen, Rudi, und nicht mich, darauf aufmerksam zu machen.»

«Hast du die Warnung nicht an Rudi weitergeleitet?», fragte Sarah.

«Nein, ich hatte es schlicht vergessen. Wir hatten ganz andere Probleme.»

«Solche Gegebenheiten sind manchmal sehr mysteriös», seufzte Sarah. «Auch in unserer Familie gibt es Geheimnisse.»

«Darf ich somit darauf vertrauen, dass du unser Gespräch über meine Oma für dich behältst?», fragte Izzy. Sie sah dabei dermassen hilflos aus, dass Sarah bloss nicken konnte. Im Nachhinein war sie froh darüber, dass Hannes ihren Verdacht wiederholt als Ammenmärchen abgetan hatte.

Auf dem Heimweg durch das Londoner Nobelviertel Belgravia erhielt Sarah eine SMS.

Sie las: «Bin in London zum Silvestern. Wo bist du? LG, Hannes»
«In der Nähe der Eaton Square Gardens», antwortete sie.
«Wohnst du bei Finlay & Lance?», fragte er zurück.
«Ja, und du?», wollte sie wissen.
«Hotel im Zentrum. Silvester Package»
Sarah überlegte kurz. Sollte sie ihn einladen?
Dann erhielt sie schon seine nächste SMS.
«Wir könnten uns morgen treffen»
«Lunch im Hyde Park», fragte Sarah
«Ich bringe eine Freundin mit»
«Perfekt. 12 Uhr im Café beim See», tippte sie flink und überlegte, warum ihr kein anderes Lokal eingefallen und wer diese Freundin wohl war.

Sarah fragte Moira noch am gleichen Abend, ob sie morgen zum Treffen mit Hannes mitkäme.

«Eigentlich würde ich morgen lieber noch einmal mit Lance ins Museum gehen», antwortete Moira. «Wir haben heute längst nicht alles gesehen.»

«Bitte, Moira. Ich will Hannes nicht alleine treffen», insistierte Sarah.

«Warum hast du ihm dann zugesagt?», fragte Moira. «Da war keine Eile. Du hättest es dir vorher überlegen können.»

«Ich weiss. Ich beantworte meine SMS immer zu schnell. Aber so ist es nun einmal. Ich freute mich. Er schrieb, er würde eine Freundin mitbringen.»

«Hat er denn eine Neue?», fragte Moira, nun plötzlich interessiert.

«Möglich. Das Treffen wäre jedenfalls die perfekte Gelegenheit, Klarheit der Emotionen und in der Liebe zu schaffen», urteilte Sarah.

«Es wäre loyal von dir, wenn du mich begleiten würdest. Ich würde es dir hoch anrechnen.»

Sarah und Moira sassen im Hyde Park im Café am See und schauten durch die Glasscheibe den Schwänen und Enten zu.

«Dort vorne kommen die beiden. Oder ist er das nicht?» Moira zeigte auf ein ungleiches Paar, das aufs Café zuschritt. «Schau, wie klein und schmal sie ist. Von weitem sieht sie dir ähnlich.»

Sarah zupfte an den Nagelhäutchen ihrer Daumen.

«Super, wie zügig das geklappt hat. Eigentlich habe ich gar nicht damit gerechnet. Ich dachte, du seist in Cornwall», sagte Hannes zur Begrüssung. Erst umarmte er Sarah und dann Moira, die er von jenem Strandurlaub in Kenia her kannte, während dem er Sarah kennengelernt hatte. Dann stellte er seine Begleiterin vor. Susan war eine englische Geologin, die von London aus mit Hannes an grossen internationalen Projekten arbeitete. Sarah bemühte sich, einen Fehler an ihrem Benehmen oder Aussehen zu finden. Sie hatte eine Schweizerin oder eine Deutsche erwartet. Susan hingegen war aus Taunton, witzig und weltoffen und da war absolut nichts, was Sarah hätte bemängeln können. Im Gegenteil. Sie fand sie sehr nett. Jedenfalls lief das Gespräch von Anfang an flüssig. Flüssiger jedenfalls, als es sich Sarah vorgestellt hatte. Wenn sie hingegen erwartet hatte, es gäbe nichts Wichtigeres als ihre eigenen Neuigkeiten, so staunte sie nicht schlecht, als Hannes zu erzählen begann.

«Ein Arbeitskollege hat mir ein altes Haus bei Basel angeboten. Er hat es geerbt. Es steht in jenem Dorf, das wir einmal zusammen besucht haben. Sarah, erinnerst du dich? Hochwald heisst es, die Einheimischen nennen es Hobel.»

«Natürlich. Ich erinnere mich an die Flugzeugabsturzstelle und an die Kirschbäume. Die waren traumhaft.»

«Ja. In jenem Ort steht das Haus, leicht zurückversetzt an der

Hauptstrasse. Er will es mir zu einem Freundschaftspreis überlassen, vorausgesetzt, dass ich mich bald entscheide.»

«Toll, dass es sowas noch gibt. Ähnlich wie bei Becs und Tom», sagte Sarah und erzählte, wie die beiden zu ihrem Cottage gekommen waren.

«Wirklich genial», sagte Susan, «man soll die Güte der Menschen nicht unterschätzen. Nicht alle jagen dem Mammon nach.»

«Ja, man muss halt auch bereit sein, Kompromisse einzugehen. Mein Objekt ist ziemlich heruntergekommen. Da wurde jahrelang nichts erneuert. Zudem steht es an der Hauptstrasse», relativierte Hannes.

«Von wegen Hauptstrasse! Dort fahren ja kaum Autos!», rief Susan.

«Kennst du den Ort?», staunte Sarah, und fragte sich, wie eng Susans Beziehung zu Hannes sein möge. Offenbar enger als Sarah gedacht hatte.

«Nur vom Hörensagen. Meine Grosstante Dorothy hat mir davon erzählt. Sie hat diesen Flugzeugabsturz überlebt. Sie hatte Glück, dass sie im Heck der Maschine sass», antwortete Susan. «Später ist sie regelmässig an die dortigen Gedenkfeiern gereist.»

«Seltsam», murmelte Sarah und fragte: «Lebt deine Grosstante noch?»

«Nein, sie wohnte bis vor einem knappen Jahr in der Bretagne. Als sie unheilbar krank wurde, kehrte sie nach Somerset zurück und starb wenige Wochen danach, mit 83 Jahren.»

«Ich glaube, sie zu kennen», zögerte Sarah. «Wie hiess sie mit vollem Namen?»

«Dorothy Davis.»

«Genau! Ich traf sie in Cancale, in der Galerie des Lebenspartners meiner Tante. Sie wollte sich eines seiner Bilder kaufen. Eine stilisierte Silbermöwe, die sie an ein abstürzendes Flugzeug mahnte», erinnerte sich Sarah.

Susan schaute ungläubig, und Sarah rief: «Hannes, auch du

weisst davon! Ich habe dir von jener eleganten Frau erzählt. Damals, auf unserer Radtour. Als die Kirschen blühten.»

«Natürlich! Ich habe dich vorher fotografiert, wie du einen Kirschbaum umarmt hast.»

«Ja. Die Hochebene mit den weissen Tupfern ist traumhaft gewesen», nickte sie. «Genauso malerisch wie Mousehole, wo 1981 das Penlee-Rettungsboot mit seiner Rettungsmannschaft gesunken ist. Einfach anders.»

«Wie kommst du jetzt ausgerechnet auf Mousehole?», fragte Susan.

«Ich weiss es nicht. Ich glaube, wegen der beiden Katastrophen und der Aussprache der Orte. In Cornwall sagen sie 'Mowzel' zu Mousehole und im Schwarzbubenland 'Hobel' zu Hochwald.»

«Okay», nickte Susan. «Wenn ich bedenke, dass Dorothy den Absturz ohne einen Kratzer überlebt hat, wird mir ganz anders. Einzig ihr Armband hat sie verloren, ein mit Diamanten besetztes Eternity Bracelet.»

«Warum besuchst du uns nicht in der Schweiz?», fragte Sarah. «Hannes würde dir Liestal und Hobel zeigen, und Moira und ich dich in Basel treffen.»

«Und?», fragte Moira auf dem Nachhauseweg. «Wie ist es nach deinem Empfinden gelaufen?»

«Perfekt. Susan ist nett. Hannes ist zufrieden. Die beiden passen gut zusammen, auch wenn sie bloss Arbeitskollegen sind.»

«Wie willst du das wissen?», fragte Moira. «Ich glaube, dass zwischen ihnen etwas läuft.»

«Nein. Das würde ich spüren.»

«Was nicht ist, kann ja noch werden», orakelte Moira.

«Hoffentlich», kappte Sarah das Gespräch, griff nach ihrem MP3-Spieler, den sie immer mit sich trug, und drückte die winzigen Stöpsel in die Ohren.

«Was habt ihr heute noch vor? Geht ihr an eine Silvester-Party?», fragte Lance Moira, die am Vormittag des 31. Dezember mit ihm in der Küche einen schwarzen Kaffee trank.

Sarah braute sich derweil einen Tee und suchte in der ganzen Küche vergebens nach Keksen.

«Das nächste Mal, wenn ich euch besuche, bringe ich euch Fairings und Gingerbreads mit. Hauptsache, die Biskuits sind von zuhause», sagte sie und fragte theatralisch: «Wie könnt ihr bloss ohne überleben?»

«Bitte nicht! Man führe mich nicht in Versuchung. Wenn diese Kekse im Haus sind, verliere ich die Beherrschung und esse die ganze Packung leer», wehrte Lance ab.

«Ich nicht», lachte Sarah.

«Wer spaziert mit mir um den Block? Ich gehe zum indischen Krämer welche kaufen.»

«Okay, ich begleite dich, sobald wir wissen, wo und wie wir die letzten Stunden des Jahres totschlagen», entschied Lance.

Finlay schlug vor, dass sie am frühen Abend kurz essen und sich rechtzeitig auf einer der Brücken einfinden sollten, um von dort das Feuerwerk auf der Themse zu geniessen. Falls sie anschliessend noch die Energie dazu hätten, könnten sie auf dem Trafalgar Square in den Morgen tanzen ...

Sarah fragte sich, wann Hannes in die Schweiz zurückreisen würde. Sie hatte vergessen, ihn zu fragen. Sie wusste jedoch, dass er den Jahreswechsel zusammen mit Susan auf einem Boot auf der Themse mit einem Gourmet-Dinner feierte. «*Posh*», hatte sie dazu gesagt, als Susan es ihr erzählt hatte.

Schon lange vor Mitternacht standen Sarah, Moira, Finlay und Lance zusammen mit Tausenden Londonern und Touristen auf der Westminster Bridge und warteten geduldig. Endlich konnten sie die

Schläge des Big Ben zählen, die über Lautsprecher übertragen wurden. «… three, two, one …»

Dann explodierte das Feuerwerk. Die Menge jubelte.

Sarahs Blick schweifte vom Himmel, wo das Lichtspektakel funkelte, hin zum Fluss, in dem sich seine Formen und Farben spiegelten. Einen Sekundenbruchteil lang meinte sie, das Gesicht ihres Vaters in der Strömung zu sehen. Dann war der Spuk vorbei.

«Happy New Year», jauchzte auch sie und fiel ihren Lieben um den Hals.

Basel

«E guets Neus», wünschte Anni Sarah und Moira. Und an Sarah gewandt, fügte sie bei. «Schön, dass du wieder hier bist. Ich hatte Langezeit nach dir.»

Die drei Frauen sassen in Annis Küche. Sarah übersetzte für Moira.

«Langezeit ist Schweizerdeutsch. Es heisst *longing. Anni was longing for my return*», nickte sie ernsthaft und fühlte sich wunderbar dabei.

Bei ihrer Rückkehr hatte sie schon am EuroAirport und erst recht an der Sennheimerstrasse bei Anni den Eindruck gehabt, als käme sie nach Hause. Sie konnte es kaum erwarten, Moira die Stadt zu zeigen.

«Wie habt Ihr euch euer Zusammenleben vorgestellt?», fragte Anni, die sich nicht anmerken liess, ob sie sich daran störte oder es guthiess.

«Wir haben uns noch gar nichts überlegt», sagte Sarah. «Vielleicht müsste Moira als erstes Deutsch lernen?»

«Natürlich», sagte Anni und überlegte laut: «Sie kann schlecht mietfrei wohnen, solange sie die Sprache nicht beherrscht. Die Hausarbeit ginge ja noch. Aber wie würde sie jemanden in einem Notfall Hilfe leisten?»

«Moira könnte Miete bezahlen. Ihr Stiefvater unterstützt sie finanziell, solange sie etwas Vernünftiges tut», antwortete Sarah.

Moira horchte jedes Mal auf, wenn ihr Name fiel.

«Ich übersetze später für dich. Wir überlegen grad, wo du wohnen könntest», erklärte Sarah. «Es sollte in diesem Quartier sein, finde ich.»

«Wenn dem so ist, könnte ich ihr die Dachkammer vermieten. Die steht seit Jahren leer. Ihr müsstet sie herausputzen, womöglich die Wände streichen, ein Bett kaufen und natürlich deine Dusche und die Toilette teilen», sagte Anni, die Sarahs Übersetzung ins Englische verstanden hatte. «Ich würde nicht viel für die Mansarde verlangen. Es wäre mehr ein symbolischer Beitrag, weil ich sie im Winter heizen müsste.»

Sarah hatte den Eindruck, Anni bemühe sich, mit dem Wandel der Welt Schritt zu halten, doch mit dem Herzen dachte sie traditionell, um nicht zu sagen altmodisch. «Hannes war ein netter Kerl», sagte sie jedenfalls, als sie und Sarah einen weiteren Kaffee tranken, während sich Moira in Sarahs Zimmer zurückgezogen hatte. «Wirklich, ein sehr netter Kerl», wiederholte sie. Dabei schaute sie Sarah mit einem schwer zu deutenden Ausdruck an, der irgendwo zwischen bewundernd und bedauernd lag.

«Das ist er immer noch», beeilte sich Sarah einzuwerfen. «Bloss weil wir nicht mehr zusammen sind, hat er keinen schlechten Charakter angenommen.»

«Aber du hast an ihm Eigenschaften entdeckt, die dir nicht mehr gefallen?»

«Nein. Er ist so, wie er immer war: Er ist noch immer lieb, zuverlässig und fürsorglich. Ich bin es, die sich verändert hat, nicht er», bekannte Sarah.

«Könnte es sein, dass du ihn nicht mehr brauchst?», fragte Anni vorsichtig.

«Anni!», rief Sarah. «Diese Unterstellung tut weh. Besonders, da sie von dir kommt. Findest du tatsächlich, ich sei berechnend?»

«Ein bisschen», nickte Anni, milderte ihre Antwort aber sofort. «Weisst du, in meiner Generation waren die meisten Frauen selbstlos. Sie passten ihr Leben jenem ihrer Männer an. Das war auch nicht gut. Eine gesunde Portion Egoismus bringt dich weiter.»

«Och Anni, ich möchte kein schlechter Mensch sein. Ich liebte Moira, lange bevor ich Hannes traf. Es war ein Zufall, dass wir uns wieder begegnet sind.»

«War es Zufall, oder eher deine Absicht, als du nach Kenia gingst?»
«Ich weiss es nicht. Mir scheint es wichtiger, dass wir jetzt glücklich sind.»
«Gilt das auch für Hannes?», fragte die alte Frau.
«Ich hoffe es doch sehr», sagte Sarah. «Er braucht vielleicht etwas mehr Zeit, um sich mit der neuen Situation anzufreunden. Doch Susan ist nett. Moira und ich haben die beiden in London getroffen.»
Anni schwieg.
«Ich habe dort auch meine vormalige Chefin vom Tannwald besucht. Sie und die vier Kinder wohnen jetzt in London. Sehr edel», lenkte Sarah das Gespräch auf eine andere Schiene.
«Hat sich die Frau gefangen? Nach dem Tod ihres Mannes?», fragte Anni.
«Längst, vermute ich. Rudi Rothfuss war ja seit einem Jahr in einer neuen Beziehung, als er mit seiner Partnerin und dem kleinen Kind verunglückte», sagte Sarah.
«Natürlich. Jetzt erinnere ich mich an die tragische Geschichte.»
«Es hat einen bestimmten Grund, warum ich dir von Izzy erzähle.»
«Vielleicht möchtest du vom Thema Hannes abschweifen?»
«Nein! Anni!», rief Sarah. «Ich wollte dich fragen, ob deine Brieffreundin Chana, die du mehrmals erwähnt hast, eine geborene Goldbach war.»
«Oh? Ja jetzt, wo du es sagst, kommt es mir wieder. Chana hiess Goldbach bevor sie diesen reichen Amerikaner heiratete. Er hiess Jacobs. Sein Name ist mir soeben wieder eingefallen.»
«Siehst du! Izzy ist Chanas Enkelin», sagte Sarah. «Wir haben es zufällig herausgefunden.»
«Berg und Tal kommen nicht zusammen, wohl aber die Menschen», nickte Anni, als sei dieser Zufall das Selbstverständlichste auf dieser Welt und fragte: «Lebt Chana noch?»

Seit Mitte Januar wohnte Moira unter Annis Dach und besuchte täglich einen Deutschkurs an der Migros Klubschule. An zwei Nachmittagen die Woche nahm sie privaten Klavier- und Gesangsunterricht bei einer wenig nachgefragten Opernsängerin.

«Würde ich nicht Ethnologie studieren, ich wäre versucht zu vergessen, wie Menschen anderswo leben», sagte Sarah. Es war ein unfreundlicher Sonntagnachmittag. Draussen war alles Stein und Bein gefroren. Sie hatten die Heizung auf voll gedreht und lagen nackt im Bett.

«Denkst du oft an Dave?», fragte Moira.

«Weniger als in Cornwall. In Meva war er omnipräsent. Doch hier, in Basel, bringe ich nichts mit ihm in Verbindung», sagte Sarah.

Moira nickte. «Bei uns im Deutschkurs sitzt ein Afrikaner. Mir schräg gegenüber. Sobald er an die Reihe kommt, denke ich an Kenia. Und damit natürlich an die Nonnen und an deinen Dad.»

«Das könnte mir gleich ergehen, wenn ich wieder Vorlesungen besuche. Afrika ist bei uns in der Ethnologie ja ein konstantes Thema», sagte Sarah und fragte. «Meinst du, dass er unseren Brief inzwischen erhalten hat?»

«Sicher. Wir haben ihn vor drei Wochen abgeschickt. Und Kisumu ist die drittgrösste Stadt in Kenia. Dort sollte die Post schnell ankommen. Beinahe so speditiv wie in Europa.»

«Ich ertappe mich dabei, wie ungeduldig ich auf eine Antwort warte. Viel mehr, als ich dachte», seufzte Sarah.

«Du könntest ihm eine E-Mail schicken», schlug Moira vor.

«Nein, das kann ich nicht. Wir haben einander versprochen, weder E-Mails noch SMS zu senden. Bloss Briefe per Schneckenpost, falls überhaupt», sagte Sarah. «Eigentlich sind wir übereingekommen, uns nicht zu schreiben. Ausser, wenn etwas Dramatisches passiert.»

«Okay. Ich stelle es mir schwierig vor», sagte Moira.

«Wenn wir uns schrieben, würde es noch schwieriger», sagte Sarah.

Moira stand auf und zog die Vorhänge zu.

«Hast du Lust?», fragte Sarah.

«Ja, komm schon», sagte Moira, «Setz dich auf den Sessel beim Fenster. Neben der Zentralheizung ist es warm.»

Sarah liess sich in den Fauteuil fallen, lehnte sich zurück und öffnete ihre Beine. Sie spürte Moiras Lippen, ihre Zunge und schliesslich ihre warmen, weichen Fingerbeeren. Moira liess sie nicht sofort kommen, küsste stattdessen die Innenseite ihrer Schenkel, ihren Bauch und die festen Brüste. Erst als der Atem der beiden sich beruhigt hatte, kehrten ihre Lippen zurück zu der empfindlichen Stelle zwischen den Schamlippen. Sarah hob ihre Hüften an und spürte, wie sich ihr Gesicht rötete, ein warmer Strom sie durchflutete und sich ihre Fingernägel ins Polster der Armlehne krallten.

Sarah bereitete sich auf die Uni vor. Sie wollte ihr Studium mit neuem Elan wiederaufnehmen und las alles, was ihr ihre Kommilitonen, die ihr nun um ein Semester voraus waren, empfahlen. Die Pause in Kenia hatte ihr gut getan. Sie hatte in kurzer Zeit viel erlebt und war von Dankbarkeit dafür erfüllt.

Moira sprach bereits kurze deutsche Sätze mit korrekter Grammatik, jedoch mit einem starken schottischen Akzent. Annis Baseldeutsch hingegen, das sie hin und wieder mit Sarah übte, überforderte Moira. Viel besser verstand sie die Nachrichten und Diskussionssendungen im deutschen Fernsehen. Am einfachsten war es, wenn sie wusste, worum es ging. So kam es, dass sich nicht nur Sarah, sondern auch Moira fürs internationale Geschehen interessierte. Beide lasen regelmässig Berichte über den Mangel in der dritten Welt, den wirtschaftlichen Aufschwung in Schwellenländern und beinahe täglich über die Flüchtlinge und Migranten in Europa. Sarah war froh, dass Moira dank ihrer Arbeit in Kenia und ihrer derzeitigen Kontakte im Deutschkurs über ein ausgesprochen waches soziales Gewissen verfügte. Doch wenn Sarah an ihr Zuhause dachte und daran, wie ihr liebe Menschen wie Finlay und Lance oder Izzy und ihre Kinder lebten, empfand sie keinen Unmut, höchstens ein mildes Erstaunen darüber, wie gekonnt wohlsituierte Menschen die Armut und das Elend dieser Welt ausblendeten.

Der Februar schien um Wochen kürzer als der Januar. Sarah hörte weder von Dave noch von Hannes. Moira büffelte deutsche Grammatik, und Sarah bereitete sich auf die nächsten Prüfungen vor. Anfang März war Fasnacht, doch die drei Frauen blieben zuhause an der Sennheimerstrasse und verpassten den ganzen Trubel. Erstens nieselte und regnete es, und zweitens verstand Moira noch nicht genügend Dialekt, um der Basler Fasnacht Vergnügen abzugewinnen. Im Gegenteil, Moira war froh um eine ruhige Ferienwoche, während der sie lernte. Anni litt unter einer schweren Erkältung.

Sarah sandte E-Mails an Brigitte, an ihre Mum sowie an Becs, deren Schwangerschaft zufriedenstellend verlief. Claire rief von Zeit zu Zeit an; meistens dann, wenn Sarah keine Zeit für lange Gespräche hatte. Finlay und Lance reisten in einem Wohnmobil durch Australien. Sie wollten anscheinend nicht mehr dorthin auswandern. Obwohl sie früher fortwährend über einen Alterssitz auf einem Weingut im Hunter Valley geredet hatten, zogen sie es inzwischen vor, in England zu leben und die Welt von London und Cornwall aus zu entdecken. Sarah schien es, als hänge alles in der Schwebe.

Vor Ostern endlich brach der lange angestaute Damm an Pendenzen. Jetzt passierte alles auf einmal. Sarah bestand ihre Zwischenprüfung. Sie hatte in ihren Klausuren und für ihre Seminararbeiten bisher nur gute Note erhalten. Finlay und Lance meldeten sich per Skype aus Sydney. Auch Brigitte rief Sarah an. Sie schwärmte von einer Saisonstelle in Ascona, die sie dank ihrer guten Referenzen vom Tannwald leicht gefunden habe. Das Hotel sei zwar bloss ein kleiner Familienbetrieb. Egal. Hauptsache, sie dürfe im Tessin arbeiten. Legal. Zu guten Konditionen, mit der Möglichkeit, Italienisch zu lernen. Sie liebe das Essen, die Sonne und die Mentalität. Sarah rapportierte zurück, dass sie ihrerseits auf bestem Weg zu ihrem Bachelor of Arts und rundum glücklich sei. Schliesslich kam auch das lang herbeigesehnte Lebenszeichen aus Kenia. Es war eine beschädigte Ansichtskarte, adressiert an Sarah Penrose, c/o Mrs. A. Haberthür, Sennheimerstrasse, Basel, Switzerland, mit einem vier Wochen alten Poststempel und einem Elefanten auf der Vorderseite. Auf der Rückseite stand: *Alles bestens. Mir geht es gut. Auch Akinyi schickt liebste Grüsse. Love, D. xxx*

Am Karfreitag rief Hannes an. Sarah und Moira sassen mit Anni beim Frühstück, als er anfragte, ob sie am Ostersonntag zu ihm fahren wollten.

«Bitte warte einen Moment», bat Sarah und legte ihr Telefon auf den Küchentisch. «Hannes ist am Apparat. Er schlägt vor, Ostereier zu suchen. Bei ihm in Hochwald. Was meint ihr dazu?», fragte sie Anni und Moira.

Moira nickte ihre Zustimmung.

«Wir müssen warme Kleidung anziehen. Er meint, auf seiner Baustelle sei es zugig», wandte sich Sarah, nachdem sie das Gespräch beendet hatte, an die beiden.

«Hat er mich auch eingeladen?», fragte Anni.

«Natürlich. Er sagte, alle, er freut sich, wenn du mitkommst. Ich miete eines dieser Mobility-Fahrzeuge. Darin können wir dich problemlos mitnehmen. Mit Tram und Bus wäre es eine kleine Weltreise.»

Sie überlegte wo sie an Karfreitag einen Schokoladehasen herbekomme.

«Wir könnten ihm die zwei kleinen Osterhasen in Goldfolie mitbringen, die ich für euch besorgt habe. Zudem haben wir genügend Zeit, um ein halbes Dutzend Eier zu färben», sagte Anni. «Damit wir morgen nicht mehr einkaufen und ihn trotzdem nicht mit leeren Händen besuchen müssen.»

«Gute Idee. Wir stiften ihm unsere Lindt-Häschen», stimmte

Sarah zu. «Die Eier lassen wir, denn Lebensmittelfarben hast du vermutlich keine.»

«Wir brauchen keine Eierfarbe», widersprach Anni. «Ich zeige euch, wie ich die Ostereier früher mit Zwiebelschale färbte. Indem man Blüten und Gräser unter Gummibänder klemmt, erhält man Muster und Streifen auf den Eiern.»

Hannes' Haus in Hobel stand, genau wie er es beschrieben hatte, etwas zurückversetzt an der Hauptstrasse. Sarah parkte davor, stieg aus dem roten Mobility-Auto, lief drum herum und half Anni vom Beifahrersitz. Während sich Moira noch aus dem Fond schälte und dabei das Körbchen mit den beiden Goldhäschen und den sechs rostbraunen Eiern balancierte, kam Hannes sie schon begrüssen. Es gab ein Riesenhallo, und Sarah gewann den Eindruck, als wären sie alle eine Familie.

«Kommt herein. Vorsicht! Es ist eine richtige Baustelle. Das Dach ist neu, die Fenster werden nächste Woche montiert.»

Am eingerüsteten Haus war leicht zu erkennen, dass die Arbeiten ihrem Ende zugingen.

«An den Wochenenden mache ich vieles selber. Die Handwerker sind teuer», sagte Hannes. «Aber irgendwann wird es fertig werden. Ab Ende Sommer werde ich hier jedenfalls wohnen, geschehe, was wolle.»

«Ich bin gespannt, wie es zum Schluss aussieht. Es wird bestimmt schön werden», sagte Sarah. «Mir gefällt es schon jetzt.»

«Klar. Ich lade euch dann zur Einweihung ein», versprach er und führte sie in den Flur.

«Beginnen wir im Erdgeschoss. Hier kommt die Wohnstube hin. Den alten Kachelofen, der sie mit der Küche verbindet, behalte ich. Die Küche wird modern», erklärte er und hob die im Steinboden im Gang eingelassene hölzerne Luke an, die in den Naturkeller führte.

«Da steigen wir jetzt nicht hinunter. Die Treppe ist viel zu steil», sagte Sarah mit einem Blick auf Anni, die aussah, als ob sie sich am liebsten hinsetzen würde.

«Ausser einem Arbeitszimmer mit einem Fenster auf den kleinen Garten hinter dem Haus hin, das ich mir zum Schluss einrichten werde, wäre es das schon fast», sagte er. «Bis auf die Toilette, die erneuert wird.»

«Das heisst, du hast deine Küche, eine Toilette, das Wohn- und dein Arbeitszimmer im Erdgeschoss. Das finde ich schon einmal sehr gut», urteilte Sarah und nahm Moira das Osterkörbchen ab.

«Für dich, Hannes. Wo sollen wir es hinstellen?»

«Danke, das ist nett. Irgendwo hin, wo es grad Platz hat. Wenn ihr hochkommen möchtet, zeige ich euch den ersten Stock.»

Wie erwartet befanden sich dort die Schlafzimmer, drei an der Zahl, und ein kleiner Raum, wo das zukünftige Badezimmer hinkommen würde.

«Falls wir einmal mehr Platz bräuchten, könnte ich das Dach ausbauen. Doch das hat Zeit.»

Sarah registrierte, dass Hannes «wir» gesagt hatte. Ob er Susan meinte?

«So, und jetzt gehen wir auf den Sitzplatz. Ich habe etwas vorbereitet», sagte Hannes und führte die drei Frauen die knarrende Treppe hinunter ins Erdgeschoss, vom Flur ins Wohnzimmer und dort durch eine offenstehende Glastür in Freie. Der Sitzplatz war windgeschützt. Darauf standen genügend Stühle für alle und ein grosser Tisch mit einer Vase voller Narzissen. Sarah hatte den Eindruck, es sei hier wärmer als im Haus. Dann entdeckte sie den Gartengrill voll glühender Holzkohlen.

«Du hast Narzissen gekauft! Meine absoluten Lieblingsblumen», rief sie begeistert und bemerkte Moiras scharfen Blick.

«Ja, sie passen zu Ostern», sagte Hannes und legte Würste, Maiskolben, Paprikaschoten und Zucchinischeiben auf den Rost. Dann stellte er eine Flasche Nero d'Avola, Bio-Süssmost und Mineralwasser in die Tischmitte. Ein Stoss Pappteller und Servietten lagen bereits auf dem Tisch. Es schien ein besseres Picknick zu werden. Als sie mit ihren Plastikbechern anstossen wollten, zögerte Anni. Sarah ahnte, weshalb, und bot ihr an, sie zu begleiten.

«Erschreckt nicht: Ist noch nicht renoviert. Ihr müsst die Kette ziehen», warnte Hannes. Anni lachte. «Kein Problem. In meiner Kindheit kannten wir es nicht anders.»

Sarah befürchtete, Anni würde sich erneut erkälten. Doch nach dem Essen räumte Hannes ordentlich auf und sagte: «Da ich euch hier jetzt bloss einen Nescafé machen könnte, schlage ich vor, wir fahren mit meinem Auto zu einem Restaurant. Sobald die Sonne weg ist, wird es hier eh zu kalt werden.»

Anni freute sich über den Kuchen. Während sie ihr Stück bedächtig ass und dazu ihren Kaffee trank, erwähnte sie den Flugzeugabsturz in Hochwald.

«Ihr müsst entschuldigen. Es ist nicht das passende Thema zu Ostern, aber meine Generation verbindet diesen Ort mit dem Unglück. Die Katastrophe ist uns ins Gedächtnis eingebrannt.»

«Mich interessiert es zu erfahren, wie es geschah», sagte Sarah.

«Ich war bei einer Freundin in Arlesheim zum Mittagessen, als die Sirenen heulten», setzte Anni an. «Wir stellten das Radio ein, um zu hören, was los war. Dann sahen wir die vielen Ambulanzen und Feuerwehrautos, die auf der Strasse vor dem Haus Richtung Hochwald fuhren. Es war chaotisch.»

«Warum chaotisch? Die Schweizer sind doch gut organisiert», unterbrach Sarah.

«Das Wetter war ungewohnt für die Jahreszeit. Die Autos hatten zum Teil bereits Sommerbereifung. Stockdicker Nebel und ein halber Meter Schnee behinderten die Bergung. Die Mitglieder der Freiwilligen Feuerwehr und alle, die sich irgendwie auf den Beinen halten konnten, haben bis zur eigenen Erschöpfung Leben gerettet.»

Seltsam, dachte Sarah, dass Hannes ausgerechnet in diesem sonst so heilen Kirschenland leben wird. Sie fragte sich, ob Susan tatsächlich herziehen würde.

Ende April erhielt Sarah eine SMS von Massimo mit der Frage, ob sie ihm im Sommer im Primo Piatto aushelfen könne. Sie rief ihn daraufhin umgehend an.

«Danke, dass du an mich gedacht hast. Aber ich darf während der Semesterferien Vollzeit auf dem Sozialamt arbeiten. Dort haben sich anscheinend administrative Aufgaben aufgestaut, die es abzuarbeiten gilt.»

Massimo schien enttäuscht. «Komm trotzdem einmal auf einen Drink vorbei, wenn du Zeit hast», sagte er. «Aber über Mittag. Abends habe ich noch immer zu. Es ist schwierig, zuverlässiges Personal zu finden.»

Moira und Sarah trafen sich schon zwei Tage später kurz nach 12 Uhr im Primo Piatto. Massimo hatte alle Hände voll zu tun, spendierte ihnen Drinks und Ravioli mit Salbeibutter und Salat. Er versprach, sich zu ihnen zu setzen, sobald der grösste Ansturm vorüber sei. Neben ihm arbeitete bloss ein Kellner. Massimo rannte und schwitzte und blickte dazwischen immer wieder zu ihrem Tisch.

«Es erinnert mich an Italien», sagte Moira. «Er starrt wie die Italiener damals.»

«Kein Wunder. Du siehst auch wieder toll aus. Viel besser als in Kenia», flüsterte Sarah. «Dort hatte ich wirklich Sorge um dich.»

«Und? Möchtest du mir deine Begleitung nicht endlich vorstellen?», fragte Massimo, nachdem der letzte Gast gegangen und er um 14.30 Uhr die Türe geschlossen hatte.

«Natürlich. Du hattest ja keine Zeit», sagte Sarah.

Massimo lachte und setzte sich zu ihnen an den Tisch.

«Das ist Moira, meine Partnerin.»

«Und was ist mit deinem Freund?», fragte er.

«Er hat eine neue Freundin gefunden und ist geschäftlich oft im

Ausland», erklärte Sarah und fragte sich, ob das Massimo überhaupt etwas angehe.

«Kann passieren», sagte er und: «Ich bin auch am Arsch.»

Moira blickte fragend, vermutlich hatte sie in ihrem Deutschkurs noch nichts dergleichen aufgeschnappt. *He feels screwed up»,* übersetzte Sarah.

«Perché Lei è tanto frustrato?», fragte Moira höflich, und Massimo grinste verlegen. *«Com'è gentile, quella ragazza, parla anche l'italiano ...»*

«Richtig. Zudem spricht sie perfekt Englisch und etwas Französisch und nun lernt sie Deutsch», nickte Sarah.

Massimo stand auf, ging zur Kaffeemaschine und liess drei Espressi heraus, die er auf einem Tablett an ihren Tisch trug.

«Das ist ja interessant», sagte Massimo, rührte zwei Säckchen Zucker in seinen Kaffee und wandte sich an Moira.

«Was machst du so? Studierst du auch?»

«Ich lerne Deutsch und nehme Gesangsstunden», antwortete Moira.

«Hättest du Zeit und Interesse, nebenbei zu kellnern?»

«Denkbar», zögerte Moira. «Ich habe eine Saison lang in einem Café in England gearbeitet. Dort hat es mir gut gefallen.»

«Dann hast du sogar Erfahrung! Ich bezahle gut», freute sich Massimo.

«Aber mein Deutsch ist noch nicht perfekt», sagte sie entschuldigend.

Massimo zeigte seine weissen Zähne unter dem schwarzen Schnauz.

«Macht nix. Das lernst du schnell. Wenn du willst, kannst du schon morgen anfangen.»

«Warum eigentlich nicht?», fragte Sarah. «Ich mochte den Job.»

«Ja, ich nähme dich zu denselben Konditionen. Erst einmal auf Probe. Wenn du dich bewährst, besorge ich dir eine Arbeitsbewilligung.»

«Gratuliere!», rief Sarah, nachdem sie und Moira das Primo Piatto gut gesättigt verlassen hatten. «Dein allererster Job in der Schweiz!» Moira, die leicht benommen wirkte, dankte etwas zu förmlich für die spontane Gratulation.

«Jetzt müssen wir unseren Alltag wieder besser organisieren», beschloss Sarah. «Als erstes müsstest du dich von deinem Sprachkurs abmelden. Lass uns zusammen hingehen und abklären, ob du dein Geld zurück erhältst.»

Anstelle einer Rückerstattung bot die Dame am Schalter der Migros Klubschule Moira an, auf einen Abendkurs umzusteigen. Auf diese Weise könne sie ihr das Guthaben anrechnen und Moira könne auf demselben Niveau, einfach etwas weniger intensiv, weiterlernen. «Das finde ich akzeptabel», entschied Sarah, und auch Moira, die noch immer überrumpelt aussah, war damit einverstanden.

An jenem Abend, als Sarah und Moira Anni Haberthür von ihrem Lunch mit Folgen erzählten, schien sich Moira richtig über ihre Anstellung zu freuen. Jedenfalls versuchte sie, Anni davon zu überzeugen, dass Kellnern eine schöne und in keinster Weise anrüchige Arbeit sei. Ohne Ausbildung sei es schwierig, etwas Besseres zu finden, sagte sie.

«Ich trage ein weisses T-Shirt mit Rundhals-Ausschnitt, eine schwarze Hüftschürze aus Leinen und flache, bequeme Schuhe. Das Haar muss ich schon aus hygienischen Gründen hochstecken. Alles andere als sexy.»

«Du magst ja recht haben. Pass trotzdem auf», warnte Anni. «Sogar in Lumpen gekleidet würdest du so manchem den Kopf verdrehen.»

Schon nach ein paar Tagen im Service wusste Moira, dass sie ausser ihren Chef niemanden in Versuchung führte, über Gebühr mit ihr zu flirten. Zwei oder dreimal schon war Lucia, Massimos Frau, mit ihren beiden kleinen Kindern im Restaurant aufgetaucht. «Sie erinnern mich an Dario und Diana. Ich habe Lucia erzählt, dass wir in Fiesole drei kleine Kinder gehütet haben», erzählte Moira Sarah am Abend. «Seither scheint sie beruhigt. Sie hat mir sogar angeboten, sich um mein Haar zu kümmern. Sie arbeitet sporadisch als Friseuse in einem der sehr teuren Salons der Stadt.»

«Super. Manchmal, wenn ich mich auf dem Sozialamt nerve, denke ich mir, dass du eine angenehmere Arbeit hast als ich», erwiderte sie. «Die Kundschaft im Primo Piatto ist wenigstens gut gelaunt.»

«Stimmt. Massimos Italianità ist ansteckend. Er hat mich gestern darauf angesprochen, dass ich beim Servieren Verdi-Arien summe», berichtete Moira.

«Tust du das tatsächlich?»

«Schon möglich, dass mir die Ohrwürmer im Kopf drehen. Er selber hört ja auch dauernd Verdis Gefangenenchor und Arien aus La Traviata und Aida», gab Moira zu und sagte: «Ich müsste mich etwas besser im Griff haben.»

«Ich weiss nicht», sagte Sarah. «Du hast mich eben auf eine Idee gebracht.»

«Und die wäre?»

«Du könntest die erste *Singing Waitress* in Basel werden!», schlug Sarah vor. «In London gibt es Musikstudentinnen und Gesangsschüler, die servieren und dabei singen. Soweit ich weiss, wäre das hier ein Novum.»

«Geschäftsleute möchten über Mittag in Ruhe essen. Oder diskutieren. Mein Gesang würde sie nur stören», urteilte Moira.

«Mag sein, bei diesen Business-Lunches. Aber abends sähe es anders aus», sagte Sarah und fragte: «Hat Massimo noch nie darüber gesprochen, abends offen zu haben? An seiner Stelle würde ich auch spezielle Anlässe organisieren. Dabei wäre eine *Singing Waitress* der absolute Hit.»

«Ich habe mir schon überlegt, wie ich etwas mehr verdienen

könnte. Ich dachte, ich könnte Anni fragen, ob ich ihr Klavier benützen und in ihrem Wohnzimmer Unterricht geben darf. Kürzlich hat mich eine Nachbarin gebeten, mit ihrer Tochter eine Melodie einzustudieren. Gegen Bezahlung», sagte Moira. «Das Mädchen will Kindergärtnerin werden und bei der Aufnahmeprüfung fürs Seminar müsse sie ein Lied mit tragfähiger Stimme, klarer Aussprache und guter Gestaltung vortragen können.»

«Das tönt ja äusserst anspruchsvoll», spöttelte Sarah.

«Nun, es gibt Menschen, die das nicht auf Anhieb können.»

Als Massimo Moira zwei Wochen später erneut darauf hinwies, dass sie während des Service leise gesungen habe, unterbreitete sie ihm Sarahs Idee. Vorsorglich hatte sie sich mit ihrer Gesangslehrerin schon einmal über Tarantellen und neapolitanische Volksmusik unterhalten.

«Ich sagte ihm, dass er, wenn er mich laut singen liesse, viel mehr Gäste hätte», rapportierte Moira.

«Und? Was meint dein glutäugiger Chef?», fragte Sarah.

«Etwas total Überraschendes: Er war derselben Meinung! Er möchte sein Restaurant ab Herbst auch abends offen halten und mehr Personal einstellen. Er findet, wenn ich dann beim Servieren so richtig professionell sänge, würde er mit mir eine neue Klientel anlocken.

«Siehst du! Sagte ich doch. Das wäre *die* Geschäftsidee!»

«Ja. Wir haben die Rezension über das Schulkonzert gegoogelt, an dem ich als Solistin auftreten durfte. Jenen Bericht, der in einer Lausanner Tageszeitung erschienen ist. Massimo hat ihn ausgedruckt.»

«Und jetzt ist alles geritzt? Vermutlich ist er Feuer und Flamme und hat dich umgehend als *Singing Waitress* engagiert!», meinte Sarah.

«Er muss es zuerst mit Lucia diskutieren. Doch ich habe ihm von meinen Gesangsstunden erzählt. Es ist gut möglich, dass er das Konzept ab Herbst umsetzen wird», antwortete Moira. «Jeweils freitags und samstags, und sobald es gut läuft, auch donnerstags. Ich könnte dafür über Mittag weniger arbeiten.»

«Zu Lucia sagt er vermutlich, dies sei seine Idee gewesen!», rief Sarah bissig. «Es war unsere Idee! Wenn du ein Mann, besser noch, ein Neapolitaner, wärst, könntest du nicht bloss die Stunden kompensieren: Massimo würde dich zu seinem Geschäftspartner machen.»

Anni Haberthür, die in die Küche getreten war und einen Teil der Diskussion mitgehört hatte, beschwichtigte: «Bestehe darauf, dass er dich angemessen bezahlt. Zumindest hast du inzwischen eine Arbeitsbewilligung. So kommt dieser Massimo nicht in Versuchung, deine Situation auszunützen.»

«Mache ich. Und wir laden dich demnächst ins Primo Piatto ein. Damit du siehst, wie schlicht und schön es dort ist und wie gediegen die Atmosphäre», versprach Moira, nicht ohne den Seitenwink: «Ich habe nämlich den Eindruck, dass du dir eine verruchte Kneipe darunter vorstellst.»

«Im Gegensatz zu dir bin ich zu gutmütig. Ich fühle mich von Massimo nicht übervorteilt», sagte Moira zu Sarah, nachdem sich die beiden in ihr Zimmer zurückgezogen hatten. «Schon in Kenia hatte ich nicht den Eindruck, dass die Nonnen mich ausnutzen. Obwohl Dave meinte, sie müssten mir einen Lohn bezahlen, statt meine Arbeit bloss mit Kost und Logis zu entgelten.»

«Das war etwas anderes. Es diente einem guten Zweck», sagte Sarah. «Aber jetzt, wo du Massimo die Geschäftsidee auf dem Silbertablett geliefert hast, fände ich es nur korrekt, wenn er dich am Erfolg beteiligen würde.»

«Falls die Abende erfolgreich sind, werde ich ihn darauf ansprechen. Denkbar, dass ich dann tatsächlich eine Partnerschaft anpeile. Wer weiss.»

Draussen war es noch immer hell. Die Amseln stimmten ihr Abendkonzert an. Vermutlich hörte Anni bei offenem Fenster zu oder war wie so oft vor dem TV eingedöst.

«Weisst du, manchmal wünsche ich mir, wir könnten in einer kleinen Wohnung wohnen. Sogar ein Kind haben. Eine richtige Familie sein», träumte Sarah laut.

«Mit Anni sind wir so etwas wie eine Familie. Wir wohnen sogar in einem Haus mit einem schönen kleinen Garten. Ich weiss nicht, wie du zu einem Kind kommen willst, solange du mit einer Frau schläfst.»

«Schwierig. Irgendwann müsste ich mir dazu einen Mann suchen.»

«Spinnst du?», fragte Moira. «Da gibt es tauglichere Methoden. Adoptionen und Samenbanken. Um nur zwei Beispiele zu nennen.»

Sarah lachte bloss. «Ein anonymer Samenspender! Das stelle ich mir unheimlich vor. Ich fände den natürlichen Weg bedeutend vergnüglicher.»

«Du musst es wissen. Du hast ja diesbezüglich Erfahrung», zischte Moira.

«Ich meine es ernst», sagte die plötzlich nachdenklich gewordene Sarah. «Bei der Inanspruchnahme einer Samenbank würde unser Kind nicht einmal seinen biologischen Vater kennen. Ich stelle mir das schrecklich vor.»

«Ja, aber … », sagte Moira.

«Zudem sind lesbische Paare hier von einer künstlichen Befruchtung ausgeschlossen», fand Sarah ein weiteres Argument für ihre Sicht der Dinge.

«Darum geht es nicht. Ich will nicht, dass du mit einem Mann schläfst!», rief Moira aufgebracht.

«Nun sei einmal nicht grad eingeschnappt. War ja bloss so dahergeredet. Ich spüre den Frühling. Hast du nicht auch Lust?»

Moira stand auf, entkleidete sich und ging duschen. Sarah folgte ihr, wohl wissend, dass danach alles wieder gut sein würde.

Im Juli rief Moiras Grossmutter aus Edinburgh an. Sie lag mit einem Oberschenkelhalsbruch im Krankenhaus. Nun müsse sie ins Altersheim, jammerte sie. Sie dürfe nicht mehr in ihre Wohnung zurückkehren, da sie den Alltag alleine nicht mehr bewältigen könne, hatten die Spitalärzte entschieden. Die Sozialarbeiterin der Klinik war beauftragt, einen passenden Pflegeplatz zu finden. Die Grossmutter hingegen wollte zurück nach Hause.

«Ich fahre zu ihr. Sie braucht meine Hilfe. Auf meine Mum ist kein Verlass», entschied Moira. Ihre Mutter war in zweiter Ehe mit einem reichen Schotten verheiratet, der Moira als Kind adoptiert hatte.

«Ich weiss nicht einmal, wo sich meine Mum momentan aufhält. Vermutlich irgendwo in einem Funkloch. Ich versuche jedenfalls seit Stunden vergeblich, sie ans Telefon zu bekommen», sagte Moira zu Sarah. Die beiden informierten Anni und meldeten den Notfall ihren Arbeitgebern.

Massimo und Lucia fanden, Moira solle sich alle Zeit nehmen, die sie brauche, um für ihre Nonna ein passendes Pflegeheim zu finden. Die Familie gehe vor, keine Frage. Auf dem Sozialamt spielte es keine Rolle, wann Sarah die paar Tage Urlaub, die ihr zustanden, bezog. Ihre Chefin hatte nicht zuletzt Verständnis für die Situation, weil sie ihre eigene Mutter in einem Pflegeheim hatte. Sarah war noch nie in Schottland gewesen. Sie hoffte, dass ihnen neben Moiras Pflichten etwas Zeit für Sightseeing bleiben würde.

Am folgenden Sonntagabend sass Sarah im Wartezimmer jenes Krankenhauses in Edinburgh, in das Moiras Grossmutter acht Tage zuvor notfallmässig eingeliefert worden war. Sie schaute alle halbe Stunde auf die grosse Wanduhr. Moira war irgendwo im Haus unterwegs.

«Sorry, dass ich dich so lange habe warten lassen», sagte Moira, als sie endlich erschien. «Du kannst es dir nicht vorstellen. Kein Personal weit und breit. Gran liegt in ihrem Bett und weint. Wenigstens teilt sie das Zimmer mit einer freundlichen Patientin, die sie tröstet», klagte Moira.

«Und wir? Was tun wir jetzt?», fragte Sarah.

«Ich habe die Schlüssel zu Grans Wohnung. Wir übernachten dort», entschied Moira. «Morgen ist Montag. Hoffentlich kann ich dann mit einem verantwortlichen Arzt reden. Oder diese Sozialarbeiterin erreichen.»

Sarah erschrak, als sie den heruntergekommen grauen Block sah, in dem Moiras Grossmutter gelebt hatte. Die Wohnung hingegen war sauber, und Sarah liess sich nichts anmerken.

«Lass uns die Fenster öffnen. Die Luft ist abgestanden», sagte Moira und blickte danach in den Kühlschrank, in dem etwas aufgeschnittene Wurst lag und eine Packung mit saurer Milch stand. Sie warf beides in den Kübel, genauso wie das steinharte Brot, das sie auf einem Brettchen gefunden hatte. Dann bezog sie das Bett neu und suchte nach Handtüchern.

«Wir hätten zu mir nach Hause fahren können. Dort wäre es komfortabler. Allerdings befürchte ich, dass niemand dort ist. Und Hauschlüssel habe ich längst keinen mehr. Zudem möchte ich ins Bett. Morgen wird es anstrengend», entschied Moira, putzte sich die Zähne und zog sich aus. Sarah tat es ihr gleich. Beide hatten sie keine Pyjamas eingepackt, sondern vorgehabt, nackt zu schlafen, doch nun merkten sie, dass es in der Sozialwohnung auch im Sommer zu klamm dazu war. Aus dem Wäscheschrank von Moiras Grossmutter borgten sie sich je ein baumwollenes Blümchennachthemd. Als sich Sarah neben ihre Freundin legte und sie von hinten umarmte, spürte sie, dass Moira weinte. Sie strich ihr übers Haar und küsste ihren Nacken.

Am nächsten Morgen beobachtete Sarah ihre Freundin bei ihrem schottischen Frühstück. Sie sassen in einem nahe gelegenen Restaurant, und während Moira knusprig gebratenen Schinken, Grillwürstchen und drei dünne Scheibchen Black Pudding genoss, hielt sich Sarah an die Baked Beans, das Rührei und den Toast mit Butter und Marmelade.

«Wir ergänzen uns. Wir können uns ein Frühstück teilen», sagte Sarah.

«Du musst dich stärken. Ich fürchte, die heutigen Gespräche kosten uns Kraft. Begleitest du mich zu dieser Sozialarbeiterin?»

«Sicher, ich mache deinetwegen einen Seitenwechsel.»

«Das hilft mir. Du weisst von deiner Arbeit beim Sozialamt her, worauf es bei solchen Gesprächen ankommt.»

Als Sarah und Moira im Krankenhaus schliesslich der für Moiras Oma zuständigen Mitarbeiterin gegenüber sassen, erkannte Sarah sofort die Kompetenz und die Erfahrung der Frau. Sie hiess Grace Craig, war um die 50 und blickte auf 30 Jahre Sozialdienst zurück.

«Ich habe für Ihre Grossmutter, Harriet Hay, einen Platz in einem mittelgrossen Care Home gefunden. Es liegt auf der Portobello Seite, damit es die Tochter nicht zu weit hat, wenn sie sie besuchen möchte. Ich habe alles vorbereitet.»

«Haben Sie denn mit meiner Mum gesprochen?», fragte Moira erstaunt.

«Nein, ich habe sie nicht erreicht. Das ist auch nicht nötig», antwortete Grace, suchte nach ihren Unterlagen und stand auf.

«Wir gehen jetzt zusammen zu Ihrer Oma und unterbreiten ihr meinen Vorschlag. Sie muss mit dem Umzug einverstanden sein.»

Im Krankenzimmer sagte Grace: «Harriet, *my dear*, Sie müssten nicht mehr einkaufen und nicht mehr kochen. Sie bekommen drei Mahlzeiten am Tag. Es wird sauber gemacht und Sie werden von freundlichem Personal umsorgt», und als die Oma schwieg: «Es ist dort beinahe wie in einem Hotel. Bedenken Sie, wir sind nicht mehr die Jüngsten. Wir haben ein paar gravierende gesundheitliche Probleme – zusätzlich zu unserem Oberschenkelhalsbruch.»

«Nun, *ich* habe diesen dummen Knochen gebrochen, aber ich bin noch immer klar im Kopf. Ein Altersheim ist kein Hotel», antwortete Moiras Oma und fügte etwas versöhnlicher hinzu: «Trotzdem bin ich Ihnen, Mrs Craig, dankbar, dass Sie sich um alles gekümmert haben. Und euch Mädchen dafür, dass ihr den langen Weg auf euch genommen habt. Ich werde umziehen und froh darüber sein müssen, dass es solche Einrichtungen für uns Alte gibt.»

«Ich finde deine Oma wunderbar», sagte Sarah, nachdem sie mit Moira das Krankenhaus verlassen hatte. «Es ist vorbildlich, wie sie reagiert hat.»

«Sie ist arm aufgewachsen und hat ihr ganzes Leben lang hart gearbeitet und sich dafür eingesetzt, dass es meiner Mum besser ging, als es ihr selbst je ergangen war. Und später, als die Ehe meiner Eltern auseinanderbrach, hat sich meine Gran meiner angenommen», fasste Moira zusammen.

«Und jetzt ist es umgekehrt. Es muss sie beruhigen, zu spüren, wie lieb und vorbildlich du dich um sie kümmerst», sagte Sarah. «Einzig, dass sich deine Mum nicht meldet, erstaunt mich.»

«Mich nicht. Wenn es ihr gut geht, höre ich nie von ihr. Sie könnte auf einer Kreuzfahrt sein und sich die Wifi-Gebühren sparen», mutmasste Moira. «Sie knausert bei Kleinigkeiten, obwohl sie das nun wirklich nicht nötig hätte. Mein Stiefvater ist da ganz anders: Er wirft mit seinem Geld um sich.»

Sarah hoffte, dass Moira richtig vermutete und dass ihrer Mutter nichts zugestossen war.

«Komm lass uns einen Irn-Bru und ein Sandwich kaufen. Dann gehen wir in Grans Wohnung und packen die wenigen Sachen zusammen, die ihr lieb sind und diese bringen wir schon einmal vorsorglich ins Pflegeheim.»

Harriet Hay wurde zwei Tage später aus dem Krankenhaus entlassen und von dort direkt ins Care Home gefahren. Ihre alte Wohnung sah sie nicht mehr. Umso mehr freute sie sich darüber, dass sie im Altersheim von Moira und Sarah und dem Pflegeteam ihrer Etage aufs herzlichste begrüsst wurde.

Und als ob das Schicksal es nun plötzlich gut mit ihr meine, hatte sie ein freundliches Einzelzimmer erhalten, in dem ein paar persönliche Erinnerungsstücke Platz fanden. Zudem klingelte Moiras Handy, während sie und Sarah mit Harriet plauderten.

«Hallo! Endlich! Wo versteckst du dich bloss?»

«Meine Tochter ist am anderen Ende», vermutete Harriet und strahlte.

Plötzlich erkannte Sarah die frühere Schönheit in diesem nun müden und zerfurchten Gesicht.

«Ja, ist alles gut», rief Moira «ich bin in Edinburgh bei Gran. Sie wohnt seit zwei Tagen im Coast Care Home. Es geht ihr den Verhältnissen entsprechend gut. Möchtest du mit ihr reden? Sie kann es dir selber erzählen.»

Moira drückte ihrer Oma das Mobiltelefon in die Hand und murmelte: «Mum.» Dann griff sie nach Sarahs Hand und zog sie mit auf den Gang.

«Ab sofort sind wir entlastet», flüsterte sie und, als sie die Leiterin der Pflegestation in ihrem kleinen Büro entdeckte, informierte sie diese, dass sich Harriet Hays Tochter inzwischen gemeldet habe.

«Wir kehren übermorgen in die Schweiz zurück. Die verbleibenden beiden Nächte verbringen wir in einem Hotel. Die Mietwohnung meiner Grossmutter ist geräumt und bereits weitergegeben», sagte Moira. «Meine Telefonnummer und jene meiner Mutter haben Sie ja. Wir verabschieden uns schon heute, denn morgen machen wir Sightseeing und am Freitag fliegen wir schon in der Früh.»

Am Donnerstagabend spät besuchte Moira ihre Oma alleine, mit einem grossen Blumenstrauss und einer Geschenkschachtel Pralinen.

Als sie zurück ins Hotel kam, bemerkte Sarah die rotgeränderten Augen.

«Die Nachtwache hat mich glücklicherweise hereingelassen. Gran war alleine im Aufenthaltsraum. Sie sass dort in einem Rollstuhl mit einer Tasse Tee in Reichweite und schaute sich am TV eine Doku über die Schweiz an. Lauter Berge, Kühe, Käse, Milch und Schokolade.»

Hannes hatte sein Einzugsfest auf den Nachmittag und Abend des 1. August, des Schweizer Nationalfeiertages, gelegt. Wie für ihren ersten Besuch in Hochwald mietete Sarah wiederum ein Mobility-Auto. Zusammen mit Moira und Anni fuhr sie erst auf der J18 von Basel Richtung Delémont und ab Dornach auf der waldgesäumten Landstrasse den Berg hoch. Auf der Autobahn waren sie schon von Motorrädern in Geschwadern von sechs oder mehr überholt worden. Nun schossen ihnen Rennvelos im Dutzend entgegen, die zum Teil die Kurven schnitten.

«Um Himmels Willen!», rief sie, «Was ist denn heute los?»

«Die Schweiz hat Geburtstag», sagte Anni. «Die Leute feiern und es ist durstiges Wetter. Auf der Rückfahrt musst du dich dann noch besser in Acht nehmen.»

«Auf dem Nachhauseweg sind die Strassen hoffentlich frei», sagte Sarah.

«Wie lange gedenkt ihr zwei denn zu bleiben?», fragte Anni.

«Je nachdem, wie es läuft», antwortete Sarah.

Sie versuchte, sich auf die kurvige Strasse zu konzentrieren und nicht schon ans Fest zu denken. Sie hatte ein paar Flaschen Weisswein aus dem Badischen besorgt, von dem sie wusste, dass Hannes ihn mochte. Anni und Moira schenkten ein halbes Dutzend Gläser dazu. Sie war gespannt darauf, Hannes Arbeitskollegen, allenfalls sogar seinen Vorgesetzten, kennen zu lernen. Am meisten interessierte es sie, ob Susan dort sein würde.

Sie konnten problemlos auf dem Vorplatz parken. Es war reichlich Platz. Sie gehörten zu den ersten Gästen. Neben Hannes' Golf standen bloss ein grosser silbergrauer Mercedes mit einem deutschen Kennzeichen und zwei schwarze, nicht minder beeindruckende Rennvelos.

«FDS! Kreis Freudenstadt!», rief Sarah. «Hannes' Eltern sind hier! Wie wunderbar. Gustav und Emma sind super nett. Anni, ich bin froh, dass nicht nur junge Leute eingeladen sind. Ihr werdet euch bestens unterhalten.»

Nebenbei bemerkte sie die roten Plastikbecher mit dem Schweizerkreuz, die in Reih und Glied auf den breiten Simsen der neuen Fenster standen. Und den warmen Ockerfarbton der frisch gestrichenen Hausmauer sowie die hell abgesetzten, steinernen Fensterumrandungen mit den alten Schlagläden aus grau gestrichenem Holz, die ihr gut gefielen. Sie nahm alles mit einem Blick wahr und fand, dass das Haus Stil hatte.

«Super, dass sie kommen konnten. Gustav fährt anscheinend wieder. Oder vielleicht ist auch Emma gefahren», sagte Sarah. «Jedenfalls ist es sein Auto.»

«Es wird bestimmt ein schöner Abend werden. Hannes' Haus ist hübsch, mehr noch, wenn all die vielen Kerzen brennen werden», nickte Anni mit einem Blick auf die roten Becher und die Haustüre, die offen stand.

«Ich glaube, wir sollten hineingehen», entschied Moira, nachdem sie zweimal an der Klingel gezogen hatte. «Er hört uns nicht.»

Im Garten hinter dem Haus spielte ein Radio laute Volksmusik. Neben Hannes, der eine verwaschene Bluejeans und ein blau-weiss gestreiftes Bauernhemd trug, waren eine sympathische Nachbarsfamilie mit zwei halbwüchsigen Kindern und zwei seiner Arbeitskollegen hier.

Sarah, Moira und Anni wurden von Hannes und den anderen Anwesenden begrüsst. Einer der Arbeitskollegen holte für Anni den bequemsten Stuhl, der im Garten stand. Moira und Sarah stellten ihre Einzugsgeschenke in eine Ecke des Wohnzimmers und liessen sich danach auf dem Sitzplatz auf die Hollywood-Schaukel fallen. Der Arbeitskollege, Markus hiess er, offerierte Drinks zum Anstossen. Sein Freund Simon machte die Runde mit dem Salzgebäck. Moira und Anni lächelten um die Wette.

«Wo sind denn deine Eltern?», fragte Sarah, sobald sie Hannes alleine erwischte.

«Sie machen ein Nickerchen im oberen Stock. Ich habe versprochen, sie aufzuwecken, sobald du eingetroffen bist», antwortete er und erklärte, die Fahrt habe sie angestrengt. Sie hätten anscheinend schon in Kappelrodeck Kaffee getrunken. Seine Mutter sei bis zum Sternen gefahren. Sein Vater habe das Steuer dann kurz vor der Autobahn übernommen.

«Dann würde ich sie sich noch einen Moment ausruhen lassen», meinte Sarah, plötzlich unsicher, wie viel Gustav und Emma über Moira wussten.

«Ja. Heute Nacht können sie so oder so erst spät schlafen, da das Geknalle bestimmt bis in die Morgenstunden dauern wird», stimmte ihr Hannes zu. «Ich bin froh, dass sie überhaupt gekommen sind. Jetzt bleiben sie ein paar Tage hier. Jedenfalls so lange, bis sie wieder frisch genug für die Rückfahrt sind.»

Gustav und Emma erschienen zwei Stunden später im Garten, just rechtzeitig zu Kaffee und Kuchen. Sarah erkannte, dass es Gustav wieder gut ging. Sie erkundigte sich nach der Bäckerei und nach den Polinnen. Sie und Moira hatten den Kuchen abgelehnt. Beide tranken bloss Kaffee und eiskaltes Mineralwasser. «Mit Bleeeterli», erklärte Sarah und übertrieb die baseldeutsche Aussprache für die Bläschen, die ihr in die Nase stiegen.

Anni amüsierte sich. Ganz offensichtlich genoss sie ihren Milchkaffee und ein schmales Stück der Schwarzwälder Kirschtorte, die Gustav mitgebracht hatte. Die beiden verstanden sich auf Anhieb. Sarah hörte zwischendurch mit halbem Ohr hin und stellte fest, dass es ihnen nicht an Themen mangelte. Zudem sonnte sich Anni in den

Komplimenten, die ihr Emma dafür machte, wie sie den Enkeltrickbetrüger hinters Licht geführt hatte.

Gegen Abend, als Dutzende von Gästen gekommen, ihre Geschenke deponiert, das Haus besichtigt, und zum Teil auch schon wieder gegangen waren, sass Sarah bei Markus. Moira war in ein Gespräch mit einer in einer hitzetauglichen Haremshose mit engem Oberteil gekleideten und mit langen Ketten und Ohrhängern geschmückten Nachbarin vertieft. Anni unterhielt sich noch immer mit Emma und neu mit einem kleinen Mädchen mit lockigem dunklem Haar, das den beiden alten Frauen sein Computerspiel erklärte.

«So, jetzt bräuchte ich deine Hilfe, wenn es dir nichts ausmacht.»

Hannes war unbemerkt zu Sarah getreten. Sie entschuldigte sich bei Markus und folgte Hannes in die Küche.

«Du hast es toll eingerichtet. Modern, und gleichzeitig passt es zum Stil des Hauses», bemerkte sie, als sie ein grosses gezacktes Messer suchte, um das Holzofenbrot zu schneiden, das Hannes direkt vom Bauernhof hatte.

«Ich habe Unmengen an Katalogen gewälzt und mich zum Teil auch beraten lassen. Vor allem hatte ich die Möglichkeit, mir ein paar der Häuser im Ort von innen anschauen zu dürfen», nickte Hannes. «Es ist unglaublich, wie geschmackvoll sich manche Leute eingerichtet haben.»

«Ich dachte, sie seien alles einfache Bauern», sagte sie.

«Nicht alle. Bei weitem nicht alle!»

«Das habe ich inzwischen auch gelernt. Ich habe mich mit ein paar deiner netten Nachbarn unterhalten und erfahren, dass sie zugezogen sind und nach Basel oder sonst wohin zur Arbeit pendeln.»

«Genau, viele tun das, und es werden immer mehr, die gerne auf dem Land wohnen und die Lage hier schätzen. Doch die Nachnamen Vögtli und Nebel sind verbreitet. Diese Familien sind alle alteingesessen.»

Hannes machte die Sauce für die Salate, die er zuvor gewaschen und geschnitten hatte, und legte Hart- und Weichkäse auf mehrere Holzbrettchen.

«Wenn du die schon einmal in den Garten tragen könntest», sagte er und reichte sie ihr.

«Und komm bitte zurück. Es hat noch Hüttenkäse und Quark im Kühlschrank», rief er ihr nach. «Ich kümmere mich dann um den Rest.»

Sie tat, wie ihr geheissen und Hannes folgte mit den Würsten und dem Fleisch, das er auf den vorgeheizten Grill legte.

Während Sarah von den Salaten und dem gegrillten Gemüse ass, plauderte sie angeregt mit einer von Hannes' Nachbarinnen, die hinter ihrem Haus zwei Pferde hielt. Sarah erzählte ihr, dass sie von klein auf geritten war.

Valérie, so hiess die junge Nachbarin, sagte: «Wenn du Lust hast, können wir gerne einmal zusammen ausreiten. Du bist jederzeit willkommen.»

Moira, die sich nun nicht mehr mit der alternativen Nachbarin unterhielt, war unauffällig zu ihnen hin getreten. Sie guckte Valérie missbilligend an. Sarah hatte die Gelegenheit verpasst, Hannes nach Susan zu fragen.

Schon vor dem Eindunkeln hatten hie und da einzelne Feuerwerkskörper geknallt. Inzwischen zischten ununterbrochen Vulkane und Fontänen gegen den Nachthimmel. Auf einer kleinen Anhöhe hinter dem Werkhof fand eine Feier mit einem Höhenfeuer statt. Sarah wäre gerne hingegangen, aber niemand hatte Interesse, sie zu begleiten und alleine war es ihr zu weit.

«Hannes, hast du auch welche, die wir zünden könnten?», fragte Moira.

«Hat er nicht», informierte sie Markus. «Hannes ist dagegen. Es verpeste die Luft und erschrecke die Tiere, behauptet er.»

Ein paar der Freunde, und vor allem die Kinder, die mitgehört hatten, schauten enttäuscht drein. Sarah war es eigentlich egal. Sie genoss den Abend.

«Was natürlich nicht heissen soll, dass wir keine zünden», ergänzte Simon. «Wir haben gestern eine ganze Menge von dem Zeugs mit dem Auto hochgefahren. Denn heute sind wir mit unseren Rennern hier.»

«Markus und Simon sind unverbesserliche Geldverschwender», flüsterte Hannes Sarah zu. In sicherem Abstand von den übrigen Gästen liessen seine beiden Kollegen eine Rakete nach der anderen steigen. Das Farbenballett, das sie an den Nachthimmel zauberten, musste im ganzen Dorf zu sehen sein. Und obwohl Hannes keinen der Feuerwerkskörper auch nur anfasste und sich stattdessen um die Kerzen in den Lampions und auf den Fenstersimsen und den Tischen kümmerte, schien er happy darüber zu sein, dass seine Freunde dem Einweihungsfest mit ihrem Feuerspektakel das i-Tüpfelchen aufsetzten.

«Ohne euch beide könnte ich längst nicht mehr hier wohnen», sagte Anni am nächsten Tag beim Abendessen. «Oder ich müsste Polinnen engagieren. So wie Gustav und Emma. In der Schweiz käme mich das teuer zu stehen. Es wäre schlicht unbezahlbar.»

«Liebste Anni! Wir wohnen gerne hier. Solange wir bleiben, besteht kein Grund für dich, etwas zu ändern», sagte Sarah und fragte sich, welch düstere Gedanken die alte Frau tagsüber, wenn sie alleine zuhause war, plagen mochten. Seit Sarah und Moira von Schottland zurück waren und von Moiras Grossmutter erzählt hatten, war Anni zusehends nachdenklicher geworden. Und nun hatte sie die Einweihung von Hannes' Haus in Hochwald möglicherweise vollends aus der Bahn geworfen.

«Warst du heute ein bisschen müde?», fragte Sarah. «Immerhin ist's gestern Abend sehr spät geworden.»

«Heute Nacht. Wir sind um ein Uhr zurückgekehrt», korrigierte Anni.

«Ja, du hast lange mit uns durchgehalten.»

«Es war auch nett. Die interessanten Leute und das umgebaute Haus.»

«Anni, was würdest du hinsichtlich deiner Wohnsituation am liebsten tun, wenn du einen Zauberstab hättest?», fragte Moira total unerwartet.

«Ich würde mir damit wünschen, dass wir auf immer zusammen wohnen bleiben und ich nie in ein Altersheim muss.»

«Harry Potter kauft seine *Wands* bei Ollivanders in London», antwortete Sarah und fragte: «Wollen wir uns heute einen Harry-Potter-Film anschauen? Ich habe alle Folgen auf DVD griffbereit.»

Rebecca und Tom posteten Sarah laufend Baby-Bilder. Olivia war zwei Monate alt, hatte das süsseste Lächeln der Welt und vergrösserte damit die Leere, die Sarah jedes Mal von neuem fühlte, wenn sie einen kleinen Erdenbürger traf. War sie mit Moira unterwegs, vermied sie es, hinzuschauen. Wenn sie jedoch alleine war, kam sie an keinem Kind vorbei, ohne es anzulächeln oder mit ihm zu sprechen.

Rebecca und Tom hatten Sarah nicht gefragt, ob sie Patin sein wolle. Becs hatte eine beste Freundin, die in Cornwall wohnte, mit ihr tauchte und segelte und ihr nahe stand. Sie und deren Mann waren Paten.

Sarah dachte an Brigitte. Das letzte, was sie von ihrer Freundin gehört hatte, war überschwängliches Lob über ihre neue Stelle und die Menschen in Ascona. Wenn sie Brigittes Mail richtig interpretiert hatte, so gab es im Tessin einen jungen, umwerfenden Hotelier mit lebhaftem Charme und ernsthaften Absichten. Zu mehr hatte sich Brigitte nicht hinreissen lassen. Vermutlich fehlte ihr die Nähe, die sie damals im Schwarzwald zueinander gehabt hatten. Sarah bohrte nicht tiefer. Sie wusste, wie schwierig die Updates aus dem Alltag waren, sobald man nicht mehr Tür an Tür lebte. Sogar von ihrer Mum, die mit ihrer Enkeltochter Olivia, mit Claire in Clifftop, ihrer Arbeit im Waterside Café und den Wochenenden, die sie bei Harry in Falmouth verbrachte, rund um die Uhr beschäftigt war, hörte Sarah nur sporadisch. Ohne Finlays Schecks wäre auch der Kontakt zu ihrem Onkel eingeschlafen. So aber fühlte sie sich verpflichtet, ihm ihre Fortschritte zu rapportieren. Für gewöhnlich schrieb sie ihm nach ihren Examen, erklärte das Thema, das geprüft wurde und stiess damit auf sein ehrliches Interesse. Finlay bestellte dann Grüsse von Lance, hie und da auch von Izzy, und erkundigte sich jeweils höflich, wie es Anni Haberthür und Moira ging.

Am letzten Samstag im September fuhr Anni mit einer Bekannten zum Wellnessen nach Bad Bellingen. Moira servierte bei einer geschlossenen Veranstaltung im Primo Piatto. Zusammen mit Lucia dekorierte sie am Vormittag den Raum und deckte auf. Die rund 100 Gäste der italienischen Hochzeitsfeier würden nach der Kirche im Restaurant den Apéro nehmen und zu Mittag essen. Dann war Unterhaltung geplant, später nochmals Essen, und anschliessend live Musik und Tanz. Lucia und Massimo betrachteten den pompösen Anlass als Generalprobe für Moiras Auftritte als *Singing Waitress*.

Das hübsche Haus an der Sennheimerstrasse stand still und leer. Es war ein prächtiger Herbsttag, warm wie im Sommer. Sarah wusste nicht, was sie mit diesem sonnigen freien Tag anfangen sollte. Sie mochte weder lernen noch lesen noch alleine in die Stadt gehen. Sie fuhr ihren PC hoch und schaute sich ihre Fotos der kenianischen Frauen an. Erst jetzt fiel ihr auf, wie bunt sie alle gekleidet waren. Einige trugen Kitenge, farbig bedruckte Baumwolle, und andere grelle synthetische Stoffe. Keine der Frauen hatte eine Brille auf. Ob sie alle gut sahen? Oder ob sie eher kein Geld für Sehhilfen hatten? In Kenia hatte sich Sarah nie Gedanken dazu gemacht. Doch hier in der Schweiz, wo viele Menschen, sogar schon Kinder, Brillen trugen, fiel ihr dies genauso auf wie die fröhliche Kleidung der Afrikanerinnen.

Sarah war froh um ihre Notizen. Ohne sie hätte sie einen Teil der ähnlich klingenden afrikanischen Namen bereits wieder vergessen. Kenia war weit weg. Genauso wie das Leben ihres Vaters. Sie stellte ihren PC ab. Es war unsinnig, an einem Tag wie heute im Haus zu brüten. Sie würde nach Hochwald fahren. Sie wollte mit Valérie ausreiten. Wenn nicht heute, wann sonst? Sollte Valérie nicht zu Hause sein, so würde sie Hannes besuchen, entschied Sarah, schlüpfte in eine Jeans und alte Turnschuhe und fuhr mit der Strassenbahn bis nach Dornach und von dort mit dem Bus nach Hochwald.

«Das ist eine Überraschung!», rief Valérie Vögtli, die in leicht verschmutzten Reithosen und wollenen Socken die Haustür öffnete.

«Bist du zum Reiten hier?», fragte sie umgehend und sagte: «Komm erst einmal ins Haus. Möchtest du etwas trinken?»

«Gerne beides. Erst etwas trinken und dann ausreiten, falls du mir eines deiner Pferde anvertraust», sagte Sarah.

«Sicher. Du setzt dich ja nicht zum ersten Mal auf ein Ross. Du bräuchtest jetzt bloss noch einen meiner Helme und geeignetere Schuhe.»

«Sorry, ich weiss, ich habe keine Reitstiefel mit.»

Valérie nickte und fragte: «Schuhnummer?»

Als sie in der Reitkammer danach suchte, fand sie ein Paar passende Stiefel für Sarah und eine Auswahl an Helmen. Dann nahm sie ihr Zaumzeug und ihren Sattel und danach Sarahs sowie zwei Halfter von ihrem Platz. Nachdem Valérie auch die Kistchen mit dem Putzzeug auf dem Vorplatz deponiert hatte, gingen die beiden Frauen die Pferde von der Koppel holen. Burlaiko war ein feiner Araber und Centauro ein Schweizer Kleinpferd mit blonder Mähne.

«Nimm Centi. Burli hat seine Macken. Ich kenne ihn», entschied Valérie und streifte dem Araber sein Halfter über. Sarah tat, nachdem sie ihn ausgiebig gestreichelt hatte, dasselbe mit Centauro.

Zusammen führten sie die beiden Pferde auf den mit Wackersteinen gepflasterten Platz vor dem Stall, um sie dort zu striegeln, zu satteln und zu zäumen. Als sie Centauros Kopf mit ihrem rechten Arm umfasste, ihm mit der linken Hand die Wassertrense ins Maul schob und mit der rechten das Zaumzeug nach oben zog, spürte sie Valéries prüfenden Blick.

«Alles okay?», fragte sie.

«Ja, er lächelt, sieht gut aus», nickte Valérie und warnte: «Vorsicht, dein Sattel könnte rutschen.»

Sarah kitzelte Centauro am Bauch, damit dieser die eingezogene Luft abliess und sie den Sattelgurt um zwei Loch nachziehen konnte. Dann prüfte sie die Länge der Steigbügel und ob sie diese neu einstellen musste.

«Du kannst sie lassen», schätzte Valérie. «Wir sind ja gleich gross.»

«Okay, dann wäre ich jetzt bereit», sagte Sarah und nahm Centauro das Stallhalfter ab, das lose um seinen Hals hing. Sie freute sich, nach langer Zeit wieder einmal auszureiten. Valérie entschied, den Weg über den Nättenberg Richtung Seewen einzuschlagen, unter der Bürenflue und an St. Pantaleon und Nuglar vorbei, nach Gempen hoch und von dort auf der Ebene zurück nach Hochwald zu reiten. Sarah war natürlich einverstanden. Ihr sagten die Orts- und Flurnamen nichts.

«Ich kenne jeden Baum und Strauch persönlich», lachte Valérie und sass behutsam auf, ohne sich in den Sattel plumpsen zu lassen.

Auf den Wegen aus Jura-Splitt gingen die Pferde in zügigem Schritt; auf den Grasstreifen trabten und auf dem Waldboden galoppierten sie. Valérie achtete darauf, dass sie die Tiere unter Kontrolle hatten. Sobald sie auf eine abschüssige Teerstrasse kamen, stieg sie ab und führte ihr Pferd. Sarah tat es ebenso und spürte, wie Centauro ihre rechte Schulter anschubste, während sie neben ihm her schritt. «Wir beide mögen uns, nicht wahr?», murmelte sie. Centauro schnaufte und stiess sie erneut an. Sie lachte und rief Valérie, die ihr Pferd ein paar Meter vor ihr führte, zu, sie habe Durst. Sie wolle in Gempen, im letzten Dorf, durch das sie kommen würden, etwas trinken. «Ich hab' Geld dabei, ich lade dich ein. Bis jetzt war es ein wunderbarer Ausritt.»

Sie stiegen erst am frühen Abend von ihren Pferden, und Sarah ahnte, welch gewaltiger Muskelkater sie am nächsten Tag plagen würde. Sie spürte ihre Beine kaum und sehnte sich nach einem heissen Bad. Doch sie riss sich zusammen, hob den Sattel vom verschwitzten Pferderücken und tauschte das Zaumzeug gegen das Stallhalfter. Behutsam kratzte sie Centauros Hufe aus, rieb ihn trocken, und führte ihn in den Offenstall, wo ihn sein Futter erwartete. Als sie ihm ein letztes Mal über die lange Mähne fuhr, genüsslich den würzigen Duft von Heu und verschwitztem Pferd einsog, malmte er bereits.

«In einer halben Stunde gibt es auch für uns Abendessen», sagte Valérie, die seit dem Tod der Mutter mit ihrem Vater zusammen wohnte. «Lass uns davor noch putzen und aufräumen.»

«Klar. Ich mache das», antwortete Sarah, wusch die beiden Trensen, hängte die Sättel und das Zaumzeug in die Sattelkammer und legte die Schabracken über zwei Schemel an der frischen Luft zum Trocknen.

«Isst du mit?», fragte Valérie, die in der Zwischenzeit den Vorplatz kehrte.

«Danke, dass du fragst. Und danke für den wunderbaren Nachmittag. Aber ich schaue jetzt lieber kurz bei Hannes rein», antwortete Sarah.

«Keine Ursache. Jederzeit. Es hat Spass gemacht», sagte Valérie.

Als Sarah mit Valérie zum Stall zurückgeritten war, hatte sie vor Hannes' Hause seinen Golf gesehen. Jetzt zog sie die Schnur der antiken Klingel, die wie eine winzige Kirchenglocke funktionierte. Sie hoffte, dass er alleine und nicht auf dem Sprung in den Ausgang sei.

«Sarah! Sag mal! Warst du reiten?», rief er zur Begrüssung.

«Ja, zusammen mit Valérie. Ich dachte, ich statte dir einen kurzen Besuch ab. Wenn ich schon hier bin.»

«Perfekt. Komm rein», bat Hannes und sagte: «Uff, du riechst eindeutig nach Pferd.»

«Sorry. Ich bin auch verschwitzt. Eigentlich sollte ich duschen, oder noch besser, mich in eine Badewanne legen.»

«Nur zu. Kannst du alles haben», offerierte Hannes.

«Wirklich? Würdest du mir auch ein sauberes Shirt leihen?», fragte sie.

Sarah hatte etwas Badesalz gefunden. Seit ewig entspannte sie nun schon im stetig abkühlenden Wasser. Fast wäre sie eingeschlafen. Sie überlegte, ob Hannes, wenn sie nur lange genug trödelte, nach ihr schauen würde. Sie fragte sich auch, ob und wie sie ihn verführen könnte. Wenn sie wirklich ein Baby wollte, dann würde sie es auf natürlichem Weg empfangen. Egal, was Moira dazu meinte.

Ein vertrauter Klingelton riss Sarah aus ihren Überlegungen. Sie stieg aus der Wanne, griff sich ein flauschiges Badetuch und dann ihr Mobiltelefon von der Kommode im Flur. Verpasster Anruf. Von Moira. Während Sarah ihr eine SMS schrieb, rutschte ihr das Tuch weg. Hannes kam die Treppe hoch, hob es vom Boden auf und rubbelte Sarahs Haar damit trocken. Dabei blickte er ihr tief in die Augen. Dann küsste er sie, hob sie hoch, trug sie in sein Zimmer und legte sie dort sanft aufs Bett.

Eine Stunde später zog er sich an und ging hinunter in die Küche, um das Abendessen zu kochen. Sie räkelte sich zufrieden auf dem Bett und prüfte, ob Moira auf die SMS geantwortet hatte. Da dies nicht der Fall war, rief sie sie an, sagte: «Hallo, ich liebe dich» und erklärte der verdutzten Moira, die gerade Pause machte und von ihrem anstrengenden Tag erzählen wollte, dass sie bei Hannes in Hochwald sei.

«Ich war mit Valérie Vögtli reiten, und danach habe ich bei Hannes ein Vollbad genommen. Wir werden jeden Moment zusammen essen.»

«Wie? Du hast bei Hannes gebadet?», fragte Moira, und Sarah

hörte das Misstrauen. «Sicher. Ich habe fürchterlich nach Pferd gestunken», sagte sie und dachte: Telepathie. Sie kann Gedanken lesen. Ich liebe sie. Ich liebe sie …

«Liebst du mich?», fragte Moira, nachdem sie lange geschwiegen hatte.

«Mehr als jeden anderen Menschen auf dieser Welt», flüsterte Sarah.

Als sie in ihren Jeans und einem von Hannes' Holzfällerhemden, das ihr bis knapp über die Knie reichte, in der Küche auftauchte, sprudelte das Salzwasser für die Spaghetti und eine Tomatensauce köchelte vor sich hin. Hannes rührte sie mit einem Holzlöffel um. Für Sarah blieb, ausser ein Schälchen mit geriebenem Parmesan ins Wohnzimmer zu tragen und sich dort an den gedeckten Tisch zu setzen und zu warten, nichts zu tun. Schliesslich kam Hannes, schenkte ihr Rotwein ein, servierte einen grünen Salat und die Pasta mit der nach Basilikum duftenden Sauce und stiess augenzwinkernd mit ihr an. Er selbst trank zum Essen bloss Leitungswasser.

«Trinkst du keinen Wein?», fragte sie.

«Nein, ich sollte nicht. Ich werde dich später nach Dornach hinunter fahren müssen. Um diese Zeit gibt es von hier kaum mehr Busse ins Tal.»

«Nein, wie blöd. Soweit habe ich nicht gedacht.»

«Nachts wird es auch schon kalt. Aber du kannst dir einen dicken Pullover von mir leihen.»

«Oh Hannes! Ich habe überhaupt nichts überlegt!», rief Sarah

Hannes beschwichtigte sie: «Macht nichts. Es war sehr schön. Schön, dass du mit Valérie eine Reitkameradin gefunden und mich besucht hast.»

«Ja, das war es. Hättest du heute alleine essen müssen?»

«Sicher, das macht mir nichts aus. Ich bin die ganze Woche unter Menschen. Und bald kommt Susan.»

«Wirklich? Wo und wie habt Ihr euch eigentlich kennengelernt?»

«In Italien. Bei einer Konferenz zur Planung von Schutzmassnahmen in Erdrutschgebieten.»

«Aha. Ich kann mir nicht richtig vorstellen, was eine Geologin macht.»

«Kommt drauf an. Viele kommen in Ingenieurbüros unter, bei Behörden und Umweltämtern. Susan zum Beispiel interessiert sich für Landschafts- und Umweltplanung.»

«Würde sie hier leben wollen?»

«Warum nicht? Immer vorausgesetzt, dass eine renommierte Firma ihr eine interessante Arbeit in einem guten Team anbietet.»

«Das gilt auch für mich», seufzte Sarah. «Ich habe keine Ahnung, ob ich bis zum Master weitermachen oder nicht doch lieber eine Arbeit suchen soll. So langsam steht mir das Studium hier.»

Sie hielt sich die rechte Hand unters Kinn und schloss die Augen.

«Sarah! Wenn du wirklich nicht bis zum MA studieren und danach an der Uni arbeiten willst, müsstest du dir schon bald Gedanken zu deinem Einstieg in die Praxis machen. Ein Bachelor in Ethnologie scheint mir ein ehrenwerter Abschluss. Doch passende Jobs sind rar.»

Als Sarah enttäuscht schwieg, relativierte Hannes: «Falls du bereit wärst, mit einem wenig fachrelevanten Job einzusteigen, hättest du vermutlich bessere Chancen, etwas zu finden.»

«Ich mache meinen BA ja erst in einem Jahr. Finlay sagt, ich *müsse* einfach Bestnoten schreiben.»

«Absolut. Aber es geht schneller als du denkst», sagte Hannes. «Im Übrigen ist die Mutter von Markus, dem Kollegen, den du an meinem Einweihungsfest kennengelernt hast, Leiterin einer Koordinationsstelle für Familie und Beruf für Ausländerinnen. Eine ihrer Mitarbeiterinnen geht genau in einem Jahr in Rente. Ich weiss nicht mehr, wie wir darauf zu sprechen kamen. Aber an deiner Stelle würde ich dort rechtzeitig anrufen.»

«Wirklich?»

«Sicher Sarah. Du sprichst vier Sprachen; du hast ein Jahr lang in

Frankreich gelebt und in Florenz eine Sprachschule besucht und an beiden Orten gejobbt. Zudem hast du eine solide Allgemeinbildung und kannst gut organisieren. Ich finde auch, dass du mit Menschen verschiedener Kulturen umgehen kannst. Sogar in heiklen Situationen. Und vergiss deine Erfahrungen nicht, die du bei deinem Aufenthalt in Kenia und bei deinen Praktika, vor allem bei jenem auf dem Sozialamt, gesammelt hast. Das alles zählt.»

«Wow! Meinst du wirklich?»

«Natürlich! Du bist bedeutend selbständiger als die meisten Gleichaltrigen. Warum nimmst du nicht schon einmal Kontakt mit Markus' Mutter auf? Das kann bestimmt nicht schaden.»

Es war weit nach Mitternacht, als Sarah an die Sennheimerstrasse zurückkehrte, wo Anni und Moira im abgedunkelten Wohnzimmer warteten.

«Seid ihr extra für mich aufgeblieben?», fragte Sarah, die Moiras müden Blick auffing und sah, dass ihre Freundin die Schuhe ausgezogen und die Beine hochgelagert hatte. Normalerweise lag Anni auf dem Relaxsessel.

«Für wen sonst?», schnaubte Moira. «Wir warten nicht auf Einbrecher.»

«Sorry. Du hast bestimmt einen sehr anstrengenden Tag hinter dir», entschuldigte sich Sarah. «Willst du mir davon erzählen?»

«Nein, nicht jetzt. Morgen. Jetzt will ich ins Bett.»

«Komm, erzähl schon», insistierte Sarah. Sie fühlte sich richtig beschwingt.

«Ich habe früher als vereinbart Schluss gemacht. Obwohl die Gäste laufend nach Zugaben von mir verlangten, spielte Massimo als es spät wurde Musik aus der Konserve und liess mich nach Hause gehen. Aber du, meine Liebste, du nimmst dir alle Zeit der Welt mit diesem Hannes.»

«Es ist ein langer Weg von Hochwald bis hierher», sagte Sarah kleinlaut.

«Natürlich», antwortete Moira schneidend. «Ich gehe jetzt schlafen.»

«Ich auch. Ihr solltet euch nicht streiten», sagte Anni. Sie erhob sich mühsam vom Sofa. «Missverständnisse kommen in den besten Familien vor.»

«Welche Missverständnisse meinte sie?», fragte Sarah, als sie mit Moira die Treppe hochstieg.

«Ich hatte Angst, dass du bei Hannes übernachtest», antwortete Moira. «Anni hingegen vertraute darauf, dass du zurückkämest. Sie bot an, aufzubleiben und auf dich zu warten.»

«Das war nun wirklich nicht nötig», sagte Sarah. «Hannes hat mich nach Dornach gefahren, sodass ich die letzte Strassenbahn erwischte.»

«Du hast dort gebadet!»

«Derweil er für uns beide gekocht hat! Er liebt Susan, und ich liebe dich», beschwichtigte Sarah die zum Umfallen müde Moira. «Zudem hat er mir Tipps gegeben, wie und wo ich mich nach meinem Uni-Abschluss bewerben kann.»

Moira schwieg und Sarah sagte, wenig überzeugend: «Da besteht kein Grund zur Eifersucht. Ich liebe dich.»

«Ich bin mir in dieser Hinsicht nicht so sicher. Immerhin war da einmal mehr zwischen euch beiden, wenn ich das richtig verstanden habe.»

«*Tempi passati, cara mia*», flüsterte Sarah. Im Stillen dankte sie Hannes dafür, dass er beim Abendessen die Bettszene totgeschwiegen hatte.

Die Wochen flogen dahin, es ging auf Weihnachten zu. Sarah erinnerte sich, wo sie in den vergangenen Jahren gefeiert hatte. In der Bretagne, in London, im Schwarzwald und das letzte, eindrücklichste Weihnachtsfest, zu dem sie Moira nach Clifftop eingeladen hatte.

«Denkst du hin und wieder an Dave?», fragte sie Moira, als sie an einem Abend im Advent mit dem Tram in die Stadt fuhren.

«Warum? Hat er dir geschrieben?»

«Nein, hat er nicht. Aber ich denke trotzdem oft an ihn. Ich weiss nicht, weshalb ausgerechnet jetzt.»

«Weihnachten?» Moira zog die Augenbrauen hoch. «Vor einem Jahr sind wir von Kenia nach England zurückgekommen. Es war klar, dass wir in Cornwall feiern würden. Und dieses Jahr haben wir noch keinen Dunst, was wir tun. Da denkst du vermutlich zurück.»

«Das ist kein Grund für meinen Dad, durch meinen Kopf zu geistern.»

«Vielleicht doch?» Moira zog schon wieder ihre Augenbrauen hoch.

Sarah stellte fest, dass Moira, seit sie als *Singing Waitress* im Primo Piatto arbeitete, Massimos Mimik angenommen hatte. Im Moment fanden dort fast täglich Weihnachtsfeiern von Kleinbetrieben statt. Der heutige freie Abend war eine löbliche Ausnahme, die es zu geniessen galt.

«Ich würde ihm eine E-Mail schreiben. Auch wenn dies gegen eure Abmachung ist. Er ist dein Vater.»

«Schon. Aber er hat mich darum gebeten, den Ball flach zu halten», zögerte Sarah. «Ich erinnere mich an ihn wie an einen flüchtigen Bekannten, den ich zufällig auf einer Reise getroffen habe. Beinahe wie in einem Traum.»

Moira schwieg, und Sarah realisierte, wie viel länger ihre Freundin Dave gekannt hatte. Sie war sich nicht sicher, ob er nicht hätte Moiras Liebhaber sein können. Doch Moira sagte, sie habe noch nie mit einem Mann geschlafen.

Die beiden waren inzwischen am Barfüsserplatz aus der Strassenbahn ausgestiegen. Der hiesige Weihnachtsmarkt galt als der schönste der Schweiz. Doch die geschmückten Holzbuden standen zu gedrängt. Es gab kaum Platz in den Gängen dazwischen. Nach dem Eindunkeln, sobald die Beleuchtungen in den Strassen und dekorierten Schaufenstern angingen und die Lichterketten der Mittleren Brücke sich im trägen Rhein spiegelten, bummelten Tausende durch die Innenstadt. Einige erledigten ihre Einkäufe, andere assen und tranken etwas Kleines und gingen später ins Kino, Theater oder in ein Konzert. Auf dem Barfüsserplatz war an jenem Abend kein Durchkommen. Als der Geruch von Grillwürsten und Glühwein in ihre Richtung wehte, rümpfte Sarah die Nase. «Mir wird schlecht», sagte sie.

«Wollen wir weiter?», fragte Moira.

«Ja. Lass uns zum Münsterplatz spazieren. Dort gibt's hoffentlich weniger Gedränge», nickte sie und hängte sich bei Moira ein.

Als Sarah auf einen Lebkuchenstand zusteuerte und sich dort ein grosses Herz kaufte, kniff Moira sie durch den Wollmantel neckisch in den Arm.

«Ich finde es schön, wie du in letzter Zeit leicht an Gewicht zugelegt hast. In Afrika warst du ein richtiges Gerippe. So bist du viel attraktiver, oder?», sagte sie und drückte Sarah einen Kuss auf die Wange.

«Ja sicher», sagte Sarah und blickte zur Seite. Seit Oktober hatte sie keine Periode mehr. Der Schwangerschaftstest, den sie daraufhin gemacht hatte, war positiv gewesen. Sie hatte sich nach einer guten Frauenärztin umgehört und Anfang Dezember bei ihr einen Termin bekommen. Es bestand kein Zweifel. Sie war schwanger und würde sich nun regelmässig in der Frauenklinik untersuchen lassen. Im Januar war das Ersttrimester-Screening fällig. Nach einem einzigen Koitus, dachte sie und hoffte, dass ihr Moira glauben würde. Sarah fürchtete sich vor einer Szene. Trotzdem musste sie Moira bald informieren. Vermutlich auch Hannes. Sie hatte Bange und empfand zugleich Freude. Ihr Haar war dicht und glänzend. Sie hatte keinerlei gesundheitliche Probleme und studierte weiter, ohne, dass jemand die kleinen Veränderungen, die sie täglich wahrnahm, bemerkt hätte.

Auch am folgenden Montagabend hatte Moira frei. Sie lümmelte sich in ihrer ganzen Länge auf das Bett. Sie schien einen Krimi lesen zu wollen. Sarah kam ihr zuvor und erzählte. «Ich bin soeben zurück aus der Stadt. Ich habe meinen Lieben zu Hause keine richtigen Geschenke gekauft, sondern ihnen Läckerli und Schokolade zuschicken lassen. Im Spezialgeschäft haben sie hübsche Weihnachtsdosen und kümmern sich kompetent um den Versand.»

«Gute Idee, das werde ich genauso tun. Meine Eltern verbringen die Festtage in Ägypten. Ich kann Gran die Geschenke ins Altersheim schicken.»

«Hast du kürzlich von ihr gehört?»

Moira legte das Buch zur Seite. «Ja, es geht ihr einigermassen gut. Ich rufe sie wöchentlich an, und wenn ich sie einmal nicht erreiche, spreche ich mit der Station. Die Pflegerinnen geben mir immer bereitwillig Auskunft. Sie kennen mich inzwischen. Mum geht anscheinend auch hie und da vorbei, wenn sie zuhause ist.»

«Ich konnte es auch nicht lassen», bekannte Sarah. «Ich habe Dave eine E-Mail in seinen Fischereibetrieb geschickt. Doch sie geht nicht durch. Ich habe es mehrmals versucht.»

«Wie? Was meinst du damit?», fragte Moira.

«Komm in mein Zimmer. Ich zeige es dir.»

Zusammen lasen sie: *recipient unknown,* prüften, ob Sarah die Adresse richtig getippt hatte, und da dies der Fall war, suchten sie nach Daves Firma.

«Oops, jetzt müssen wir eine Nachtschicht einlegen», sagte Moira. «Schau, die Firma wurde aufgelöst. Schon vor ein paar Monaten.»

Obschon die beiden das Internet auf eine Erklärung für die Gründe der Auflösung und nach einer neuen E-Mail-Adresse durchforsteten, wurden sie nicht fündig. Der Fischereibetrieb hatte sich in Luft aufgelöst.

«Jetzt bleibt uns bloss, ihn auf seinem Mobiltelefon anzurufen, ihm eine SMS oder eine Schneckenpost zu schicken», sagte Moira.

«Er hat kein privates Telefon. Er erledigte auch seine persönlichen Angelegenheiten übers Geschäft. Auch unseren Brief habe ich damals an das Postfach seiner Firma adressiert. Erinnerst du dich? In Kenia gibt's keine Hauszustellung.»

«Das heisst, wir können ihn gar nicht kontaktieren», murmelte Moira.

«Wie sollten wir? Wo die Firma doch aufgelöst scheint? Im Haus hatte er weder Telefonanschluss noch einen PC. Es würde mich überraschen, wenn er ein privates Postfach hätte. Jetzt, wo es seine Firma nicht mehr gibt, müssten wir ihm postlagernd ans Hauptpostamt in Kisumu schreiben.»

«Das scheint mir nun wirklich sehr riskant», sagte Moira. «Ich habe eine bessere Idee. Ich kontaktiere Abuya und frage sie. Sie weiss, dass ich ihn kenne, denn wir drei haben uns an Soeur Céciles 80. Geburtstag getroffen.»

Die Künstlerin zu finden stellte sich als vergleichsweise einfach heraus. Sie hatte ihre eigene Website mit E-Mail-Adresse.

«Meinst du, dass sie sich auch an mich erinnert?», zweifelte Sarah.

«Vielleicht? Wir zwei waren ja in jenem schicken Strandhotel bei einer ihrer Vernissagen. Ich werde deinen Namen aber nicht erwähnen. Und Soeur Cécile möchte ich nicht behelligen. Sie schreibt mir kaum noch. Zudem kennt sie Daves wahre Geschichte.»

«Einige der Fischer und Akinyi haben auch Mobiltelefone. Doch ich kenne weder ihre Nummern noch ihre Familiennamen», wandte Sarah ein.

Moira überlegte kurz.

«Wie sollte ich?», sagte Sarah. «Ich habe Akinyi ein einziges Mal in ihrem Dorf besucht und sie nie angerufen. Die Fischer schon gar nicht.»

«Wussten sie, dass du seine leibliche Tochter bist?», fragte Moira.

«Jein. Ich weiss nicht warum, aber wir haben ein Rätsel daraus gemacht. Ich nannte ihn nie Dad, sondern durchwegs bei seinem Vornamen. Und er sagte, dass uns die Afrikaner mit andern Augen sehen und allfällige Ähnlichkeiten zwischen einzelnen Europäern nicht erkennen können.»

«Dein Vater, welch rätselhaftes Wesen. Genau wie meiner. Sie hüten Geheimnisse, steigen aus, hauen ab und lassen nie mehr von sich hören.»

Sarah und Moira feierten Weihnachten an der Sennheimerstrasse. Sarah überlegte sich, ob die Feiertage eine gute Gelegenheit wären, Moira von dem Kind zu erzählen, das Ende Juni geboren werden würde.

«Ihr macht mir so viel Freude», hatte Anni gestrahlt, als Sarah und Moira ihr ihre Absicht mitgeteilt hatten, die Feiertage bei ihr zu verbringen. «Wer hätte das gedacht! Ich habe mehr jugendliche Gesellschaft als einige meiner Bekannten, die eigene Kinder grossgezogen und ins Zentrum ihres Lebens gestellt haben.»

«Ja, Undank ist der Welten Lohn», wusste Sarah, die sich noch immer für Sprichwörter begeisterte. «Meine Mum könnte dies ebenso sehen …»

«… wenn sie mit Harry nicht dermassen glücklich wäre. Sarahs Mum hat nämlich seit beinahe zwei Jahren einen neuen Partner», fügte Moira bei und erwähnte Sarahs Dad mit keinem Wort.

Anni lud für den Heiligen Abend neben Sarah und Moira auch Hannes und Susan zu einem Fondue ein. Susan Davis hatte per Januar eine Anstellung bei einem in der Region Basel ansässigen Kompetenzzentrum für Geothermie gefunden und, obwohl die Firmensprache Englisch war, im Dezember vorsorglich einen intensiven Deutschkurs im Einzelunterricht besucht.

«Viele Schweizer essen an den Festtagen ein Fondue Bourguignonne. Für Sarah jedoch wären die rohen Fleischstücke auf dem Esstisch eine Zumutung. Finde ich jedenfalls. Darum nehmen wir Käse», erklärte Anni.

Kaum waren Susan und Hannes am Heiligen Abend ins Wohnzimmer getreten, entdeckte Susan auch schon eine Schale mit Halbedelsteinen auf dem Fenstersims. Sie konnte jeden identifizieren. Anni erzählte, wie sie die Steine auf einer Reise durch Südafrika, mit ihrem Mann selig, für wenig Geld gekauft hatte.

«Es sind super schöne Trommelsteine», lobte Susan, und Sarah fragte sie: «Warum heissen sie so?»

«Weil ihre Oberfläche in einer sich drehenden Trommel mit Schleif- oder Poliermittel glatt geschliffen wird.»

«Unserer Reisegruppe wurde damals gesagt, dass die Form zufällig sei, je nachdem welche Flächen während der Produktion aneinander reiben», erinnerte sich Anni.

«Stimmt. Jeder *tumbled stone* ist ein Unikat», nickte Susan und wählte einen besonders schönen Rosenquarz. Sie legte ihn auf ihre linke Handfläche und hielt ihn fest. «Der Stein für Verliebte. Er lasse Sehnsüchte und Wünsche wach werden», lächelte sie.

«Oh. Wenn das so ist, dann dürfen Sie ihn gerne behalten», bot Anni an. «Sie sehen ja, wie viele ich davon besitze.»

«Richtig. Anni Haberthür ist eine stein-reiche Frau. Aber genauso wichtig ist ihr grosses Herz», sagte Hannes und überreichte Anni einen Weihnachtsstern mit Goldsprenkeln auf den roten Hochblättern. Das Eis war gebrochen. Anni bot Susan das Du an, Susan bedankte sich für den Rosenquarz, und Hannes lobte den Christbaum, der im Erker zur Strasse hin stand und, gleich einer Primadonna im Rampenlicht, alle Blicke auf sich zog.

«Bei uns ist das 'Chrischbom lobe' eine Tradition. Wer einen Christbaum lobt, erhält im Schwarzwald einen Schnaps offeriert», sagte Hannes.

«Anni bietet Prosecco zum Aperitif an. Den Kirsch gibt's zum Fondue», berichtigte Sarah, etwas unsicher, ob dies nun ein Fehler sei.

«Ist genau richtig so», beruhigte sie Hannes. «Ich wollte halt auch etwas Gescheites sagen. Bei uns wird der Christbaum in den Tagen zwischen den Jahren gelobt. Da besucht man seine Nachbarn, sagt, wie schön der 'Bom' geschmückt sei und trinkt zusammen einen wärmenden Schnaps.»

«In der Schweiz heisst diese Zeit Altjahrswoche», meldete sich Moira.

«Woher weisst du das?», fragte Sarah, «ist ja sehr speziell.»

«Aber korrekt. Genau so sagt man», bestätigte Anni. Dann bat sie Hannes, den Prosecco bitteschön im Garten zu öffnen. Sarah trank Orangensaft.

«Sarah, komm», rief Moira gegen Mittag des 25. Dezembers. «Abuya hat soeben auf meine Mail geantwortet.»

«Was hat sie geschrieben? Hat sie dir die Nummer von Daves P.O. Box gemailt?»

«Ich habe die Mail nicht geöffnet. Ich dachte, wir sollten sie zusammen anschauen.»

Erst nachdem Sarah die Nachricht einmal, dann zweimal und schliesslich ein drittes Mal gelesen hatte, sank der Inhalt in ihr Bewusstsein.

Sie lehnte sich an Moiras Schulter, wurde gewahr, wie sanft ihre Freundin den Arm um sie legte und zu weinen begann. Sarah sass wie versteinert. Sie verspürte einen Zwang, die Unglücksbotschaft auszudrucken.

Liebe Moira
Ich erinnere mich gut an dich und daran wie wir mit Dave und Soeur Cécile ihren runden Geburtstag feierten.

Leider muss ich dir mitteilen, dass Dave Baxter vor einem halben Jahr verstorben ist. Er wollte drei Fischer aus Seenot retten. Er fuhr im Motorboot auf den See und alle vier ertranken. Der Viktoriasee ist bekannt für seine stürmischen Nächte, in denen jedes Jahr tausende Fischer sterben.
Daves Firma wurde seinem letzten Willen gemäss zu einer Kooperative. Sie fischt heute nicht mehr für den Export, sondern ausschliesslich für die Region um Kisumu.
Soeur Cécile ist sehr schwach. Sie verlässt ihr Zimmer nicht mehr.
Ich hoffe, dir mit diesen Informationen geholfen zu haben. Besuche mich, wenn du das nächste Mal nach Kenia kommst. Herzlich, Abuya

Der Stephanstag war ein Feiertag und Sarah war froh, dass sie nicht an die Uni musste. Zwar hatte sie im Gegensatz zu Moira keine verweinten Augen, obgleich sie unentwegt an ihren verstorbenen Dad dachte. Das Schlimmste war, dass sie sich nicht Anni anvertrauen konnte, wie sie es sich angewöhnt hatte. Anni wusste nicht, dass Sarah in Kenia ihren vermissten Vater getroffen hatte. Sarah hätte die Geschichte von Anfang an aufrollen müssen und dazu fehlte ihr jetzt die Energie. So liess sie Anni, der Moiras verschwollene Augen gestern Abend nicht entgangen waren, im Glauben, sie beide hätten erneut Differenzen. Sie duschte ausgiebig, zog ihr Lieblingskleid mit passenden Leggins an und ging danach barfuss in Moiras Zimmer. Ihre Freundin stand am Fenster und starrte in die laub- und trostlosen Baumkronen. Sarah trat hinter sie und legte ihr beide Arme um die Taille.

«Sehen aus wie Skelette», wimmerte Moira. «Ich möchte jetzt nicht.»

«Ich auch nicht. Ich wollte bloss sehen, wie es dir geht», sagte Sarah. «Kommst du zum Frühstück?»

Nachdem Sarah mit Anni in der Küche einen Kaffee getrunken und Moira eine Tasse ins Zimmer gebracht hatte, sagte Moira: «Ich frage mich, warum uns Abuya nur kurz und sachlich geschrieben hat. Dave war ihre Jugendliebe!»

«Ja. Aber erstens ist das lange her, und zweitens empfinden Afrikaner anders. Eines ihrer Sprichworte sagt 'Der Mensch wird geboren, um zu leben und zu sterben.' Zudem sind viele von ihnen überzeugt, dass der Verstorbene durch eine weibliche Person, die gerade schwanger ist, zurückkehrt.»

«Trotzdem! Abuya ist katholisch erzogen worden. Sie lebte zehn Jahre lang bei den Nonnen auf der Missionsstation.»

«Eben», sagte Sarah. «So hat sie sich das Beste aus dem Christentum und den Naturreligionen herausgepickt, es vermischt und verinnerlicht.»

«Das ist deine Interpretation», antwortete Moira und fragte: «Sollen wir ihr zurückmailen und kondolieren?»

«Ich würde dies nicht tun. Es ist ein halbes Jahr vergangen. Sie hat längst von ihm Abschied genommen.»

«Bist du nicht auch unendlich traurig?», fragte Moira. «Für mich sitzt er noch immer Zeitung lesend in der Bar in Kisumu unter der gelben Markise, sein Gesicht halbwegs vom «East African» verdeckt. So wie ich ihn das erste Mal und später immer wieder erblickt habe.»

«Natürlich bin ich sehr traurig», analysierte Sarah ihre Gefühle. «Und doch ist er nun das, was wir schon immer dachten. Ertrunken.»

«Ja, es ist seltsam, wie dein Dad damals vorgegeben hat, bei einem Sturm vor Cornwalls Küste umgekommen zu sein und wie er nun wirklich bei einem Sturm gestorben ist. Er wollte die Fischer retten.»

«Bei ihnen hat er sich wohl gefühlt, vermutlich wohler als in Clifftop. Ich weiss es nicht. Ich rate bloss. Er war nicht zu durchschauen.»

«Aber nach all den Jahren, die er dort gearbeitet hat, musste er doch wissen, dass der Viktoriasee als das gefährlichste Gewässer der Welt gilt», wandte Moira ein.

«Natürlich. Er hat mir auch den Grund dafür erklärt. Nachts prallen die Winde vom rundum abkühlenden Festland über dem wärmeren See aufeinander und zusammen mit der Verdunstung verursachen sie die brutalsten Gewitter und die schrecklichsten Stürme.»

«Und trotzdem ist er in jener Nacht raus gegangen?»

«Es scheint so. Als ich bei ihm lebte, hätte er es nicht getan. Bevor er raus fuhr, konsultierte er jeweils den Wetteralarm.»

«Meinst du, dass deine Mum etwas gespürt hat, als er starb?»

«Nein, das glaube ich nun wirklich nicht. Sie war im Sommer mit Harry in Rom. Zum ersten Mal in ihrem Leben in der Ewigen Stadt und bestimmt im siebten Himmel.»

«Beruhigt es dich, dass wir Jane nichts von unserer Begegnung mit Dave erzählt haben?», fragte Moira vorsichtig.

«Ja, schon», sagte Sarah. «Man stelle sich vor, wie sie gelitten hätte. Erst glaubte sie ihn 20 Jahre lang tot. Dann erzählen wir, er sei noch am Leben. Und ein Jahr später ist er wirklich ertrunken. Eine wahre Wippe der Gefühle.»

«Und was ist jetzt, wo er tatsächlich verstorben ist?», fragte Moira.

«Jetzt, finde ich, hat sie ein Recht auf seine wahre Geschichte», sagte Sarah. «Ich werde sie ihr gelegentlich erzählen. Doch erst muss ich sie verdauen.»

«Nun, wo Jane Harry als Stütze hat, ist es wohl weniger schlimm, als wenn sie noch immer alleine wäre», fand Moira.

«Richtig, das hat Finlay auch so gesagt.»

«Woher weiss *er* denn davon?», fragte Moira. «Wir haben einander doch versprochen, es niemandem zu erzählen.»

«Es tut mir leid, Moira. Ich habe ihm eben doch erzählt, dass mein Dad noch lebt.»

«Wann denn das?»

«Nach der Weihnachtsfeier in Clifftop, als du und Jane aufräumten und sauber machten während Finlay und ich einen Tag lang zusammen wandern gingen.»

Sarah strich sich durchs kurze Haar, sagte sie werde versuchen, Daves Augen, sein Lächeln, seine ganze Erscheinung in ihrem Herzen zu bewahren.

«Ich habe in Kenia kein einziges Foto von ihm gemacht», bedauerte sie. «Er wollte es nicht. Erinnerst du dich? Im Nachhinein scheint das seltsam.»

Sarah ruhte sich nach dem Mittagessen aus. Sie lag auf dem Rücken auf ihrem Bett, die Arme neben sich gestreckt und konzentrierte sich auf ihr Finger-Yoga. Doch ihre liebsten Mudras, die vier oder fünf, mit denen sie sich langweilige Vorlesungen verkürzte, wollten ihr jetzt nicht helfen. Sie schämte sich für ihren Gedanken, Daves Tod mache vieles leichter. Doch dem war so. Sie nahm sich vor, ihren nächsten Urlaub in Cornwall zu verbringen, alleine und in der Vorsaison, damit ihre Mum Zeit hatte, mit ihr und den Hunden spazieren zu gehen. Sarah fiel es leicht, dabei Gespräche zu führen. Doch zuvor musste sie Moira darüber aufklären, dass sie schwanger war. Erst wenn Moira dies wusste, konnte Sarah die ihr verbleibende Zeit bis zur Geburt nutzen. Sie wollte ihr Studium fortsetzen und es in einem Jahr erfolgreich abschliessen. Sie freute sich darauf, bald bei der Koordinationsstelle für Familie und Beruf für Ausländerinnen schnuppern zu dürfen, sich schon einmal mit den dort anfallenden Aufgaben vertraut zu machen. Sie hoffte, dass sie sich soweit bewähren würde, dass sie die ihr in Aussicht gestellte Festanstellung trotz Baby erhalten würde. Falls nicht, würde sie direkt nach dem Studium nach Clifftop zurückkehren und in der Werft arbeiten. Sarahs Vertrauen in ihre Familie spannte sich wie ein Sicherheitsnetz unter ihre unsichere Zukunft.

Am nächsten Morgen schlüpfte Sarah in eine locker sitzende Jeans und einen geringelten Wollpullover. Verführerischer Kaffeeduft zog in den ersten Stock. Sie stieg vorsichtig die Treppe hinunter, begrüsste Anni und bot an, frische Brötchen zu holen.

«Ja, bitte. Du bist heute früh dran. Wo ist Moira?», fragte Anni, während sie den Frühstückstisch für drei Personen deckte.

«Sie schläft noch. Wir haben gestern Abend noch lange geredet. Es ist spät geworden.» Als sie Annis kritischen Blick spürte, schlüpfte sie in Mantel und Schuhe und eilte zum Bäcker.

«Ich mache mir einen Grüntee. Ich sollte nicht zu viel Kaffee trinken», sagte Sarah eine halbe Stunde später, bevor sie die frischen Brötchen auspackte und Wasser aufsetzte. Sie hatte Hunger und ass schon einmal mit Anni alleine. Es war wie früher, bevor Moira an die Sennheimerstrasse gezogen war.

«Anni. Ich bin schwanger. Im dritten Monat», platzte sie mit der Neuigkeit heraus. Anni verschüttete etwas Kaffee, liess sich aber sonst nichts anmerken.

«Von wem ist es denn?», fragte Anni nach einer irritierenden Pause.

«Von Hannes», sagte Sarah und versuchte zu lächeln.

«Das freut mich. Hannes ist ein netter Kerl», lächelte nun auch Anni.

«Ich weiss. Das sagst du immer. Es stimmt ja auch.»

«Was meint er denn dazu? Freut er sich?», fragte Anni, vermutlich voller Hoffnung, Ersatzgrossmutter, oder besser, Ersatzurgrossmutter, zu werden. Doch dann stockte sie: «Ich meine, da ist ja auch Susan. Weiss sie es?»

«Er weiss es noch nicht; Moira auch nicht», seufzte Sarah. «Nur du, Anni, du bist die einzige, die es weiss.»

Anni zögerte, dann sagte sie: «Nicht die einzige, Sarah. Vielleicht bin ich die erste, der du dich anvertraut hast. Aber jetzt musst du es Moira sagen.»

«Guten Morgen allerseits. Was muss sie mir denn sagen?», fragte Moira, die geräuschlos in die Küche getreten war und Annis letzte Worte mitgehört hatte. Als Sarah eisern schwieg, sagte Anni leise: «Sie ist schwanger. Ich finde nicht, dass man da lange um den heissen Brei reden sollte.»

Moira, die noch recht verschlafen ausgesehen hatte, blickte plötzlich hellwach um sich, setzte sich auf den nächstbesten Stuhl und heulte auf.

«Ich dachte es mir doch. Wie blind bin ich eigentlich? Ich ahnte es schon länger, doch ich habe es absichtlich verdrängt», schluchzte sie. «Ich wollte es einfach nicht wahrhaben, dass unsere Beziehung zu Ende ist.»

«Aber unsere Beziehung ist *nicht* ...», versuchte Sarah einzuwenden.

«Natürlich ist sie das», unterbrach Moira. «Wer ist der Vater?»

«Hannes», antworteten Sarah und Anni wie aus einem Mund.

«Ausgerechnet! Ich hätte es mir ja denken können!», rief Moira.

«Moira», sagte Anni und erhob sich mühsam, um ihr den Arm um die zuckenden Schultern zu legen. «Moira, jetzt höre ihr bitte einmal zu. Das muss nicht das Ende eurer Beziehung sein. Sei nicht traurig. Sie sagte schon immer, sie wolle ein Kind.»

«Aber *ich* will keines! Jetzt hat sie mich einfach betrogen», sagte Moira. «Sarah bekommt immer alles, was sie will. Egal wie. Ihr ist jedes Mittel recht», schniefte Moira. «Um schwanger zu werden, hat sie sich einfach in Hannes' Bett gelegt! Das ist doch unglaublich!»

«Hallo, ich sitze hier», meldete sich Sarah. «Bitte redet mit mir und nicht über mich. Es tut mir ja leid. Aber gleichzeitig freue ich mich auf das Baby.»

«Meine Gran hat mir erzählt, wie hart ihr Leben war. Als alleinerziehende Mutter stand sie immer am Rand der Gesellschaft. Ohne Geld und ohne auch nur den Hauch einer Möglichkeit, sich einmal etwas Schönes zu gönnen.»

«Das war vor gefühlten hundert Jahren», warf Sarah ein. «Heute ist das total anders. Zudem bin ich nicht alleine. Ich dachte, dass du mich liebst.»

«Ich weiss nicht, ob ich das noch tue. Ich brauche Zeit zum Überlegen. Du hättest es mir früher sagen müssen! Im Moment ist es alles ein bisschen viel auf einmal.»

«Ich hatte Angst dich zu verlieren. Ich liebe dich. Moira! Ich liebe dich wirklich. Nur dich. Schon immer. Ich möchte mit dir zusammen sein.»

Als nun Sarah zu weinen begann, schien sich Moira langsam zu beruhigen.

«Und trotzdem bist du mit *ihm* ins Bett gegangen und hast ihn zum Vater auserkoren!»

Sarah fand, Moira würde sich im Kreis drehen, als sie ihre Vorwürfe zum x-ten Mal wiederholte. Sie meinte auch, Hannes verteidigen zu müssen.

«Er ist klug, er hat einen guten Charakter und sieht überdurchschnittlich aus. Ich finde das sind gute Ausgangslagen, um nicht zu sagen, Erbanlagen, für ein Baby. Für unser Baby. Moira: Es ist unser Baby. Du wirst es lieben.»

«Schon gut, Sarah. Du darfst jetzt nicht noch Öl ins Feuer giessen. Du hast Moira ziemlich überrumpelt», mischte sich Anni ein. Sie stand noch immer neben Moira, welche, sofern man dies bei Moiras Grösse so beschreiben konnte, wie ein Häufchen Elend auf ihrem Stuhl zusammengesunken war. Anni strich ihr übers Haar.

«Komm schon, irgendwie schaffen wir drei das», sagte Anni. «Ein Kind ist etwas Schönes und, egal unter welchen Umständen, ein Grund zur Freude.»

«Ach Anni. Wenn du wüsstest, was ich gestern noch Schreckliches erfahren musste, würdest du anders reden. Mir geht es schlecht», weinte Moira.

«Was ist denn noch passiert? Ist etwas mit deiner Grossmutter?», fragte Anni besorgt. «Oder mit deinen Eltern?»

«Nein, nein. Sarahs Vater ist verstorben.»

«Wie denn das? Ich dachte, er sei seit Jahren tot.»

«Er war bloss vermisst. Wir haben gestern von seinem Tod erfahren.»

«Kanntest du ihn?»

Anni schien verwirrt, doch Sarah realisierte, dass Moira, indem sie Anni Daves Geschichte von Anfang an und bis ins kleinste Detail erzählte, abgelenkt war und im Moment nicht mehr an die Schwangerschaft dachte.

Die Pendule im Flur schlug zwölf Mal, als Moira schliesslich inne hielt.

Das erste Quartal des neuen Jahres flog dahin, ohne dass sich Sarah und Moira oft über Dave unterhalten hätten. Dafür sprachen sie täglich über die Schwangerschaft und das Ungeborene. Moira hatte noch immer Mühe, zu akzeptieren, dass Sarah eigenmächtig gehandelt und dabei so viel Glück gehabt hatte. Auch zweifelte sie offen daran, ob ein einziger Beischlaf zur Empfängnis gereicht hatte. Hannes reagierte da bedeutend sachlicher.

Nachdem Sarah ihm von ihrer Schwangerschaft erzählt hatte, wollte er als Erstes einen DNA-Test machen lassen. Sie googelten das Vorgehen gemeinsam und lernten, dass eine Vaterschaftsbestimmung während der Schwangerschaft aufwändig, teuer und nicht ungefährlich sei. Sie einigten sich auf eine Bestimmung nach der Geburt. Im Moment konnte Sarah Hannes bloss schwören, dass sie mit keinem anderen Mann geschlafen hatte. Sie hatte den Eindruck, dass er es ihr glaubte und sich sogar ein wenig auf das Baby freute.

Moira hingegen regte sich jedes Mal auf, wenn Sarah erwähnte, wie zuvorkommend und vorbildlich sich Hannes verhielt. Dann reizte sie Sarah, indem sie sie Dinge fragte, wie, was wohl seine Eltern zum Baby meinten.

«Und Susan? Was sagt Susan dazu?»

«Das ist ihr Problem», antwortete Sarah lakonisch. «Ich mische mich nicht ein. Susan ist gebildet, eigenständig und wenn sie mit der Konstellation leben kann, umso besser. Hauptsache Hannes liebt unser Kind und möchte einen Teil der Verantwortung tragen.»

«Er ist nur der Erzeuger. Ich finde, dass er sich nicht einmischen sollte», widersprach Moira.

«Unter Umständen wäre es sinnvoll, die Zuständigkeiten schon vor der Geburt vertraglich zu regeln», meinte Anni, als sie in eine der vielen hitzigen Diskussionen zwischen Sarah und Moira hineingezogen wurde. Sarah fand diese Überlegung zwar befremdlich, doch sie erinnerte sich, wie ihr die alte Frau einmal erzählt hatte, dass sie als Anwaltssekretärin gearbeitet und sich schon immer für rechtliche Anliegen interessiert habe. Noch bevor sie oder Moira näher auf Annis Idee eingehen konnten, sagte Anni auch schon sanft: «Wie dem auch sei. Das Kindeswohl muss im Mittelpunkt stehen, und dem können auch zwei Väter, oder in Eurem Fall, ein Vater und zwei Mütter durchaus förderlich sein.»

Sarah beschloss, Finlay auf die Rechtsituation anzusprechen.

Als Sarah über Ostern alleine nach Bristol flog und von dort mit einem Mietwagen nach Cornwall fuhr, musste sie ihren Autositz ganz nach hinten stellen, damit ihr Bauch hinter dem Steuerrad Platz fand. Ihre Schwangerschaft war nicht mehr zu übersehen. Am Flughafen hatten wildfremde Menschen einen Sitzplatz für sie freigemacht. Auf der Fahrt nach Clifftop beschloss sie, ihrer Mum zu erzählen, wie sie ihren Dad in Kenia getroffen hatte. Moira verbrachte Ostern bei ihren Eltern in Schottland und besuchte die Grossmutter im Pflegeheim. Sarah vermisste Moira schon am ersten Tag. Sie wünschte, sie wären zusammen nach Cornwall gereist.

Finlay und Lance segelten über Ostern wie gewohnt vor Cornwalls Küste. Sie waren vor Sarah in Clifftop angekommen, und Finlay schloss seine Nichte nach ihrer Ankunft in die Arme. Beim Abendessen meinte er, sie und Moira sollten ihre Partnerschaft in der Schweiz eintragen lassen, später vielleicht in England heiraten. Lance nickte seine Zustimmung und schien das Baby in Gedanken schon im Arm zu wiegen. Bevor sich die beiden auf einen Abendspaziergang zum Pub im Hafen aufmachten, versprachen sie Sarah, sich über die Rechtslage sowohl in der Schweiz wie auch in England kundig zu machen. Finlay wollte sicher stellen, dass das Kind in juristisch geregelten Verhältnissen aufwuchs. Claire war in Frankreich. Sie hatte entgegen ihren früheren Absichten entschieden, ihr Haus in der Bretagne zu behalten.

Als Sarah mit Jane allein war, staunte sie, wie gelassen ihre Mum die Eröffnung, dass David damals, bei seinem Unfall vor Cornwalls Küste, nicht tödlich verunglückt, sondern erst kürzlich in Kenia verstorben sei, zur Kenntnis nahm. Erst dachte Sarah, ihre Mum sei gefühlskalt und nachtragend, doch diese erzählte ihr stoisch, wie sie getrauert, gezweifelt und auch immer wieder neue Hoffnung geschöpft habe, dass er doch noch lebe.

«Er war schon immer äusserst wagemutig und hat bei seinen Reisen und beim Segeln und Tauchen Kopf und Kragen riskiert», konstatierte Jane. «Über all die Jahre hinweg haben mich meine Liebe zu ihm, meine nagende Sehnsucht nach ihm umgetrieben. Jetzt ist das vorbei.»

«Weil du Harry getroffen hast?», fragte Sarah.

«Ja», antwortete Jane, «jetzt lasse ich mir mein neues Glück nicht nehmen.»

Beim Einnachten schlenderten Mutter und Tochter durch Clifftops verwunschenen Garten. Jane freute sich offensichtlich über den windstillen Abend und über ihre Apfelbäume, deren Blüten sich in der Dämmerung hell von dem dunklen Geäst abhoben. Sie streckte ihre Hand aus und strich über Sarahs Kugelbauch, der sich unter dem engen T-Shirt abzeichnete.

Sarah blickte hinaus auf die in der Ferne schimmernden Fischerboote, derweil der Leuchtturm sein Licht über das Meer und den Hafen warf.

Als Sarah Rebecca und Tom erzählte, wie sehr sie sich auf das Baby freue, erwartete sie nichts Böses. Doch ihre Schwester kommentierte schnippisch: «Wenn du es so wolltest, dann hoffe ich für dich, dass es gut kommt.»

Tom sass dabei, ohne sich zu äussern. Nun stand er auf, ging in die Küche, um Tee zuzubereiten und Biskuits für Olivia zu holen.

Sarah fragte sich, ob sie sich gegenüber Becs erklären solle. Sie entschied sich dagegen und knuddelte stattdessen Olivia. Sie tat dies so hingebungsvoll, dass die Kleine vor Freude überbordete, sich an Sarahs Beinen hochzog, festhielt und zu stehen versuchte. Sarah streckte ihr ihren Bauch hin, damit sie horchen konnte, ob sie das Babyherzchen schlagen höre.

«Ich finde es auch unverständlich, dass du mir nicht längst von Dad erzählt hast», setzte Becs zu neuen Beanstandungen an. «Wenn ich es gewusst hätte, hätten wir ihn in Afrika besuchen können, solange er noch lebte. Jetzt ist es zu spät dazu.»

«Es tut mir aufrichtig leid, Becs», entschuldigte sich Sarah. «Ich hätte das natürlich tun müssen. Aber Finlay meinte auch, es sei besser, wenn es Mum nicht wisse. Ihre Beziehung zu Harry war noch neu. Sie war dermassen verliebt und glücklich. So haben wir es halt auch dir verschwiegen.»

«Ja, unser lieber Finlay ist auch so ein Thema. Ihr beide steckt unter einer Decke. Ihr Akademiker wisst immer alles besser.»

Rebecca war in Fahrt geraten, nachdem Tom Olivia für ihren Mittagsschlaf in ihr Zimmer gebracht hatte. Jetzt war er zurück im Wohnzimmer und hörte der Diskussion zu.

«Finlay hat schon für deinen Sprachaufenthalt in Florenz bezahlt. Dann fürs Studium in der Schweiz. Ausgerechnet in der teuren Schweiz, weil du dort einen *Lover* hattest», rief Becs. «Und nun hast du Hannes aufgegeben und tust dich mit Moira zusammen, die mir nie sympathisch war.»

Als Moiras Name fiel, mischte sich Tom ein.

«Sei fair, Becs. Finlay hat auch dich unterstützt, als du die Werft auf Vordermann gebracht hast. Du hast damals viel riskiert. Er hat die Defizite drei Jahre lang aus seiner eigenen Tasche beglichen.»

«Das war für die Werft. Und ich habe gearbeitet. Ich war nie im Ausland.»

«Mag sein. Aber wie war es damals, in jenem Jahr, als das Geschäft ausblieb?», fragte Tom. «Soweit ich mich erinnern kann, hat er, um die Lücke zu stopfen, uns mit dem Bau seiner Jacht beauftragt und viel Geld dafür bezahlt. Nie hat er versucht, den Preis herunterzuhandeln. Im Gegenteil: Er hat uns Vorschuss gegeben.»

«Auch das war für die Werft. Nicht für mich persönlich.»

«Aber mich hat er unterstützt. Ohne ihn und Lance hätte ich nie und nimmer in London studieren, in ihrer Kanzlei ein Praktikum absolvieren und mich ohne jeglichen finanziellen Druck meinem PhD widmen können.»

Rebecca war still geworden. Tom legte ihr seinen Arm um die Schulter.

«Alles, was ich bin und habe, verdanke ich Finlay. Sogar dich, *my Darling wife*. Ohne seine Zustimmung hättest du dich nie für mich entschieden.»

«Ich glaube, es ist okay, so wie es ist», sagte Sarah. «Wir alle verdanken ihm die Förderung unserer Fähigkeiten.»

Sarah fragte sich, ob sie sich ohne weitere Erklärungen von ihrer Schwester verabschieden konnte. Wenn sie sich jetzt rechtfertigen würde, würde sie alles schlimmer machen. Sie stand vom Sofa auf, bedauerte, dass sie nicht warten konnte, bis Olivia aufwachte, trat hinaus in den frischen Wind, spazierte um den Hafen und steuerte auf das neue kleine Café zu, das auf der Sonnenseite eröffnet hatte. Dort trank sie einen Milchshake und erinnerte sich an ihre Kindheit. Rebecca und sie waren von klein auf grundverschieden gewesen. Doch der Verlust ihres Vaters hatte sie eng zusammengeschweisst. Becs hatte sie getröstet, ihr erzählt, wie ihr Daddy nun ein Kapitän sei. Wie er auf den Weltmeeren segle. Sarah hatte die abenteuerlichen Geschichten ihrer älteren Schwester geglaubt. Auch später noch. Als sie längst hätte ahnen müssen, dass dem nicht so war. Und doch hatte Rebecca Recht bekommen. Ihr Dad war im weitesten Sinne um die Welt gegondelt, in Afrika gelandet, und er hatte dort – soweit das Sarah heute beurteilen konnte – ziemlich zufrieden gelebt.

Der gellende Schrei einer beleibten Touristin, die auf einer Sitzbank vor dem Café ein Sandwich verdrückte, riss Sarah aus ihren Gedanken.

«Möwenattacke», lachte die Bedienung und ging sich bei der erschrockenen Frau erkundigen, ob sie okay sei. Bevor sie hinter die Theke zurücktrat, erkundigte sie sich auch bei Sarah. «Alles in Ordnung bei dir, *my love*?»

Sarah bestellte noch einen Milkshake und sass solange im Café, bis sie die Jacht ihres Onkels aufkreuzen sah. Sie wartete bis Finlay und Lance in den äusseren Hafen gesegelt waren und das Boot an seiner Boje festgemacht hatten. Als die Männer nacheinander ins Beiboot sprangen und gemeinsam ans Ufer ruderten, ging Sarah ihnen auf dem Pier entgegen.

«War's schön?», fragte sie.

«Noch etwas frisch draussen; dafür bläst ein guter Wind», sagte Finlay.

«Ja. Ich war bei Becs und Tom zum Tee. Danach habe ich eine Weile im Hafen gesessen. Mein Bauch ist zu schwer», lachte Sarah.

«Kommt ihr beide noch mit mir in den Pub?», fragte er.

«Geht einmal vor. Ich muss mich umziehen. Ich gehe zurück ins Haus», antwortete Lance und joggte den Pfad Richtung Clifftop hoch.

Wie immer balancierte Finlay die Drinks an ein Tischchen in einer Ecke. Nur wenn er alleine war, setzte er sich im Fountain Inn an die Bar, um zu plaudern.

«Ist es gut gegangen mit Rebecca?», fragte er Sarah beiläufig, nachdem er einen ersten Schluck seines Tributes getrunken hatte.

«Warum fragst du?»

«Ich habe den Eindruck, sie fühle sich zurückgesetzt. Sie beneidet dich.»

«Aber sie hat doch keinen Grund dazu. Sie hat Tom und Olivia, sie managt die Werft und im Sommer zudem Waterside. Sie geht segeln und tauchen», zählte Sarah auf.

«Trotzdem. Das Gras auf der anderen Seite des Hügels ist immer grüner.»

«Sie findet, dass du mich mehr unterstützen würdest als sie. Ich kann das nicht beurteilen. Ich weiss bloss, dass ich dir dankbar dafür bin.»

«Schon gut. Ich führe Buch. Rebecca und Tom kommen nicht zu kurz.»

«Das hat Tom auch gesagt. Er hat nicht vergessen, wie du ihm bei seinem Studium geholfen hast. Er sieht es realistischer als sie.»

«Stichwort Studium», setzte Finlay an. «Deine Schwangerschaft ist kein Grund, es kurz vor deinem BA abzubrechen», sagte er. «Solange das Baby niemanden stört, darfst du es bestimmt in die Vorlesungen mitnehmen.»

Sarah trank ihren Orangensaft aus. Auf dem Weg zurück nach Clifftop versprach sie ihrem Onkel, alles Menschenmögliche zu unternehmen, um zu ihrem akademischen Abschluss zu kommen.

«Aber trotzdem, an erster Stelle wird ab jetzt immer mein Kind stehen», betonte sie und war erstaunt zu sehen, dass er zustimmend nickte.

Eine plötzliche Böe blies die beiden beinahe über die Klippen. Die Möwen lachten. Sarah hielt sich an Finlay fest. Mein Fels in der Brandung, dachte sie.

Epilog

Susan stand zwischen den Kirschbäumen, deren Blüten sich vom satten Grün der Hochebene abhoben. Hannes knipste sie mit seinem Smartphone.

Hand in Hand spazierten sie danach in den nahen Wald.

Sarah und Moira folgten den beiden mit etwas Abstand.

Bei der Gedenkstätte, die an die abgestürzte englische Maschine erinnerte, setzten sich die vier auf einen am Boden liegenden, vermoosten Baumstamm.

Susan schien sich mit Sarahs Schwangerschaft abgefunden zu haben. Trotzdem wohnte sie noch immer in Basel und liess offen, ob sie je nach Hochwald ziehen würde.

«Es ist wunderbar warm. Ich kann mir kaum vorstellen, dass hier vor 45 Jahren tiefster Winter herrschte. Und das mitten im April», flüsterte sie jetzt.

Sarah spürte ihr ungeborenes Kind im Bauch. Ausser ihr wusste nur Moira, dass es ein Junge werden würde. Ein kleiner Dave.

«Lasst uns zur Gaststube gehen», sagte Hannes.

Moira erhob sich. Ein Elsternpaar flog auf.

Susan und Sarah blieben noch einen Moment lang sitzen.

«Da hat etwas in der Sonne aufgeblitzt», bemerkte Sarah.

Als sie und Susan sich Hannes und Moira schliesslich anschlossen, suchten die Elstern nach einem mit Diamanten besetzten Armband, das just in diesem Moment aus einem längst verlassenen Nest ins Unterholz gefallen war.

Dank

Allen voran danke ich Hartmut W. Braun, meinem Mann und kritischen Gegenleser. Er hat meine Freude am Schreiben stets tatkräftig unterstützt. Ferner danke ich meiner Schwester Franziska und meinen Freundinnen und Freunden, die mein Schreiben begleitet und mir ihre Rückmeldungen dazu gegeben haben. Ganz besonders danke ich meiner Lektorin Kathrin Bringold für ihre sorgfältige Arbeit.